HEYNE

Fantasy

Herausgegeben von Friedel Wahren

Von VALERIO EVANGELISTI erschienen in der Reihe
HEYNE SCIENCE FICTION & FANTASY:

Der Inquisitor-Zyklus

1. Der Schatten des Inquisitors · 06/9124
2. Das Blut des Inquisitors · 06/9125
3. Die Ketten des Inquisitors · 06/9126
4. Das Geheimnis des Inquisitors · 06/9156
5. Die Versuchung des Inquisitors · 06/9157 (in Vorb.)

Weitere Bände in Vorbereitung

Valerio
Evangelisti

Das Geheimnis des Inquisitors

*Vierter Roman
des Inquisitor-Zyklus*

Deutsche Erstausgabe

WILHELM HEYNE VERLAG
MÜNCHEN

HEYNE SCIENCE FICTION & FANTASY
Band 06/9156

Titel der italienischen Originalausgabe
IL MISTERO DELL'INQUISITORE EYMERICH
Übersetzung aus dem Italienischen von Barbara Kleiner
Das Umschlagbild malte Brom

Umwelthinweis:
Dieses Buch wurde auf chlor- und
säurefreiem Papier gedruckt.

Deutsche Erstausgabe 1/2002
Redaktion: Rainer Michael Rahn

http://www.heyne.de
Printed in Germany 2001
Umschlaggestaltung: Nele Schütz Design, München
Technische Betreuung: M. Spinola
Satz: Schaber Satz- und Datentechnik, Wels
Druck und Bindung: Ebner Ulm

ISBN 3-453-18828-4

Inhalt

KAPITEL I

Erste Sitzung. Montag

Man hörte ein Quietschen. In der Wand tat sich ein kleines Türchen auf und eine winzige Nonne, so groß wie ein Zwerg, sprang heraus, still vor sich hin grinsend. Blitzschnell huschte sie durch die ganze Zelle, dann verschwand sie in der Vorderwand, wo sich eine Tür geöffnet hatte, die vorher nicht da gewesen war. Verblüfft erhob sich Reich von der Pritsche und ging in dieselbe Richtung. Mit lautem Knall fiel die Tür hinter der kleinen Frau ins Schloss und wurde zugleich durchsichtig. Deutlich erkannte Reich die Gestalt eines japanischen Kriegers, der Harakiri verübte, während eine Frau im Kimono und mit hochgestecktem, nur von einer einzigen Nadel gehaltenem Haar entsetzt die Hände vor der Brust zusammenschlug. Ein Blutfleck drang durch den Spalt unter der geschlossenen Tür herein und verbreitete sich rasch auf dem Boden aus. Dann verschwanden die Tür und auch der Blutfleck.

Ein Geruch von Verbranntem hing in der Luft. Reich kehrte auf seine Pritsche zurück, doch in dem Moment drang vom Gang die unangenehme Stimme des Oberaufsehers Cox herein.

»Doktor Reich! Doktor Reich!«

Widerwillig trat er an die Gitterstäbe. Im Vorbeigehen warf er einen Blick auf den Kalender. Er sah nur ein weißes Blatt. Beim Monatswechsel musste er den Kalender versehentlich umgedreht haben. Er drehte ihn noch einmal um, aber auch die Rückseite war weiß, bis auf die Aufschrift MONTAG. Er kümmerte sich nicht weiter darum und erkundigte sich, was Cox wollte.

»Doktor, es ist doch immer wieder eine Ehre, mit Ihnen zu plaudern«, rief der Wärter sarkastisch. Ein langer Rüssel trat zwischen seinen Augen aus, die kalt und starr waren wie die eines Wals, und reichte bis zum Boden. »Da ist der neue Patient, den Sie erwartet haben.«

Reich blickte in die Dunkelheit hinter dem Oberaufseher.

»Welcher Patient? Ich erwarte niemanden.«

Cox brach in ein übertrieben langes und schnarrendes Gelächter aus. »Aber ja doch! Der Mann, der fürchtet, er wird schizo … schizo …«

»Schizophren?«

»Genau. Sehen Sie, dass Sie sich erinnern? Warten Sie, ich lasse ihn hinein.«

Cox griff nach den Schlüsseln, die ihm an einem riesigen Stahlring vom Gürtel hingen. Der Schlüssel quietschte im Schloss, dann löste sich ein Teil der Gitterstäbe in nichts auf.

»Hier, treten Sie ein, Herr«, sagte Cox mit übertriebener Beflissenheit. »Doktor Reich ist der richtige Mann für Sie! Er ist berühmt, wissen Sie?«

Der Rüssel bebte ein wenig, als würde er den Duft einer ruhmreichen, aber nun sehr fernen Vergangenheit schnuppern.

»Treten Sie ein, treten Sie ein! Außer ihm kann Ihnen hier niemand helfen!«

Reich sah nur Dunkelheit, auch wenn er glaubte, die Umrisse einer Grotte erkennen zu können. Allerdings hörte er in der Ferne Wasserrauschen, als ob im Dunkeln ein von der Meeresbrandung bespülter Strand verborgen wäre oder vielleicht auch ein unterirdischer Fluss. Dann zeichneten sich vor dem schwarzen Hintergrund des Gefängniskorridors deutlich die weißen Fäden eines Spinnenetzes ab. In diesem Netz gefangen, wand sich ein Neugeborenes mit extrem langen Gliedmaßen, an denen überall Gelenke saßen. Plötzlich lächelte das

Neugeborene und entblößte dabei einer Reihe spitzer Zähne, die denen eines Wals glichen. Es stieß ein klägliches Wimmern aus und fiel nach vorn. Mit einem Schrei wich Reich zurück.

Der Patient stand vor ihm, sehr groß, die Arme verschränkt. Welche Kleidung trug er? Er wollte genauer hinsehen, aber das war unmöglich. Als er es versuchte, packte ihn ein stechender Schmerz an der Nasenwurzel. Er erkannte nur einen weiten, schwarzen Mantel, der in einem geisterhaften Wind wehte, und etwas Weißes bis zu den Füßen. Dann musste Reich vor Schmerzen die Augen schließen.

»Ich brauche keinen Arzt.«

Die metallische Stimme des Unbekannten holte Reich in die Wirklichkeit zurück. Vorsichtshalber machte er nur ein Auge auf, das aber so weit wie möglich. Cox war nicht mehr da und der Gang war ein schwach erleuchteter Raum. An den Wänden sah man Schatten von riesigen Insekten, vielleicht Kakerlaken, die übereinander krabbelten. Aber die Szene war ganz von diesem Neuankömmling beherrscht, dessen Gesicht mit der Deutlichkeit eines Reliefs hervortrat.

Reich versuchte sich aus seiner Verwirrung zu lösen und diese Züge zu studieren. Ein gequältes und strenges Gesicht, nicht eigentlich grausam, aber doch ohne jede Güte. Tiefe Falten, die jeden einzelnen Zug hervorhoben. Ein schmaler Mund mit fast inexistenten Lippen, zum Lächeln nicht geeignet. Eisige Augen voller Distanz, die in manchen Momenten wie von einem inneren Fieber verzehrt wirkten, das jedoch stets unter Kontrolle blieb. Das Ganze vermittelte den Eindruck einer lebhaften, aber kalten Intelligenz, darauf bedacht, irgendwelche entlegenen Bezirke zu erforschen.

»Ich bin kein Arzt mehr«, erklärte Reich, als er die Musterung beendet hatte. »Ich war es. Jetzt bin ich nur einer der vielen Häftlinge von Lewisburg.«

»Ihre persönliche Geschichte interessiert mich nicht. Sie stehlen mir meine Zeit. Was wollen Sie eigentlich von mir?«

Zuerst antwortete Reich nicht. Ein merkwürdiges Phänomen hatte seine Aufmerksamkeit auf sich gezogen. Der Schatten des Unbekannten fiel quer durch den ganzen Raum und endete unter der Pritsche. Dort wanden sich, so hatte es den Anschein, in einem Knäuel abscheuliche Kreaturen. Schlangen? Echsen? Wer weiß. Sie sahen jedenfalls aus wie Hirnwindungen, aber in Bewegung, als ob jeder Teil ein eigenes Leben führen würde.

Wenn das ein Albtraum war, dann war er kurios. Er gehörte nicht zu der Art von Abträumen, die Reich vertraut waren. Er hatte noch nie Angst gehabt vor dem, was kriecht, statt auf vier Beinen zu laufen. Sollte dieser Mann die Macht haben, seine Vorstellungswelt zu beeinflussen?

Er seufzte. »Ich war es nicht, der Sie hat rufen lassen. Cox sagt, Sie fürchten, an Schizophrenie zu leiden. Stimmt das?«

Der Unbekannte senkte unmerklich die Lider und ließ die dunklen Augen funkeln.

»Schizophrenie?«, murmelte er. »Was verstehen Sie unter diesem Wort?«

Mit einem Mal wurde Reich gewahr, dass sein Gesprächspartner sich in einer völlig unbekannten Sprache ausdrückte. Wie kam es dann, dass er jede seiner Äußerungen verstand? Doch es war keine Zeit, dem nachzugehen. An den Zellenwänden erschien eine Reihe von sehr bleichen Gesichtern, die ihn aus riesigen flaschengrünen Augen anstarrten. Gleichzeitig breitete sich in seinen Eingeweiden ein dumpfer, aber quälender Schmerz aus. Er musste diese absurde Unterhaltung auf der Stelle beenden.

»Ich kann nicht anfangen, Ihnen hier die Terminologie der Psychiatrie auseinander zu setzen. Sagen Sie mir nur so viel. Fühlen Sie sich manchmal in der Gewalt äußerer Mächte, gut- oder bösartiger? Hören Sie Stimmen oder Befehle? Fühlen Sie sich von jemandem oder etwas bedroht?«

Die Augen des Mannes wurden noch schmaler. »Nein.«

»Und haben Sie manchmal das Gefühl, dass sich etwas in Ihnen bewegt? Was weiß ich, Würmer zum Beispiel.«

Der Ausdruck des Unbekannten veränderte ich schlagartig und ließ einen Moment lang unsägliches Grauen erkennen. Doch im nächsten Augenblick hatte er sich schon wieder in der Gewalt und von der Verwirrung blieb nur ein angeekelter Zug um den Mund.

»Warum fragen Sie mich das alles?«

»Weil das Gefühl, Würmer im Bauch oder im Gehirn zu haben, eines der typischsten Merkmale der schizophrenen Erfahrungswelt ist.«

Reich war sich jetzt sicher, dass die Furcht vor Kriechtieren zu den Ängsten des Fremden gehörte, nicht zu seinen eigenen. Er fühlte sich erleichtert. Verstohlen warf er einen Blick auf die Stelle unter der Pritsche. Das bewegliche Knäuel war noch da, aber seine Umrisse verflüchtigten sich. Bald würde es ganz verschwunden sein.

»Ich habe Sie schon einmal gefragt, was Sie unter Schizophrenie verstehen. Geben Sie mir eine Antwort, ich bitte Sie.«

»Nun, das ist nicht so einfach …« Reich fragte sich, ob er dem Mann noch vor der Anamnese fachliche Details enthüllen sollte. In der Vergangenheit hatte er das bei einigen Patienten so gehandhabt, bei anderen nicht. Gewöhnlich waren die Schizophrenen eher bereit als andere, sich mit der ihnen zugeschriebenen Krankheit auseinander zu setzen. Aber das waren eben Patienten gewesen, während er jetzt keinerlei Absicht hatte, dieses Individuum hier zu behandeln. Er beschloss, sich ganz im Allgemeinen zu halten.

»Nun, gewöhnlich nennt man Schizophrenie die Trennung zwischen Ich und Körper. Das Ich ist nicht mehr präzise im Raum verankert. Können Sie mir folgen?«

»Nein, es sei denn, Sie verstehen unter ›Ich‹ Geist oder Seele. Ist das so?«

»Wieso, gibt es denn einen Unterschied zwischen Geist und Seele?«

Der Unbekannte deutete ein Grinsen an. »Sie machen ja einen gebildeten Eindruck, und doch kennen Sie die elementarsten Begriffe nicht. Es ist besser, Sie lassen mich gehen.«

»Aber ich halte Sie doch nicht zurück!« Bei diesem Protest verschärften sich die Schmerzen, die Reich mittlerweile überall verspürte, insbesondere im Magen. Überall in den Zellenwänden und sogar in der Decke taten sich Eingänge zu dunklen Gängen auf, die sich wer weiß wo verloren. Es war in ihnen in der Ferne das gleiche Wasserrauschen zu vernehmen, das er kurz vorher gehört hatte, verstärkt allerdings durch eine mächtige Brandung und fernes Echo. Weißliche Geschöpfe mit vielen Augen tauchten mal hier, mal da an den Öffnungen dieser Gänge auf, sie zogen sich aber so schnell zurück, dass man ihre Gestalt nicht deutlich erkennen konnte.

Reich ging es wirklich schlecht. Er betrachtete die fast durchscheinende Gestalt, die er vor sich hatte, und schüttelte den Kopf.

»Ich bitte Sie, ich bin sehr müde. In der Vergangenheit war ich Psychiater und Psychoanalytiker, aber in den letzten Jahren habe ich mich nur mit Biologie und Physik befasst. Wenn Sie Hilfe brauchen, wenden Sie sich besser an jemand anderen.«

»Ich brauche von niemandem Hilfe!«

Die Stimme des Mannes klang so wütend, dass Reich neugierig wurde und darüber seine Schmerzen vergaß. Zum ersten Mal warf er einen Blick auf die Halsschlagader und das Brustbein des Besuchers. Er sah, dass sie starr und steif waren, als ob kein Atem durch sie hindurchginge.

»Sie lehnen fremde Hilfe doch nicht etwa ab, weil Sie Angst vor Ihren Mitmenschen haben?«, fragte er leise. »Weil Sie Angst haben, mit ihnen in Berührung zu kommen?«

Zorn breitete sich auf diesem harten und versteinerten Gesicht aus, jedoch, weit davon entfernt, zum Ausbruch zu kommen, fror er augenblicklich ein zu eisiger Ruhe voll innerer Gewalt.

»Ich habe Angst vor nichts«, stieß der Unbekannte hervor. »Wer dem Willen Gottes gehorcht, der hat nichts zu fürchten, weder von den Menschen noch von den Geistern.«

»Dann glauben Sie also, eine Mission zu haben, einem bestimmen Willen gehorchen zu müssen«, bemerkte Reich, unwillkürlich interessiert.

»Sicher habe ich eine Mission. Erstaunt Sie das?«

»Nein. Es ist nur, dass …«

»Meinen Sie vielleicht, eine solche zu haben und einem höheren Willen zu gehorchen, sei ein Symptom für das, was Sie ›Schizophrenie‹ nennen?«

Vor dem Scharfsinn des Mannes fehlten Reich die Worte. Er musste schlucken, bevor er erwidern konnte: »In gewisser Weise, ja.«

»Dann antworten Sie mir also ein für allemal und ohne Umschweife. Was ist für Sie Schizophrenie?«

Der Ton der Frage ließ keine Ausflüchte zu. »Ein Psychiater der traditionellen Schule würde Ihnen mehr oder weniger mit denselben Worten antworten, die ich vorhin gebraucht habe …«

»Ich habe Sie gefragt, was sie *für Sie* ist.«

»Sagen wir eine Art von Kontaktverlust mit den vitalen Strömen des eigenen Körpers. Das Bewusstsein, dass es diese Ströme gibt, bleibt jedoch aufrecht, nur dass sie jetzt anderswo gesucht werden: in einer äußeren Macht, in irgendeiner Gottheit, in Stimmen oder Geistern außerhalb des Körpers.« Reich fragte sich, ob der Unbekannte das, was er hinzufügen wollte, verstehen würde. »Das ist aber immerhin ein Vorzug des Schizophrenen gegenüber dem normalen Menschen. Dieser weiß nämlich nicht, dass es die Ströme gibt. Der Schizophrene dagegen ist sich dessen bewusst, er kann sie nur nicht orten.«

In diesem Moment ließen sich an den verschiedenen Ausgängen, die die Zellenwände durchlöcherten, Hunderte von Kreaturen mit glitschigen und weißen Körpern sehen und streckten feuchte Fühlerantennen aus. Gleichzeitig hörte man von wer weiß wo die heisere Stimme des Oberaufsehers Cox.

»Die Sitzung ist beendet. Doktor Reich, gehen Sie zurück auf Ihre Pritsche!«

Augenblicklich verschwand der Körper des Unbekannten. Sein strenges Gesicht dagegen stand noch einen Moment lang in der Luft, gerade lang genug, um zu fragen: »Was sind diese Ströme, von denen Sie reden?« Dann verschwand es ebenfalls.

Reich wandte sich an Cox und hielt sich den von stechenden Schmerzen durchbohrten Magen. Er bemerkte, dass der Wächter jetzt eine Kalbsschnauze hatte mit drei Paar Augen rings um die Nüstern.

»Wer war der Typ?«

»Oh, es handelt sich um einen Richter.«

»So wirkte er auch.«

Cox atmete laut ein und brach in Gelächter aus. »Haben Sie ihn nicht erkannt? Das ist nicht irgendwer. Das ist ›Ihr‹ Richter.«

Erstaunt riss Reich den Mund auf. »Dann ist das also Richter Sweeney? Oder John Clifford?«

»Keiner von beiden. Er heißt Eymerich, Nikolas Eymerich.«

Tiefe Finsternis brach über Reich herein. Er tastete sich zu seiner Pritsche vor und ließ sich darauf fallen. Einen Moment später war das Kissen von Erbrochenem bedeckt.

KAPITEL II

Die Kinder der Zukunft (1)

Noch völlig verschlafen erreichte Milton Seed die Mitte der Turnhalle. Die meisten anderen Jungs saßen schon in der *zazen*-Position: Sitzen mit gekreuzten Beinen, rechter Fuß auf der linken Wade, linker Fuß auf der rechten Wade. Mein Gott, wie er diese Position hasste! Nach wenigen Minuten tat ihm alles weh und die Bauchmuskeln waren verkrampft. Aber scheinbar war das der einzige Weg, um das *satori* zu erlangen, die völlig Auslöschung des Ichs. Und ohne *satori* wurde man nicht in den nächst höheren Kurs versetzt.

»Seed, immer bist du der Letzte«, sagte der Lehrer Renshaw, ohne jede Spur von Zorn oder Groll in der Stimme. »Das ist nicht nett, deine Kameraden warten zu lassen.«

Milton machte eine Verbeugung, dann nahm er seinen üblichen Platz zwischen John Danning und Bob Lincoln ein. Ein Blick auf John Danning, der seinen dicken Körper in einen orangefarbenen Sari gewickelt hatte, der schon jetzt voller Schweißflecken war, hätte ihm fast ein Lächeln entlockt. Zum Glück konnte er sich beherrschen, der Lehrer schaute genau in ihre Richtung.

»Stellt euch wie üblich einen Brunnen vor«, sagte Renshaw, nachdem er festgestellt hatte, dass die Studenten ordentlich auf sechs Reihen verteilt waren. »Der Brunnen öffnet sich in eurem Kopf und setzt sich unter euch fort. Und jetzt atmet und haltet den Atem lang an. Ja, genau so. Jetzt atmet schnell aus und werft eine Münze in den Brunnen. Im Stillen zählt: eins.«

Mechanisch gehorchte Milton, aber er atmete, wie es

gerade kam. Renshaws scharfem Blick entging nicht, dass sich die Brust des Jungen regelmäßig hob und senkte.

»Heute ist das ja überhaupt nichts, Seed.« Der Ton war der einer einfachen Feststellung. »Du atmest schlecht ein und atmest zu heftig aus. Die Luft muss erst in den Lungen zurückgehalten und dann auf einen Schlag ausgestoßen werden. Und ihr«, wandte er sich an die anderen, »zählt ihr auch weiter? Einmal Einatmen, eine Münze, eine Zahl. So. Zählt mit: drei. Jetzt noch eine Münze. Bald müsst ihr alleine zählen.«

Milton stimmte seine Atmung auf die seiner Kameraden ab, verzichtete aber darauf, Münzen zu zählen. Er fand diese Übung idiotisch und es war überhaupt kein Trost für ihn, dass in diesem Augenblick in der gesamten New Federation Hunderttausende von amerikanischen Studenten dieselbe Übung machten. Man hatte ihm erklärt, dass er durch das Zählen von Münzen irgendwann den Faden verlieren würde – Zeichen dafür, dass das *satori* unmittelbar bevorstand. Vielleicht stimmte das ja, aber war es denn wirklich so erstrebenswert, aus sich herauszutreten? Sie nannten all das »Meditation«, aber wie sein Vater bei ihrem letzten Treffen bemerkte, man meditierte über rein gar nichts. Ziel war es, an nichts zu denken und so nichts zu werden. Das jedenfalls war die Ansicht seines Vaters, bekanntlich ein wenig verlässlicher Mann.

Große Stille hatte sich breit gemacht und Renshaw nahm selbst an der Übung teil. In den höheren Klassen kamen an diesem Punkt Diener mit Stöcken herein und schlugen die Meditierenden auf den Rücken, um ihre Schmerzunempfindlichkeit zu prüfen. Milton wusste nicht, ob er das zulassen würde; aber er wusste ja auch nicht, ob er versetzt werden würde. Er seufzte leise und sah auf die Bäume vor dem Fenster, auf die Bucht von San Francisco, die in der Sonne glänzte.

Ein Klingeln verkündete das Ende der Übung. Alle schüttelten sich, als wären sie eben aus dem Schlaf erwacht und standen vorschriftsmäßig auf, ohne die Hände zu benützen, sich nur auf ein Knie stützend. Von seiner Masse aus dem Gleichgewicht gebracht, schwankte John Danning gefährlich, konnte sich aber noch fangen. Vielleicht bemerkte Renshaw diese Unsicherheit, ging aber darüber hinweg.

Nachdem Milton seinen Trainingsanzug in seinem Spind verstaut und die blaue Schüleruniform angezogen hatte, wollte er mit den anderen in Richtung Mensa gehen, als die ausdrucklose Stimme des Lehrers ihn zurückhielt.

»Seed, hast du den Vorfall von vorhin schon vergessen? Du bist zu spät gekommen und hast schlecht geatmet. Es tut mir Leid, aber ich muss dir einen Schimpfzettel umhängen.«

Die Ohren des Jungen wurden glühend rot. »Es tut mir Leid, Herr Lehrer. Aber anschließend habe ich mich gebessert und ...«

Renshaw sah ihn an mit Augen, die etwa so ausdrucksstark waren wie Fischaugen.

»Das stimmt nicht. Du bist die ganze Zeit über zerstreut gewesen, ich weiß das. Und jetzt tust du so, als würde es dir Leid tun. Allein schon dafür würdest du einen Schimpfzettel verdienen.«

Aus der Tasche seines Sari holte er einen violetten Zettel. Milton wusste genau, was darauf geschrieben stand: ICH HABE MICH UNWÜRDIG ERWIESEN, ZÖGLING DER ERLAUCHTEN SCHULE DER JUNGEN HOFFNUNGEN DER STEEL ENERGY, LTD. ZU SEIN. Drei solche Zettel würden Eselsohren bedeuten, sechs den Verweis von der Schule und neun eine einfache Fahrt nach Lazzarett. Er war bei zwei Zetteln angelangt. Resigniert drehte er sich um und ließ den Lehrer den Schimpfzettel anbringen.

Vorschriftsmäßig standen die anderen Schüler Spalier, als er hinausging, und betrachteten ihn ernst, mit einer Art verwundertem Staunen, dem einzigen Gefühlsausdruck, der in der Schule erlaubt war. Nur Bob Lincoln ließ auf seinem tief schwarzen Gesicht eine Spur von Sympathie erkennen, dann aber, als er den Fehler bemerkte, übertönte er alles mit einem großen Niesen. Renshaw ließ seinen Blick auf ihm ruhen, dann sah er sofort weg.

Sie erreichten die Mensa, ein Gebäude mit enormen Glasfenstern wie ein Treibhaus, die den Blick frei ließen auf das intensive Grün des Parks und auf die überall verteilten Farnpflanzen. Das Frühstück bestand wie üblich aus einem Brei aus verschiedenen Getreidesorten. Zusammen mit dem sonntäglichen Mittag- und Abendessen war das einer der wenigen Momente, in denen die »jungen Hoffnungen« relativ frei reden durften. Unter großem Rempeln und Schieben, jedoch immer unter Wahrung eines gewissen Anstands, nahmen sie an den langen Tischen Platz, während Fräulein Green Renshaw ablöste und die Aufsicht übernahm. Sie notierte sich Seeds Schimpfzettel.

Mit einem einzigen Zettel brauchte man weder allein zu essen noch zu schweigen. Milton setzte sich zwischen John Danning und Fred Marquard, die im Schlafsaal in den Betten rechts und links von ihm schliefen. Er versuchte, sich aus dem Gespräch auszuklinken, aber der Schimpfzettel, den er bekommen hatte, war das Thema des Tages. Fred brannte darauf, davon zu reden.

»Meiner Meinung nach hat Renshaw übertrieben«, kommentierte er, um erst mal zur Sache zu kommen. »Aber du, Seed, musst besser aufpassen. Das sieht man sofort, dass dir die Schulregeln egal sind.«

Milton zuckte mit den Achseln und achtete peinlich darauf, sie nicht mehr als ein paar Millimeter zu heben.

»Ich weiß ohnehin schon, dass ich nicht versetzt

werde. Aber wenn du die Kritik gestattest, Marquand, geht dich das überhaupt nichts an.«

»Und ob es mich was angeht.« Fred merkte, dass er zu laut gesprochen hatte. Er warf einen Blick auf Fräulein Green und senkte die Stimme. »Und ob es mich was angeht. Wenn du einen Schimpfzettel nach dem anderen bekommst, dann kannst du im Unterricht nicht mithalten. Du verdirbst das Klima des allgemeinen Wetteifers in der Klasse. Wenn du die Kritik gestattest.«

»Ich bekomme nicht einen Schimpfzettel nach dem anderen. Maximal habe ich zwei bekommen.«

»Aber du weißt ganz genau, dass du jederzeit sechs oder neun bekommen kannst. Gestatte mir eine kritische Bemerkung. Wenn man von dir und dieser Schickse erfährt ... wie heißt sie noch? Sybil?«

Miltons Ohren wurden feuerrot. Mit starkem Herzklopfen blickte er sich rasch um.

»Von wem weißt du das?«, fragte er etwas zu gereizt.

Freds Gesicht war ausdruckslos, aber seine Augen funkelten vor Bosheit. »Von dem Zettel, den du ihr geschickt hast? Von Bob Lincoln, der es von wieder jemand anderem hatte.«

Fräulein Green musste etwas bemerkt haben, denn sie stand von dem Tischchen auf, an dem sie allein aß, und kam zu ihnen herüber. Ihr Gesicht, das von einem Netz von Falten durchzogen war, zeigte einen wachsamen Ausdruck.

»Stimmt etwas nicht?«

Milton hielt die Luft an, während sich am Haaransatz Schweißtröpfchen bildeten. Bis zum achtzehnten Geburtstag war jeder Kontakt zwischen den beiden Geschlechtern strengstens verboten und er war erst vierzehn. Ein Wort von Fred Marquand und er war geliefert. Aber Verpfeifen gehörte nicht zu dem sadistischen Spiel, das Fred im Sinn hatte.

»Nein, es ist nichts, Fräulein Green«, sagte er in leicht

gespreiztem Ton. »Seed hat einen Schimpfzettel bekommen und ist ziemlich verlegen.«

»Das ist recht so«, kommentierte Fräulein Green mit weisem Bedauern. »Undankbarkeit gegenüber denjenigen, die dem Land beim Wiederaufbau helfen, ist nicht schön. Stimmt's Seed?« Ohne die Antwort abzuwarten, kehrte sie an ihren Platz zurück.

John Danning schüttelte den Kopf. »Vielleicht hätten wir ihn doch anzeigen sollen. Das ist unsere Pflicht.«

»Das können wir nicht«, erwiderte Fred. »Das könnte als Regung des Hasses aufgefasst werden und wir würden selbst einen Schimpfzettel bekommen. Siehst du, Seed, in was für eine Klemme du uns gebracht hast, wenn du die Kritik gestattest?«

Milton vermied es, die anderen beiden anzusehen, und hielt den Kopf über seine Schüssel gesenkt. Sicher wollte Fred ihn so lange provozieren, bis er emotional reagieren würde. Nun, das würde er nicht schaffen. Schweigend aß er zu Ende. Endlich läutete es und das Frühstück war vorbei.

Als er auf den Hof hinaustrat, um zur Teakwondo-Halle zu gehen, war es schon acht Uhr und die Luft erwärmte sich langsam. Neugierig schaute er hinunter zu dem fünfeckigen Gebäude für die naturwissenschaftlichen Fächer, vor dem eine Gruppe von Jungen mit Eselsohren aufgereiht stand; die einen schauten auf die Fahne von Steel Energy, die anderen kehrten ihr den Rücken zu. Aus dieser Entfernung konnte er nicht erkennen, wer die Bestraften waren. Er erkannte jedoch ein paar rosa Uniformen. Das Ritual mit den Eselsohren war die einzige Gelegenheit, bei der Jungen und Mädchen gemeinsam, ohne Unterschied, der erniedrigenden Prozedur unterzogen wurden.

Widerwillig betrat er die Halle. Teakwondo mochte er überhaupt nicht. All diese Sprünge, diese Tritte ohne jeden praktischen Nutzen. »Ein guter Boxer würde diese Hampelmänner in einer Minute k.o. schlagen«, pflegte sein Vater zu sagen, wenn er im Unterhemd, die Bierdose in der Hand, vor dem Fernseher saß. Vielleicht stimmte das ja nicht, aber Teakwondo war wirklich grotesk. Da war das japanische Karate noch besser, nüchterner und wirksamer. Aber in dieser Schule hatte man nur die Wahl zwischen Teakwondo und dem faden Tai Chi.

Eine halbe Stunde lang übte er die Schritte und abgezirkelten Gesten von *Chon-Ji, To-San* und *Yul-Kok.* Mit zitternden Knien und schmerzendem Rücken kam er heraus. John Danning war noch schlechter dran als er, er schwitzte und schnappte nach Luft. Er musste daran denken, dass der Fettwanst beim Frühstück vorgeschlagen hatte, ihn anzuzeigen, und insgeheim freute er sich, als er ihn so zugerichtet sah. Wohl war es oberste Pflicht jedes Schülers, unloyale Verhaltensweisen von Mitschülern anzuzeigen, gut und schön, aber immerhin …

Er reihte sich in die Gruppe der Schüler ein, die zu den naturwissenschaftlichen Aulen hinuntergingen, geführt von Lehrer Groden, einem zerstreut wirkenden, schmächtigen Typen. Jetzt mussten sie die Schüler mit den Eselsohren anspucken. Diejenigen, die zur Fahne gewandt stehen durften, würden die Spucke auf den Rücken bekommen, die anderen hingegen, mit schlimmeren Vergehen, mitten ins Gesicht. Groden ging mit gutem Beispiel voran und spuckte einem Jungen aus den unteren Klassen auf den Rücken, der vor Schluchzen bebte, dann ging er weiter zum Nächsten.

Mechanisch schickte Milton sich an, es ebenso zu machen, sobald die Reihe an ihn kam. Ein Blick von Fred, der voller Schadenfreude kurz herüberschaute, hätte ihn warnen sollen. Er achtete aber nicht darauf. Ohne Nachdruck bespuckte er die ersten Bestraften und sah sie dabei kaum an. Plötzlich hüpfte ihm das Herz in der Brust. Vor ihm stand, eine groteske spitze Mütze über ihr langes, braunes Haar gestülpt, Sybil, seine kleine

Sybil! Das zarte Gesichtchen war von Tränen gezeichnet und ganz verschmiert von Spucke, die ihr dick und schaumig auf den Kragen herunterrann.

Sobald er in ihre feuchten Augen sah, hätte er weinen mögen; aber das ging nicht, das wäre für beide eine Katastrophe gewesen. Einige Augenblicke war er wie gelähmt, dann fühlte er den ironischen Blick von Fred auf sich, der ihn vom Eingang des Gebäudes her ansah. Er spuckte, aber ohne Nachdruck. Die Spucke fiel auf die kleinen spitzen Brüste des Mädchens, die ihn schon so oft in seiner Phantasie erregt hatten. Er fühlte sich miserabel. Er musste noch einmal spucken, diesmal traf er das Haar. Er lief davon, in Richtung Eingang, erschüttert wie noch nie in seinem Leben.

Fred wartete an der Tür auf ihn, doch als er seinen Blick sah, wich er zurück. Wie ein Automat stürmte Milton durch den Flur, fast ohne zu wissen, wohin er lief. Er fühlte tiefe, kosmische Verzweiflung in sich aufsteigen, hie und da von roten Blitzen der Wut durchzuckt. Um zu verhindern, dass er in Schluchzen ausbrach, musste er sich so fest auf die Unterlippe beißen, dass sie blutete. Aber er durfte nicht weinen, durfte es um keinen Preis.

Als er wieder einigermaßen bei klarem Bewusstsein war, ging er in den Unterrichtsraum hinein, kurz bevor die Tür geschlossen wurde. Während er auf seine Bank in den letzten Reihen zusteuerte, hellte sich sein Gesicht mit einem Schlag auf. Ihm war eine absurde Idee gekommen, eine schrecklich absurde Idee. Und doch musste er sie unbedingt in die Tat umsetzen. Wie lange dauerte die Strafe mit den Eselsohren? Gewöhnlich bis zum Mittagessen. Ja, er konnte es schaffen. Aber er musste sehr vorsichtig sein.

Während der ersten Unterrichtsstunde – Unternehmensführung – war er in Gedanken versunken. Der Lehrer Sellick erläuterte in seiner undurchsichtigen Art und mit tonloser Stimme die Erfahrungen des Doktor Ohono, der die Toyota-Werke gerettet hatte. Nicht alle diese Erfahrungen waren auch heute noch gültig, so Sellick; aber die *New Federation* hatte sich bei ihrer Gründung diesen Geist zu Eigen gemacht, aus dem Bewusstsein heraus, dass die Amerikaner nur auf diesem Weg einen wirtschaftlichen Wiederaufschwung erleben und die asiatische Vorherrschaft abschütteln können würden. Alles Dinge, die die anderen aus dem Untergang der USA hervorgegangenen Föderationen noch nicht begriffen hatten.

Milton bekam nur Bruchteile von der Lektion mit, die er in einem sehr entlegenen Winkel seines Gedächtnisses archivierte. Er war ganz mit der Ausarbeitung des Plans beschäftigt, den er gefasst hatte und der ihn nun vor Ungeduld beben ließ. Der beste Moment wäre in der folgenden Stunde, Simultangeschichte. Auch weil dabei Befragungen vorgesehen waren.

Als Sellick beim Klingelzeichen aufstand, Lehrer Pitt mit einer Verbeugung begrüßte und ihm das Pult überließ, studierte Milton eingehend die wohl bekannte Physiognomie dieses Lehrers. Die Undurchdringlichkeit seines völlig unbehaarten Gesichts machte ab und zu einem Ausdruck harmlosen Amüsements Platz, Hinweis auf einen gutmütigen Charakter, der durch die steife Haltung, die von den Lehrern verlangt wurde, noch nicht völlig erstickt war. Pitt würde nie übertriebene Strafen verhängen wie Renshaw; er würde schlicht und einfach die Schuldordnung anwenden, mit Maß und Ziel. Das war genau der Typ von Lehrer, den Milton für sein äußerst riskantes Unternehmen brauchte.

Nach einer Viertelstunde Unterricht schaltete Pitt über die Tastatur auf dem Pult endlich die Benotungstafel ein. Der große Bildschirm hinter ihm leuchtete auf und es erschienen eine elektronische Rubrik mit den Namen der dreißig im Raum anwesenden Schüler und eine Reihe von leeren Kästchen bis hinunter zum Kästchen mit der Gesamtzahl.

Pitt sah eine Weile auf die Namensliste, während die Klasse seinen Blick mit angehaltenem Atem verfolgte. Dann rief er: »Kuhnen! Bist du bereit?«

Der Junge, ein schmächtiges Kerlchen mit derart blonden Haaren, dass sie weiß wirkten, sprang auf: »Ja, Herr Lehrer.«

»Fangen wir mit einer einfachen Frage an. Welches sind die anderen amerikanischen Föderationen?«

Das Gesicht des Jungen entspannte sich. Die Antwort war fast zu leicht. »Die *Union of American States,* die UAS …«

»Mit der Hauptstadt?«

»New York.«

»Und weiter?«

»Die *Confederation of Free Amerika,* CFA, mit der Hauptstadt Atlanta.«

Pitt wandte sich an die Klasse: »Wie beurteilt ihr diese Antworten? Sind sie richtig?«

Die meisten nickten. Robert Serafian aber stand auf.

»Die Antworten sind richtig, aber zu allgemein, wenn mir die Kritik gestattet ist. Kuhnen hätte sagen müssen, dass die Konföderationen unterschiedliche politische Verfassungen haben, aber das gleiche militärische Verteidigungssystem und die gleiche Polizei. Ich wette, er wusste es nicht, wenn mir die Kritik gestattet ist.«

Kuhnen konnte eine gewisse Verärgerung nicht verhehlen.

»Ich wusste es sehr wohl. Ich habe es nicht gesagt, weil Lehrer Pitt mich nicht danach gefragt hat.«

Serafian schüttelte den Kopf. »Das kannst du nicht beweisen, wenn du die Kritik gestattest. Jetzt weißt du es, klar, aber weil ich es gesagt habe.«

»Ganz und gar nicht und das kann ich beweisen. Früher einmal waren die drei Konföderationen ein

Ganzes, Vereinigte Staaten genannt. Der letzte Präsident hieß Doyle und er ist vor neun Jahren an Sichelanämie gestorben.«

Pitt nickte anerkennend. »Sehr gut, Kuhnen. Leider kann ich das von dir nicht behaupten, Serafian. Dein Einwand war nicht triftig und du hast dich überhaupt nicht als souverän erwiesen.« Die Hände des Lehrers glitten über die Tastatur. Auf dem Bildschirm erschien unter dem Namen Kohen eine 1, und unter dem von Serafian –1. »Aber du kannst das wettmachen. Bleib stehen, Serafian. Schildere mit deinen eigenen Worten, was die Sichelzellenanämie ist.«

Der Junge nahm einen bewusst betrübten Ausdruck an. »Die Sichelzellenanämie ist eine genetische Disposition des Bluts …«

Pitt schüttelte den Kopf, während seine Finger bedrohlich über die Tastatur liefen. »Ich habe gesagt, ›mit deinen eigenen Worten‹. Die Definition aus dem Buch interessiert mich nicht.«

Serafian war etwas verwirrt, dann fasste er Mut. »Nun, es ist eine Blutkrankheit, die früher nur Farbige bekamen; dann, vor zehn Jahren, hat sie sich auch unter den anderen Rassen ausgebreitet und ein Viertel der Amerikaner hinweggerafft.«

»Und warum hat sie sich ausgebreitet?«

»Wegen der …«, Serafian wollte sich am Kopf kratzen, zog die Hand aber sofort wieder zurück. »Wegen der Promis …« Er bekam das Wort nicht heraus.

Viele Jungs standen auf. »Wegen der Promiskuität.«

»Genau.« Pitts Finger glitten über die Tastatur und auf dem Bildschirm erschien unter dem Namen Serafian ein –2. Beschämt ließ der Junge sich auf seinen Platz fallen. Pitt wandte sich an Bob Lincoln; er gehörte zu denen, die richtig geantwortet hatten. »Was ist Promiskuität? Diesmal will ich die Definition aus dem Buch hören.«

»Promiskuität«, sagte Lincoln wie aus der Pistole geschossen auf, »ist die zwangsläufige Folge mangelnder Beherrschung der Triebe.«

Pitt nickte. »Ich würde sagen, das ist die korrekte Definition. Seid ihr einverstanden?«

Er wollte schon einen Knopf auf seiner Tastatur drücken, als Milton beschloss, dass der Zeitpunkt für ihn gekommen war. Heftig schüttelte er den Kopf. Pitt bemerkte es sofort.

»Was gibt's, Seed?«, fragte er erstaunt. »Hast du etwa eine bessere Definition?«

Der Junge schluckte. »Ich habe eine eigene.« Er holte tief Luft und fasste sich ein Herz. »Promiskuität heißt, dass Weiße, Schwarze, Gelbe und Rote wahllos miteinander vögelten, und das hat das Blut verdorben.«

Pitt war starr vor Entsetzen. Große Stille breitete sich in der Klasse aus, gleich darauf immer lauteres Gemurmel. Nur mühsam gewann der Lehrer seine Fassung zurück, dann sagte er mit beherrschter Stimme:

»Wie traurig, Seed! Ich hätte dich solcher Schweinereien nicht für fähig gehalten. Wo hast du so verwerfliche Ausdrücke gelernt?«

Trotz des Gefühlsaufruhrs, der in ihm tobte, fand Milton die Kraft weiterzumachen.

»Aber so ist es doch, wenn mir die Kritik gestattet ist! Das Sichelzellenblut wird durch Sex übertragen!« Er ließ den Worten ein sehr gekünsteltes, aber auch sehr befreiendes Lachen folgen.

Pitt ging auf ihn zu, bemüht, seine Empörung zu verbergen.

»Steh auf, Seed. Und jetzt dreh dich um.« Er kramte in seiner Tasche und holte zwei violette Zettel hervor, die er ihm auf den Rücken heftete. »Meinen Glückwunsch. Du hattest schon einen Schimpfzettel, jetzt hast du dir die Eselsohren verdient. Du kannst stolz sein auf deine Illoyalität, wenn du mir die Kritik gestattest.« Er ging zur Tür und auf den Flur hinaus und rief einen Schuldiener herbei.

»Dieser Junge hat drei Schandzettel. Bring ihn zum Mützenaufsetzen, Rücken zur Fahne.«

Während er von kräftigen Armen fortgeschleift wurde, hörte Milton noch John Dannings unschuldige Stimme, der fragte:

»Herr Lehrer, was bedeutet ›vögeln‹?«

Wenig später wurde Milton, die Eselsmütze fest über die schwarzen Haare gestülpt, in die Gruppe der Bestraften gestoßen, die noch immer in der Sonne standen. Er tat so, als würde er stolpern, und gelangte so dicht neben Sybil, ohne dass der Schuldiener etwas dagegen hätte einwenden können. Er warf dem Mädchen einen flüchtigen Blick zu. Er fing einen leicht erstaunten Blick auf, mit einer Spur Befriedigung darin. Letzteres jedoch war bloß eine Vermutung von ihm. Das Gesicht des Mädchens war ganz mit Spucke verklebt und die Lider waren noch vom Weinen gerötet. Er würde mit dem Bespucken am Ende der Stunde dran sein, wenn seine Mitschüler herauskamen und zur Mensa gingen.

Er wagte es nicht, Sybil noch länger anzusehen. Ab und zu streckte der Diener den Kopf aus dem Haus heraus, um ihr Benehmen zu kontrollieren. Nach einer Weile jedoch konnte er ihr zulächeln. Als Erwiderung bekam er ebenfalls ein Lächeln, zärtlich und strahlend. Mit einem Schlag war alles vergessen, die Eselsohren und das Bespucken, das ihn noch erwartete. Seit Jahren hatte er sich nicht so glücklich gefühlt.

In den folgenden Stunden lächelten sie sich immer wieder zu, verstohlen aber innig. Irgendwann bemerkte Milton, dass das Mädchen ganz behutsam in der Tasche seines rosa Jäckchens kramte, das zusammen mit dem Rock in derselben Farbe die Schülerinnenuniform bildete. Es waren vorsichtige, sehr langsame Bewegungen.

Besorgt schaute sie zu dem Diener hinüber, der eine Weißdornhecke inspizierte. Plötzlich spürte er eine leichte Berührung an der rechten Hand. Er fuhr zusammen: Wenn sie erwischt würden, konnte das für beide den Schulverweis bedeuten. Trotzdem streckte er, verrückt vor Freude, die Finger aus. Er spürte, wie sie ihm ein Stück Papier in die Hand legte und dann ihre Hand mit einem leichten Streicheln schnell zurückzog. Erschrocken und glücklich schloss er die Hand sofort zur Faust.

Die folgenden Minuten waren angefüllt mit Vermutungen. Ob das die Antwort auf seinen Zettel von vor ein paar Tagen war? Aber wie konnte Sybil wissen, dass sie nebeneinander stehen würden? Nun ja, vielleicht hatte sie den Zettel schon lange vorbereitet und wartete nur auf die erste passende Gelegenheit. Noch einmal lächelte er ihr zu und sein Lächeln wurde erwidert.

Das letzte Klingelzeichen ertönte. Alle Bestraften eilten davon, außer Milton, der sich noch dem Ritual des Bespuckens unterziehen musste. Er blieb still stehen und wartete am Fuß des Fahnenmasts. Zum Glück übertrieben seine Kameraden es nicht mit der Spucke. Der Einzige, der es doch tat, war Fred, aber damit hatte er schon gerechnet. Er wartete, bis auch der Letzte vorbei war. Er riss sich die Mütze vom Kopf und lief auf die Herrentoilette, um sich das Gesicht zu waschen.

Es war niemand da. Lange hielt er den Kopf unter den Wasserhahn, dann sah er sich um. Freie Bahn. Er lief in eine der Toiletten und schloss sich ein, indem er den Riegel vorschob. Er faltete den Zettel auseinander, seine Hände zitterten vor Aufregung.

Was er las, erstaunte ihn. Es war ein Gedicht oder vielleicht ein Lied mit dem Titel »Die Kinder der Zukunft«. Die Handschrift war mit Sicherheit weiblich, vermutlich die von Sybil, und sehr deutlich:

Schür die Asche deines Willens,
Damit es kein williges Werkzeug des tödlichen Wahns mehr gibt
Säe tief im Schoß der Menschen
Den Samen natürlicher Würde.

Nieder mit sämtlichen Kriegen.
Schlag den Pöbel in die Flucht.
Unser ist diese Welt und unser ist dieser Gesang;
Unser ist der Kampf gegen die Unterdrücker;
Glück und Liebe sollen unser sein.

Ihr Männer und Frauen – erhebt euch alle.
Kämpft den mutigen Kampf eures Lebens.

Schür die Asche deines Willens
Damit es kein williges Werkzeug des Betrugs mehr gibt.
Lass strömen die Quellen eines freudvollen Daseins.
Fruchtbares Leben, wir gehören dir.

Es folgte ein Name, den Milton noch nie gehört hatte: Wilhelm Reich. Er las das Gedicht ein paarmal durch, dann fragte er sich, ob er es verschwinden lassen sollte. Nein, das war das Einzige, was er von Sybil besaß, und außerdem wollte er es noch öfter wiederlesen. Er steckte den Zettel in seine Hosentasche, verließ die Toilette und lief zur Mensa.

Er hätte sich gerne weit weg von Fred setzen wollen, aber die anderen saßen schon alle, und er hatte keine andere Wahl. Fräulein Green sah ihn an, aber ohne Tadel. Das Essen bestand aus getrockneten, fast geschmacklosen aber sehr nahrhaften Hülsenfrüchten und gekochtem Reis. Mit gleichmütiger Miene begann er zu essen, aber Fred ging sofort zum Angriff über.

»Meinst du, ich hätte das nicht verstanden, Milton, wenn du die Kritik gestattest? Du hast dich vorsätzlich bestrafen lassen, um bei dieser kleinen Idiotin zu stehen.«

Milton zuckte die Achseln. »Das sind deine Spekulationen, Marquand. Wenn ich dich kritisieren darf.«

»Vorsicht, Seed. Du wirst noch in Lazzarett enden, bei den Blutkranken, Siechen und Verbechern. Ich möchte nicht in deiner Haut stecken.«

»Dann schlüpf eben nicht hinein, wenn du mir die Kritik gestattest, und lass mich in Ruhe essen. Oder soll ich Fräulein Green sagen, dass du Ressentiment erkennen lässt?«

Die Drohung genügte, um Fred mundtot zu machen. Milton aß auf und machte sich mit den anderen auf den Weg zum Nachmittagsunterricht in transzendentaler Meditation. Er zog die orangefarbene Kutte an und befolgte die Anweisungen von Renshaw mit passablem Eifer, wenn auch in einer vom *zazen* weit entfernten Haltung. Als er zu seinem Spind zurückkehrte, um die Uniform wieder anzuziehen, schnürte ihm die Angst die Kehle zu. Da hing eine andere Uniform, sauber und frisch gebügelt, aber der Zettel von Sybil war nicht darin.

Das hätte er bedenken sollen. Oft nutzten die Wäschereibediensteten die Meditationsstunden oder Teakwondo-Lektionen, um die schmutzige Wäsche auszuwechseln. Sein Magen verkrampfte sich. Er lehnte sich an den Spind und schloss die Augen. Wie hoch war die Wahrscheinlichkeit, dass der Zettel entdeckt wurde? Im Grunde nur sehr gering. Die Kleidung wurde natürlich mit der Maschine gewaschen. Er würde den Zettel völlig zerknittert und vielleicht sogar ausgelöscht in seiner Tasche wiederfinden. Ja, es war ziemlich wenig wahrscheinlich, dass er Ärger kriegen würde.

Er bekam sich wieder in den Griff. Er tat so, als würde er im Schrank etwas suchen, dann zog er die frische Uniform an, an der jemand mit eifriger Hand die drei Schimpfzettel festgemacht hatte. Keiner seiner Mitschüler beachtete ihn. Er strich die Falten glatt und ging mit den anderen hinaus, wieder zum Unterrichtsgebäude.

Die Nachmittagsstunden schlichen dahin. Mathematik, Biologie, menschliche Beziehungen. Das letzte Fach, das ganz auf Techniken zur Erlangung des Gleichmuts und auf einer elenden, »Behavourismus« genannten Theorie aufbaute, interessierte ihn von allem am wenigsten. Dennoch gelang es ihm, gutes Benehmen an den Tag zu legen, und bei der Befragung glänzte er sogar. Nur einmal bekam er einen Verweis, jedoch wohlmeinend, weil er die Brust nicht weit genug herausgestreckt und den Bauch nicht fest genug eingezogen hatte. Schließlich vergaß er den Zettel völlig und sogar die Begegnung mit Sybil.

Das letzte Klingelzeichen um achtzehn Uhr dreißig zeigte das Ende des Unterrichts sowie den Beginn der einzigen Stunde Freizeit an, die sie gewöhnlich mit Gesprächen, Spielen oder Atemübungen hinbrachten. Im Garten traf er John Danning und Bob Lincoln, die in einer Ecke auf der Wiese die Steine des *Mah-Jongg* aufstellten. Er wollte sich gerade bei ihnen niedersetzen, als Danning ausrief: »Schaut nur, da ist der Direktor persönlich. Mit zweien vom Aufsichtspersonal.«

»Und sie kommen direkt hierher«, setzte Lincoln hinzu.

Milton fühlte, wie sein Schädel brummte und die Schläfen heftig pochten. Er schloss die Augen. In der Hoffnung, dass nicht passieren möge, was er befürchtete. Als er sie wieder aufmachte, hatte er den dicken Leib und das wohlwollende Gesicht von Direktor Wilson vor sich. Rechts und links von ihm starrten ihn zwei Wächter in blauer Uniform an.

»Milton Seed, richtig?«, sagte Wilson mit einem angedeuteten Lächeln. »Komm mit, wenn es dir recht ist.«

Wie betäubt folgte Milton den drei Männern, während auf dem ganzen Hof die Schüler verstummten und die Szene beobachteten. Die Sonne ging gerade unter, aber es war noch sehr hell und das Licht tauchte die Bucht in rotes Licht.

Er konnte nichts denken. Er sah die hohe Treppe, die zum Direktorengebäude oben auf dem Hügel hinaufführte, und er bemerkte andere Wächter, die zwischen den Rosenbeeten in Grüppchen beieinander standen. Bevor sie hinaufstiegen, berührte Wilson ihn sacht am Arm, mit einer freundschaftlichen Geste, die nur er sich erlauben konnte. »Keine Angst, Milton«, murmelte er mit warmer Stimme. »Ich bin mehr als überzeugt, dass du nicht dieser subversiven Vereinigung, den ›Kindern der Zukunft‹ angehörst. Ich habe nicht die geringste Absicht, dich nach Lazzarett zu schicken. Es genügt völlig, dass du mir sagst, wer dir das Gedicht gegeben hat. Weiter nichts. Und zum Lohn verspreche ich dir meine Unterstützung bei deiner Versetzung.«

Mit Tränen in den Augen stieg Milton die Stufen hinauf. Er wusste ganz genau, dass er diesen Namen nicht nennen würde. Um keinen Preis.

KAPITEL III

Die Königliche Galeere

Die sechsundzwanzig Ruder an Steuerbord fuhren im selben Augenblick unter Schäumen und Spritzen in die Höhe, während die an Backbord klatschend in die Wellen eintauchten. Die riesige Galeere neigte sich auf die Seite und begann langsam das Wendemanöver. Das dreieckige Segel am Hauptmast, das einzige, das gesetzt war, flatterte und schlug im Wind, dann wickelte es sich um sich selbst. Aus dem Schiffsrumpf drang das erschreckte Gewieher von Hunderten von Pferden.

Auf dem Kastell am Bug, nur wenige Schritte vom Vizeadmiral Uch de Cardona entfernt, stand Nikolas Eymerich und starrte finster aufs Meer, wobei er sich am Geländer festhielt. Ab und zu erreichten ihn Gischtspritzer, die ihm die weiße Kutte und den schwarzen Umhang durchnässten, wodurch sie sich eng an seinen sehnigen Körper anschmiegten. Der Morgen war sonnig und heiß und diese überraschenden und wiederholten Spritzer hätten als Erfrischung willkommen sein können. Eymerich reagierte jedoch mit unwilligen Bewegungen kaum verhohlenen Ärgers darauf, wie immer, wenn ihm eine unvorhergesehene Berührung zugemutet wurde.

Herr de Cardona amüsierte sich bei dem Anblick und brach in Gelächter aus. »Nun kommt, Pater Nikolas!«, rief er und übertönte mit seiner mächtigen Stimme das Rauschen der Wellen und den rhythmischen Schlag der Ruder. »Seid nicht so verdrießlich. Seht doch nur, was für ein Schauspiel!«

Unwillig wandte Eymerich sich zum Heck um, hielt

sich aber weiterhin am Geländer fest. Er betrachtete den Horizont. Wohin man auch blickte, man sah nichts als Galeeren mit geblähten Segeln und unter dem Gewicht titanischer Kriegsmaschinen fast bis auf die Höhe der Ruderlöcher im Wasser. Auf seinen Feldzug gegen Sardinien hatte Peter IV. über 160 Schiffe mitgenommen, von den leichten Kriegsgaleeren bis zu den sehr hohen Lastschiffen mit geräumigem Rumpf. Mit wirbelnden Rudern wiederholten nun alle das Manöver der königlichen Galeere, die sich auf die Seite legte, um den steilen Felsen zu umschiffen, der die Zufahrt zur Bucht von Porto Conte versperrte.

Nur ungern hatte Eymerich eingewilligt, an dem Feldzug teilzunehmen. Es hatte nachdrücklicher Bitten des Königs bedurft, um ihn zur Teilnahme zu bewegen, und was die Gründe für seine Bitte anging, blieb er sehr vage. Finster fragte sich Eymerich, von welchem Nutzen der Großinquisitor des Königreichs Aragon wohl bei einer bewaffneten Expedition auf eine halbwilde Insel sein könnte. Die einzig plausible Antwort, die ihm einfiel, war, dass der König sich seiner viel gerühmten diplomatischen Fähigkeiten bedienen wolle. Aber würde Diplomatie denn überhaupt gefragt sein, gegenüber Feudalherren mit schlechten Manieren und dubiosen Adelsprädikaten?

Der Feind, den der König aufstöbern wollte, hieß Mariano IV., Judex von Arborea. 1352 war er im Krieg gegen die Republik Genua Verbündeter der Aragonesen gewesen. Als er jedoch nach teils siegreicher Beendigung des Konflikts irgendeine Würdigung seiner Treue verlangte, hatte ihm der Oberbefehlshaber En Bernat de Cabrera eine glatte Absage erteilt. Schlimmer noch, der Aristokrat hatte die Frau des Judex, die Katalanin Timbors de Rocaberti, beleidigt, indem er ihr bedeutende Versprechungen machte, die auf Betreiben des in Cagliari zusammengekommenen aragonesischen Adels im

Lauf einer Nacht allesamt zurückgenommen wurden. Empört hatte Mariano IV. einen Aufstand angezettelt, der sich in kürzester Zeit vom einen Ende Sardiniens bis ans andere ausbreitete und Bernat zur überstürzten Flucht zwang. Im Herbst 1353 war Alghero in die Hände der Aufständischen gefallen, aber auch Cagliari und Sassari waren von den Truppen des Judikats bedroht.

»Was mögen diese Bauwerke dort wohl sein?«, fragte Herr Uch in dem Versuch, den Inquisitor wieder freundlich zu stimmen. »So wie sie aussehen, müssen sie Hunderte von Jahren alt sein.«

Unwillig drehte Eymerich sich um. Durch die Reihe der gehobenen Ruder hindurch waren auf dem Festland einige massive, klobige Türme zu erkennen, errichtet aus schwarzen Steinquadern. Die Entfernung war noch zu groß, aber es sah so aus, als hätten sie keine Schießscharten. Wuchtig waren sie zwischen Felsblöcke gesetzt, wie um die wenigen Zugänge vom Gebirge an den schmalen Uferstreifen zu blockieren.

»Man würde sagen, Befestigungsanlagen. Vielleicht von den früheren Inselbewohnern errichtet.«

Der Inquisitor zuckte mit den Achseln. »Herr Graf, Sardinien ist mir vollkommen gleichgültig. Ich bin hier auf Befehl des Königs, aber ich würde es bei weitem vorziehen, in Saragossa zu sein.«

»Wenn Ihr Peter IV. Eure Beschwerden vortragen wollt, dann ist jetzt der rechte Zeitpunkt dafür«, lachte Uch de Cardona. »Seht, da kommt er gerade herauf.«

Hinter den vor Schweiß glänzenden Rücken der Ruderer sah man auf dem Kastell am Heck eine kleine Schar die Leiter hinaufsteigen. Außer Peter IV. dem Zeremoniösen, dem der Wind das sehr lange Haar zauste, erkannte Eymerich Bernat de Cabrera, in leuchtendes Rot gekleidet, was seiner Rolle als befehlshabender Admiral entsprach. Es folgten Bernat de Dezcoll, ein einflussreicher Beamter aus der Schreibstube des Rationale, der Vicomte d'Illa, Sohn eines der maßgeblichsten Ratgeber des Königs, und eine Gruppe von Adligen, die sich mit ihren Mänteln und Degen gegenseitig im Weg waren.

Uch de Cardona neigte sich zu Eymerichs Ohr. »All diese Herrn machen einen wenig kriegerischen Eindruck«, flüsterte er fröhlich.

Der Inquisitor rückte etwas ab. »Sie haben sich freiwillig zu diesem Feldzug gemeldet, in der Hoffnung, sich daran zu bereichern«, bemerkte er bissig. »Wäre ich an der Stelle des Königs, ich würde sie auf gebührendem Abstand halten.«

Der Vizeadmiral lachte laut auf.

»Pater Nikolas, Ihr misstraut doch immer allen!«

»Ihr sagt es: allen.«

In diesem Augenblick öffnete sich vor ihnen der Golf von Porto Conte. Es war eine Bucht mit dunkelblauem Wasser, umschlossen von den Felswänden des Capo Caccia und einem Gebirgszug. Am Eingang der Bucht verebbte der Seegang und unter einem glatten und glasklaren Wasserspiegel sah man in der Tiefe Korallenbänke und eine üppige Meeresvegetation. Bunte Fischschwärme stoben mit raschen Bewegungen in alle Richtungen.

Der Rhythmus der Ruderschläge war wieder gleichmäßig geworden. Die Ruderer auf beiden Seiten, wahre Kolosse mit von Sonne und Salz verbrannten Rücken, lehnten sich wieder gleichzeitig auf ihren Bänken zurück, wobei sie sich kräftig an dem Fußbrett abstützten, um sich dann, die Ruder mitschleifend, wieder nach vorn zu beugen. Die Kommandos der Schiffsmeister, die von den Reihenführern wiederholt wurden, klangen wie bellendes Husten.

Uch de Cardona, der ein amüsiertes Interesse an Eymerich hatte, wollte sich weiter mit ihm unterhalten; aber der Inquisitor, den diese Zudringlichkeit störte, stieg die kurze der Leiter des Kastells am Bug hinunter und ging über das Dollbord, wo sich Soldaten und Bogenschützen drängten, in Richtung Heck.

Während er sich seinen Weg zwischen den Bewaffneten hindurch bahnte, die sich um die an der Außenseite angebrachten Schilde drängten, fragte sich Eymerich, ob er am Heck wohl willkommen wäre. Wenn der König sich dort aufhielt, war dieser Bereich den vornehmsten Herren und den ergebensten Dienern vorbehalten. In den zwei Jahren im Dienste der Inquisition hatte er nur sporadisch Kontakt zum König gehabt, der durch das grotesk komplizierte Hofzeremoniell noch zusätzlich distanziert blieb. Peter IV. hegte Gefühle aufrichtiger Dankbarkeit dem Dominikaner gegenüber, er hatte jedoch nie darauf verzichtet, sich mit jüdischen Ratgebern zu umgeben, und hatte ihm nie gestattet, die islamische Religion radikal zu unterdrücken. Solche Motive der Uneinigkeit wurden dann noch verstärkt durch den scheuen und finsteren Charakter des Inquisitors, der sich zwar sträubte, sich in Szene zu setzen, gleichzeitig aber von Groll zerfressen war, wenn er sich übergangen sah.

Eymerich näherte sich der Gruppe von Höflingen also mit gemischten Gefühlen, was er hinter festem Blick und steifer Haltung zu verbergen trachtete, soweit das beim Schwanken des Schiffes möglich war. Er fing einige verächtliche Blicke von oben herab ein, die das Schlimmste vermuten ließen, hätte aber nicht erwartet, was dann geschah, als er die paar Stufen der Leiter hinaufgestiegen war.

Wie auf ein Zeichen hin kehrten ihm Adelige und Höflinge den Rücken zu und scharten sich um die Gestalt des Königs. Der stets misstrauische Eymerich glaubte schon an eine Verschwörung gegen ihn, als die Herren so laut und erschrocken aufschrieen, dass ihm klar wurde, dass er nicht im Mittelpunkt der Aufmerksamkeit stand.

»Mein Gott!«, schrie Bernat de Cabrera und strich sich über den Spitzbart, der sein Kinn zierte. »So etwas habe ich ja überhaupt noch nicht gesehen!«

»Das ist schrecklich, absolut schrecklich!« Eymerich erkannte die heisere Stimme des Vicomte d'Illa. »Sire, es ist besser, Ihr zieht Euch unter Deck zurück!«

Der Inquisitor konnte die Antwort des Königs nicht hören, stellte sich aber vor, dass sie ablehnend ausfiel. Er wandte sich an einen Adligen niederen Ranges, einen *criado,* der sich auf die Zehenspitzen stellte, um besser zu sehen. »Was ist denn da?«

»Seht selber nach«, sagte der andere, ohne sich umzuwenden.

Eymerich bahnte sich seinen Weg bis zur Flanke des Schiffs, dicht hinter dem langen Sporn. Er schaute aufs Meer. Zunächst sah er nur die Gischt, die der Kiel mit seinem Auf und Ab aufwarf, dann aber entdeckte er den Grund für all die Aufregung. Er unterdrückte einen Aufschrei. Dicht unter der Wasseroberfläche bewegten sich rings um das Schiff Hunderte von riesigen Kreaturen, langsam, mit milchig weißem Rücken. Man hätte sie für Schleier halten können, die träge unter der Wasseroberfläche dahinwallten, wenn man nicht ganz deutlich sehr lange Schwänze hätte erkennen können, die sich heftig bewegten. Auch meinte man knorpelige Krallen zu erkennen, die schlaff am Körper entlangglitten und sich am Ende blattförmig auffächerten.

»Meine Herrn, meine Herren, haben Sie keine Angst!«, rief von unten herauf einer der Matrosen. »Das sind keine Ungeheuer, es sind einfache Rochen!«

»Rochen?«, fuhr Bernat de Cabrera den Matrosen wütend an und gab damit eine Erregung zu erkennen, für die er sich schämte. »Seit wann hätte man denn in diesen Breiten je so große Rochen gesehen?«

Ein Aufschrei des Entsetzens unterbrach ihn. Eine der Kreaturen war an einem der Ruder hängen geblieben und hatte den Ruderer mit seinem dunklen, zähflüssigen Blut besudelt. Einen Augenblick lang konnten alle das durchsichtige Wesen sehen, wie es sich am Ende des Ruderblatts wand und dabei etwas bewegte, das wie große weiße Flügel aussah. Zwei schmale, unglaublich bösartige Augen, wie schlecht verheilte Wunden, schienen Soldaten und Mannschaft zu mustern. Dann tauchte das Ruder wieder ins Wasser ein und warf seine schauerliche Last ab, während der Schwarm Ungeheuer zerstob. Einen Moment lang waren die Ruderer aus dem Rhythmus geraten und die Galeere schwankte. Viele der Ruderer bekreuzigten sich, und einige machten Anstalten, ihren Sitz zu verlassen. Aber die Schiffsmeister hatten die Ordnung bald wiederhergestellt, indem sie die Unruhigsten grob anherrschten. Der Ruderschlag kehrte zu seinem regelmäßigen Rhythmus zurück.

Eymerichs Blick begegnete dem des Königs, der als Einziger in der Gruppe der vornehmen Herren ungerührt geblieben war. Er erkannte ein ironisches Leuchten darin, doch auch einen Hauch von Beunruhigung. »Zum Glück seid Ihr hier, Pater Nikolas!«, rief Peter IV. ihm zu. Dann zu den Höflingen gewandt: »Meine Herren, lassen Sie sich nicht von einer Lappalie beeindrucken. Rochen sind merkwürdige Fische, aber völlig gewöhnlich. Denken Sie daran, dass Sie Männer des Krieges sind.«

Bernat de Cabrera, der von allen am blassesten war, versuchte zu protestieren. »Aber Sire! Ich kenne Rochen sehr gut, doch das hier …«

»Das waren Rochen«, fiel ihm der König barsch ins Wort. »Und wenn nicht, dann haben wir hier Pater Eymerich, der gegen jede übernatürliche Bedrohung den Schutz Gottes anrufen kann. Pater, erteilt uns und dem Meer Euren Segen.«

Mechanisch gehorchte der Inquisitor. Mit Ausnahme der Königs knieten sämtliche Höflinge auf den feuchten Planken des Kastells nieder. Auch die Ruderer, die ihre

Tätigkeit für einen Augenblick unterbrachen, murmelten Gebete, die Augen auf den Bug gerichtet. Dann kehrte alles zur Normalität zurück, als ob ein Albtraum verscheucht worden wäre. Auf den Knauf ihrer Schwerter gestützt, erhoben sich die Höflinge wieder.

Das Meer war wieder ruhig und klar. Die anderen Schiffe der Flotte hatten vermutlich nichts bemerkt und bogen nun ebenfalls in gleichförmigem Tempo um das Capo Caccia. Streng ruhte der Blick des König auf den Männern seines Gefolges. »Meine Herren, ich hoffe, ihr seid beruhigt. Lasst uns bis zur Landung mit Pater Nikolas allein. Und denkt daran, dass ihr zum Kämpfen hierher gekommen seid, nicht, um euch von irgendwelchem Meerestieren beeindrucken zu lassen.«

Leicht gedemütigt zogen die Höflinge ihre Mäntel enger um die Schultern und stiegen aufs Deck hinunter. Nur Bernat Dezcoll und Bernat de Cabrera wandten sich um und warfen dem Inquisitor einen Blick zu: voller Sympathie der eine, voller Missgunst der andere.

Peter IV. berührte Eymerich an der Schulter und dem gelang es, bei der Berührung nicht zusammenzuzucken. »Nun, Pater Nikolas, was haltet Ihr davon?«

Eymerich sah in die tiefschwarzen, leicht mandelförmigen Augen des Herrschers. »Wenn Ihr den Freimut gestattet, Sire, so finde ich, dass es wirklich wenig bedarf, um Eure Krieger zu erschrecken. Die Mannschaft hat wesentlich besser reagiert.«

Der König verzog keine Miene. »Ihr habt Recht«, sagte er und versuchte den Lärm der Ruder zu übertönen, aber zugleich nicht für die Menschen auf dem Deck hörbar zu sein. »Doch was wir gesehen haben, könnte mit Eurer Anwesenheit hier zu tun haben. Mit Sicherheit waren das gewöhnliche Rochen, aber mit ebensolcher Sicherheit waren sie fünfmal so groß wie normale.«

Eymerich zuckte mit den Achseln. »Ich verstehe nichts von Fischen.«

»Aber Ihr versteht etwas von Dämonen.« Peter IV. machte eine Pause und betrachtete die strengen Gesichtszüge des Inquisitors. »Während der gesamten Überfahrt seid Ihr Uns ausgewichen. Warum?«

Eymerich senkte den Blick. »Ich bin nicht Euch ausgewichen, Sire, sondern Eurem Gefolge. Ich habe nichts übrig für Hochmut und Leichtsinn.«

Peter IV. deutete ein Lächeln an. »Ein hartes Urteil, das Ihr da fällt. Früher wart Ihr einmal diplomatischer.« Er holte tief Luft. »Ihr habt sicher erraten, dass Eure Anwesenheit an Bord nicht zufällig ist. Wenn Wir Euch gezwungen haben, Uns zu begleiten, so hatte das seinen Grund.«

»Ich wartete just darauf, ihn zu erfahren.«

Der König wies auf die Hügel des Festlands, die gesäumt waren von einem hellweißen Strand, der in der Sonne leuchtete. »Seht Ihr diese Insel, Sardinien. Scheinbar herrlich, wenn auch etwas wild. Und doch haben Wir erfahren, dass sie tödliche Gefahren birgt. Und damit meinen Wir nicht den Judex von Arborea und seine Revolte.«

Eymerich horchte auf. »Was meint Ihr dann?«

Der Blick Peters des IV. wurde nachdenklich. »Wir wissen es nicht mit Bestimmtheit. Es wurde Uns jedoch berichtet, dass in einigen Gegenden der Insel, auch dort, wo wir landen werden, der christliche Glauben verhöhnt wird oder einfach unbekannt ist. Wir wissen, dass seltsame Kulte gedeihen und dass die Unmoral zur Norm des Lebens erhoben wird. Wir wissen, dass Mariano von Arborea noch ganz anderes zu verteidigen hat als seine Herrschaft und die der Genuesen.«

Eymerich merkte, dass der König zu Vertraulichkeiten aufgelegt war, und beschloss kurzerhand, die Gelegenheit zu nutzen. »Auch in Saragossa gibt es unchristliche Kulte und doch werden sie geduldet«, bemerkte er trocken.

Peters Gesichtsausdruck verhärtete sich schlagartig.

»Die Innenpolitik des Königreichs Aragón geht Euch nichts an, Pater Nikolas. Wir haben von etwas anderem zu Euch gesprochen. Beschränkt Euch darauf, Uns zuzuhören.«

Eymerich sah ein, dass sein Schritt falsch gewesen war. Er ärgerte sich über sich selbst. »Verzeiht, Sire«, murmelte er widerwillig, wohl wissend, dass der Gedanke an den begangenen Fehler ihn stunden-, wenn nicht tagelang quälen würde.

Der König hörte ihn vielleicht nicht, begriff aber den Sinn seiner Worte. »Lasst es gut sein. Wir sagten Euch, dass Wir es mit einem Feind zu tun haben, der nicht nur mit guten Schwertern gerüstet ist, sondern auch mit suggestiven Überzeugungen, die Wir noch nicht ans Tageslicht bringen konnten. Deshalb haben Wir Euch hierher mitgenommen. Jeder Angriff auf die Christenheit ist Sache der Inquisition. Wenn es Uns gelingt zu beweisen, dass Mariano unmoralische Glaubensüberzeugungen fördert, wird Papst Innozenz VI. gezwungen sein, aus seiner Neutralität herauszutreten und Uns gegen die Genuesen zu unterstützen.«

Eymerich nickte. »Ich verstehe. Aber was hat das alles mit den Seeungeheuern zu tun, die wir vor kurzem gesehen haben?«

»Es hat damit zu tun, leider.« Peter IV. senkte die Stimme so weit, wie es beim Knarren der Ruder möglich war. »Es wird Uns berichtet, der Judex von Arborea setze nicht nur Menschen und Waffen gegen Uns ein, sondern auch seltsame Kreaturen, grauenhafte wie die, die Ihr soeben gesehen habt. Angeblich wimmelt es auf der ganzen Insel von seltenen Formen des Lebens, von gefährlichen Amöben und für den Menschen tödlichen Parasiten. Und all diese unreinen Wesen scheinen im Dienst der Herren von Arborea zu stehen.«

Eymerich zog eine Augenbraue hoch. »Ist das glaubhaft?«

Peter IV. war im Begriff zu antworten, als ein neuerliches Schlingern der Galeere ihn zwang, sich an der Brüstung festzuhalten, wobei er mit Meerwasser nass gespritzt wurde. Aber diesmal handelte es sich nicht um ein Hindernis. Die Männer auf den Ruderbänken hatten ganz einfach gleichzeitig sämtliche Ruder gehoben und hielten sie nun mit ihrem ganzen Körpergewicht hoch. Die *aliers* machten sich an den Tauen des Hauptmasts zu schaffen.

»Schiff in Sicht, Sire!«, brüllte Bernat de Cabrera von der Brücke aus, beide Hände um den Mund gelegt. »Es trägt das Wappen des Judikats von Arborea.«

Peter runzelte die Stirn. »Sollte Mariano so verrückt sein, Unsere Flotte auf dem Wasser anzugreifen?«

»Wahrscheinlicher ist, dass es sich um eine Botschaft handelt«, bemerkte Eymerich und sah über die Bucht in Richtung Küste. »Seht, es ist kein Kriegsschiff.«

Was da näher kam, war in der Tat eines von den kleinen, bauchigen, Kogge genannten Schiffen mit nur einem Mast und quadratischem Segel, auf dem das Wappen der Arborea prangte. Auf der Brücke sah man keine Bewaffneten und auch keine Angehörigen der Mannschaft. Erst als das Schiff näher herangekommen war, konnte man zwei Matrosen erkennen, die sich an das große, in den Bug eingelassene Steuerrad klammerten.

Rasch stieg Bernat de Cabrera zum Kastell hinauf. »Das ist eine Kogge genuesischer Bauart, Sire«, rief er erregt. »Ihr geht besser unter Deck.«

Der König zuckte die Achseln. »Ein Schiffchen kann mir doch keine Angst machen. Lasst lieber die Bogenschützen auf dem Dollbord antreten.«

Der Admiral war schon im Begriff, die entsprechenden Befehle zu erteilen, als das kleine Schiff, nunmehr bis ins Detail sichtbar, plötzlich kehrtmachte und der Galeere die Steuerbordseite zukehrte.

»Was für Matrosen sind denn das?«, murmelte Peter IV.

»Es sieht so aus, als hätten sie keine Kontrolle über das Steuerrad.«

»Natürlich«, bemerkte Eymerich kalt. »Seht doch, es sind Leichen!«

Ein Aufschrei entschlüpfte den Lippen des Königs und des Admirals, der sofort von den an dieser Seite in Stellung gegangenen Soldaten wiederholt wurde. Jetzt sah man mit aller Deutlichkeit, dass die beiden in sich zusammengesackt waren und nur an der Taille von Tauen gehalten wurden. Jede Bewegung der losen Ruderpinne zwang ihre schlaffen Beine zu einem grotesken kurzen Lauf, während das Schwanken des Schiffs die auf die Brust herabhängenden Köpfe von einer Seite zur anderen baumeln ließ.

»Das ist eine Warnung!«, rief Bernat de Cabrera, äußerst bleich. »Mariano lässt uns sagen, dass wir unerwünscht sind, auch wenn er dafür ein Schiff opfern muss.«

Der König wollte schon beipflichten, doch Eymerich kam ihm zuvor. »Nein, das ist eine Falle! Niemand opfert aus so nichtigen Gründen ein Schiff! Sire, lasst dieses Schiff rammen!«

Der Ton des Inquisitors war so gebieterisch, dass der König nicht lange darüber nachdachte, wer ihm da einen Ratschlag erteilte, der so sehr einem Befehl glich. Er wandte sich an Uch de Cardona, der vom Bug hergelaufen kam.

»Lasst weiterrudern! Sofort! Wir rammen die Kogge!«

Uch ließ sich das nicht zweimal sagen. Eine Reihe von knappen Befehlen gingen von ihm an Offiziere, Schiffsmeister und Aufseher und daraufhin tauchten die Ruder in gemäßigtem Rhythmus wieder ins Wasser, Wellenberge hinter sich aufwerfend. Der König stieg eilig vom Kastell am Heck herunter, gefolgt von Eymerich, und gesellte sich zu der Gruppe von Höflingen. Die leichte und sehr schnelle königliche Galeere flog übers

Wasser und hatte in wenigen Augenblicken die Entfernung zurückgelegt, die sie von dem feindlichen Schiff trennte.

Die Aragonesen hielten sich am Tauwerk und an den Reihen von Schilden fest, mit denen das Schiff gepanzert war, und bereiteten sich auf den Aufprall vor. Da sahen sie, wie mit einem Mal auf der Brücke der Kogge die Türen aufsprangen und eine Menge von verschreckten Männern mit sehr bleichen Gesichtern und langen Haaren, mit Tierfellen bekleidet, herauskamen. Die ersten stürzten sich ins Meer, die anderen liefen, sinnlose Sätze brüllend, auf dem Schiff hin und her. Nur wenige zückten kurze, dunkle Schwerter grober Machart, die sie offenbar nur mit Mühe heben konnten.

»Aber das sind doch keine Soldaten von Arborea!«, rief Bernat Dezcoll Eymerich ins Ohr. »Die sehen ja aus wie Wilde oder Höllenwesen!«

»Vielleicht sind sie das ja auch«, antwortete der Inquisitor nachdenklich, ohne zu präzisieren, welche der beiden Hypothesen er meinte.

Es war nicht lange Zeit, das Schauspiel zu betrachten. Der sehr lange Sporn der Königlichen Galeere prallte auf den Rumpf der Kogge und durchbohrte ihn fast vollständig. Der Hauptmast knickte sofort mit ohrenbetäubendem Krachen von splitterndem Holz in sich zusammen. Man sah die blutleeren Wesen, die diese seltsame Mannschaft bildeten, wie sie das Deck der ganzen Länge nach hinunterrutschten und in den Abgründen verschwanden, die sich unter ihren Füßen auftaten, oder über Bord geschleudert wurden wie Steine von einer Wurfmaschine. Ein Hagel von Pfeilen, abgeschossen von den Bogenschützen auf den geschützten Gängen, prasselte auf die wenigen ein, die noch auf den Beinen waren. Dann, auf ein Kommando von Bernat de Cabrera hin, kehrten die Ruder der königlichen Galeere ihre Richtung um. Das lange Kriegsschiff löste sich von dem Wrack, das in wenigen Augenblicken in einem gischtigen Wassertrichter versank.

Eymerich warf einen letzten Blick auf den riesigen brodelnden Strudel, dann näherte er sich dem König, der von seinen Höflingen und Adeligen umringt war. Peter IV. war leicht außer Atem. »Herr de Cabrera!«, befahl er dem Admiral. »Wenn eines dieser Monstren überlebt hat, wollen Wir, dass es eingefangen und vor Unser Angesicht gebracht wird. Wir sind neugierig zu erfahren, mit welcher Absicht der Judex von Arborea diese Farce inszeniert hat.«

Bernat de Cabrera entfernte sich. Eymerich wollte näher zum König treten, zwei adlige Herren aber, einer davon der Vicomte d'Illa, versperrten ihm den Weg. Ziemlich rücksichtslos drängte er sie beiseite und erntete dafür empörte Blicke. »Sire!«, rief er, als er das kleine Hindernis überwunden hatte. »Lasst keinen dieser Wilden in Eure Nähe!«

»Und warum nicht?«, fragte der Herrscher verwundert.

»Die Bedrohung war nicht das Schiff, wie Ihr gesehen habt«, erklärte Eymerich entschlossen. »Es war auch nicht die Mannschaft, die es trug, fast unbewaffnet und harmlos für Eure Männer. Da muss etwas anderes sein!«

»Und was? Erklärt Euch!«

»Es bleibt nur eine Lösung. Die Gefahr muss sich am Leib dieser Individuen befinden. Es war abzusehen, dass Ihr die Kogge kampflos versenken würdet. Und ebenso war es abzusehen, dass Ihr die Überlebenden befragen würdet.«

Im ersten Moment schien Peter IV. nicht zu verstehen; als er dann begriff, hellte sich sein Gesicht auf. »Danke, Pater Nikolas!« Er wandte sich an den Vicomte d'Illa. »Vicomte, Wir ziehen Uns bis zur Landung unter Deck zurück. Wenn Herr de Cabrera eines diese Geschöpfe fängt, befragt Ihr es. Doch haltet es auf Distanz und fest gefesselt. Pater Eymerich wird Euch zur Seite stehen.«

Der Vicomte d'Illa verneigte sich leicht. Der König ging rasch auf den Kabinentrakt im Vorschiff zu, gefolgt von seinen Höflingen. Der Ruderschlag war erneut unterbrochen worden, die Galeere schwankte leicht auf dem immer noch schäumenden Meer, das von Tauspulen, Leinen und Wrackteilen übersät war. Die anderen aragonesischen Schiffe hatten ebenfalls Halt gemacht und reihten sich am Eingang der Bucht von Porto Conte auf, die Ruder gehoben und die Segel eingeholt.

»Da ist ein Überlebender!«, rief der Vicomte d'Illa und deutete auf eine kleine dunkle Gestalt, die sich verzweifelt an ein schwimmendes Fass klammerte. »Männer! Werft ihm eine Leine hinüber!«

Eymerich trat hinter den Edelmann. »Herr, ich empfehle Euch Vorsicht«, flüsterte er ihm zu.

Der junge Mann fuhr herum, die feinen Züge von Wut entstellt. »Hör gut zu, Pfaff! Es reicht schon, dass wir deine Gegenwart ertragen müssen, die der König offenbar schätzt. Aber dass du einem Mann meines Ranges Ratschläge erteilen willst, das geht zu weit! Kümmre dich um deine Messbücher und misch dich nicht ein, wenn du nicht willst, dass ich dich den Fischen zum Fraß vorwerfe.«

Ein dunkles Licht glomm einen Moment lang in Eymerichs Augen auf, doch seine Selbstbeherrschung siegte. Er senkte den Blick zu Boden, verneigte sich leicht und zog sich ein paar Schritte zurück, während die Soldaten ringsum hämische Kommentare abgaben. Der Ärger fuhr ihm schmerzhaft in die Glieder und presste ihm den Brustkorb zusammen, der zerspringen zu wollen schien. Er beherrschte die Regung jedoch, indem er tief durchatmete und jeden Gedanken aus seinem Geist verbannte.

Ein Matrose warf eine lange Leine ins Wasser. Nach ein paar vergeblichen Versuchen klammerte der Wilde sich daran und ließ sich zur Galeere ziehen.

Einer der Matrosen deutete auf andere dunkle Figuren, die sich an andere Wrackteile ihres Schiffes geklammert über Wasser hielten. »Müssen wir die auch retten?«

Der Vicomte d'Illa schüttelte den Kopf, den Mund zu einem bösen Ausdruck verzogen. »Nein, die können krepieren. Ein Gefangener genügt.«

Einen Augenblick später tauchte der zerzauste Kopf des Schiffbrüchigen über dem Rand der Schiffsflanke auf, von heftigem Keuchen geschüttelt. Zwei Soldaten packten ihn unter den Achseln und hoben ihn aufs Deck, wo er niedersank, eine Lache Wasser um sich verbreitend. Der Befehl des Königs, den Gefangenen zu fesseln, erwies sich sofort als überflüssig.

Es handelte sich um ein Individuum von leichenhafter Blässe, zwei tief liegende blaue Augen in dem knochigen Gesicht, die sich ohne eine Spur von Neugier oder Angst auf die Umstehenden richteten. Haare und Bart waren ungepflegt, Wasser lief in Bächen daraus auf eine grobe Jacke aus Schaffell herunter, die ohnehin schon völlig durchnässt war. Die knochigen Arme waren von Schwellungen und Rötungen entstellt, als ob dieser blutleere Körper von gefräßigen Parasiten aufgezehrt worden wäre.

Der Vicomte d'Illa trat einen Schritt vor und hielt sich ein besticktes Taschentuch vor die Nase. »Wer bist du? Wie heißt du? Wer schickt dich?«

Der Mann riss den Mund auf, um zu antworten; doch dann gab er einen merkwürdig gurgelnden Laut von sich, blähte die Backen und schloss die Augen. Einen Augenblick später kam ein sehr langer gelblicher Strahl Speichel zwischen seinen blutleeren Lippen hervor und traf den Vicomte auf Stirn und Kleidern.

»Ah, du Elender!«, brüllte der Edelmann wutentbrannt und wischte sich den Speichel, der ihm übers Gesicht herablief, mit dem Taschentuch ab. Er zog das

Schwert. »Gib Acht auf das, was du tust. Dein Leben ist in meiner Hand!«

Der Gefangene gab nicht nach. Er spuckte ein zweites und dann ein drittes Mal. Dann setzte er zum vierten Mal an, als ihm das Schwert des Vicomte durch die Kehle fuhr und sie von vorn bis hinten durchstieß. Der Mann zuckte kurz zusammen, sackte ohne einen Laut zusammen und sein rötliches Blut vermischte sich mit dem schmutzigen Wasser auf den Planken.

Mit einer raschen Geste zog der Vicomte das Schwert zurück, wischte es mit den Fingern ab und steckte es wieder in die Scheide. »Seht nur, was er mir angetan hat!«, schrie er und wies auf den gelblichen Geifer, der ihm übers Gesicht lief und auf die roten Samthosen tropfte. »Das ist widerwärtig, absurd!«

»Da sieh an«, sagte ein Matrose und beugte sich über einen der Spuckeflecken auf den Schiffsplanken. »Man würde sagen, in dieser Brühe bewegt sich was.«

Eymerich, der hinter ihm stand, warf einen Blick darauf. In der Tat glaubte er, in der gelben Masse eine schnelle Bewegung zu erkennen, als ob sich viele winzige Wesen heftig zusammenzögen und wieder ausdehnten. Angewidert wich er zurück, doch er sagte lieber nichts, um weitere unhöfliche Antworten zu vermieden.

»Ich muss hinuntergehen und mich umziehen«, sagte der Vicomte d'Illa in hysterischem Ton. »Werft den Leichnam dieses Wilden sofort über Bord und wascht den Boden gründlich.« Mit großen Schritten und ausholenden Gesten steuerte er auf den Kabinentrakt im Bug zu. Soldaten und Matrosen beeilten sich, seine Befehle auszuführen.

Wenige Augenblicke später nahmen auf beiden Seiten die Ruder ihre weit ausholende und gleichförmige Bewegung wieder auf und trugen die Galeere in Richtung Festland. Eymerich war stehen geblieben und sah aufs Meer hinaus. Er schreckte auf, als er neben sich Uch de Cardona bemerkte, der leise näher getreten war.

»Habt Ihr Euch eine so bewegte Landung erwartet?«, fragte der Vizeadmiral im üblichen ironischen Ton.

Statt zu antworten, fragte ihn Eymerich: »Herr, wisst Ihr, welcher Tag heute ist?«

»Ich glaube, es ist Samstag. Ja, Samstag, der 21. Juni 1354. Warum fragt Ihr mich das?«

Der Inquisitor lenkte den Blick auf den weißen Streifen des Festlands, während sich zwischen seinen Augenbrauen eine tiefe, senkrechte Falte bildete. »Merkt Euch dieses Datum. Ich glaube, es bezeichnet den Beginn eines Angriffs durch einen sehr mächtigen Feind. Und damit meine ich nicht den Judex von Arborea.«

KAPITEL IV

Luzern 1934
Die Funktion des Orgasmus

»Mach dich auf etwas gefasst, meine Liebe«, flüsterte Wilhelm Reich Elsa Linderberg ins Ohr. »Wir sind im Begriff, unseren Fuß in ein Vipernnest zu setzen.« Sie lächelte nur.

Gemeinsam durchschritten sie die Tür zum Institut. Die Teilnehmer am Kongress der Deutschen Psychoanalytischen Vereinigung waren zum Großteil schon eingetroffen und unterhielten sich in Gruppen zwischen Diwanen und Zierpflanzen. Der Schweizer August, weder schwül noch kühl, hatte viele nicht davon abgehalten, ihre seriöseste Kleidung hervorzuholen. Schwarze Mäntel, gefütterte Jacken und Pelzkrägen streiften lange Rauschebärte und wölbten sich über dicken Bäuchen.

Reichs kräftige Erscheinung, nur im sportlichen Sakko, stand in deutlichem Kontrast zu diesen von Studium und Lehrtätigkeit verbrauchten Körpern. Nur die skandinavischen Gäste, die Cocktail trinkend in einer Ecke beisammen standen, bewegten sich mit ähnlicher jugendlicher Lässigkeit wie er. Sie grüßten ihn von ferne und machten ihm Zeichen, er solle zu ihnen kommen.

Reich nickte mit einem Lächeln. Zuerst aber musste er den hohen Tieren des Kongresses seine Aufwartung machen. »Siehst du Anna Freud?«, fragte er Elsa.

»Nein, aber da ist Müller-Braunschweig zwischen Federn und Nunberg. Offenbar schauen sie genau zu dir her.«

Reich seufzte. »Dann werde ich den Guru begrüßen gehen. Es ist nicht nötig, dass du auch mitkommst.«

Elsa warf ihm einen schelmischen Blick zu. »Oh, darauf lege ich auch überhaupt keinen Wert.«

»Im Übrigen bist du bestimmt nicht lang allein. Du bist wirklich bezaubernd heute Abend und wie ich meine Kollegen kenne …« Er zwinkerte ihr zu und machte sich auf den Weg.

Auf dem Weg zu dem Sofa, auf dem Müller, der mächtige Generalsekretär der Vereinigung, saß, musste er viele Hände schütteln. Reich entging die Feindseligkeit von einigen der Anwesenden nicht. Nur Hitschmann, der gute, alte Hitschmann war wirklich herzlich. »Reich! Was für eine Freude! Stimmt es, dass Sie das Hotel abgelehnt haben und lieber im Zelt am See campieren?«

»Das stimmt.«

»Sie werden sich nie ändern.« Hitschmann senkte die Stimme. »Ich habe *Massenpsychologie des Faschismus* gelesen. Sie haben Mut, das muss man Ihnen lassen.«

Reich hob die Schultern. »Ich bin auf dem Weg, Müller meine Aufwartung zu machen. Soweit ich weiß, ist er nicht genauso begeistert.«

»Bleiben Sie auf jeden Fall hart. Man braucht Ihre politischen Ansichten nicht zu teilen, um ihren Wert zu erkennen.«

»Bei Müller ist das leider nicht nur eine Frage der politischen Ansichten.« Mit einer liebenswürdigen Geste verabschiedete sich Reich und ging auf den Diwan zu.

Federn und Nunberg grüßten ihn mit einem weder freundlichen noch feindseligen Kopfnicken. Müller-Braunschweig hingegen ergriff widerwillig die Hand, die ihm entgegengestreckt wurde, und stand sofort auf. »Doktor Reich«, sagte er, die einzelnen Worte deutlich betonend, »ich wundere mich, Sie hier zu sehen.«

»Warum?«

»Weil Sie aus der Vereinigung ausgeschlossen sind. Sagen Sie bloß nicht, Sie hätten das nicht gewusst.«

Reich war auf alles gefasst gewesen, nur darauf nicht. Sein Herz begann wie rasend zu schlagen. »Aber was sagen Sie denn da«, erwiderte er heftig. Dann, seine Nerven mit Mühe unter Kontrolle haltend, setzte er hinzu: »Ja, ich habe Ihren Brief vom 1. August erhalten. Wenn mein Name auf der Mitgliederliste nicht erscheinen soll, weil er den Nazis nicht genehm ist, dann können wir darüber reden.«

Müllers kurzsichtige Augen wurden kalt. »Sie verstehen mich nicht, Doktor Reich. Ich wiederhole: Sie sind ausgeschlossen, schon seit Monaten.«

»Seit Monaten?« Reich fühlte eine Welle der Entrüstung in sich aufsteigen. Es war nicht seine Art, aus seinen Gefühlen ein Hehl zu machen. »Sie machen wohl Witze! Vor drei Wochen erst haben Sie sich an mich als aktives Mitglied gewandt!«

»Offenbar haben wir uns missverstanden. Ihr Ausschluss ist schon lange beschlossene Sache. Ich habe Ihnen nichts weiter zu sagen.« Müller setzte sich wieder, verschränkte die Arme und tat so, als sähe er anderswohin.

Reich war sprachlos. Die Sache war so unglaublich, dass er sich entwaffnet fühlte. Er sah Federn an, der den Blick sofort abwandte. Dann kam der Schlag also von dort. Das war zu erwarten gewesen; schon seit Jahren bekämpfte Federn ihn in einem erbitterten und nicht erklärten Grabenkrieg. »Dürfte ich wenigstens erfahren, wie die Anklage lautet?«, fragte er, sobald er wieder einen Ton herausbringen konnte.

Nunberg ergriff das Wort, ein ironisches Lächeln auf den fleischigen Lippen. »Kommen Sie, Doktor Reich, spielen Sie hier doch nicht den Dummen. Sie wissen doch ganz genau, dass Ihre derzeitigen Positionen nichts mit der Freudschen Psychoanalyse zu tun haben. Die Charakteranalyse, die so genannte Theorie des Orgasmus …«

»Die Charakteranalyse wird von der Mehrzahl der Psychoanalytiker praktiziert. Es wundert mich, Herr Doktor Nunberg, dass Ihnen das nicht bekannt ist. Sind Ihnen bei Ihren Patienten noch nie Widerstände begegnet?«

»Ja, aber die rühren vom Todestrieb her.«

Der Todestrieb! Die Vorstellung, dass die menschliche Psyche zum Tod und nicht zum Leben strebte! Über keinen anderen Begriff konnte Reich sich so aufregen wie über diese Absurdität. Er beschloss, dass es jetzt genug war mit der Diplomatie. »Herr Doktor Nunberg«, sagte er scharf, »der Todestrieb ist es, der nichts mit der Freudschen Psychoanalyse zu schaffen hat. Auch wenn Freud selbst den Begriff geprägt hat, um das Gewicht der Genitalität abzuschwächen.«

Müller-Braunschweig lächelte triumphierend. »Sehen Sie? Sie besitzen sogar die Dreistigkeit, Freud selbst zu kritisieren. Ausschluss hin und oder her, Sie stehen außerhalb der Vereinigung. Warum geben Sie das nicht zu?«

Paul Federn, der den Wortwechsel mit einem Ausdruck verfolgt hatte, als ob er sich wünschte, dass er noch weiter eskalierte, hielt den Zeitpunkt für gekommen einzugreifen. »Tatsache ist, dass Reich dem alten Begriff der Libido verpflichtet geblieben ist. Ich fürchte, er ist nicht zu retten.«

»Aber die Libido existiert!« Reich bemerkte, dass er in eine Falle getappt war. Von der Frage der Legitimität eines nie protokollierten Ausschlusses war man zur Erörterung seiner tiefsten Überzeugungen übergegangen. Aber wie sollte er sich dem entziehen? Er verzichtete darauf, den Ton seiner Stimme zu mäßigen. »In meine Beratungsstellen kommen Tausende von Patienten. Und darunter ist nicht Einer, nicht ein Einziger, sage ich, der nicht eine Störung der orgastischen Potenz aufwiese. Und darunter ist auch nicht ein Einziger, der so etwas wie einen Todestrieb erkennen ließe.«

Die Grüppchen in der näheren Umgebung wurden auf den Wortwechsel zwischen den drei auf dem Sofa sitzenden Herren und dem kräftigen, athletischen Mann, der vor ihnen stand, aufmerksam. Sandor Rado, der ihrer Unterhaltung schon ein paar Minuten lang folgte, stellte sein Glas auf der Konsole vor einem Spiegel ab und kam näher. »Die Annahme der Libido hat Freud schon seit einer Weile verworfen, Herr Doktor Reich. Wo sehen Sie denn die Libido?«

»Aber ich sehe sie beim Masochisten, der zum Bersten mit Energie angefüllt ist wie eine Blase und darum fleht, verletzt zu werden, um sie freisetzen zu können. Er liebt nicht den Schmerz an sich, er begehrt nicht den Tod. Er will nur die in ihm angestaute Energie freisetzen, da sie ihn pfeifen lässt wie einen überdehnten Luftballon.«

Federn brach in Gelächter aus. Rado dagegen beschränkte sich auf ein Kopfschütteln. »Energie, ja? Psychische Energie, will ich hoffen.«

»Psychisch und physisch. Das sieht man am Mechanismus des Orgasmus. Mechanische Anspannung, Aufladung, Entladung, mechanische Entspannung. Der Orgasmus ist nichts Immaterielles, er besteht aus einer Reihe von unwillkürlichen Muskelzuckungen, die den ganzen Körper erfassen.«

»Aufladung, Entladung, das klingt so, als würden Sie von elektrischer Energie reden.«

Reich bemerkte in der scheinbar neutralen Feststellung Rodas eine Spur Bosheit. Ob er wegen seiner Frau böse war auf ihn? Bei einem Tanz mit Emmy Rado hatte er einmal eine intensive sexuelle Kommunikation zu ihr hergestellt, die offenkundig erwidert wurde. Aber es war über einen Tanz nicht hinausgegangen. »Ich spreche von Energieentladungen, jener Energie, die Freud Libido nannte. Ob es sich dabei um elektrische Energie handelt, muss erst noch festgestellt werden.«

Federn lachte noch einmal, noch lauter. »Reich, führen Sie uns doch nicht an der Nase herum. Wir wissen, dass Sie in Kopenhagen Versuche anstellen, die elektrische Aufladung der Schleimhäute während des Orgasmus zu messen. Als ob das möglich wäre!«

»Sicher ist das möglich. Man muss nur die richtigen Instrumente zur Verfügung haben.«

Diesmal war er zu laut geworden. Auf einmal wurde es still in dem großen Saal und neugierige Blicke richteten sich auf den Diwan, auf dem Müller-Braunschweig mürrisch thronte, erhabener und scheinbar unparteiischer Richter. Dann strömte alles in diese Richtung.

Elsa Linderberg, die versuchte, sich den Aufmerksamkeiten zweier junger Wiener Psychoanalytiker zu entziehen, nutzte die Gelegenheit, um an Reichs Seite zu treten. Sie streichelte ihm kurz über den Arm und sah sich mit herausfordernder Miene um. Sie wusste, dass ihre nicht legitimierte Beziehung in dieser Umgebung nur sehr widerwillig toleriert wurde und dass Reichs erste Ehefrau, Annie, alles daran setzte, sie unglaubwürdig zu machen.

»Stimmt das, was ich gehörte habe?« Schjelderup, Chef der norwegischen Delegation, drängte sich bis zu Müller-Braunschweig vor und sah ihn aus seinen hellen Augen voller Empörung an. »Dass ihr Doktor Reich hinauswerfen wollt?«

Ärgerlich und leicht verlegen machte Müller eine ausweichende Geste. »Das ist eine Entscheidung des Sekretariats, nicht meine. Ich kann hinzufügen, dass Doktor Max Eitington, den wir alle schätzen, auf den Ausschluss gedrungen hat.«

»Dann beantrage ich, dass Doktor Reich Mitglied der skandinavischen Sektion wird, die demnächst ins Leben gerufen wird. Es ist unerhört, dass der Autor der *Charakteranalyse* in dieser Weise behandelt wird. Und ich füge hinzu, dass, sollte diese Haltung beibehalten werden, wir Skandinavier schon jetzt darauf verzichten, Mitglied in der Internationalen Gesellschaft für Psychoanalyse zu werden.«

Ein Raunen ging durch den Saal. Wütend sprang Müller auf. Auf seinem Gesicht war keine Spur mehr der bis eben zur Schau gestellten Gleichgültigkeit. »Sind Sie Kommunist, Doktor Schjelderup?«

»Nein, keineswegs. Aber was hat das damit zu tun?«

»Dann sollten Sie wissen, das Doktor Reich orthodoxer Kommunist ist. Und das allein genügt, um ihn zu einem Außenseiter der Psychoanalyse zu machen. Habe ich mich klar ausgedrückt?«

»Da haben wir's«, flüsterte Elsa.

Reich, der seine Ruhe wiedergefunden hatte, lächelte ihr und Müller zu. »Ich war in Wien bei der Roten Hilfe und der Arbeitermiliz tätig, in Deutschland habe ich für die Arbeiterjugend die Kurse in Sexualhygiene betreut. Aber vor neun Monaten hat der Parteisekretär der Kommunistischen Partei Dänemarks *Massenpsychologie des Faschismus* im ›Arbeiterblad‹ als ›konterrevolutionär‹ definiert. Vor zwei Jahren hat der Sportverband der KP Deutschland *Einbruch der sexuellen Zwangsmoral* auf den Index gesetzt. Sie haben sogar Kongresse gegen mich abgehalten. So viel nur zu meiner Orthodoxie.«

»Orthodox oder nicht, bestehen bleibt die Tatsache, dass Sie Kommunist und Marxist sind.«

»Dann haben wir uns nicht verstanden. Die Führer der Kommunistischen Partei haben mit dem Marxismus so viel zu tun, wie Sie, Herr Doktor Müller, mit dem ursprünglichen Denken Siegmund Freuds. Nichts.« Das war massiv. Reich suchte mit den Augen Otto Fenichel, den selbst ernannten Führer der Freudschen Linken, den er in der Menge rings um den Diwan entdeckt hatte. Fenichel wandte den Blick ab. Die Botschaft war klar: Er hatte nicht die Absicht, ihm zu helfen, er fürchtete einen Ausschluss zu sehr.

Zum Glück hatte Müller die Bemerkung nicht allzu übel genommen. »Welches auch immer Ihre aktuellen Positionen sein mögen, Herr Doktor Reich, Ihre Vergangenheit ist bekannt. In der gegenwärtigen politischen Situation in Deutschland ist Ihr Name belastend für uns und beschwört Gefahren für uns herauf. Ihr Buch über den Faschismus war der Tropfen, der das Fass zum Überlaufen gebracht hat.«

»Also geht es darum? Ist gut, ich akzeptiere meinen Ausschluss. Aber lassen Sie sich eines gesagt sein, Herr Doktor Müller, die Vereinigung erweist sich als beschämend feige. In der Zeitschrift der Bewegung werden Regimegegner zensiert, während Nazipsychologen wie Künkel, Schultz-Henke und Weizsäcker zu Wort kommen. Göring empfiehlt die Lektüre von *Mein Kampf*, Böhm behauptet, die Psychoanalyse erziehe das Individuum zum Heroismus. Da gibt es sogar welche, die vorschlagen, die jüdischen Analytiker auszuschließen, um bloß keine ›Gefahren heraufzubeschwören‹. Nein, danke. Sie haben Recht, Herr Doktor Müller, mit dieser Vereinigung habe ich wirklich nichts zu tun.«

Nach diesen Worten nahm Reich Elsa bei der Hand und bahnte sich mit ihr einen Weg durch die Menge zum Ausgang, während der Gesprächslärm zum Getöse anschwoll. Kurz vor der Tür holte Schjelderup ihn ein. Bei ihm waren Raknes, Hoel, Carstens und weitere Skandinavier. »Sie werden doch nicht gehen wollen, Doktor Reich!«

»O nein.« Reich lächelte. Seine klaren Augen ließen erkennen, dass die vorherige Erregung verflogen war. »Ich suche Anna Freud. Ich bin sicher, dass sie mich als Gast am Kongress wird teilnehmen lassen und vielleicht auch meinen Vortrag halten. Aber mit der Psychoanalyse habe ich ernsthaft abgeschlossen.«

»Kommen Sie zu uns«, bat ihn Ola Raknes. »Sie werden sehen, diese Leute haben ein großes Interesse, die norwegische Vereinigung anzuerkennen. Und wir stellen als Bedingung, dass Sie zu uns gehören.«

Reich versuchte nicht zu verhindern, dass seine Augen feucht wurden. »Danke, danke, meine Freunde. Ich fürchte jedoch, dass mir die Definition Psychoanalytiker etwas zu eng geworden ist. Im Exil in Kopenhagen, wo mich niemand kennt, wird es mir möglich sein, die Energie zu entdecken, die sich doch irgendwo in der menschlichen Biologie verstecken muss.«

»Die Libido?«

»Die Libido, die Elektrizität. Wer weiß. Ich habe jedoch die Vorstellung, dass es sich um etwas ganz anderes handelt, dass der Schlüssel zu allem im Mechanismus des Orgasmus liegt. Aber nur wer weiß, was ein Orgasmus ist, kann das herausfinden.«

Raknes schaute boshaft in Richtung auf die Gruppe der hohen Tiere, die jetzt von ihren Getreuen umringt waren. »Diese Herrn dort machen freilich nicht den Eindruck, als hätten sie viele Orgasmen erlebt in ihrem Leben.«

»Genau das ist es ja.« Reich winkte zum Gruß, wechselte einen Blick des Einverständnisses mit Elsa Linderberg und trat mit ihr auf die Straße hinaus. Tief sog er die würzige Luft des Schweizer Sommers ein.

KAPITEL V

Die verwunschene Stunde

Die Landung hatte zu Laudes begonnen und dauerte nun schon Stunden. Noch wartete der größte Teil der Galeeren am Eingang zur Bucht von Porto Conte darauf, anzulegen und entladen zu werden. Der glatte weiße Sand des Strands war von Hunderten von Pferdehufen, von den schweren Rädern der Wurfmaschinen, von den Sandalen und Stiefeln der Soldaten völlig zerwühlt.

Von der waldigen Anhöhe aus, zu der er hinaufgestiegen war, um dem Staub und unerwünschten Kontakten auszuweichen, beobachtete Eymerich, wie am anderen Ende des Strands das Lager langsam Gestalt annahm. Das Zelt des Königs war sofort zu erkennen, sowohl an seiner Größe, als auch an dem Wappen mit der Krone darin. Gleich daneben waren in einem großen Zelt die Zisterziensermönche untergebracht, die Peter IV. hatte mitnehmen wollen und die für das geistliche Wohl der Truppe zu sorgen hatten. Eymerich, der überzeugt war, dem einzigen religiösen Orden anzugehören, der für die Kirche wirklich unerlässlich war, hatte gebeten, in einem Zelt fernab von den Zisterziensern untergebracht zu werden, und hatte das auch erreicht.

In nächster Nähe ringsum konnte man die Unterkünfte der vornehmsten Aristokraten und Adligen erkennen, die an dem Feldzug teilnahmen: En Lop de Luna, Vetter des gleichnamigen Erzbischofs von Saragossa, der Komtur von Montalba, En Pero Fernandez d'Ixer, die Valenzianer Ramón de Boxadors und Olfo de Proxida, der Katalane Vicomte de Castelbó und viele andere mehr.

En Bernat de Cabrera, Uchl de Cardona und der Vicomte d'Illa waren noch an Bord der königlichen Galeere, um das Entladen des enormen Schiffsrumpfs zu beaufsichtigen.

Eymerich, dem Konfusion unerträglich war, beschloss, weiter auf den bewachsenen Hügeln herumzuspazieren, bis die Landeaktion vorüber war. Die Sonne stand hoch und es war glühend heiß, obwohl vom Meer her eine leichte Brise wehte. Er trank aus einer kristallklaren Quelle, betrachtete einige merkwürdig geformte Baumstämme und ging eine Weile ziellos umher, was für seine stets angespannten Nerven enorm erholsam war. Nach einer Weile sah er in einer Talsenke die unregelmäßige Spitze eines dieser dunklen Türme, die er schon von der Galeere aus bemerkt hatte. Er beschloss, hinunterzusteigen und einen Blick darauf zu werfen.

Obwohl das Bauwerk sichtlich verlassen war, näherte er sich doch vorsichtig, versuchte, nicht auf die großen Steine zu treten, die in der Wiese herumlagen. Der Turm war aus massiven Steinquadern erbaut, die im Lauf der Zeit schwarz geworden waren, unten größere und zur Spitze hin kleinere. Man sah keine Schießscharten, sondern nur einen schmalen Zugang am Ende des Laufgrabens, der sich um die weite, runde Basis des Gebäudes wand.

Am unteren Ende des Hügels angekommen, blieb Eymerich unschlüssig stehen und fragte sich, ob er seiner gewöhnlichen Vorsicht gehorchen sollte oder seiner Neugier, die ihn drängte, über die Schwelle zu treten. Eine zittrige Stimme, die überraschend hinter ihm ertönte, schien die Antwort auf seine Frage zu geben. »Ich an Eurer Stelle würde nicht hineingehen. Der Boden steht unter Wasser und ab und zu fallen von oben Steine herunter.«

Mit einem Ruck fuhr der Inquisitor herum, hellwach. Er hatte einen runzligen Alten vor sich, mit wallendem weißem Bart und in Benediktinerhabit. »Da sieh an, ein Jünger des heiligen Dominikus«, bemerkte der Mönch mit einem merkwürdigen Akzent. »Ihr müsst einer von diesen *esitizos* sein, von diesen Fremden, die gekommen sind, um unseren Judex zu bestrafen.«

»Steht Ihr vielleicht auf der Seite des Judex?«, fragte Eymerich aggressiv.

»O nein. In meinem Alter kann man sich nur noch auf die Seite Unseres Herrn schlagen.« Der Alte kam näher und heftete zwei Äuglein, so spitz wie Nadeln, auf Eymerich. »Ihr hingegen seid jung, so viel ich sehe. Darf ich fragen, wie alt Ihr seid?«

»Vierunddreißig«, antwortete Eymerich mechanisch.

»Ja, Ihr seid jung. Und doch ist keine Fröhlichkeit in Eurem Gesicht. Ihr müsst viele Sorgen haben.«

»Fröhlichkeit ist kein Gefühl für jemanden, der sich in den Dienst der Kirche gestellt hat.« Ärgerlich zuckte Eymerich mit den Achseln. »Ich habe weder Zeit noch Lust, über so etwas zu diskutieren. Sagt mir vielmehr, warum seid Ihr mir gefolgt?«

Der kleine Alte kam noch näher, sodass Eymerich einen Schritt zurückweichen musste. »Ich bin Euch nicht gefolgt, ich wohne hier. Hier gibt es ein Haus der Benediktiner, hinter diesem Hügel. Mariano d'Arborea hatte uns versprochen, es zum Kloster umzuwandeln, aber nach allem, was geschehen ist …«

»Ist der Judex denn Christ?«

Der Alte schien überrascht von der Frage. »Aber gewiss doch. Dann wisst Ihr also nichts von ihm?«

»Weder von ihm noch von Sardinien.«

»Ich verstehe. Wir sind immer von Leuten regiert worden, die von außerhalb kamen. Bis zum Judikat, meine ich.« Der Benediktiner machte eine weit ausholende Geste, die den Steilhang des Capo Caccia und das Festland umschloss. »Seht Ihr, diese Insel war einst heidnisch. Dann haben die Römer Tausende von Christen hierher deportiert, einschließlich Päpsten und Presbytern. Sicher war das nicht immer ein ganz reines Christentum, im Gegenteil ...«

»Was wollt Ihr damit sagen?«, fragte Eymerich, neugierig geworden.

»Ihr kennt die Kirchenväter sicher besser als ich. Ihr wisst also, dass das Christentum ursprünglich häufig etwas von den Religionen in sich aufnahm, die es ablöste. Auch die Deportierten in Sardinien mussten mit bestimmten, schon vorhandenen Glaubensformen ein Auskommen finden, die von den Puniern hinterlassen worden waren.«

In Gedanken kehrte Eymerich zu den merkwürdigen Kulten zurück, von denen Peter IV. ihm erzählt hatte. Er sah den Benediktiner streng an. »Wollt Ihr mir zu verstehen geben, dass das Heidentum hier geduldet wird?«

Energisch schüttelte der Alte den Kopf. »O nein, Ihr habt mich missverstanden. Diese Dinge gehören der Vergangenheit an. Der Zeit, in der Türme wie dieser hier noch bewohnt waren. Aber die antiken Götter sterben manchmal nur sehr langsam.«

Der letzte Satz irritierte Eymerich. Er hatte jedoch das Gefühl, dass der Benediktiner auf eine zu direkte Frage nicht antworten würde. Um Zeit zu gewinnen, lenkte er das Gespräch auf den plumpen Bau, den sie vor sich hatten. »Dieser Bau stammt nicht aus römischer Zeit. Er muss ein paar tausend Jahre alt sein.«

Der Benediktiner lächelte. »Ja, da habt Ihr Recht. Er ist mindestens zweitausend Jahre alt. Sardinien ist voll solcher Türme und niemand weiß mit Bestimmtheit, wer sie gebaut hat. Es muss sich aber um sehr kleine Leute gehandelt haben, nach den Räumen zu schließen, in denen sie lebten. Und dann sind sie durch irgendetwas ausgelöscht worden. Mehr weiß man nicht. Wisst Ihr, diese Völker hatten keine Schrift, dafür waren sie sehr geschickt in der Metallverarbeitung.«

»Sie werden eine Religion gehabt haben. Gibt es Spuren davon?«

Das Lächeln des Alten erlosch mit einem Schlag. »Nein, keine. Außer ein paar kleinen Statuen. Aber es muss sich um etwas Grauenhaftes gehandelt haben. Man hat Urnen voller Kinderknochen gefunden.« Die runzeligen Züge entspannten sich etwas. »Aber all das gehört einer sehr, sehr fernen Vergangenheit an. Wie gesagt, in spätrömischer Zeit wurde die Insel vom Christentum erobert. Die Judices von Arborea haben das Werk vervollkommnet, indem sie die Benediktiner und die Viktorianer aus Marseille gerufen haben, um ihrer Herrschaft die religiöse Form zu geben. Sie haben also auch etwas Gutes, wie Ihr seht.«

Eymerich hatte das unangenehme Gefühl, der Mönch verberge ihm etwas. Ihn zu dem Geständnis zu zwingen, war eine kühnes Unterfangen: Diese blauen Äuglein blitzten vor Schläue und das ganze Gesicht hatte etwas Gerissenes und vielleicht auch Boshaftes. »Ihr behauptet, Ihr seid neutral, und doch singt Ihr unentwegt das Lob der Herren von Arborea«, bemerkte er in gleichgültigem Ton. »Seid Ihr Sarde?«

»Nein, ich bin Pisaner. Aber ich lebe seit dreißig Jahren hier und fühle mich sehr wohl, trotz der Krankheiten.«

Eymerich, dem bei der bloßen Erwähnung einer Krankheit schauderte, rückte rasch von ihm ab. »Seid Ihr krank?«, fragte er mit leicht irritierter Stimme.

Das Gesicht der Benediktiners wurde wieder ernst. »Nein, ich nicht. Aber hier gibt es viele Kranke. Zu viele. Vielleicht versteht Ihr meine Worte nicht, aber hört trotzdem: ›Hier gibt es ein Zuviel an Leben.‹ Ich meine damit nicht menschliches Leben, davon gibt es zu wenig. Ihr, die Ihr von weit her kommt, werdet am eigenen Leib herausfinden, was das bedeutet.«

Der Inquisitor spürte, wie ihm ein Schauer den ganzen Rücken hinunterlief. Er schloss die Augen halb. »Zu viel an Leben? Erklärt Euch. Eben habt Ihr mir noch etwas von Krankheiten erzählt.«

Der Alte machte ein paar Schritte auf einen Strauch zu. Er brach einen Zweig davon ab und bewegte ihn vor seinem Gesicht hin und her. »Versucht, ein Blatt umzudrehen, oder nehmt einen Grashalm. Wenn Ihr genau hinschaut, werdet Ihr nach wenigen Augenblicken winzige Wesen erkennen, kaum sichtbar, die darauf herumkrabbeln. Genauso, wenn Ihr einen Stein umdreht oder Quellwasser in einer Hand einfangt. Hier in dieser Gegend gibt es keine Pflanze und keinen Stein, auf denen es nicht von diesen winzigen Wesen wimmelte, die kaum größer sind als ein Staubkorn. Aber sie bewegen sich, leben und vermehren sich. Wisst Ihr, was hier eine der häufigsten Todesursachen ist?«

Eymerich, der sich plötzlich wie ein Gefangener einer feindseligen und abstoßenden Welt fühlte, antwortete mit unwillkürlich rauer Stimme: »Nein.«

»Spinnen.« Der Alte ließ den Zweig fallen und legte Daumen und Zeigefinger zusammen. »Spinnen, nicht größer als so. Sie hassen die Sonne und verstecken sich im Schatten; man nennt sie auch *solifugae.* Ihr Biss verursacht tagelang grausame Schmerzen, sodass der Tod dem Befallenen fast wie eine Befreiung erscheint.«

Eymerich war vor Grauen wie gelähmt. Er, der im Unterschied zu vielen anderen nicht einmal die Gegenwart von Flöhen oder einfachen Läusen ertrug, musste feststellen, dass er seinen Fuß auf eine Insel gesetzt hatte, auf der es von Parasiten wimmelte. Er verspürte ein grässliches Kribbeln am ganzen Körper, während er sich wieder an die heftigen Bewegungen erinnerte, die er am Tag zuvor im Speichel des Schiffbrüchigen gesehen hatte. Auch der Gedanke, dass er oben auf dem Hügel leichtfertig aus einer Quelle getrunken hatte, entsetzte ihn nun. Er hätte sich die Kleider vom Leib reißen mögen, sie untersuchen, Essig trinken wollen, um seine Eingeweide zu desinfizieren. Es fiel ihm nicht leicht, nach außen hin den Anschein von Ruhe zu wahren. »Sardinien ist also ein Sammelbecken für verpestete Menschen?«, fragte er mit immer rauerer Stimme.

Der Benediktiner nickte. »Ja, weil die Luft verpestet ist. *Tristis coelo et multa vitiada palude,* sagten die alten Römer über Sardinien. Aber hier ist das anders. Wie viele Könige besitzt der Judex von Arborea heilerische Fähigkeiten. Vor diesem Krieg kamen Kranke aus allen Teilen der Insel und er heilte sie durch einfaches Handauflegen. Und wenn er sie nicht heilen konnte, schickte er sie in die Neptunsgrotte, deren Wasser reinigend sind und die schlechten Säfte vernichten.« Der Alte machte eine Pause und sah den Inquisitor an. »Aber Ihr wirkt erschüttert.«

Mit erheblicher Willensanstrengung bekam Eymerich sich wieder in den Griff. »Nein, es ist nichts.«

»Wenn es die Krankheit ist, was Ihr fürchtet, so braucht Ihr keine Angst zu haben«, fing der Alte wieder an. »Ihr müsst nur darauf achten, was Ihr esst und trinkt. Und vor allem haltet Euch in der Verwunschenen Stunde von Quellen und Flussläufen fern.«

»Verwunschene Stunde? Was heißt das?«

»Oh, das sagt man hier so«, erwiderte der Mönch und lächelte wieder. »Das ist die Zeit zwischen Matutin und Laudes und der sechsten und der neunten Stunde. In dieser Zeit wimmelt es auf Sardinien in allen Quellen und Wasserläufen von Leben, fragt mich nicht, warum. Und unter diesem Leben ist auch das gefährliche, das manchmal so grauenvoll ist, dass ich es nicht einmal zu schildern wage. Deshalb glauben die Sarden, dass bei ihren Flüssen Dämonen hausen, und sie flehen Gott an, dass er *isparghet sas venas et sas funtanas.*«

Der Alte hätte bestimmt noch weiter erzählt, aber Eymerich war erschüttert und konnte die Unterhaltung nicht länger ertragen. Ohne Gruß oder Zeichen wandte er dem Mönch den Rücken und kletterte den Hang hinauf, mit dem unangenehmen Gefühl, hohlen Boden unter den Füßen zu haben, in dem sich widerwärtige, weißliche Geschöpfe wanden. Er hegte eine instinktive Abneigung gegen alles, was schmutzig, krank oder unrein war; ganz besonders aber graute ihm von Würmern und Insekten, die in seine Kleider schlüpfen könnten, ihn unerwartet überfallen oder anspringen und mit ihren klebrigen Fühlern seine Haut betasten könnten. Nichts anderes auf der Welt, vielleicht nicht einmal die drohende Gestalt des Teufels, konnte ihm derartiges Grauen einflößen.

Während er zwischen Eichen den Hügel hinaufkletterte, peinlich darauf bedacht, deren Stamm nicht zu berühren, fragte er sich, ob er in der von dem Mönch so genannten »Verwunschenen Stunde« aus der Quelle getrunken hatte. Nein: Auch wenn die Sonne schon hoch am Himmel gestanden war, hatte es doch noch nicht die sechste Stunde geschlagen. Das erleichterte ihn etwas, und doch verließen ihn seine Albträume nicht, bis er wieder den Strand vor sich sah, den die aragonesischen Truppen immer noch mit ihren Zugvorrichtungen und Kriegsmaschinen durchpflügten. Fast rennend kehrte er ins Lager zurück, ausnahmsweise einmal erfreut, sich unter eine Menge zu mischen, die ihm merkwürdig beruhigend erschien.

Das königliche Mittagsmahl wurde aufgetragen und Gruppen von Dienern, vorwiegend Mohren, bahnten sich mit kostbarem Geschirr und Silberkaraffen zwischen den Soldaten ihren Weg. Eymerich, dem durch das Gespräch mit dem Mönch jeder Appetit vergangen war, hatte überhaupt keine Lust, an dem Mahl teilzunehmen, wo er bestimmt wieder die Herablassung der Adligen würde ertragen müssen. Finster dachte er bei sich, dass die Inquisition eines Tages so mächtig sein würde, dass diesen Herren die Lust schon vergehen würde, sich über ihn lustig zu machen; doch er begriff auch, dass dieser Gedanke rein kompensatorisch war, und verscheuchte ihn ärgerlich. Er machte sich auf die Suche nach seinem Zelt, wobei er den Pferdeherden auswich, die wiehernd und scharrend von den Galeeren kamen.

Er war in die Nähe des königlichen Zelts gelangt, als er Bernat Dezcoll, die Mütze schwenkend, auf sich zukommen sah. »Pater Nikolas! Ich suche Euch schon lang. Wo wart Ihr denn?«

Der Beamte, der in der Schreibstube des Rationale in so hohem Ansehen stand, dass er auch das Vertrauen des Königs gewonnen hatte, war Eymerich in gewisser Weise sympathisch. Er antwortete ihm also mit einer Freundlichkeit, die ihm sonst eher nicht zu eigen war. »Guten Tag, Herr Dezcoll. Ich bin auf dem Weg zu meinem Zelt. Braucht Ihr mich?«

»Nennt mich nicht Herr und auch nicht En. Ich bin kein Adliger.« Der Beamte lächelte. »Doch ist das, denke ich, in Euren Augen kein Nachteil.«

»Nein, bestimmt nicht. Was kann ich für Euch tun?«

»Oh, ich bin auf der Suche nach einem Gefährten fürs Mittagessen. Doch ich nehme an, dass Ihr am Mahl des Königs teilnehmt.«

»Nein, das möchte ich ganz und gar nicht und im Übrigen bin ich auch nicht eingeladen.«

»Ihr braucht doch gewiss keine Einladung. Ihr wisst doch, wie sehr Peter Euch schätzt. Wenn Ihr freilich nicht wollt, so ist das etwas anderes. Wollt Ihr mir Gesellschaft leisten?«

»Gern«, antwortete Eymerich mit einer Verbeugung. »Gehen wir in Euer Zelt?«

»Besser nicht. Ich teile es mit anderen Schreibern des Rationale und das sind eher lästige Leute.« Dezcoll wies auf eine kleine Menschenansammlung unweit vom Strand, in deren Nähe Rauch aufstieg. »Dort ist eine der Feldküchen. Wenn Ihr einverstanden seid, holen wir uns Fleisch, Brot und Wein und essen es anderswo, fernab von diesem Staub.«

Der Vorschlag war ungewöhnlich, auch etwas sehr

zwanglos, aber Eymerich achtete nicht darauf. »Ist mir sehr recht.«

Die »Küche« bestand aus jeweils vier pyramidenförmig zusammengebundenen Pfählen, von deren Spitze große Töpfe über einem offenen Feuer hingen. Die Soldaten stellten sich nach ihren Kommandanten in Reihen auf und drängten sich mit Messingtassen und -tellern heran, um ihre Ration Suppe abzuholen, während ganz in der Nähe zwei Metzger ein paar geschlachtete, im Sand liegende Rinder mit kleinen Äxten zerteilten. Seinem Rang gemäß ignorierte Dezcoll die Schlangen und steuerte direkt auf einen der Köche zu, einen kolossalen *mudejar* in einer bunt bestickten Bluse. »Kannst du uns ein Stück Fleisch und eine Flasche Wein in ein Tuch wickeln?«

»Gewiss, Herr.«

»Einen Augenblick!« Eymerich, der sich an das Gespräch mit dem Benediktiner erinnerte, griff ein. »Woher stammen diese Rinder?«

»Aus Barcelona, Pater. Wir haben sie eben erst geschlachtet.«

»Ist gut. Aber das Fleisch muss völlig gar sein und der Wein versiegelt.«

»Fürchtet Ihr eine Vergiftung?«, fragte Dezcoll amüsiert.

Eymerich antwortete nicht. Wenig später saß er mit dem Beamten am Ende des Strands auf einem Felsen, nachdem er den Stein genau untersucht hatte, um sicherzugehen, dass auch keine Parasiten darauf waren. Die Sonne brannte vom Himmel herab und Dezcoll liefen Schweißbäche von der Stirn, die sich im weiten Kragen des Samtumhangs verloren.

»Hätten wir nicht lieber im Schatten bleiben sollen?«, fragte er, während er das Brot und das extrem zarte Fleisch unter ihnen aufteilte. »Da unten ist ein ganzes Eichenwäldchen.«

»Ich habe meine guten Gründe, Pflanzen zu meiden«, antwortete Eymerich barsch.

Ein Weilchen aßen sie schweigend und betrachteten den zauberhaften Meeresspiegel vor ihnen, auf dem die Galeeren schaukelten. Dann legte Dezcoll das Stück Fleisch, das er in der Hand hielt, auf dem Tischtuch ab und sah den Inquisitor an. »Pater Nikolas, ich habe Euch nicht zufällig zu einem so kargen Mahl eingeladen. Ich muss Euch etwas anvertrauen.«

Eymerich betrachtete die offenen Gesichtszüge des Beamten. Er musste um die fünfzig sein, sah aber jünger aus. Sein von einem langen, schmalen Schnurrbart geziertes Gesicht war glatt und fleischig, wenn auch jetzt durch eine Furche in der Stirn etwas gealtert. »Mir etwas anvertrauen? Mir als Priester?«

»Nein, als Mann, der dem König große Dienste erwiesen hat.«

»Die Dienste, von denen Ihr redet, habe ich der Kirche erwiesen. Wenn der König davon profitiert hat, dann nur, weil die Interessen zusammenfielen. Ich aber habe nur einen Herrn und der sitzt in Avignon.«

»Ich weiß, ich weiß.« Dezcoll machte eine wegwerfende Handbewegung. »Wem auch immer Ihr die Treue haltet, ich bin sicher, Euch kann ich enthüllen, was ich Euch anvertrauen will. Hört mir gut zu: Peter IV. wird von dieser Expedition nicht lebend nach Hause zurückkehren.«

Eymerich war so überrascht, dass er das Stück Brot, an dem er knabberte, weglegen musste. Er schluckte einmal. »Wie könnt Ihr das sagen? Wisst Ihr etwas von einer Verschwörung?«

Dezcolls Gesicht wurde noch ernster. »Nicht nur weiß ich davon. Mir wurde auch angeboten, mich daran zu beteiligen, und ich habe es abgelehnt. Das war schlecht, denn so habe ich mich von allen weiteren Informationen abgeschnitten und außerdem mein Leben in Gefahr gebracht. Vielleicht werde auch ich nie mehr nach Saragossa zurückkehren.«

»Habt Ihr mit dem König darüber gesprochen?«

»Ja, aber er hat mir nicht geglaubt. Der Name dessen, der gegen ihn intrigiert, ist in der Tat erstaunlich.«

»Und wer wäre das, wenn ich fragen darf?«

»Der Infant Pere, sein Onkel. Der Graf Ribagorza e di Empùries.«

Eymerich verzog die Lippen zu einem mühsamen Lächeln und schüttelte den Kopf. »Ihr macht Scherze. Der Infant Pere ist uralt, er kann sich kaum auf den Beinen halten. Seinerzeit hat er gegen den König intrigiert, ja, aber jetzt spinnt er nur noch.«

»Ja, aber hinter dem Infanten steckt jemand anderer!«, ereiferte sich Dezcoll lauthals.

»Und wer soll das sein? Sein Sohn? Aber wenn der nicht einmal in der Lage ist …«

»Nein! Jemand, der auch Euer Feind ist.« Der Beamte senkte die Stimme. »Ich nenne Euch den Namen. En Jacme de Urrea, der *Justicia de Corte.*«

Eymerich zuckte zusammen. Dieser dunkelhäutige Richter mit den schlaffen Bewegungen stand ihm deutlich vor Augen. Er war so viel mächtiger als der König, dass dieser ihm den Treueid schwören musste. »In der Tat, er ist mein Feind«, murmelte er. »Er hat mir eine Sache vor zwei Jahren nie verziehen, die er als Verrat betrachtete. Aber warum sollte der *Justicia* den Tod Peters IV. wollen? *De fakto* steht er doch über ihm.«

Dezcoll schüttelte den Kopf. »Heute hat er wesentlich weniger Autorität als früher. Der König hat sich den Adel gefügig gemacht, er hört jetzt auf seinen Befehl. Durch Männer wie Euch hat er heute auch jeden Einfluss auf das Bewusstsein seiner Untertanen. Wenn er siegreich aus Sardinien nach Hause käme, wäre seine Popularität grenzenlos. Und er könnte beschließen, dass das Königreich Aragón keinen *Justicia* mehr braucht, um mit dem Adel zu verhandeln.«

»Das überzeugt mich nicht«, wandte Eymerich ein.

»Wenn Peter IV. stirbt, wären da immer noch Königin Eleonora und der kleine Prinz Johann, ganz zu schweigen von den Vizekönigen von Valencia, Katalonien und Mallorca. Die Macht des Adels würde nicht zunehmen, ebenso wenig die Autorität von Jacme de Urrea.«

»Da ist jedenfalls der *Justicia* anderer Ansicht. Der Infant Pere ist alt. Johann ist ein Kind, Eleonore von Sizilien hat sich immer aus der Politik herausgehalten; sie ist ebenfalls unterwegs nach Sardinien und wird hier sein, sobald die Belagerung von Alghero beginnt. Was die Vizekönige angeht: Keiner von ihnen besitzt die Energie und Intelligenz von Peter dem Zeremoniösen.«

»Das stimmt«, räumte Eymerich nachdenklich ein. Er machte ein Pause, um sich etwas Wein in einen Zinnbecher zu gießen, dann sagte er: »Wisst Ihr, wie das Attentat verübt werden soll?«

»Nein, aber ich weiß, dass einige der Adeligen, die dem König nach Sardinien gefolgt sind, der Verschwörergruppe angehören, ja deshalb überhaupt mitgekommen sind. Ich kenne ihre Namen nicht, aber ich kenne den ihres Anführers. Sein Vater war es, der versucht hat, mich in das Komplott hineinzuziehen.«

»Auf wen spielt Ihr an?«, fragte Eymerich, der etwas verärgert war, dass der andere jedes Mal eine Pause machte, wenn er eine entscheidende Enthüllung machen sollte, als wollte er die Aufmerksamkeit mit solchen rhetorischen Tricks künstlich schüren.

»Auf den Vicomte d'Illa.« Dezcoll senkte die Stimme noch mehr, obwohl das überhaupt nicht nötig war. Offenbar besaß er eine Begabung fürs Theatralische. »Sein Vater, En Pere de Fenollet, ist ein alter, persönlicher Freund des *Justicia,* obwohl er ein prominentes Mitglied in der königlichen Ratsversammlung ist. Er war es, der mich hat rufen lassen und mir das Vorhaben in groben Zügen auseinander gesetzt hat. Er glaubte wohl, aus welchem Grund auch immer, ich könnte König Peter IV. untreu werden.«

Eymerich überzeugten seine Erklärungen nicht ganz. Es kam ihm seltsam vor, dass ausgerechnet der Vicomte d'Illa, sein persönlicher Erzfeind, der Kopf einer Mörderbande sein sollte. Außerdem klang an der gekonnten Art, mit der Dezcoll seine Enthüllungen dosierte, für sein misstrauisches Ohr etwas falsch. Doch er hatte keine Gelegenheit, seinen Zweifeln auf den Grund zu gehen. Ein Mann kam eilig aus dem Lager auf den Felsen zugelaufen. Er erkannte einen der persönlichen Diener des Königs, der in der schweren, leuchtend roten Hoflivree steckte.

Kurz darauf erreichte der Diener den Fuß des Felsens. »Seid Ihr Nikolas Eymerich, der Inquisitor?«, fragte er schnaufend von der Anstrengung.

»Ja.«

»Ihr werdet im Lager gebraucht. Wir haben einen Besessenen. Der König bittet, dass Ihr sofort kommt!«

»Einen Besessenen?« Ungläubigkeit malte sich auf Eymerichs Gesicht ab. »Und wer soll das sein?«

»Der Vicomte d'Illa. Kommt! Schnell!«

Der Inquisitor wechselte einen flüchtigen Blick mit Dezcoll, der ebenso verwundert war. Dann ließ er den Becher Wein stehen, an dem er genippt hatte, sprang vom Felsen herunter und folgte dem Diener ins Lager.

Eine Ansammlung von Soldaten, Matrosen, Adligen und Dienern wies ihm den Weg zum Schauplatz des Geschehens. Er brauchte gar keine sonderliche Energie, um sich seinen Weg zu bahnen: Sobald sie seiner ansichtig wurden, traten die Männer, aus denen sich die heterogene Menge zusammensetzte, beiseite, bekreuzigten sich und senkten den Kopf. Eymerich drang bis zum Mittelpunkt des Kreises vor, der von der hoch gewachsenen Gestalt Peters IV. überragt wurde. »Seht!«, sagte der König und wies auf einen Mann, der von zwei kräftigen Offizieren festgehalten wurde.

Im ersten Moment hatte Eymerich Schwierigkeiten,

den Vicomte d'Illa wiederzuerkennen. Er hatte eine groteske Gestalt vor sich, schäumend und mit entstellten Zügen. Der vorgewölbte Bauch schien zu pochen, als ob etwas versuchte, aus dem Inneren hervorzubrechen.

»Herr Vicomte!«, rief er mit der Ruhe, die ihm in solchen schwierigen Momenten zu Gebote stand. »Seht mich an! Was ist mit Euch?«

Der Edelmann, der sich wie besessen hin und her warf, schien von diesem kühlen Ton beeindruckt. Er sah den Inquisitor mit triefenden Augen an, während sein feines Gesicht sich zu einer Reihe von grauenhaften Grimassen verzerrte. »Helft mir!«, brüllte er mit einer Stimme, die aus dem Jenseits zu kommen schien. »Es ist in mir! Es bewegt sich!«

»In Euch? Was wollt Ihr damit sagen?«, fragte Eymerich verwundert.

Statt zu antworten, wand der Vicomte d'Illa sich nur noch heftiger. Mit einem Mal konnte er sich aus dem Griff der kräftigen Hände, die ihn hielten, befreien. Er machte jedoch nur wenige Schritte, dann kippte er um und fiel mit dem Gesicht in den Sand. »Ich flehe Euch an, ich flehe Euch an«, konnte er noch schreien, während er sich wie besessen hin und her warf. »Es ist Tan ...«

Der König war bleich wie ein Gespenst. »Pater Nikolas! Tut doch etwas!«

Eymerich zögerte einen Augenblick, dann trat er einen Schritt auf den Mann zu, der japsend vor ihm auf dem Boden lag. Er wollte schon einen improvisierten Segen erteilen, als der Vicomte d'Illa sich mit einem verzweifelten Ausdruck in den Augen auf den Rücken warf. Einen Moment später riss er den Mund auf und spie einen kräftigen Schwall Blut aus. Im Tod erstarrten seine Augen; sein Körper jedoch zuckte weiter, wie von einer unwiderstehlichen Kraft bewegt, die aus dieser Hülle ausbrechen wollte.

»Der Teufel«, schrie ein alter Soldat. »Er fährt gleich

aus!« Der Schrei wurde voller Grauen von allen Anwesenden wiederholt. Einige traten ein paar Schritt zurück und bekreuzigten sich mehrmals; andere waren zu erschüttert, um sich überhaupt zu bewegen.

Eymerich, der einige Erfahrung mit dieser Art von Schauspiel hatte, trat ruhig zu dem Leichnam hin, der sich am Boden wand. Er erhob die Rechte mit zwei gestreckten Fingern zu einer zugleich segnenden und drohenden Geste. Mit einem Mal hörte der Leichnam auf zu zucken und die Glieder sanken schlaff zu Boden. Das Gesicht das Vicomte, rot und blau angelaufen, war eine schauerliche Maske mit tief liegenden, glasigen Augen, entstellt von einer Angst, die nicht einmal der Tod hatte auslöschen können.

Eymerich seufzte schwer, erst jetzt wurde er einer bis zu diesem Zeitpunkt latent gebliebenen Angst gewahr. Er sah den König knien, hilflos zitternd. Das verdoppelte seine Kräfte. Er trat zum Herrscher hin und hob ihn hoch, ihm abgerissene, aber im Ton tröstliche Worte zuflüsternd.

Schwankend stand Peter IV. auf den Beinen. Er betrachtete die entstellte Leiche des Vicomte d'Illa und schloss die Augen. »Mein Gott, Pater Nikolas, was ist geschehen?«

Es gelang Eymerich, die Angst in seinem Inneren zu meistern, und mit fester Stimme sagte er: »Nichts, Majestät. Ein ganz gewöhnlicher Fall von Besessenheit. Satan hat uns ein Zeichen gegeben, dass er seinen Griff nicht gelockert hat. Es wird ein schwerer Kampf.« Dann fasste er den König unter den Achseln und führte ihn zu seinem Zelt, während das gesamte Heer ringsum auf die Knie fiel.

KAPITEL VI

Zweite Sitzung. Dienstag

Ein Schwall Wasser ergoss sich in die Zelle. Wütend, brodelnd und schäumend klatschte das Wasser gegen die Zellenwände. Bevor er noch gewahr wurde, was mit ihm geschah, steckte Reich schon bis zum Hals in dieser Flüssigkeit und seine Glieder verloren jeden festen Halt.

Zuerst durchsichtig, wurde das Wasser, während es stieg, von undefinierbarer Konsistenz, die sich in einer weißen Farbe präsentierte, so weiß wie Milch. Reich versuchte erst gar nicht, zu schwimmen oder sich an irgendeinem Gegenstand festzuhalten. Er ließ sich vielmehr von dem weißen Strudel in einen verrückten Taumel hineinreißen und löste seine Glieder aus jeder irdischen Verankerung.

Während er in dieser ungesunden weißen Flüssigkeit dahinglitt, erschien ihm wieder der Mann vom Tag zuvor, ohne Vorankündigung. Jetzt sah er genauer die Einzelheiten der Kleidung, die der Fremde trug: einen schwarzen Umhang mit Kapuze, der das Weiß einer bis zum Boden reichenden Kutte, das noch viel blendender war als das des Strudels, teilweise bedeckte. Diesmal war es das finstere Gesicht, das undeutlich blieb: Man sah nur zwei dunkle, von eisigem Glanz belebte Augen, fern, dabei aber nicht leer. Eindeutig waren sie gedankenvoll, doch diese Gedanken waren so verworren und entlegen, dass sie vollkommen fremd blieben.

Reich versuchte, den Kontakt zum eigenen Körper, der in dem Wirbel dahinglitt, wiederherzustellen – ohne Erfolg. Keines seiner Glieder schien zu reagieren, als ob seine Sinne, die sie belebt hatten, ihren Platz anderen, noch unbekannten Instanzen überlassen hätten. Er stellte sich darauf ein, mit einer völlig anderen Wirklichkeit als der vertrauten umgehen zu müssen. Er empfand keine Angst. Er empfand nichts.

Die Stimme seines Gesprächspartners – der jetzt einen Namen hatte, aber welchen? – überfiel ihn wie plötzlicher Regen, der von irgendwoher hereinbricht. »Ich habe über diese Sache mit der Schizophrenie nachgedacht. Wenn sie in einer Trennung von Körper, Seele und Geist besteht, dann ist das überhaupt nichts Schlimmes. Im Gegenteil, es ist das Ideal jedes Gläubigen.«

Es sah so aus, als wolle der Mann die unterbrochene Unterhaltung fortsetzen. Reich erinnerte sich jedoch nicht mehr an das Thema. Er klammerte sich an das einzige Detail, das ihm im Gedächtnis geblieben war. »Cox hat mir gesagt, Sie seien einer der Richter in meinem Prozess. Er hat mir auch Ihren Namen gesagt, aber ich kann mich jetzt nicht daran erinnern.«

Er hatte nicht vermutet, dass er würde sprechen können. Die milchige Flüssigkeit, in der er schwamm, füllte mittlerweile die ganze Zelle aus und schwappte fast bis an die Decke hinauf. Und doch verspürte er kein Erstickungsgefühl, als ob er schon früher Erfahrung mit dieser Magma ähnlichen Flüssigkeit gemacht hätte. Er empfand auch keine deutlichen Gefühle, außer dem Entsetzen über die verlorene Empfindungsfähigkeit.

»Nikolas Eymerich. Der Name zählt aber nicht. Und ich weiß nicht, ob ich Ihr Richter bin. Gestern haben Sie mich wie einen Kranken behandelt, der ärztliche Hilfe braucht.«

Auf einmal hatte Reich kein Bewusstsein mehr von dem wirbelnden Wasser mit ihm in der Mitte. Sein Körper reagierte nach wie vor nicht und er befand sich in keiner Zelle. Und doch fühlte er sich anwesend, als ob er in ein Universum eingetreten wäre, in dem das Fehlen von Körperkontakt die Norm ist. Gleichzeitig tauchte in ihm die Erinnerung an das Gespräch wieder auf, das er mit diesem Kerl, irgendwann und irgendwo, geführt hatte.

»Cox hat Sie mir als Patienten vorgestellt«, brachte er mit einer Leichtigkeit heraus, die ihn überraschte. »Er sagte von Ihnen, Sie hätten Angst vor Schizophrenie.«

Der andere zog die Augenbrauen hoch und verdrehte die Augen gelangweilt zur Decke. »Das sagte ich Ihnen ja gerade: Wenn Sie unter Schizophrenie verstehen, den Körper und seine elenden Belange hinter sich zu lassen, dann kann es für einen Christen kein höheres Ideal geben.«

»Ich spreche von einem pathologischen Zustand, nicht von allgemeiner Mystik. Geschieht es Ihnen nie, dass Sie sich vor einer drohenden Gefahr fürchten, die Sie aber nicht bestimmen können?«

»Ja, vor dem Teufel. Aber den kann ich ganz genau bestimmen.«

»Da haben wir's, der Teufel. Geben Sie zu, dass etwas an ihm ist, was Sie unwiderstehlich anzieht. Das ist es, was Ihnen Angst macht.«

Verachtung blitzte einen Moment lang in den Augen des Besuchers auf. »Das ist Lästerung«, zischte er. »Halten Sie Ihre Worte im Zaum.«

»Oh, ich wollte Sie nicht verletzen. Der Teufel, den ich meine, ist nicht der der Bibel. Er ist ein Zerrbild Ihrer vitalen Strömungen, mit denen Sie gerne in Kontakt bleiben würden, woran Sie jedoch ein Gefühl des Grauens hindert. Sie haben versucht, diese Ströme zu ersticken, indem Sie Ihren Körper zu einem Panzer machten. Aber so ist Ihnen dieser Körper fremd geworden und die Strömungen begegnen Ihnen an den unvorhergesehensten Orten. Im Himmel wie in der Hölle.«

Reich war erstaunt, dass ihm in dieser ungewöhnlichen Situation die Worte so leicht und flüssig aus dem

Mund kamen. Aber worin bestand denn eigentlich das Ungewöhnliche? Dass er mit einem Unbekannten sprach? Oder dass er sich in einem riesigen, pulsierenden Gehirn eingeschlossen sah, das sich ausdehnte und dabei seine Windungen wie schleimige Fühler ausstülpte?

Die milchige Flüssigkeit war verschwunden, und was eine Zelle gewesen war, hatte sich in ein hypertrophes Organ mit tausend Verzweigungen verwandelt. Doch das Milchige war nicht völlig verschwunden. Es hatte sich in sehr lange, dünne Würmer verwandelt, die durch unsichtbare Löcher herein- und hinauskrochen. »Würmer im Gehirn.« Hatte er das nicht schon einmal gehört?

Ohne die Lippen zu bewegen, lachte der Besucher kurz auf. »Schon wieder die Sache mit den Strömungen! Von allem, was Sie erzählen, ist das der einzige Begriff, der mir klar ist. Es ist bekannt, dass der menschliche Körper von Säften durchzogen ist, aber sie aufzuhalten, steht nicht in unserer Macht.«

Reich schüttelte den Kopf. »Ich spreche nicht von Säften, sondern von Energieströmen. Sie können blockiert werden, umgeleitet, akkumuliert oder abgetötet. Sie atmen praktisch nicht, Sie pulsieren nicht. Sie versuchen die Strömungen auf jede Weise zu ersticken, damit sie nicht fließen können. Erlauben Sie, dass ich Ihre Kehle berühre?«

Die ins Leere gerichteten Pupillen glühten vor Zorn. »Unterstehen Sie sich, wenn Ihnen Ihr Leben lieb ist!«

»Dann kann ich nichts für Sie tun, vorausgesetzt, Sie wollen gesund werden.« Reich breitete die Arme aus. Seine Finger trafen auf etwas Riesiges, Fleischiges, das schon ein Weilchen hinter ihm keuchte. Er zog die Finger schleunigst zurück, ohne zu wagen, sich umzudrehen. »Richtig, Sie meinen ja, Sie seien nicht krank«, fuhr er mühsam fort. »Und doch glaube ich, so etwas wie ein

Unwohlsein zu spüren. Irgendjemand hat Ihnen einen Panzer angelegt, um Sie bis in Ihren Kern zu devitalisieren. Und Sie haben gemeint, sich zu befreien, indem Sie weitere Ringe und Scharniere hinzufügten.«

»Niemand hat irgendetwas dieser Art unternommen.«

»Ich werde Ihnen jetzt ein Wort nennen. Sagen Sie mir alles, was Ihnen dazu einfällt.«

»Was ist das? Ein albernes Spiel?«, fragte der Mann; sein distanzierter Blick ließ jedoch eine Spur von Interesse erkennen.

»Vielleicht. Hier also: Mutter. Was fällt Ihnen dazu ein?«

»Schloss. Eiseskälte. Medusa. Licht.« Der Fremde hatte spontan geantwortet, wie von einer unwiderstehlichen Kraft getrieben. Einen Augenblick später jedoch traten seine ernsten Züge aus dem Schatten hervor und ließen Missbilligung erkennen.

Reich war verblüfft. »Licht? Warum Licht?«

Es verging viel Zeit, bis sich die Lippen des Fremden zu einem höhnischen Lächeln verzogen: »Meine Mutter hieß Luz, also Licht.«

Schlagartig änderte sich die gesamte Szenerie. Reich war bis zum Hals in den Boden eingegraben, in einer eintönigen Ebene ohne Höhenunterschiede oder Pflanzen. Es wehte kein Lufthauch und bis zur platten Linie des Horizonts gab es nichts als rote Erde. Der Himmel über seinem Kopf war blau und von roten Linien durchzogen wie von Äderchen.

Der Kopf des Fremden ragte wenige Meter von ihm entfernt aus dem Boden, gleichgültig und erhaben. Reich hatte das Gefühl zu ersticken. Jemand war dabei, ihm das zu nehmen, was ihm am wichtigsten war: Bewegung und Atem. Ja, er hatte das Gefühl, als ob ihn die Erde, in der er steckte, in einen immer würgenderen Griff nähme und selbst die geringsten Regungen erstickte.

Bis zu diesem Augenblick hatte er keinen Schmerz verspürt. Jetzt hingegen begann ein heftiges Stechen in Magen und Bauch, mit der Regelmäßigkeit von Nervenschmerzen. Der Rhythmus war jedoch nicht der des Bluts: aus seinem gefangenen Körper schien alles Blut, jede vitale Regung gewichen.

»Was geht hier vor?«, schrie er voller Angst.

Die Lippen des Fremden kräuselten sich zu einem ironischen Lächeln. »Das ist das erste Mal, dass Sie Erstaunen zeigen. Sie müssen wirklich erschüttert sein. Haben Sie etwa die Strömungen verloren, die Ihnen so sehr am Herzen lagen?«

»Ich spüre sie nicht mehr.«

»Und das macht Ihnen solche Angst? Schauen Sie mich an: Ich komme bestens ohne sie aus. Und wissen Sie warum? Weil ich meinem Körper überhaupt keinen Wert beimesse.«

Reich wollte sich losmachen, aber er konnte keinen einzigen Muskel bewegen. Er sah den Unbekannten aus entsetzten Augen an. »Sind Sie es, der mir das antut?«

Der ironische Ausdruck des anderen wurde noch stärker. »Wie könnte ich? Ich stecke in der gleichen Situation wie Sie, sehen Sie das nicht? An Ihrer Stelle würde ich lieber anfangen, mich zu fragen, wer von uns beiden der Kranke ist.«

Endlich hatte Reich das Gefühl, eine Bewegung wahrzunehmen, allerdings nicht in den eigenen gelähmten Gliedern. Etwas schien sich in dem Erdreich zu bewegen, das sie umschloss. Er verscheuchte den Gedanken. »Wie, haben Sie gesagt, heißen Sie?«

»Nikolas Eymerich, wie oft muss ich es Ihnen noch wiederholen?«

»Sind Sie Richter?«

»Kommen Sie erst mal mit sich selbst ins Reine. Mal bezeichnen Sie mich als Richter, mal behandeln Sie mich als Patienten. Sie behaupten, ich hätte Angst vor einer geheimnisvollen ›Schizophrenie‹, während ich Ihnen nie etwas Derartiges gesagt habe, ja, das stets verneint habe.«

»Cox hat mir das gesagt.«

»Hier gibt es keinen Cox. Hier sind nur Sie und ich. Also, wer von uns beiden ist krank? Ich möchte eine Antwort.«

Reichs Glieder, die immer mehr zusammengepresst wurden, waren ein einziger, lodernder Schmerz. Er hob die Augen zum Himmel und folgte dem Zickzackmuster der roten Äderchen, von denen er durchzogen war. Nein, er durfte den Kontakt zum eigenen Fleisch nicht verlieren. »Sie versuchen, aus mir Ihresgleichen zu machen. Praktisch ohne Körperempfindung, isoliert in einer Welt aus Ängsten. Aber ich bin nicht so, ich bin nie so gewesen. Ich ›pulsiere‹.«

»Unter uns gesagt, der Einzige, der hier Angst hat, sind Sie. Aber Angst wovor?« Eymerichs Augen verschleierten sich etwas, als ob das Folgende angestrengtes Nachdenken verlangte. »Wenn Sie diese Frage beantworten können, rühren Sie an die Wahrheit. Aber ich glaube nicht, dass Sie das können. Jedenfalls nicht heute.«

Die Bewegungen, die Reich im Untergrund spürte, wurden heftiger. Der Schrecken, der ihn erfasste, hätte ihn erschaudern lassen müssen. Aber die Haut blieb kalt und reglos wie ein Mineral und gab keine andere Empfindung wider als den Druck, dem er ausgesetzt war.

Er biss sich heftig auf die Lippen. Er spürte keinen Schmerz, auch nicht den Geschmack von Blut in dem Mund ohne Speichel. »Das können Sie mir nicht antun!«, brüllte er den Fremden an. »Geben Sie mir mein Leben wieder!«

»Nur Gott kann Leben geben. Sie aber meinen, Gott und der Teufel seien etwas anderes. Kräfte, Strömungen, wenn ich recht verstanden habe. Sie sehen nur das

Fleisch und Sie begreifen nicht, dass das Fleisch geknebelt werden muss, um unser wahres Wesen frei zu setzen.« Ohne etwas von ihrer Feindseligkeit einzubüßen, wurde Eymerichs Stimme einschmeichelnd. »Versuchen Sie einmal, Ihr materielles Gefängnis zu vergessen. Überlassen Sie sich dem Zwang, dem Sie ausgesetzt sind. Sie werden eine Freiheit erfahren, die Sie zuvor nicht einmal ahnten.«

Reich war so empört über diese Worte, dass er einen Moment lang sein eigenes Leiden vergaß. »Das Fleisch ist die einzige Wirklichkeit!«, schrie er mit aller ihm verbleibenden Energie. »Aber das Fleisch ohne Lebenskraft ist verwerflich! Das ist es, worum ich Sie bitte: mir die Kraft wiederzugeben!«

»Das Fleisch ist an sich verwerflich«, erwiderte Eymerich, den Kopf schüttelnd. »Armer Doktor Reich, was suchen Sie denn? In der physischen Wirklichkeit werden Sie absolut nichts finden. Die Kraft, die Sie brauchen, ist außerhalb der elenden Hülle, die Sie so sehr lieben. Der Panzer, vor dem Ihnen scheinbar so graut, ist ganz einfach ein Werkzeug, um Zugang zur *wahren,* für uns erschaffenen Welt zu erlangen. Erst dort werden Sie die Strömungen entdecken, nach denen Sie suchen.«

»Das ist falsch!« Reich sprach so heftig, dass ihm zum ersten Mal schien, eine Regung in den eingegrabenen Gliedern zu verspüren. Das berauschte ihn. »Ihren Panzer haben Sie sich nicht selbst geschmiedet. Mir ist nicht entgangen, wie erschüttert Sie waren, als ich vorhin Ihre Mutter erwähnte. Die Vorstellung von Eiseskälte, von der Medusa. Von den ersten Lebensmonaten an hat man aus Ihnen einen Kadaver gemacht, unfähig, Beziehungen zu anderen Körpern herzustellen, sofern die nicht Ihre Todesstarre teilen. Leugnen Sie es, wenn Sie können!«

Einen ganz kurzen Moment lang erschütterte echte Bestürzung Eymerichs sonst so starren Blick. Doch er fing sich sogleich wieder. »Sie sprechen von meiner Mutter. Gut, und was können Sie mir über *Ihre* Mutter erzählen?«

Der Satz traf Reich wie ein Hieb. Etwas Tragisches und Schauerliches tauchte aus jahrzehntelangem Schweigen auf. Auf einmal begriff er, dass das die Bewegung war, die er im Untergrund spürte und die seine gelähmten Glieder bedrängte. Er stieß einen nicht enden wollenden Schrei aus.

Alles rundherum verschwand. Das Grab im Boden, der Unbekannte, der rot geäderte Himmel. Er fand sich auf der Pritsche seiner Zelle wieder, von einem zerreißenden Schmerz zusammengekrümmt.

KAPITEL VII

Die Kinder der Zukunft (2)

Felix Addir sprang aus dem Bett, er fühlte sich groß in Form. Er schaute zu Frank Allsop hinüber, der noch schlief, streifte den gelben Seidenpyjama der Marke Viglione ab und genoss das leise Knistern auf der Haut. Auf Zehenspitzen, um seinen Kameraden nicht aufzuwecken, ging er zur Dusche und drehte den Hahn auf. Während ihm das Wasser über die Haare lief, steigerte sich sein Wohlbefinden noch. Ein großartiger Tag lag vor ihm.

In dem Moment fiel ihm wieder ein, in welche Patsche er sich hineinmanövriert hatte. Von wegen großartiger Tag! Ausgerechnet heute Nachmittag musste er … Der strahlende Ausdruck, der bis eben noch auf seinem Gesicht gelegen hatte, verschwand mit einem Schlag. Er hätte einen Rückzieher machen wollen. Aber er konnte nicht, das ging nicht mehr.

Mit gerunzelter Stirn seifte er den nackten Körper mit parfümiertem Desinfektionsmittel ein, dann sprühte er sich etwas pulverisiertes Penicillin zwischen die Beine, gemäß den Vorschriften der F&DA. Er wusch sich Gesicht und Ohren, und um sich zu zerstreuen, summte er dazu den letzten Hit der Empty Nineties *I wanna violent sex*, den sämtliche Radiosender der Union bis zu zehnmal am Tag wiederholten. Dann ging er zu seinem Schrank.

Genau in diesem Augenblick wurde Allsop wach. »Musst du denn solchen Krach machen?«, beschwerte er sich jammernd.

»Schlaf nur, schlaf nur, es ist erst neun«, antwortete Felix, wobei er in Slips und ein leichtes Unterhemd schlüpfte. »Die Sonne scheint auf Manhattan, und die Food & Drug Administration wacht über uns alle.«

»Ahh, hör bloß auf damit.« Allsop warf sich im Bett herum und steckte den Kopf unters Kissen. Aber man sah genau, dass er mittlerweile wach war.

Felix strich mit den Händen über die Hemden, wie um die Weichheit ihres Stoffes zu fühlen. Er wählte ein hellblaues Robbin's & Stout mit dunkelblauen Streifen, ohne diese verhassten Knöpfchen am Kragen, die so sehr nach Angestellten-Look aussahen. An diesem Punkt war die Wahl der Krawatte obligat: eine meerblaue Baker. Jacke, Hose und Kniestrümpfe im selben Farbton vervollständigten sein Outfit.

Endlich beschloss Allsop, dass es Zeit war aufzustehen, und lief in Richtung Bad, wobei er die Stapel von »Screw«, »Tits 'n' Ass« und »Pleasure« über den Haufen rannte, die sich am Boden türmten. Geduldig wartete Felix, bis Frank mit dem Duschen fertig war, dann half er ihm bei der Auswahl der Kleider und Schuhe. Bei den Uhren entschieden sich beide für eine Rolex Resurrection, im Slang »Rolex Red Death« genannt, zur Erinnerung an die große Epidemie. Als sie fertig waren, war es Punkt halb zehn, Zeit für's Frühstück.

Das Muslow-Institut für marktorientierte Erziehung, eine der teuersten und exklusivsten Schulen von New York, belegte einen ganzen Wolkenkratzer mit sechzig Stockwerken in Manhattan. Die Mensa für die Jüngsten lag im drittletzten Stockwerk, gleich über den Schlafräumen, und man gelangte mit einem Aufzug dorthin, der in einem Glasgehäuse an der Außenseite des Gebäudes lautlos auf und ab glitt. Der Blick, den man von dort oben genoss, war atemberaubend; aber die Schüler des Instituts waren so sehr daran gewöhnt, hier auf und ab zu fahren, dass die faszinierende Skyline der Insel mit dem grauen Sumpf der Slums ringsum sie gar nicht mehr interessierte.

Felix und Allsop betraten das Gehäuse mit einer kleinen Schar Gleichaltriger, alle mit mehr oder weniger unauffälliger Eleganz gekleidet. »Schau, Rockwell trägt mal wieder Nadelstreifen«, murmelte Allosp mit einem kleinen Lachen und deutete auf einen untersetzten Jungen, der sich die Nase an der Scheibe platt drückte. »Das ist grotesk, einfach grotesk.«

Der Betroffene musste etwas gehört haben, denn er drehte sich um und stellte sich auf die Zehenspitzen, um seine Kritiker über die Köpfe der Kameraden hinweg auszumachen. Als er den lachenden Augen Allsops begegnete, zog er eine Grimasse. »Aber wie hast du dich denn herausgeputzt, Allsop?«, schrie er, das allgemeine Stimmengewirr übertönend. »Braune Streifen mitten im Sommer! Musst du vielleicht nach Lazzarett?«

Großes Gelächter. Statt zu antworten, zog Allsop die Luftschutzmaske aus der Tasche und hielt sie sich vors Gesicht. »Aber hast du dich denn überhaupt desinfiziert, Rockwell?«, gab er zurück und tat so, als würde er mit der Rechten unsichtbare Bakterien verscheuchen. »Dein Mund ist ja eine einzige Straphylokokken-Kultur!«

Wieder lachten alle, doch die allgemeine Aufmerksamkeit wurde bald von einem neuen Spektakel gefangen genommen. In einer anderen Glasröhre zwanzig Fenster weiter schwebte rasch der Mädchenaufzug nach oben. Die Schüler drängten sich auf dieser Seite, winkten, pfiffen und schwenkten Taschentücher. Doch diese unerreichbare Kabine war auf dem Weg zur Frauenmensa, ein Stockwerk höher. Ein flüchtiges Bild von Lachen, leuchtenden Augen und Wolken von Blondhaar hing noch ein Weilchen in der Luft.

Im Unterschied zu den anderen war Felix hinten im Aufzug geblieben. Seitdem er sich freiwillig in Schwierigkeiten gebracht hatte, konnte er nicht mehr so lustig sein wie früher. Er hatte sogar Angst, es könnte Verdacht erregen, wenn er für das ferne Grüppchen der Studentinnen irgendwelches Interesse zeigte. Sobald sie am Ziel waren, nahm er Allsop am Arm. »Pass auf«, murmelte er ihm zu. »Es sieht so aus, als würden die Lehrer diejenigen aufschreiben, die sich zu sehr für die Mädchen interessieren. Milner ist deswegen verwiesen worden, und vielleicht ist er jetzt in Lazzarett.«

Allsop zuckte mit den Achseln. »Milner hatte eine echte Beziehung, schauderhaft sentimental. Wenn wir nur Spaß machen mit den Mädchen, verletzten wir keine einzige Hygienevorschrift.«

»Aber wir verletzten die Vorschriften dieser Schule. Sie schreiben es auf, ich sage es dir. Halt dich an die *schooldolls,* die uns die Verwaltung schickt.«

»Du wirst langsam paranoid, Addir. Und auch ein bisschen öde. Lass uns jetzt essen gehen.«

Der Saal, den sie betraten, war ein enormer Glaskubus; darin standen etwa hundert Tische zu vier Plätzen jeweils, schon gedeckt mit Geschirr, Besteck und Dosen der zulässigen Nahrungsmittel. Felix und Allsop setzten sich an den gewohnten Tisch, zusammen mit Tim Stanley und Ron Weiner. Felix nahm eine Konfektion Cornflakes mit Milch, riss das Siegel F&DA ab und nahm den Löffel aus der sterilen Plastikverpackung. »Kein Geschmack«, maulte er nach dem ersten Löffel. »Wie immer.«

»Der Mangel an Geschmack ist eine Garantie«, sagte Weiner belehrend, während er das rötliche Gesicht in eine Tasse Schokolade mit Sahne versenkte. »So heißt es jedenfalls.« Er ließ die Augen lebhaft umherwandern. »Wisst ihr schon das Neueste?«, fragte er geheimnisvoll.

»Nein«, antwortete Felix, »und ich weiß auch nicht, ob es mich interessiert.«

»Und ob es dich interessiert. Erinnerst du dich an Malcolm Rennie? Der, der immer hustete?«

»Ja und?«

»Er ist verwiesen worden. Deshalb ist seine Bank so lange schon leer. Ich dachte, er wäre krank. Bei dem Husten ...«

Tim Stanley, ein kleiner Blonder mit gelblichem Teint, lehnte sich etwas über den Tisch. »Bist du sicher?«

»Ja. Orlandi hat es mir gesagt, der mit ihm das Zimmer teilte. Verwiesen und vielleicht nach Lazzarett geschickt. Wahrscheinlich ist er jetzt dort und suhlt sich mit Bazillen aller Art unter Sichelzellern und Mördern.«

Felix schauderte. »Und was soll die Anklage gewesen sein? Sentimentalität? Mangelnde Hygiene?«

»Nein. Ein schwieriges Wort. ›Gewundenheit‹, glaube ich. Das ist noch nie da gewesen, dass ein Fünfzehnjähriger aus diesem Grund verwiesen wird. Gewöhnlich ist das eine Anklage, die die Älteren erwischt, nicht Jungs wie uns.«

»Gewundenheit«, wiederholte Allsop das Wort, als ob er es sich auf der Zunge zergehen lassen wollte. »Aber was heißt denn das?«

»Orlando zufolge heißt das, dass einer dich nach dem Grund für alles und jedes fragt, immer eine Begründung wissen will und den Leuten auf die Nerven fällt. Und tatsächlich, Rennie hat immer einen Haufen Erklärungen verlangt. Warum dies, warum das. Und er war überhaupt nicht effizient.«

Allsop nickte und gab durch seine Haltung Abscheu zu erkennen. »Ja, er war schrecklich langweilig. Er redete langsam und machte sich mordsmäßig wichtig. Es ist gut, dass sie ihn rausgeworfen haben.«

»Aber allein deshalb können sie ihn doch nicht nach Lazzarett geschickt haben«, murmelte Stanley sehr beunruhigt.

»Wenn er auf eine staatliche Schule gegangen wäre, dann hätte ihm das nicht passieren können. Aber sich an einem Institut wie unserem einzuschreiben, das die künftige Elite heranbildet, und sich dann so aufzuführen, das ist wirklich kriminell. Ich weiß nicht, ob er wirklich nach Lazzarett geschickt worden ist, aber verdient hätte er's.«

Felix runzelte die Stirn und gab keinen Kommentar ab. Erst Milner wegen verdorbener Sentimentalität und jetzt Rennie. Zwei Verweise nach nur vier Monaten Schulzeit. Offenbar hatte die Verwaltung bemerkt, dass in der Schule etwas nicht stimmte. Er musste darauf achten, dass kein Mensch etwas von seinem Geheimnis erfuhr. Und sich vor allen in Acht nehmen, auch vor den Kameraden.

»Stanley, woraus ist denn diese Jacke?«, fragte er beiläufig, um das Gespräch von diesem heiklen Thema abzulenken. »Ist das Lammfell oder Stierwolle?«

Der Angesprochene wurde rot, während die anderen lachten. Nun begann das übliche Geflachse, das sich bis zum Ende des Frühstücks hinzog. Ein Summton verkündete den Beginn des Unterrichts. Diszipliniert gingen die Jungs in die Waschräume, um sich die Hände zu desinfizieren, dann fuhren sie mit den Aufzügen zu den Unterrichtsräumen, die im Inneren des Gebäudes lagen, und verteilten sich auf die Korridore. Es herrschte Unruhe. Wie alle zwei Wochen würde an diesem Tag in sämtlichen Klassen die praktische Prüfung in Finanzpolitik stattfinden. Wer sie bestand, würde den Nachmittag in den unteren Stockwerken mit den *schooldolls* verbringen dürfen. Wer dagegen durchfiel ... Felix dachte lieber nicht daran.

Professor Sanchez war schon zur Stelle und führte seinen dicken Bauch durch den Klassenraum spazieren, kontrollierte an den Wänden die dort angebrachten Monitore und Diagramme. Felix ertappte ihn dabei, wie er das Poster studierte, das irgendein Schöngeist vor längerer Zeit an der Wand aufgehängt hatte und das drei Männer und zwei Frauen zeigte, die ihre nackten Körper, die mit desinfizierender Farbe bemalt waren, in orgiastischen Stellungen kompliziert miteinander verschränkt hatten. Sanchez fragte sich vielleicht gerade zum wiederholten Mal, wie so akrobatische Verrenkungen möglich waren. Als die Jungen in die Klasse strömten, riss er sich los und ging zum Pult.

»In Mannschaften aufteilen«, befahl er mit seiner rauen Stimme. Felix hatte ihn im Verdacht, dass er heimlich rauchte. Wenn das stimmte, würde er das früher oder später bitter büßen.

Wie üblich wurden die Bänke verschoben, bis sie drei gleich große Gruppen bildeten. Die Gruppenführer, die nahe beim Lehrerpult saßen, verteilten die farbigen Stirnbänder, die alle anlegen mussten. Felix, der rechts saß, bekam ein rotes Stirnband – die Farbe der *New American Federation.* Allops hingegen setzte ein gelbes auf, das für die *Confederation of Free America* stand. Kennzeichen: Handels- und Agrarökonomie; Bündnis mit der *New American Federation,* die sich auf die Industrie stützt; gespannte Beziehungen zur *Union,* die vom Finanzkapital beherrscht ist. Der gelben Mannschaft anzugehören, war ein Nachteil, bedeutete aber auch, weniger Feinde zu haben und sich auf eine Solidität verlassen zu können, die bei der Berechnung der Punkte im Endergebnis häufig ins Gewicht fiel.

Felix schaltete den in die Bank eingebauten Computer ein und ging die Zahlen der heutigen Simulation durch. Nicht schlecht, die Situation war ziemlich ausgeglichen. Vielleicht würde das Spiel so spannend sein, dass es ihn von seinen Sorgen ablenkte. Das hoffte er wenigstens.

Sanchez schnippte mit den Fingern. »Achtung, meine Herren. Die Confederation senkt den Diskontsatz um drei Punkte. Fertig? Los.«

Hastig gab Felix die Daten in den Computer ein, dann versuchte er, die neuen Werte zu interpretieren, die sich auf der Tabelle zeigten. Verdammt, der Monitor war zu klein, er musste den Bildlauf betätigen. Langsam, zu langsam.

Aus der Mannschaft der Gelben kam ein triumphierender Aufschrei. »Die Investitionen haben zugenommen«, rief der Junge, und zwar so schnell, dass er die Worte verschluckte.

»Auch die Beschäftigung.«

Weiner, der das schwarze Stirnband der *Union* trug, rief laut: »Zu viel Nachfrage! Die Inflationsrate steigt!«

Aus den Reihen der Roten und der Schwarzen erhob sich Triumphgeheul. Alle Zeigefinger waren auf die *Confederation* gerichtet: »Inflation! Inflation! Inflation!«

Begeistert stimmte Felix in den Chor ein und trampelte dazu mit den Füßen. Aber die erregte Stimme eines Jungen mit dem schwarzen Stirnband dämpfte die Euphorie: »Die gelbe Währung gibt nach. Gelbe Währung verkaufen, sofort.«

Allsop, der neben dem Gruppenführer der Gelben saß, wandte sich mit schweißnasser Stirn zu seinen Kameraden um: »Abwertung. *Jetzt* abwerten!«

Weiner schlug mit der Faust auf den Tisch. »Gefahr! Verringerung des schwarzen Exports. Zunahme des gelben Exports.«

Felix' Blick fiel auf eine Zahl, die er bisher noch nicht bemerkt hatte und die den Leuten seiner Mannschaft offenbar auch entgangen war. »Gefahr!«, rief er seinerseits und bemühte sich, so schnell wie möglich zu sprechen. »Rückgang des roten Exports.«

Aus den Reihen der Gelben erhob sich ein vielstimmiges Triumphgeheul, das jedoch nicht lange anhielt. Ein Schüler mit dem schwarzen Stirnband der *Union* sprang erregt auf. Anklagend erhob er die Hand, ohne den Blick vom Computer zu wenden. »Gelber Konsum noch in der Zunahme begriffen! Die gelbe Inflation steigt!«

Wieder trampelten Rote und Schwarze laut mit den Füßen und verhöhnten ihre Rivalen. »Inflation! Inflation! Inflation!«

Allsop, dem der Schweiß nun in Bächen in den Kragen lief, schüttelte entschieden den Kopf. »Quatsch!«, brüllte er, um sich Gehör zu verschaffen. »Die Rohstoffe sind unter Preisniveau. Es gibt keine Inflation!«

Sanchez, der das Gefecht bis hierher mit distanziertem Amüsement verfolgt hatte, runzelte die Augenbrauen. Er machte sich vom Pult los, an dem er gelehnt hatte. »Antwort *langweilig*«, sagte er betont langsam, um seinen Ekel zum Ausdruck zu bringen. »Es gibt *immer* Inflation, Herr Allsop. Sonst gäbe es nicht den Kampf gegen die Inflation und die Sozialordnung würde zusammenbrechen. Eure Situation ist kritisch, ihr müsst etwas unternehmen. Welche Möglichkeiten habt ihr?«

Allsop war verwirrt und versuchte sich zu konzentrieren. »Den Diskontsatz heben. Investitionen und Beschäftigung drosseln.«

»Ihr habt ihn gerade erst gesenkt. Die Märkte würden schlecht reagieren. Nennen Sie mir etwas anderes.«

Der Junge suchte verzweifelt in seinem Gedächtnis. »Weiter exportieren«, sagte er auf gut Glück. »Abwarten, dass das Wachstum der realen Ökonomie die Währung wieder nach oben zieht.«

Ein Raunen ging durch den ganzen Klassenraum. Sanchez ahmte einen Anfall von Erbrechen nach, und zwar so überzeugend, dass die Schüler der ersten Reihe beiseite rückten. »Antwort *oberlangweilig!* Es gibt keine *reale* Ökonomie!«

Allsop fühlte, wie ihm der Boden unter den Füßen weggezogen wurde. »Aber in der Vergangenheit ist es vorgekommen …« Er schnappte nach Luft.

Sanchez unterbrach ihn mit einer scharfen Geste. »Es gibt keine Vergangenheit. Es gibt keine Zukunft. *Gewundene* Antwort.«

Schwarze und Rote heulten auf, während auf dem Bildschirm Negativdaten für die *Confederation* erschienen. Wieder erschütterte vielstimmiges Gebrüll die Wände des Klassenzimmers. »Es gibt keine Vergangenheit!

Es gibt keine Zukunft! Es gibt keine Vergangenheit! Es gibt keine Zukunft!«

Gedemütigt schauten die gelben Schüler an die Zimmerdecke hinauf, als ob sie etwas erwarteten. Auf einmal drang aus einem Lautsprecher Sirenengeheul, das ihr Schicksal besiegelte. Aus Dutzenden von verborgenen Düsen regnete klebrige, dunkle Farbe auf sie herab. Seidenkrawatten, Designerjacketts, bestickte Hemden wurden binnen weniger Augenblicke unbrauchbar. Die Jungs versuchten, Köpfe und Augen zu schützen, doch die klebrige Flüssigkeit drang überall ein. Als der Regen aufhörte, war die gelbe Mannschaft nur noch ein Häuflein grotesker schwarzer Gestalten, während Rote und Schwarze sich einer zügellosen und, so dachte Felix, etwas gekünstelten Heiterkeit hingaben.

Sanchez setzte seinen Unterricht fort mit der Erläuterung der monetaristischen Theorien, die, zu Slogans zusammengefasst, rasch über die Bildschirme flimmerten. Es folgten zwei Stunden Unternehmensführung, an denen die unterlegene Mannschaft so teilnehmen musste, wie sie war. Erst als der Summton die Mittagspause verkündete, konnten die Verlierer sich waschen und umziehen. Als sie wiederkamen, zeigte ihr Gesichtsausdruck jedoch, dass die Reinigung ihre Beschämung nicht hatten auslöschen können.

»Nur Mut, Frank«, sagte Felix zu seinem Freund, während er in der Mensa saß und von einer Dose Orangenlimonade das F&DA-Siegel abzog. »Da sind wir alle durchgegangen. In zwei Wochen könnte es mich treffen.«

»An dem Jackett hat mir echt was gelegen«, jammerte Allsop. »Ich habe nicht mehr viele so schöne. Und mir hätte was dran gelegen, mit den *schooldolls* meinen Spaß zu haben.«

»Damit wirst du warten müssen …«

»Und wie stellt man das an, einen ganzen Monat lang

zu warten, mit geschlagenen fünfzehn Jahren? Ich bin schließlich kein Seminarist der *Confederation.*«

Tim Stanley, der zwei tiefgefrorene Heuschrecken verschlang, hob den Blick vom Teller. »Wolltest der Schlaumeier sein, Allsop. Hast alte Bücher gelesen, um Eindruck zu schinden. Diese Schule hat ihre Regeln. Du wärst vielleicht geeigneter für eine nicht am Markt orientierte Schule. Wer hat dir eingeredet, du sollst eine Führungsposition anstreben?«

»Pass auf, wie du redest, du Kröte!«, schrie Allsop empört. »Das wissen doch alle, dass du in den Slums groß geworden bist und nur zwei Anzüge hast! Stimmt's nicht, Addir?«

Felix nickte zerstreut. In nicht weniger als einer halben Stunde sollte die Begegnung stattfinden, auf die er seit Wochen wartete, hin und her gerissen zwischen Verlangen und Angst. Er fragte sich, ob er wirklich ein so großes Risiko eingehen sollte. Ja, er hatte es geschworen. Aber war es die Sache wirklich wert? Besser nicht darüber nachdenken. Er würde seine Entscheidung im letzten Moment treffen.

Der Streit zwischen Allsop und Stanley ging noch ein Weilchen weiter, dann kam das Gespräch auf die Krankheiten, die trotz aller Vorsichtsmaßnahmen der F&DA sprunghaft zunahmen. Doch das war ein unappetitliches Thema, wenn auch brandaktuell, und es wurde bald fallen gelassen. Der Summton kündigte an, dass der von allen ersehnte Moment da war, außer für die Mitglieder der Verlierermannschaften.

Ein allgemeiner Run auf die Fahrstühle setzte ein. Felix verabschiedete sich von Allsop, der sich in sein Zimmer zurückziehen musste, und machte sich ebenfalls auf den Weg. Die Bar der *schooldolls* lag im mittleren Teil des Hochhauses, gleich über den Schlafsälen der älteren Schüler, die dort öfter Zutritt hatten. Felix hatte den Verdacht, irgendwo könne es auch *schooltoys* für die

Schülerinnen geben; aber die strikte Trennung zwischen »normalen« Mädchen und Jungen, die die verderbliche und unhygienische Sentimentalität unterbinden sollte, die Ursache für die Sichelzellenanämie gewesen war, machte es unmöglich, hier Sicheres in Erfahrung zu bringen. Und Marjorie zu fragen, wagte er nicht, aus Angst vor einer positiven Antwort.

Gewollt langsam erreichte er den Aufzug, diesmal im Gebäudeinneren. Ja, die Entscheidung war gefallen. Er wartete mit dem Hinauffahren die letzte Gruppe von Nachzüglern ab, die noch atemloser und erregter waren als die anderen. Sein Herz schlug rasch, aber nicht so schnell, als er befürchtet hatte. Auch der Kloß in der Kehle, der ihn seit dem Ende des Unterrichts gequält hatte, löste sich. Die unmittelbar bevorstehende Gefahr schien einen kräftigenden Einfluss zu haben, was ihn ein wenig tröstete.

Die Halle, die er vom Aufzug aus betrat, hatte rosa bemalte Wände und war mit großen Spiegeln in Barockrahmen geschmückt. Durch eine Tür im Hintergrund, die mit einem roten Samtvorhang verhängt war, drangen Gelächter, unterdrückte Schreie und die hämmernden Rhythmen von *I wanna violent sex.* Schnatternd stürzten die Schüler in diese Richtung. Felix hingegen blieb stehen und tat so, als würde er sich einen Schnürsenkel binden. Er wartete ab, bis die anderen hinter dem Vorhang verschwunden waren, dann ging er um die Aufzugskabine herum und nahm die Treppe des Notausgangs. Er hielt sich nicht damit auf, sich umzusehen. Sollte es sein Schicksal sein, dass er von einem Aufsichtsbeamten erwischt wurde, dann würde er aus dem Stegreif eine Ausrede erfinden.

Er stieg zwei Stockwerke hinauf. Zum vierten Mal legte er diesen Weg zurück, aber die drei Male zuvor waren weniger riskant gewesen. Noch war er nicht in eine Geschichte verwickelt, die seine Zukunft für immer zu vernichten drohte. Aber er schaffte es nicht, wirkliche Besorgnis zu verspüren. Wenn überhaupt, dann fühlte er eine in gewisser Hinsicht zermürbende Erregung, die jedoch nichts mit Angst zu tun hatte.

Außer Atem erreichte er den zweiten Treppenabsatz. Das doppelte Gitter war undurchdringlich wie eh und je und der Korridor, der sich dahinter auftat, blieb denjenigen, die nicht über die entsprechende Magnetkarte verfügten, verschlossen. Doch das, was er von Marjories blonden Haaren erkennen konnte, und ihre kastanienbraunen Augen, die zwischen den Gitterstäben blitzten, schienen ihm eine mehr als ausreichende Entschädigung für das Risiko, das er einging.

»Ciao, Felix«, sagte das Mädchen schlicht.

Sehr aufgeregt legte Felix das Gesicht ans Gitter. Er hatte Marjorie nie ganz gesehen, außer als sie beide Kinder gewesen waren. Eine Kinderliebe, die im Lauf der Jahre in dem Maße ins Überdimensionale gewachsen war, in dem das System den Umgang zwischen Jungen und Mädchen immer rigider einschränkte, im Namen des Kampfes gegen die Sentimentalität, der Widersacherin der Effizienz. »Ciao«, brachte er murmelnd heraus.

»Wir haben wenig Zeit. Ich glaube, meine Zimmernachbarin hat mich im Verdacht. Hast du das Gedicht gelesen?«

»O ja. Mittlerweile kann ich es auswendig.« Felix hatte *Schür die Asche deines Willens* mindestens tausend Mal durchgelesen, bis das eingerollte Blatt, auf dem das Gedicht geschrieben stand, nur noch ein formloser Fetzen war. Er fand das Gedicht sehr hässlich, aber da es von Marjorie kam …

»Ich habe etwas mehr über die Kinder der Zukunft in Erfahrung gebracht«, fuhr die Stimme auf der anderen Seite des Gitters fort. »Sie haben einen Stützpunkt in Maine, an einem Ort mit dem Namen Rangeley. Aus ganz Amerika kommen die Leute dorthin.« Der Ton des Mädchens würde träumerisch. »Denk doch nur, wenn wir auch dorthin gehen könnten …«

»Wir werden hingehen!«, sagte Felix entschlossen. »Wir müssen nur aus dieser Schule fliehen.«

»Ja, aber wie?«

»Ich werde einen Weg finden.« Felix fühlte sich sehr entschlossen und sehr männlich. Er hatte das Gefühl, die Rolle des Abenteurers zu übernehmen, wenn Marjorie da war.

»Wenn wir von hier fliehen, riskieren wir, in Lazzarett zu landen.«

»Auch in diesem Augenblick riskieren wir das.« Felix' Stimme zitterte etwas. Die Aussicht, an den höllischsten Ort der Welt deportiert zu werden, schreckte ihn nicht mehr so sehr. Aber die Vorstellung, Marjorie könnte dort enden, war ihm unerträglich.

»Ja, es ist besser, wir trennen uns.« Die kastanienbraunen Augen des Mädchens wurden feucht. »Bist du in vierzehn Tagen wieder hier?«

»Ich hoffe, ja. Das hängt nicht von mir ab, sondern von den dummen Wettkämpfen, die an dieser Schule veranstaltet werden. Manchmal wünschte ich, ich wär in den Slums geboren und hätte keine Ahnung von Ökonomie.«

Einen Moment lang herrschte Stille, während die Augen der jungen Leute sich zwischen den Gitterstäben suchten. Dann fragte Marjorie in neutralem Ton, der die darin mitschwingende Bangigkeit kaum verhehlen konnte: »Gehst du jetzt zu den *schooldolls?*«

»Nein«, log Felix. »Diese kalten Beziehungen ekeln mich an. Es ist, als hätte man es mit Leichen zu tun.« Er machte sich Vorwürfe wegen dieser Lüge, die aber auf zwei wahren Elementen beruhte. Die Befriedigung, die er bei den jungen Prostituierten erfuhr, die die Schule als Belohnung zur Verfügung stellte, dauerte nur sehr kurz und ließ ihn unbefriedigt zurück. Ganz zu schweigen von dem düsteren hygienischen Zeremoniell, das die ausschließlich fleischlichen Kontakte begleitete. Doch wenn er versucht hätte, sich diesem Recht und dieser Pflicht zu entziehen, würde er unausweichlich der Sentimentalität bezichtigt. Mit allen Konsequenzen, die daraus folgten.

Die Stimme des Mädchens klang traurig, aber auch warm und verständnisvoll.

»Also ciao.«

Felix hatte Tränen in den Augen. Er schluckte, dann bat er: »Könntest du die Finger durch das Gitter stecken?«

»Warum?«

»Ich möchte sie berühren.«

Marjorie lächelte und tat, was er verlangte. Felix wollte schon sanft ihre Fingerkuppen berühren, als gellendes Sirenengeheul erklang. Unsichtbare Sensoren, die zwei Wochen zuvor auf das Durchreichen eines Papierröllchens nicht reagiert hatten, sprachen auf die Körperwärme von sich berührenden Fingern an. Das Alarmgeheul ließ die Wände der Korridore erzittern.

Marjorie versuchte, die Hand zurückzuziehen, aber es war zu spät. Ungläubig und wie betäubt sah Felix jenseits des Gitters die schwarzen Umrisse der Aufsichtsbeamten, die das Mädchen packten und fortrissen. Dann legten sich schwere Hände auch auf seine Schultern.

KAPITEL VIII

Alghero

Der Marsch auf die Stadt des Judex begann Dienstag Morgen kurz nach Laudes, als die Dunkelheit sich eben zu lichten begann. Eymerich war schon seit mindestens einer Stunde wach. Er hatte eine unruhige Nacht hinter sich, obwohl ihn der Montag mit der Beisetzung des Vicomte d'Illa sehr angestrengt hatte, was einen tiefen Schlaf zu verheißen schien. Doch das Bild dieses Leichnams, der sich von innen zusammenkrümmte, als ob in seinem Bauch ein Ungeheuer eingeschlossen wäre, hatte ihn wie ein Albtraum verfolgt.

Der grausame Zwischenfall hatte mit einem Schlag ihn, den verhassten und einsamen Großinquisitor, zur Schlüsselfigur des ganzen Feldzugs gemacht. Der König, zu erschüttert, um sich in der Öffentlichkeit zu zeigen, war zwei Tage lang völlig unzugänglich gewesen; zu Eymerichs Zelt hingegen waren unentwegt Adlige, Offiziere, Höflinge und einfache Soldaten geströmt. Sie pilgerten zu ihm, weil sie seine Autorität anerkennen mussten, war er doch der Einzige im Lager, der im Umgang mit dem Übernatürlichen Erfahrung hatte. Sogar der Zisterzienserabt war zu ihm gekommen und bat um eine Erklärung des Vorgefallenen, die er den Truppen geben konnte, um die drohende Panik in den Reihen zu beschwichtigen.

Eymerichs Antwort war immer dieselbe gewesen. Satan war mächtig, aber die Kirche war mächtiger. Wer davon nicht überzeugt war, gab allein dadurch seine Gemeinschaft mit dem Herrn des Bösen zu erkennen und verdiente, wie ein Diener des Bösen bestraft zu werden.

Diese Warnung, langsam und mit ernster Stimme vorgetragen, war ausreichend gewesen, um die vielen zum Schweigen zu bringen, die schon nach einer sofortigen Rückkehr ins Vaterland verlangten. Doch es war kein stabiles Gleichgewicht und Eymerich spürte den Abgrund von Panik, in den die gesamte Armee zu stürzen drohte, falls der Teufel weitere Zeichen seiner Anwesenheit geben sollte.

Im Gegensatz zu all der Unruhe war die Luft dieser eben zu Ende gehenden Nacht frisch und würzig. Auf dem im Mondlicht schimmernden Meer wiegten sich die Galeeren mit brennenden Fackeln an Bord, bereit, die Anker zu lichten und Alghero von der Seeseite her einzuschließen. Man hörte das Kreischen der Kriegsmaschinen, die von Pferden gezogen wurden, die Taue zum Zerreißen gespannt, das Klirren von Waffen und Panzern, das dumpfe Dröhnen von Hunderten von Wagen, die sich in Bewegung setzten, die rauen Befehle der Offiziere. Doch das alles störte nicht wirklich die Ruhe dieser wundervollen Nacht, die erleuchtet war von Myriaden von Sternen und erfüllt vom salzigen Duft des Meerwassers.

Eymerich nahm sein Gepäck, bestehend aus einem einfachen Bündel mit Kleidern, darin eingewickelt einige Bücher, und ging auf die Mitte des Lagers zu. Er rief einen Stallburschen: »Habt Ihr ein Pferd für mich?«

»Gewiss doch, Pater. Ich dachte, Ihr wolltet in einem Wagen reisen.«

»Nein. Ich reise allein. Bringt mir ein passendes Pferd.«

Wenig später saß der Inquisitor, nachdem er seine Habseligkeiten hinter dem Sattel verstaut hatte, auf einem etwas störrischen Tier mit dunklem Fell. Auf den ersten Blick war es ihm wenig mehr als ein Klepper erschienen, aber Eymerich schenkte Tieren noch weniger Beachtung als Menschen. Wortlos ergriff er die Zügel und ritt in Richtung der schon marschierenden Kolonnen.

Er ritt im Schritt neben den Soldaten des En Ramón de Riusech aus Valencia her, einem beleibten Adligen, der sich nur in der Sänfte fortbewegte, als eine Stimme durch die Reihen schallte und bis an sein Ohr drang: »Der Inquisitor! Wo ist der Inquisitor? Der König will ihn sehen!«

»Hier bin ich«, sagte er leicht verärgert zu dem Offizier, der ihm die Nachricht überbrachte. »Reitet Peter vorneweg?«

»Ja. Er will, dass Ihr ihn einholt.«

»Ich mache mich sofort auf den Weg.«

Er trieb das Pferd zu einem scharfen Trab an, ritt über das karstige Gelände, das sich mit seinen paar vertrockneten Sträuchern zwischen den Felshängen des Gebirges und dem breiten steinigen Weg dehnte, auf dem die Truppen dahinzogen. In der großen Helligkeit konnte er leicht den Wald von Standarten erkennen, der die Anwesenheit des Königs anzeigte. Er beschleunigte seine Gangart noch mehr. Peter IV., in einen schwarzen Samtmantel gehüllt, saß auf einem Araberschimmel, während die Schar der Bannerträger, Kommandanten, hochrangigen Diener und Höflinge ihre Pferde respektvoll auf Distanz hielt.

»Hier bin ich, Sire«, sagte Eymerich und kam auf gleiche Höhe mit dem König. »Ihr wolltet mich sprechen?«

»Ja.« Das gewöhnlich entspannte und energiegeladene Gesicht Peters IV. war blass und eingefallen, als ob er nächtelang nicht geschlafen hätte. »Ihr werdet bemerkt haben, dass Wir seit dem Tod des Vicomte d'Illa vermieden haben, Euch zu sehen.«

»Ich habe es bemerkt, Sire.«

»Wir wollen aufrichtig zu Euch sein. Wir fürchteten das, was Ihr Uns hättet sagen können. Außerdem waren Wir besorgt, womöglich auf Unseren Feldzug und damit auf Sardinien verzichten zu müssen.« Peter sah den Inquisitor aus müden und nachdenklichen Augen an. »Doch jetzt brauchen wir Euren Rat. Sagt Uns, Pater Nikolas, können sich tragische Zwischenfälle wie der, der dem Vicomte d'Illa zugestoßen ist, wiederholen?«

Eymerich sah den Herrscher an. Er wählte seine Worte vorsichtig. »Ich fürchte, ja, Sire. Wenn ich Euch meine Überlegungen rückhaltlos dartun darf: Ich bin überzeugt, dass das Schicksal des Fürsten Euch bestimmt war. Erinnert Ihr Euch, als ich Euch auf der Galeere sagte, der eigentliche Hinterhalt des Mariano d'Arborea könne die Mannschaft der Kogge sein?«

»Ja.«

»Ich habe nachgedacht und bin zu dem Schluss gekommen, dass diese Männer von einer schrecklichen Krankheit befallen gewesen sein müssen. Es kommt nämlich recht selten vor, dass bei einer Besessenheit der Dämon den Körper tötet, in den er gefahren ist. Es war der Speichel des Gefangenen, der, ich weiß auch nicht wie, die Eingeweide des Vicomte d'Illa befallen hat. Aber der Vicomte war nicht das eigentliche Ziel. Man hatte es auf Euch abgesehen, Sire, oder wenigstens auf Eure Würdenträger und Kommandanten. Wir hätten die Schiffbrüchigen untergehen lassen oder den Gefangenen mit größerer Vorsicht behandeln sollen.«

»Ja, das glauben Wir auch«, bemerkte der König. »Der junge Vicomte war sehr impulsiv.«

»Ich würde sagen, waghalsig«, entgegnete Eymerich, ohne verhindern zu können, dass eine gewisse Schärfe in seiner Stimme mitschwang. »Darf ich eine etwas kühne Bitte aussprechen, Sire?«

»Gewiss.«

»Bis heute habt Ihr nur vage auf die Gründe angespielt, weswegen Ihr mich bei Euch haben wolltet. Ich glaube aber, jetzt sollte man jede Zurückhaltung fallen lassen. Habt Ihr Euch etwas Ähnliches wie diesen Vorfall erwartet?«

Peter IV. holte tief Luft. Er trieb sein Pferd etwas an,

dann wartete er ab, bis der Inquisitor ihn einholte. »Eure Frage ist logisch, Pater Nikolas. Wir werden Euch alles sagen. Ja, man hatte Uns vorhergesagt, dass Wir es mit seltsamen, mit dämonischen Phänomenen zu tun bekommen würden. Ihr wisst, dass das Judikat von Arborea ein Sammelbecken für Kranke ist?«

Eymerich unterdrückte ein Schaudern. »Ein Benediktinermönch hat mir davon erzählt, den ich Sonntag Morgen getroffen habe. Er hat mir gesagt, dass der Judex von Arborea heilerische Fähigkeiten besitzt und dass dies Kranke von der ganzen Insel anlockt. Er hat auch Andeutungen gemacht über die Gefährlichkeit der Flüsse und etwas so Ungeheuerliches, dass man es nicht aussprechen kann.«

»Was die Kranken angeht, die nach Alghero kommen, so hat der Mönch Euch die Wahrheit gesagt. Aber das ist nicht alles. Mariano übt seine angeblichen Fähigkeiten im Namen des christlichen Glaubens aus. Es besteht jedoch der Verdacht, dass sein Christentum bloße Fassade ist und sich dahinter die Praktiken eines sehr alten, abscheulichen Kults verbergen. Ich glaube nicht, dass Ihr wisst, was Mariano den Unglücklichen empfiehlt, die sich an ihn wenden.«

»Nein, ich habe keine Ahnung.«

»Unzucht.«

Eymerich klang erstaunt. »Unzucht?«

»Ja, Ihr habt richtig verstanden. Das zügellose Ausleben aller Leidenschaften.« Der König machte eine Pause, wie um das Gewicht der Enthüllung zu unterstreichen. Dann fuhr er fort: »Ich weiß, dass es merkwürdig klingt, aber das ist Uns von absolut vertrauenswürdigen Informanten berichtet worden. Unter den Kranken, die nach Alghero strömen, werden orgiastische Riten gefeiert, die aus grauer Vorzeit stammen und schauerlichen und blasphemischen Gottheiten geweiht sind. Auch wir hatten Schwierigkeiten, das zu glauben, aber es ist die Wahrheit.«

Eymerich war erschüttert, versuchte es aber zu verbergen. »Dabei umgibt sich der Judex doch mit Benediktinermönchen und mit Viktorianern unzweifelhaften Glaubens.«

Peter IV. nickte. »Das ist nicht der einzige Widerspruch. Er selbst hat in Barcelona studiert, bei Euren dominikanischen Brüdern. Seine Frau Timbors ist Tochter des Dalmau de Rocaberti, sie entstammt also einem der edelsten und allerchristlichsten Geschlechter Kataloniens. Und doch sind die Zeugenaussagen eindeutig. Hier hat sich unter dem Deckmantel der Medizin ein neues Sodom ausgebreitet und man betet unbekannte und satanische Gottheiten an. Versteht Ihr nun, warum Wir wollten, dass Ihr mit Uns kommt?«

»Ich glaube, ja.«

»Wir vergessen nie, mit wie viel Energie Ihr in Unserem Königreich die letzten Reste des Heidentums ausgerottet habt. Auch auf dieser Insel ist unser Glaube im Innersten bedroht. Wir wollen, dass Ihr diese neue Plage bekämpft, dass Unsere Expedition zum Kreuzzug wird, der den Pontifex Maximus aus seiner zögerlichen Haltung heraustreten lässt. Und Ihr seid dazu in der Lage.«

Respektvoll verneigte sich Eymerich. Der letzte Satz hatte ihm klar gemacht, dass die Absichten des Königs mehr politischer als theologischer Natur waren. Doch er hütete sich wohl, irgendwelche Einwände zu erheben. »Sire, Euer Befehl soll erfüllt werden. Kann ich auf Eure volle Unterstützung rechnen, welche Maßnahmen auch immer ich ergreifen muss?«

»Gewiss. Was braucht Ihr?«

»Erstens, die Verfügbarkeit so vieler bewaffneter Männer, wie auch immer ich brauche. Zweitens, die Genehmigung, ein Tribunal einzurichten, das während er Belagerung arbeitet, um jeden zu verurteilen, der sich den Gesetzen der Kirche widersetzen sollte. Drittens, den

Respekt der adligen Herren in Eurem Gefolge, die es mir gegenüber nur zu oft an Achtung fehlen lassen.«

Der König sah den Inquisitor durch die Dunkelheit an, die langsam wich. »Ihr sollt alle drei Dinge haben. Was das Tribunal angeht, so werdet Ihr Personen brauchen, die im Recht bewandert sind.«

»Mir genügt ein Notar oder wenigstens ein Schreiber.«

»Was haltet Ihr von Bernat Dezcoll? Er ist ein kluger Mann und außerdem ist er schon in Sardinien gewesen. Er könnte Euch eine wertvolle Stütze sein.«

Eymerich war verwundert. Dezcoll überzeugte ihn nicht ganz und die etwas zu theatralische Art, in der er ihm von dem Komplott zur Ermordung des Königs erzählt hatte, hatte einen schlechten Eindruck auf ihn gemacht. Dennoch wagte er keine Einwände zu erheben, die er nicht begründen konnte. »Herr Dezcoll wird sehr gut geeignet sein.«

»Dann bedient Euch seiner und nehmt die Zisterzienser für die geringeren Aufgaben. Wir wissen, dass Ihr sie nicht mögt, aber Ihr seid der einzige Dominikaner auf der Expedition.« Peter IV. wies auf den Weg vor sich, der auf den Eingang zu einer Schlucht zulief. »Geht nun. Beim ersten Tageslicht werden wir die Mauern von Alghero sehen.«

Der Inquisitor verbeugte sich so tief, wie das auf dem Pferd möglich war, dann ritt er auf das Gros der Kolonne zu und würdigte dabei die Gruppe von Adeligen und Dienern von Rang keines Blickes. Die Andeutungen Peters des IV. über die unmoralischen Praktiken im Judikat hatte ihn tief beunruhigt. Unzüchtige Lebensgewohnheiten, wie sie auch in Klöstern praktiziert wurden, erregten seinen Abscheu nicht nur, weil sie der Schrift zuwiderliefen, sondern auch und vor allem, weil sie in seinen Augen eine Abkehr von der Vernunft und eine Zuwendung zum Irrationalen darstellten. Für ihn war der Körper ein unvermeidliches Übel und der Geist musste ihn jeden

Moment unter strengster Kontrolle halten. Wehe, wenn dieser Zugriff sich auch nur für einen Moment lockerte! Zügellose Leidenschaften, tierische Instinkte, urzeitliche Triebregungen würden wieder hervorbrechen und das rationale Gebäude niederreißen, das den Menschen vom Tier geschieden und die Kirche groß gemacht hatte.

An dieser liebte Eymerich vor allem die strenge Zucht, bestehend aus unerbittlichen Verhaltensmaßregeln und diktierten Gedankengängen. Die Aufgabe des Inquisitors war für ihn Verteidigung dieser Ordnung, die Europa vor der Barbarei bewahrt hatte, indem sie dem Untergang des weltlichen ein moralisches Reich entgegensetzte und der Schwäche der weltlichen Herrscher die eigene Disziplin. Wenn in Sardinien wirklich die große Vision der Päpste in Gefahr war, würde er nicht zögern, auch die grausamsten Mittel zum Einsatz zu bringen, um diese Gefahr zu bannen. Die Stadt Gottes war ein Kloster mit ehernen Regeln und das musste sie bleiben, andernfalls würde auch die Stadt der Menschen zerfallen.

Der Marsch ging weiter, bis die Sonne über den Bergen aufging und Glockengeläut in der Ferne die Erste Stunde verkündete. Da tat sich vor den Augen der Aragonesen ein weites, grünes Tal auf, voller Kaktusfeigen und Zwergpalmen, begrenzt einerseits von der blauen Meeresfläche des Golfs, auf der anderen Seite von den Steilhängen des Capo Caccia. Alghero war eine winzige Stadt auf einer Anhöhe, eingeschlossen von mächtigen Verteidigungsmauern. Durch Bollwerke, Stützpfeiler, Blindtore und Barrikaden schienen diese auch einer längeren Belagerung standhalten zu können. Hier und da sah man in der Ebene vereinzelte Häuser und weiter hinten am Horizont ein paar von den dunklen und rätselhaften Türmen, ähnlich dem, den Eymerich am Tag der Ankunft gesehen hatte.

Die Einwohner von Alghero hatten sich wohl alle auf den Stadtmauern eingefunden. Angespannt verfolgten sie auf der einen Seite das heranrückende Heer und auf der anderen Seite die in die Bucht gleitende Galeerenflotte. Letzteres war vermutlich der beunruhigendere Anblick für sie. Dutzende von Schiffen, von rhythmischem Ruderschlag bewegt, gingen rings um den befestigten kleinen Hafen in Stellung, während häufiges Blitzen in der noch zaghaften Morgensonne verriet, dass hinter den Schilden an den Bordwänden der Schiffe bewaffnete Männer verborgen waren. Aber auch die Bodentruppen mit ihren Kriegsmaschinen von gigantischen Ausmaßen, ihren bunten Reihen von Fußsoldaten, ihren dröhnenden Karren und Reitertrupps verhießen der Stadt eine leidvolle Zukunft.

Eymerich, der sich wieder dem Tross des Ramón de Ruisech angeschlossen hatte, näherte sich der Sänfte, in welcher der beleibte Adlige ruhte. »Warum dieser Umweg?«, fragte er nach einer ehrerbietigen Begrüßung. »Hätte man nicht besser einfach am Strand entlangziehen sollen?«

Der Edelmann musterte den Inquisitor aus zwei schwarzen Äuglein, die nur mühsam über die Fettschichten hinwegblickten. »Ich glaube, König Peter will dem Judex von Arborea einen Eindruck von unserer Macht vermitteln. Jetzt können wir die ganze Ebene besetzen, während wir vom Meer her in einer einzigen Kolonne angerückt wären.«

Tatsächlich öffnete sich eben in diesem Augenblick der Zug zu einem Fächer und die Soldaten schwärmten bei rollendem Trommelwirbel aus und verbreiteten sich wie eine Öllache über die Felder. Ein paar Rauchwölkchen zeigten an, dass die Vorhut auf erste, vermutlich verlassene Häuser gestoßen war. Für die Belagerten ein bedrohliches Vorzeichen dessen, was sie erwartete.

Die Ebene war schnell eingenommen, während die Flotte, als sie Stellung bezogen hatte, die Ruder hob und Anker warf. Jetzt konnte Eymerich hinter den Stadtmauern von Alghero, die im Übrigen noch fern waren, ein Gewimmel von Helmen und geladenen Armbrüsten erkennen. Aber es war noch nicht Zeit für die Schlacht. In anderthalb Meilen Entfernung von der Stadt fingen Offiziere und Boten an, zwischen den Rängen hin- und herzulaufen und hektische Befehle zu erteilen. Langsam aber auch sehr wirkungsvoll nahm das aragonesische Heer in einer halbkreisförmigen Linie Aufstellung, sodass die gesamte Anhöhe umzingelt war. Tiefe Stille machte sich breit, in auffälligem Gegensatz zum Lärm von kurz zuvor. Dann verkündete ein Trompetenstoß die Ankunft des König.

Aus der Stadt kamen vereinzelte Pfeile geflogen und fielen auf die Felder, ohne irgendein Ziel zu erreichen. Gleichgültig und majestätisch ritt der König, der für die Gelegenheit die Krone aufgesetzt und einen roten Mantel umgelegt hatte, die ganze Linie der Belagerer ab, in seinem Gefolge eine Schar Adliger und Bannerträger. Nur an einem Punkt machte er Halt, wo die Stadtmauern von einem Wachturm überragt wurden, auf dem ein großes Banner wehte, worauf ein vom Blitz geknickter Baum zu sehen war. Eymerich war es, als könnte er auf einer Terrasse in der Nähe des Turms eine kleine, vorgebeugte Gestalt erkennen, die die Bewegungen Peters gespannt verfolgte. Aber die Entfernung war wirklich zu groß.

Der Herrscher setzte seinen Ritt fort und verschwand in einer Staubwolke. Nach einem erneuten Trompetenstoß fiel das ganze Heer auf die Knie. Es begann die Messe, um den Segen Gottes zu erflehen, zelebriert von den Zisterziensern; bald erschollen im Chor laute Gebete und Amen-Rufe, auch wenn der Altar für die meisten nicht sichtbar war.

Zerstreut folgte Eymerich der Messe ein Weilchen. Dann aber, da die Zisterzienser das Ganze offenbar in die Länge zogen, wendete er sein Pferd, von dem er nicht einmal abgestiegen war, und ritt im Trott auf die Felder hinaus. Er hielt direkt auf eines der in Brand gesetzten Häuser zu, von dem nun eine dicke, qualmende Rauchwolke aufstieg.

Als er in die Nähe kam, bemerkt er eine kleine Gruppe von Soldaten. An den Standarten erkannte er, dass sie zur Mannschaft von En Pedro de Exerica gehörte, dem Herrn des Lehens Segorbe in Valencia. Das Gebäude in Flammen war ein sehr einfaches Steinhaus mit nur einem einzigen Fenster. Es war umgeben von einem kleinen Garten, der zur Hälfte von Kaktusfeigen überwuchert war. Gleich dahinter verlief ein Fluss mit breiten Ufern und trägem Wasser, der in Richtung Stadt floss.

Er näherte sich vorsichtig, weil er aus Erfahrung wusste, wie unberechenbar plündernde Soldaten waren. Seine Vorsicht verdoppelte sich noch, als er bemerkte, dass die Bewaffneten um ein paar finster aussehende Gestalten in ihrer Mitte herumstanden, die mit Fellen bekleidet waren und wild gestikulierten. Er stieg vom Pferd und trat, die Zerstreutheit der kleinen Menge nutzend, leise näher.

Aus ein paar Schritten Entfernung konnte er erste Fetzen einer merkwürdigen Unterhaltung vernehmen. »Und wo sollen diese Grotten sein?«, fragte ein bärtiger Soldat, der alle anderen an Größe überragte.

»Unter Euch«, antwortete einer der mit Fell bekleideten Männer. »Genau unter Euch. Ich habe auch nicht daran geglaubt, bis ich es mit eigenen Augen gesehen habe.«

Plötzlich bemerkte jemand Eymerich und sofort verstummte das Gespräch. Der Kreis der Bewaffneten öffnete sich und gab den Blick auf die Gestalten in ihrer Mitte frei. Es waren klein gewachsene Männer mit sehr langen Haaren, die unter Schaffellen Gewänder aus zusammengeflickten Tüchern trugen, die ihnen bis zu den Füßen reichten. Zwei von ihnen sahen schwachsinnig aus und schauten um sich, als ob sie nichts verstehen würden. Ihre Köpfe waren riesig und im Verhältnis zum Körper entschieden zu groß. Der dritte dagegen war schlank gewachsen und schien vollkommen in Ordnung zu sein. Das wallende Haar ließ feine Gesichtszüge und leuchtende, lebhafte Augen erkennen. Sicher hatte der Soldat mit ihm gesprochen.

Der bärtige Soldat trat vor, den Helm unter den Arm geklemmt. »Ich kenne Euch. Ihr seid der Großinquisitor. Willkommen, Pater. Wir befragen gerade diese drei Gefangenen.«

Eymerich maß den Mann mit einem strengen Blick. »Befragen? Ehrlich gesagt, hat das nicht so gewirkt. Es schien vielmehr, als würdet Ihr gemeinsame Sache machen.«

Sehr verlegen drehte der Soldat den Helm zwischen den dicken Fingern hin und her. »Seht, Pater, ich kenne diesen Mann seit der Kindheit. Er stammt aus meinem Dorf, aus Montesa. Vor zwei Jahren habe ich ihn aus den Augen verloren, als er mit der Expedition gegen die Genuesen nach Sardinien kam. Früher gehörte auch er zur Truppe des Herrn von Segorbe.«

Eymerich reagierte mit Erstaunen und Empörung. »Ein aragonesischer Soldat in der Gruppe der Gefangenen?« Er ging auf den Mann zu, ohne auf die brennenden Strohhalme zu achten, die vom Dach herabzuregnen begannen. »Weißt du, was dich erwartet, du Verräter?«

Der ehemalige Soldat schien nicht beeindruckt. Er sah den Inquisitor aus klaren Augen an. »Der Tod, nehme ich an. Aber das ist mir gleichgültig. Der Judex von Arborea hat mich von der Pest geheilt und mir zwei Jahre Leben geschenkt. Man sieht, dass mein Urteil nur aufgeschoben war.«

Der bärtige Riese, in immer größerer Verlegenheit, schaltete sich ein. »Anscheinend gibt es unter Alghero Grotten, in denen der Judex Pestkranke und Lepröse heilt. Dieser hier ist nicht der Einzige von unseren Männern, der davon profitiert hat.«

Als er Lepra und Pest nennen hörte, war Eymerich unwillkürlich von dem Gefangenen zurückgewichen. »Ach ja?«, schrie er mit vor Wut erstickter Stimme. Er sah in die Runde der Soldaten mit einem flackernden Blick, der sie erschauern ließ. »Wisst Ihr, wie der Judex von Arborea heilt? Mithilfe des Satans! Jeder, der diesem Verräter Recht gibt, wird als geständiger Ketzer betrachtet und sein Fleisch wird auf dem Scheiterhaufen brennen.«

Die Männer erbleichten, der Gefangene nicht. Ja, ein ruhiges Lächeln machte sich auf seinen Lippen breit. »Das ist keine Frage von Ketzerei. Mariano IV. ist genauso Christ wie Ihr. Nur dass er die Pest aus dem Körper vertreiben kann und Ihr nicht. Scharen von durch Wunder Geheilten singen in diesem Augenblick unter Euren Füßen das Lob des Judex.«

Unwillkürlich senkte Eymerich den Blick auf seine Schuhe, dann hob er ihn wieder, erbost. »Was willst du damit sagen, du Idiot?«

Der Mann war im Begriff zu antworten, doch in diesem Augenblick zwang der Einsturz einer Hauswand alle, rasch zurückzuweichen. Funken stoben auf, gefolgt von einer hoch auflodernden Flamme. Ein dröhnender Knall und mehrfaches Krachen zeigten den Einsturz einer weiteren Hauswand an.

Eymerich stand neben dem Gefangenen, der immer noch lächelte, gleichgültig gegenüber allem. »Also antworte! Warum sagst du, dass da jemand unter meinen Füßen singt?«

»Da, die Tür zum Keller ist eingestürzt«, flüsterte der Mann und wies auf eine große Bresche, die sich in dem eingestürzten Haus unter den brennenden Balken aufgetan hatte. »Werft selbst einen Blick darauf.«

Eymerich sah den Gefangenen zornig und erstaunt an, dann trat er vorsichtig an das Loch heran, die Kutte fester um sich ziehend, um sich vor den Funken zu schützen. Er beugte sich etwas über die dunkle Höhle. »Hier ist nichts«, sagte er.

»Seht genauer hin«, beharrte der Gefangene.

Der Inquisitor gehorchte. Als sich seine Augen an die Dunkelheit gewöhnt hatten, sah er zunächst nur ein unbestimmtes bläuliches Licht, das er für den Widerschein der Flammen hielt. Nach und nach erkannte er jedoch, dass sich auf dem Grund des Kellers ein großer Brunnen mit unregelmäßigen Wänden auftat, der Klafter tief zu sein schien. Eine Art Flüstern schien von dort zu kommen, murmelnd zwar, aber deutlich vernehmbar.

Entsetzt fuhr er zurück, ohne zu wissen warum. »Was ist dort unten?«, brachte er stammelnd heraus.

»Ich habe es Euch gesagt«, antwortete der Gefangene. »Das sind die, denen der Judex das Leben wiedergeschenkt hat. Und noch etwas anderes, das niemand zu nennen wagt, aber das eines Tages wiederkehren wird. Jetzt ist es unter die Erde verbannt und regt sich ohnmächtig.«

Eymerich fühlte sich von einer plötzlichen und unerklärlichen Angst überwältigt. Er konnte sie nur bezwingen, indem er sie in Wut verwandelte. »Bringt diesen Mann ins Lager!«, brüllte er den bärtigen Soldaten an. »Haltet ihn von allen anderen fern, pestkrank wie er ist! Morgen schon wird er samt den Krankheiten, die ihn zerfressen, auf dem Scheiterhaufen brennen.«

»Und was machen wir mit diesen hier?«, fragte der Soldat und wies auf die beiden Kerle mit den großen Köpfen.

»Sprechen sie unsere Sprache?«

»Nein. Kein Wort.«

»Dann können wir sie nicht brauchen. Werft sie in diesen Brunnen. Sollen sie auch zu den singenden Gespenstern gehen.«

Als sie begriffen, welches Schicksal sie erwartete, fingen die beiden Unglücklichen an zu schreien und um sich zu schlagen. Doch der Zugriff der Soldaten war eisern, ihre Entschlossenheit durch Angst verstärkt. Die

Gefangenen wurden hochgehoben und in den Abgrund hinuntergestoßen, in dem sie mit immer leiser werdenden Stimmen verschwanden. Keiner machte sich die Mühe nachzusehen, was aus ihnen wurde. Auch fielen die letzten Mauern des Hauses wenig später in sich zusammen und ein einziger, riesiger Scheiterhaufen versiegelte die Höhle für immer.

»Kehren wir zum Heer zurück«, befahl Eymerich und trat zu seinem Pferd, das unruhig um einige Zwergpalmen herumlief. »Wenn dieser Mann versuchen sollte zu fliehen, vor allem aber, wenn er Anstalten machen sollte zu spucken, tötet ihn auf der Stelle, ohne jedes Erbarmen.« Er stieg auf sein Pferd und drohte dem Anführer der Soldaten mit dem Finger. »Was Euch angeht, vergesst, dass Ihr ein Landsmann dieses Verräters wart. Man ist nicht Jugendfreund von einem Stück verbrannten Fleisches.«

Beschämt senkte der Riese den Kopf zu einer Verbeugung. Seine Männer stießen den Gefangenen mit der Spitze ihrer Schwerter vor sich her, darauf bedacht, ihm nicht zu nahe zu kommen. Der Mann war etwas blass, aber gefasst. Nach ein paar Schritten rief er Eymerich, der im Trab davonreiten wollte: »Was fürchtet Ihr, Herr Inquisitor? Vielleicht eine Gottheit, gegen die auch Ihr machtlos seid?«

Der Inquisitor fuhr herum, von Zorn überwältigt. Er hob einen Finger, als ob er eine Verwünschung ausstoßen wollte; dann beherrschte er sich, rückte die schwarze Kapuze zurecht und ritt im Galopp davon, auf die Stadt zu, die mittlerweile von einem eisernen Gürtel umzingelt war.

KAPITEL IX

Kopenhagen 1936
Bionenexperimente

»Wir haben einen berühmten Gast«, sagte Doktor Albert Fischer zu seinen Assistenten gewandt. »Es ist Herr Doktor Wilhelm Reich, Psychoanalytiker aus Österreich, der in Norwegen vor der Verfolgung durch das Naziregime Zuflucht gefunden hat und nach Dänemark gekommen ist, um einige seiner Hypothesen zu überprüfen. Es ist eine Ehre für das Biologische Institut von Kopenhagen, ihn hier begrüßen zu dürfen.«

Reich stellte die schwarze Tasche, die er unter dem Arm trug, am Boden ab und machte eine etwas verlegene Verbeugung. Er hatte sich keinen so formellen Empfang erwartet; aber Fischer war eben der Typus des reinen Akademikers. »Ich bin Ihnen sehr dankbar, Herr Doktor Fischer. Ich habe fast mein ganzes Vermögen in Mikroskope und Oszillographen investiert. Eine Ausrüstung für die Mikrofotografie, wie Ihr Institut sie besitzt, hätte ich mir nie leisten können. Und es gibt nichts Schlimmeres, als zu meinen, man habe eine wichtige Entdeckung gemacht, und sie weder vertiefen noch belegen zu können.«

Lächelnd sah Fischer das Grüppchen von Assistenten an, allesamt jung und voller Wissbegier. »Sie müssen wissen, dass Herr Doktor Reich nicht nur ein ausgezeichneter Psychiater ist, sondern sich auch auf dem Gebiet der Biologie versucht. Er hat sich in seiner Wohnung ein komplettes Labor eingerichtet.«

Reich war leicht pikiert über diese saloppe Einstufung seiner Person. »Also, Dilettant bin ich nun nicht gerade«, stellte er richtig. »Ich habe Biologie studiert, außerdem Medizin. Und es war eben das Interesse an der Biologie, was mich dazu gebracht hat, mich von der psychoanalytischen Bewegung zu trennen.«

»Also Kollege«, sagte Fischer mit einem Hauch von Ironie. »Herr Doktor Reich, ich bin sicher, alle hier wären sehr daran interessiert zu erfahren, auf welchem Weg Sie zu dem Experiment gelangt sind, das wir gleich wiederholen wollen. Ich habe das sehr bemerkenswert gefunden.«

»Oh, so einfach ist das nicht.« Reich ließ den Blick auf den Reagenzgläsern und Bunsenbrennern ruhen, die die Tische im Raum bedeckten, und suchte nach Worten. »Mein Dänisch ist nicht besonders gut.«

»Sprechen Sie ruhig Deutsch. Wir verstehen Sie alle.«

»Ich danke Ihnen. Ich muss bei der Zeit anfangen, in der ich in Wien ausschließlich als Psychiater arbeitete. Gewöhnlich hat ein Psychiater, vor allem ein Psychoanalytiker, eine eigene Praxis, in der er seine Patienten behandelt. Da ich aber überzeugt war, dass ein Großteil der psychischen Probleme soziale Ursachen hat, betrieb ich ein Ambulatorium und die Fälle, die ich zu Gesicht bekam, gingen in die Hunderte. Schon bald stellte ich fest, dass bei den meisten die Funktion des Orgasmus gestört war.«

Reich bemerkte unter den jungen Leuten, die er vor sich hatte, wie üblich Gekicher und leuchtende Augen und bei den Frauen eine gewisse Verlegenheit. Nun, daran hatte er sich mittlerweile gewöhnt. Er lächelte und fuhr fort. »Freud hatte in seinen Frühschriften von einem sexuellen Energiestrom gesprochen, den er Libido nannte. Wenn dieser Strom durch ein Hindernis aufgehalten wird oder wie ein Fluss über seine Ufer tritt, ist das der Ursprung von Neurosen und Psychosen. Genau das konnte ich bei meinen Patienten feststellen, von denen keiner einen effektiven Orgasmus erlangen konnte, weil der Energiestrom immer wieder auf Blockaden traf. Ja, aber was war diese Energie?«

»Ich glaube, diese Frage stellen wir uns in diesem Augenblick alle«, bemerkte Fischer.

»Weil Sie Biologen sind und der Begriff Energie für Sie eine konkrete Bedeutung hat. Freud, der kein Biologe war, hat die Frage schließlich fallen lassen. Ich hingegen habe meine Untersuchungen fortgesetzt. Ich habe die Dynamik des Orgasmus gründlich untersucht. Ich sah, dass er in vier Phasen zerfiel: Anspannung, Aufladung, Entladung, Entspannung. Eine Art Pulsieren also. In Kopenhagen habe ich dann einen Weg gefunden, das elektrische Potenzial der Haut während des Sexualakts zu messen.«

Einer der Assistenten, ein hoch aufgeschossener, blonder junger Mann hob die Hand. »Darf ich fragen, wie Sie das gemacht haben?«

»Mit einem Oszillographen und an der Haut angesetzten Elektroden, besonders an den Schleimhäuten: Lippen, Brustwarzen, Genitalien usw. Ich konnte ohne weiteres feststellen, dass sich diese Zonen während des Sexualakts elektrisch aufladen und dass diese Ladung als lustvoll empfunden wurde, wenn ihr eine Entladung folgte. Der Sexualakt war eine einzige Folge von Aufladungen und Entladungen, von Spannung und Entspannung der Haut, immer intensiver bis zum Höhepunkt und der endgültigen Entladung, gefolgt von der Erschlaffung der gesamten Muskulatur. So hatte sich die Theorie des Orgasmus auch vom physiologischen Standpunkt aus bestätigt.«

»Also war die Energie, die Sie gesucht haben, elektrische Energie?«, bemerkte derselbe Assistent.

Reich lächelte. »Erlauben Sie mir, Ihnen etwas später zu antworten. Im Verlauf des Experiments beobachtete ich ein anderes interessantes Phänomen. Wenn im Lustempfinden das elektrische Potenzial an der Hautoberfläche anstieg, so nahm es bei Empfindungen der Angst ab. Das gleiche galt für das Blut, das im Lustempfinden in die Schleimhäute einströmte und sie anschwellen ließ, während es sich in der Angst von der Peripherie des Körpers zurückzog. Ihnen als Biologen sollte das etwas sagen.«

Die Anwesenden sahen sich unschlüssig an. Leicht verlegen machte Fischer sich an einem Knopf seines Kittels zu schaffen.

»Ihnen ist sicherlich geläufig, was Amöben sind«, fuhr Reich fort. »Werden sie angegriffen, ziehen sie sich zusammen. Ganz genauso verhalten sich Würmer, Quallen und Pantoffeltierchen. Sie dehnen sich aus, wenn die Empfindung angenehm ist, sie ziehen sich zusammen, wenn sie schmerzhaft ist. Doch es handelt sich nicht nur um Schwellung, wie sie durch Distanzierung der Zellen in der Kolloidalflüssigkeit verursacht wird; um mit einer lustvollen Empfindung einherzugehen, muss die Dehnung von einer elektrischen Ladung begleitet sein. Das Gesetz von Ladung und Entladung, von Anspannung und Entspannung gilt also auch für die Wesen, die ich genannt habe, und für andere mehr. Der Schluss, den ich daraus gezogen habe, war klar. Die Formel gilt für die gesamte Sphäre des Lebendigen. Und da es die Formel einer ›Bewegung‹ ist, schließt sie das Wirken irgendeiner Art von Energie ein.«

In der Gruppe der jungen Leute erhob sich verwundertes Geraune. Fischer hingegen wirkte etwas angespannt. »Die Hypothese ist zweifellos sehr interessant. Ich nehme an, Sie haben versucht, sie auf experimentellem Weg zu bestätigen.«

»O ja. Die ersten Ergebnisse habe ich in einem Bändchen mit dem Titel *Sexualität und Angst* zusammengefasst, das in diesen Tag erscheint, und ich bereite gerade einen Vortrag über meine Bionenexperimente vor. Professor Roger Du Teil an der Universität Nizza wiederholt sie gerade. Es gibt zahllose Bestätigungen dafür. Daher würde ich sagen, es handelt sich weniger um eine Hypothese als um eine Tatsache.«

Ein junge Frau mit sehr kurz geschnittenen Haaren hüstelte. »Was verstehen Sie unter ›Bionen‹? Den Begriff habe ich noch nie gehört.«

»Natürlich, ich habe ihn selbst erfunden.« Amüsiert stützte Reich sich auf einen Tisch. »Das ist ein weiteres Kapitel meiner Forschungen und der Grund, der mich hierher geführt hat. Doch bevor ich dazu komme, muss ich Ihnen den Fortgang meiner Argumentation darlegen. Sie wissen ja, dass sich jeder Organismus von organischen Substanzen ernährt, das heißt von Substanzen, die früher lebendig waren. Es gibt also einen ›Austausch von Leben‹, oder anders gesagt, im Licht der Formel, die ich Ihnen erläutert habe, einen Austausch von Energie. An diesem Punkt müssten Sie eigentlich einen logischen Einwand erheben.«

»Ganz einfach«, sagte wieder der hoch aufgeschossene junge Mann. »In toter organischer Materie kann es keine Energie geben.«

»Genau. Auf diesen Einwand bin ich auch selbst gestoßen, und um damit zurande zu kommen, nahm ich verschiedene Lebensmittel und kochte sie. Kurz zuvor hatte ich ein wunderschönes Leitz-Mikroskop geschenkt bekommen, mit 1500-facher Vergrößerung. Mit ihm untersuchte ich das Ergebnis des Kochens. Fleisch, Kartoffeln, Gemüse waren ununterscheidbar geworden. Unter dem Vergrößerungsglas sah ich nur bläuliche Blasen, von denen ein schwaches Leuchten ausging. Mir schien auch, als würden diese Blasen sich bewegen. Aber 1500-fache Vergrößerung war zu wenig.«

Fischer zuckte die Achseln. »Jenseits davon lassen sich keine Strukturen mehr erkennen.«

»Richtig. Aber es waren nicht die Strukturen, die mich interessierten, sondern die Bewegung. Ich bestellte bei Leitz ein neues Objektiv, das zusammen mit einer guten Linse bis zu 5000-fache Vergrößerung erreichen konnte. Bei 2000 konnte ich sehen, was ich suchte. Die bläulichen Blasen ›bewegten‹ sich, getrieben von einer inneren Motilität. Nun gibt es aber keine Beweglichkeit, die nicht das Ergebnis von Arbeit, und keine Arbeit, die nicht Produkt von Energie wäre. Ja, mehr noch. Die Blasen waren erschienen, weil der Kochvorgang die verwendeten organischen Substanzen ›gedehnt‹ hatte; und die Dehnung war nichts anderes als die Entsprechung dieses Prozesses von Spannung und Aufladung, den ich Ihnen vorhin geschildert habe.«

Einen Augenblick lang herrschte Schweigen, das Fischer unterbrach. »Ja, aber was schließen Sie daraus?«

»Oh, von Schlüssen bin ich noch weit entfernt. Das Präparat, das ich verwendet hatte, war noch unrein, nicht sterilisiert. Ich wiederholte das Experiment mit Grashalmen und erhielt wieder die gleichen bläulichen Blasen, die sich bewegten. Ich sah, wie sie sich zusammenschlossen, ein externes Säckchen bildeten, zu Amöben wurden. Lebendige Wesen, verstehen Sie? Aber ein Assistent des Botanischen Instituts in Oslo meinte, es könne sich dabei um ein Phänomen von ›Luftverschmutzung‹ handeln, verursacht durch Mirkoorganismen, die in der Luft vorkommen. Also traf ich strengste Sicherheitsvorkehrungen, kochte meine Komposte in sterilen und luftdicht verschlossenen Glasbehältern dreißig Minuten und länger. Die Blasen, die ich Bione genannt habe, zeigten sich immer wieder, schlossen sich zusammen, brachten eine Membran hervor und erzeugten Protozoen. Und die hatten eine positive Ladung. Verstehen Sie jetzt? Mechanische Spannung, also Ausdehnung, Aufschwellen durch das Kochen, gleich Ladung. Meine Formel war wirklich die Formel des Lebens.«

Diesmal dauerte das Schweigen länger und die allgemeine Verwirrung war bedrückend. Fischer unterbrach es mit einem etwas gekünstelten Lachen. »Sie wollen sagen, Herr Doktor Reich, dass sie aus toter Materie lebende Wesen gewonnen haben?«

»Ganz genau. Und um Sie noch mehr zu verblüffen, sage ich Ihnen, dass ich meine Experimente auch mit anorganischer Materie wie Eisenspänen und Ruß fortgesetzt habe und daraus ebenfalls organische Materie gewonnen habe. Ausschlaggebend ist, dass man das Material zur Weißglut erhitzt und damit zur Ausdehnung bringt.« Reich sah die fassungslosen Gesichter vor sich eins nach dem anderen an. »Keine Angst. Ich bin gekommen, um Ihnen das zu demonstrieren.«

»Aber Herr Doktor«, protestierte eine sehr junge Assistentin mit einem Gesicht voller Sommersprossen. »Pasteur hat nachgewiesen, dass es keine spontane Zeugung gibt!«

»Junge Frau, Pasteur hat lediglich nachgewiesen, dass es unter bestimmten Bedingungen in den Staubpartikeln der Luft Mikroorganismen geben kann. Wie gesagt, ich habe sehr darauf geachtet, die so genannte Luftverschmutzung in meinen Komposten zu vermeiden. Räumen Sie mir ein, dass es ziemlich lange dauert, bis sie stattfinden kann?«

»Nun, ja.«

»Also machen wir uns an die Arbeit, und zwar so schnell wie möglich. Herr Doktor Fischer, ich bräuchte Wasser, Kaliumchlorid, flüssige Gelatine und gefilterte Fleischbrühe.«

Fischer lachte schallend. »Wenn Sie einen Teig machen wollen, dann lassen wir besser einen Bäcker kommen!«

Diesmal wurde Reich finster. »Herr Doktor, lassen Sie es mich deutlich sagen: Diese Experimente haben mich Mühe und Geld gekostet und mir viel Unverständnis eingetragen. Ich glaube, ich habe Anrecht auf ein Minimum an Respekt.«

Fischer zeigte ehrliches Bedauern. »Verzeihen Sie, es war nicht meine Absicht, Sie zu beleidigen. Ich lasse sofort alles herbeischaffen, was Sie benötigen.«

Einer der Assistenten übernahm die Vorbereitungen. Die von Reich verlangten Zutaten wurden vermischt und in einem Autoklav bei einer Temperatur von 180 Grad gekocht; getrennt davon wurden zwei Lösungen von Hühnereiweiß und frischem Lezithin, beide in Kaliumchlorid, zubereitet.

»Sie werden mir zustimmen, dass diese Komposte jetzt absolut steril sein müssen«, sagte Reich nach einer halben Stunde Wartezeit. »Kein Mikroorganismus überlebt eine Temperatur von 180 Grad über so lange Zeit.«

Alle nickten, aber Fischer setzte hinzu: »Besser kontrollieren.«

»Gut.« Einige Tropfen der Präparate wurden auf Glasplättchen gegeben und unters Mikroskop gelegt. Alle Anwesenden lösten sich an der Linse ab und schüttelten einhellig den Kopf. »Keine Struktur«, schloss Fischer.

»Genau«, bestätigte Reich. »Und jetzt mischen wir die drei Substanzen zusammen.« Die Assistenten führten das aus und bereiteten ein neues Glasplättchen vor.

Reich wandte sich an die sommersprossige junge Frau. »Die Zeit war so kurz, dass es keine Verschmutzung aus der Luft geben kann. Kommen Sie, schauen Sie als Erste durchs Mikroskop.«

Die junge Frau suchte Fischers Zustimmung, der nickte. Sie blieb lange über die Linsen gebeugt. Als sie sich aufrichtete, hatte sie einen enttäuschten Gesichtsausdruck. »Ich sehe nichts Besonderes.«

»Was soll das heißen?« Reich lief zum Mikroskop und drehte lange an der mechanischen Einstellung herum. Er wandte sich an Fischer: »Eine wievielfache Vergrößerung ist das?«

»1500. Das Maximum, das für einen Biologen sinnvoll ist.«

»Ich brauche aber mindestens 2000-fache Vergrößerung. Das habe ich doch vorhin gesagt, erinnern Sie sich?«

»Sicher erinnere ich mich.« Jetzt verbarg Fischer seine Feindseligkeit nicht länger. »Ich habe das für Unsinn gehalten. 2000-fache Vergrößerung bringt nichts.«

»Aber ich will die Bewegung sehen. Die *Bewegung!*«, schrie Reich aufgebracht. »Ich sehe, dass ich umsonst hierher gekommen bin.«

»Einen Moment«, griff ein Assistent ein. »Wenn wir die Giemsa-Färbung verwenden würden, vielleicht könnte man dann etwas sehen.«

»Gute Idee!«, rief Reich aus. Ein neues Glasplättchen wurde hergerichtet und gleich mit dem Färbemittel präpariert. Der lange, blonde Assistent schaute als Erster durchs Mikroskop. Es verging eine gute Minute, dann richtete er sich ruckartig auf, ohne seine Überraschung zu verbergen. »Aber was ist das?«

Reich lächelte erleichtert. »Was haben Sie gesehen?«

»Viele kleine Blasen. Sie sind blau und bewegen sich in alle Richtungen. Sie wimmeln förmlich.«

Alles drängte sich zum Mikroskop. Auf jede Beobachtung folgten Ausrufe der Überraschung und erregte Schreie. Fischer selbst musste sich über die Linse beugen. Als er sich wieder aufrichtete, lag auf seinem Gesicht ein Ausdruck der Verwunderung, die an Fassungslosigkeit grenzte. »Ich muss zugeben, dass ich etwas Derartiges noch nie gesehen habe. Und diese Dinger sollen lebendig sein?«

»Nein, sie sind nur die Brücke zum Leben«, antwortete Reich. »Das Blau, das Sie sehen, ist Energie, Lebensenergie. Die das ganze lebende Universum durchströmt.«

Der Rest des Nachmittags verging mit weiteren Experimenten, dann verabschiedete Reich sich von der begeisterten Gruppe der Assistenten und von einem Fischer, der immerhin so weit versöhnt war, dass er ihm die möglichst rasche Übersendung der Ausrüstung für die Mikrofotografie versprach. Während Reich auf dem Weg zur Außentreppe die Vorhalle des Instituts durchquerte, wurde er von der jungen Frau mit den kurz geschnittenen Haaren eingeholt. »Herr Doktor, darf ich noch kurz mit Ihnen sprechen?«

»Ja, sicher.«

»Sie haben eine Frage nicht beantwortet, die Ihnen gestellt wurde. Ist die Lebensenergie elektrische Energie?«

Reich runzelte die Augenbrauen. »Nein, ich glaube nicht. Sie hat viele Eigenschaften der Elektrizität und lässt sich mit denselben Instrumenten messen. Aber sie ist viel langsamer und bringt sanfte Wellenbewegungen hervor. Nicht die heftigen Stöße des Faradayschen Stroms. Im Übrigen erzeugt elektrische Energie keinerlei Lustgefühl, sondern allenfalls Schmerz und Unlust. Ist das klar?«

»Ja, aber ich möchte Ihnen noch etwas anderes sagen.«

»Bitte, sprechen Sie.«

Die junge Frau schlug die Augen nieder. »Ich weiß, dass ich das nicht sollte, aber ...« Sie richtete sich auf. »Hüten Sie sich vor Doktor Fischer. Sie haben ihn in gewisser Weise gedemütigt und er ist nicht der Typ, der so etwas verzeiht.«

»Oh, das habe ich begriffen«, antwortete Reich lächelnd. »Ein bisschen was verstehe ich doch noch von Psychologie.« Er streifte die Stirn der junge Frau mit einem freundschaftlichen Kuss. »Zum Glück habe ich aber Freunde wie Sie.«

Er stieg die verschneite Treppe hinunter, die schwarze Tasche unter den Arm geklemmt.

KAPITEL X

Kreis und Dreieck

Die *llebreres* genannten Wurfmaschinen gingen alle gleichzeitig los. Zehn enorme Felsbrocken flogen hoch zum wolkenlosen Himmel und trafen am Ende ihrer Flugbahn auf die Mauern von Alghero. Man hörte Ohren betäubendes Krachen; Stein- und Holzsplitter flogen in alle Richtungen. Doch abgesehen von einem Stück Wehrgang, der außen an der Mauer verlief, waren an den Stadtmauern keine sichtbaren Schäden zu verzeichnen. Auch das riesige, an der Südseite gelegene Tor, das von einem Wurfgeschoss voll getroffen worden war, hielt dem Aufprall stand, ächzte allerdings laut in den Angeln. Die kleinen dunklen Gestalten auf den Zinnen liefen ein wenig hin und her, dann kehrten sie auf ihre Posten zurück.

Nun waren die Galeeren dran. Von den schweren Ballisten erhob sich ein Schwarm brennender, mit Pech getränkter Stoffknäuel. Einige prallten an den Mauern ab, andere flogen darüber hinweg. Einen Moment später zeigten vereinzelte Rauchsäulen an, dass sie ihr Ziel erreicht hatten. Doch im Lauf von wenigen Minuten wurden diese Rauchzeichen weniger, um dann ganz zu verschwinden. Es war offenkundig, dass der Herr von Alghero für solche Attacken gerüstet war.

Eymerich stand mit verschränkten Armen am Ausgang eines großen Zelts und betrachtete eine Weile das Wiederaufladen der *llebreres*. Doch er wartete den erneuten Abschuss nicht ab. Er wusste, dass es nicht die Waffen waren, die den Sieg über die Belagerten erringen würden. Zerstreut schüttelte er den Kopf und kehrte dem Schauspiel den Rücken.

Das Innere des Zeltes, das der König ihm zur Verfügung gestellt hatte, war in Halbdunkel getaucht. Im Licht der einzigen Kerze konnte man jedoch einen großen Tisch erkennen, darüber ein riesiges Kruzifix und auf dem Tisch ein Evangeliar. Vorn rechts stand ein kleinerer Tisch, überhäuft mit Pergament, jeder Menge Tinten, Tintenfässern und Gänsekielen. In der Mitte des kleinen Raums stand ein einfacher Hocker, an dessen Beinen schwere Ketten befestigt waren.

Kopfschüttelnd betrachtete Eymerich die Szene, als ob er mit irgendetwas nicht zufrieden wäre. Dann entdeckte er in einer Ecke eine Stoffrolle. Er hob sie auf und breitete den Stoff aus. Es war ein knorriges Kreuz darauf gestickt und zu dessen Seiten ein Schwert und ein Olivenbaum. Ein geschickter Kalligraph hatte um das Bild herum die Inschrift gestickt EXURGE DOMINE ET JUDICA CAUSAM TUAM. PSALM 74. Erfreut legte der Inquisitor das Banner in der Mitte des großen Tisches aus und beschwerte es mit dem Exemplar der Heiligen Schrift.

»Kompliment, Pater Nikolas«, ließ sich vom Eingang her eine joviale Stimme vernehmen. »Ich weiß, dass das Wahrzeichen der Inquisition von Euch entworfen wurde, aber ich sehe es jetzt zum ersten Mal.«

Verärgert, in einem Augenblick der Selbstgefälligkeit überrascht worden zu sein, ließ Eymerich das Stück Stoff los und drehte sich um. Das freundliche Gesicht von Bernat Dezcoll erstrahlte wie üblich in einem Lächeln, das der Inquisitor eher verletzend fand. »Endlich seid Ihr da«, sagte er barsch. »Ein Notar hätte pünktlicher zu sein.«

Dezcoll ließ sich nicht aus der Fassung bringen. »Aber ich bin kein Notar. Und dann, müsst Ihr wissen, ist da draußen Krieg.« Er lachte.

»Der wirkliche Krieg muss erst noch anfangen«, erwiderte Eymerich mit finsterer Miene. »Wisst Ihr, wo sich der Gefangene aufhält?«

»In Ketten in einem Zelt in der Nähe, gut bewacht. Die Wachposten warten auf ein Zeichen von mir, um ihn vor Euch zu bringen.«

»Vor das Tribunal«, berichtigte der Inquisitor. »Die zwei Zisterzienser, die man uns zugeteilt hat, wo sind die?«

»Ich glaube, sie sind unterwegs. Sie werden jeden Moment hier sein.«

Just in diesem Augenblick öffnete sich der Spalt, der Zugang zum Zelt bot, und ließ einen breiten Lichtstrahl einfallen. Die beiden Mönche, die sich am Eingang zeigten, waren zwei ältere Männer mit behäbigen Gesichtern. Die selbstgefälligen Züge, das bedächtige Gehabe, die vorgewölbten Bäuche – das waren genau die Eigenschaften, die Eymerich hasste und die ihn veranlassten, die Zisterzienser als eine Schande für die Kirche anzusehen. Trotzdem gab er sich Mühe, freundlich zu sein. »*Dominus vobiscum, fratres.* Habt Ihr schon Erfahrung mit der Inquisition?«

»Unser Orden befasst sich gewöhnlich nicht damit, *magister*«, antwortete der ältere der beiden Mönche mit einer tiefen Verbeugung. »Diese Aufgabe überlassen wir gern den Bettelorden. Dennoch werden wir unser Bestes tun, um Euch behilflich zu sein.«

»Ich danke Euch von Herzen. Zunächst sprecht mir diese Worte nach …« Eymerich sprach die Schwurformel, die die Mitglieder des Tribunals zu absoluter Geheimhaltung dessen verpflichtete, was sie hören würden. Nachdem die anderen ihre Bereitschaft erklärt hatten, nickte er bestätigend. »Sehr gut. Nun erteile ich vorauswirkend allen von Euch die Absolution, dann wird einer der würdigen Mönche das Gleiche mit mir tun.«

Der Ältere der beiden Zisterzienser schien erstaunt. »Eine vorauswirkende Absolution? Was ist denn das?«

Eymerich unterdrückte eine Regung der Ungeduld.

»Manchmal kommt es vor, dass das Tribunal dem Angeklagten Foltern oder Strafen auferlegen muss, die sich eigentlich nicht ziemen für das Gewand, das wir tragen«, erklärte er ruhig. »Daher ist es gut, wenn wir uns von Anfang an bewusst sind, dass wir dem allerhöchsten Interesse der Christenheit dienen und nicht unseren bösen Instinkten gehorchen.«

Dezcoll riss den Mund auf. »Wollt Ihr sagen, dass wir selbst den Gefangenen foltern?«

Eymerich holte tief Luft und verdrehte einen Moment lang die Augen zum Himmel. »Nicht wir, natürlich. Das übernehmen die Wachen, der weltliche Arm. Doch da der Befehl von diesem Tribunal ausgeht, ist unsere vorauswirkende Absolution unerlässlich, da wir einem Menschen Schmerz zufügen, wenn auch unter dem Zwang einer höheren Pflicht.« Sein Ton wurde schärfer. »Los, kniet nieder. Überlasst mir die Verantwortung für alles, was geschehen mag.«

Hastig erteilte er die Absolution, dann kniete er selbst nieder und empfing sie von einem der Zisterzienser. Von den Fersen aus Schwung holend, erhob er sich wieder. »Herr Dezcoll, lasst den Gefangenen bringen. Wir haben schon viel zu viel Zeit verloren.«

Einen Augenblick später kam, von Soldaten unter beiden Schultern gepackt, der Deserteur aus Valencia zum Zelt herein, der am Vortag gefasst worden war. Sein schmales Gesicht war noch gelassen, wenn auch gewisse Anzeichen von Müdigkeit verrieten, dass er die Nacht an einen Pfahl gekettet verbracht hatte. Nach wie vor trug er ein Schaffell über einem zerrissenen Gewand, aber seine Gefängniswärter hatten ihm sorgfältig den Schädel rasiert. Ein Befehl Eymerichs, der befürchtete, in der dichten Mähne könnten sich außer den unvermeidlichen Läusen Larven und sonstiges Ungeziefer verbergen.

Man setzte den Mann auf den Hocker, dann wurden

die an den Beinen befestigten Ketten durch die Ringe gezogen, die er ohnehin schon an Hals und Beinen trug. Das Zuschnappen eines großen rostigen Schlosses vervollständigte die Fesselung.

Die Wachen stellten sich zu beiden Seiten des Eingangs auf und zogen die seitlichen Planen zusammen. Die einzige Beleuchtung des Raums kam jetzt von der Kerze her, die auf dem großen Tisch stand. Dahinter nahmen die Zisterzienser Platz, wobei sie den Stuhl in der Mitte für den Inquisitor freiließen. Dezcoll dagegen setzte sich an den kleinen Tisch, goss ein Fläschchen Tinte in das Tintenfass und prüfte die Gänsekiele. Zerstreut drehte er eine Sanduhr um, die zwischen den Stapeln von Papier stand. Der sehr feine Sand aus zerriebenen Eierschalen begann in senkrechtem Strahl zu fließen.

Eymerich blieb vor dem Gefangenen stehen. »Wie heißt du?«, fragte er.

»Asmar Dezcastell, Sohn des Guillem.« Die Stimme des Deserteurs klang gefasst, ja lebhaft. »Ich bin geboren in Montesa im Königreich Valencia, um 1325, und ich habe vier Jahre lang im Heer des En Pedro de Exerica gedient.«

»Beantworte nur die Fragen, die ich dir stelle.« Eymerich wandte sich an Dezcoll. »Ihr, Herr, werdet schreiben, was ich Euch diktiere. *Coram Nicolao Eymerich, Regni Aragonensis Inquisitore, comparuit Asmar Dezcastell de Guillem filius, de Montesa habitans, qui est homo magna statura, imberbis, indutus toga lacera …*« Die Beschreibung des Gefangenen ging noch lange weiter, dann trat der Inquisitor an den Tisch und nahm das abgegriffene Buch, das aufgeschlagen dort lag. Er hielt es Dezcastell hin. »Jetzt schwöre, die Hand auf der Heiligen Schrift, dass das, was du sagst, die Wahrheit ist, und dass du dir im Klaren bist, was mit dir geschieht, wenn du diesen Schwur brichst.«

»Ich schwöre.«

Eymerich legte das Buch zurück. »Weißt du, wessen du angeklagt bist?«

»Fahnenflucht?«, lautete die Gegenfrage des Gefangenen.

»Nein, das ist kein Gegenstand für ein religiöses Gericht.« Der Inquisitor schwieg einen Augenblick lang, wie um dem, was er sagen wollte, mehr Nachdruck zu verleihen. »Du bist der Ketzerei angeklagt, des Verkehrs mit dem Teufel und seinen Dienern, magischer Praktiken und Verstöße gegen die Reinheit, die Unser Herr gebietet. Bekennst du dich schuldig?«

»Nein, nein.« Die Ruhe in der Stimme des Angeklagten war von einer gewissen Heftigkeit erschüttert. »Das ist alles falsch.«

In diesem Moment verkündete ein dumpfes Dröhnen, dass die riesigen Steinschleudern ihre Schwunghebel freigegeben hatten und ihre Ladung aus steinernen Wurfgeschossen gegen die Mauern von Alghero gespuckt hatten. Eymerich warf den Zisterziensern einen vielsagenden Blick zu, als ob der Lärm eine Lüge des Angeklagten anzeigen würde. Eine Weile blieb er mit verschränkten Armen stehen und wartete ab, dass das Zelt aufhörte zu beben, dann sagte er: »Du behauptest, das sei alles falsch. Gestern habe ich gehört, wie du erklärt hast, der Judex von Arborea habe dich von der Pest geheilt. Habe ich mich da vielleicht verhört?«

»Nein, genau so ist es.«

»Und welche Wunderheilmittel hat dieser Richter dabei verwendet?«

»Keine Heilmittel. Es gibt eine unterirdische Grotte, von deren Wasser ein blaues Licht ausgeht. Wenn man sich mehrere Tage in diesem Licht aufhält und in seinem Schein schläft, vergehen die Krankheiten, mit ganz wenigen Ausnahmen.«

Eymerich war aufrichtig verwundert. »Ein blaues Licht? Wie kann denn Licht heilen?«

Dezcastell setzte einen geduldigen Gesichtsausdruck auf, als ob er etwas Selbstverständliches umständlich erklären müsste. Er sprach langsam. »Ganz genau weiß ich das auch nicht. Ich weiß aber, dass viele Krankheiten durch Amöben verursacht sind, teils winzige, teils große. Sie bilden sich in der Fäulnis des Fleisches, die durch die verpestete Luft Sardiniens hervorgerufen wird. Der Herr von Arborea ist im Besitz eines sehr alten Geheimnisses, das erlaubt, sie zu beseitigen, und der Schlüssel dazu ist das blaue Licht in der Grotte. Wie Ihr seht, hat das mit Häresie überhaupt nichts zu tun.«

»Ah, nichts damit zu tun, ja?« Eymerich versuchte den tiefen Abscheu zu verbergen, der seine Lippen kräuselte. »Vor zwei Tagen erst ist ein Edelmann gestorben, angesteckt durch den Speichel eines Teufels in Menschengestalt. Sein Leichnam hat sich noch lange weiter gewunden. Wenn der Judex ein guter Christ ist, wie kann er ihm dann einen so teuflischen Fluch auf den Leib gewünscht haben?«

Dezcastel schien erschüttert. »Ich habe von solchen Fällen reden hören. Aber das ist eine Sache, von der niemand auf dieser Insel spricht«, murmelte er. »Eine uralte und, wie ich glaube, grauenhafte Sache, die vor den Fremden verborgen wird. Aber der Judex hat mit diesem Zauber nichts zu tun. Er beschränkt sich darauf, den Körper von den Amöben zu befreien.«

»Schon wieder die Amöben. Aber woraus sollen die denn entstehen? Aus dem Blut, aus dem Phlegma, aus der gelben oder der schwarzen Galle?«

Der Gefangene schüttelte den Kopf. »Die Amöben sind schon da. Sie entstehen von selbst, wenn der Körper durch die üble Luft krank wird. Was die traditionelle Medizin erzählt, ist völliger Unsinn.«

Der Inquisitor schlug sich mit der zur Faust geballten Rechten in den linken Handteller. Aufgebracht wandte er sich an die Zisterzienser. »Ihr habt es gehört? Er behauptet, kein Ketzer zu sein, und dann gibt er zu erkennen, dass er an geheimnisvolle und teuflische Wunder glaubt. Gleichzeitig leugnet er den Wert der Medizin und spricht von Kreaturen, die ohne das Eingreifen Gottes entstehen.« Eymerich war sich über die Schwäche seiner Argumentation völlig im Klaren, doch er suchte nach irgendeinem Weg, die Unerschütterlichkeit des Befragten zu brechen. Er richtete den Blick wieder auf ihn, die Augen ohne jeden Gefühlsausdruck. »Begreifst du, dass wir dich von diesem Augenblick an für schuldig befinden und zu jedem Mittel greifen könnten, um dich zum Reden zu bringen?«

Dezcastell zuckte die Achseln. »Macht mit mir, was Ihr wollt. Ich war schon vor zwei Jahren tot. Ich fürchte nichts. Im Übrigen, wenn nicht Ihr mich als vermeintlichen Ketzer tötet, werde ich als Deserteur hingerichtet.«

»Das ist nicht gesagt, das ist nicht gesagt«, erwiderte Eymerich honigsüß. »Wenn du uns hilfst, diese Hexerei aufzudecken, könnte sich dein Schicksal ändern. Wo befindet sich die Grotte, in der die Wunder geschehen?«

»Unter Capo Caccia. Sie heißt Neptunsgrotte.«

»Schon wieder eine wenig christliche Anspielung. Aber sag mir, wie gelangt man hin?«

»Vom Meer aus, durch Brunnen wie den, den Ihr gestern gesehen habt, und durch einen unterirdischen Gang, der im Zentrum von Alghero, in einem antiken Tempel, herauskommt. Doch da gibt es steile Felswände, unterirdische Seen und jähe Abstürze. Wer den Weg nicht genau kennt, hat Schwierigkeiten, ihn zu begehen.«

»Und das blaue Licht – wovon wird das hervorgerufen?«

Zum ersten Mal zögerte der Angeklagte einen kleinen Moment, was dem Inquisitor nicht entging. »Das weiß ich nicht«, antwortete er dann nach einem Schlucken. »Es ist überall, als ob es aus dem Felsen selbst kommen würde. Das Wasser reflektiert es nur.«

»Ein Licht, das aus dem Felsen kommt«, bemerkte Eymerich nachdenklich. Er ging um den großen Tisch herum und setzte sich auf den Stuhl in der Mitte zwischen den beiden Zisterziensern. »Hast du je von unmoralischen Riten gehört, die unter den Kranken in der Grotte abgehalten würden?«

»Unmoralisch?« Die Lippen des Gefangenen gingen zu einem leichten Lächeln auseinander, das jedoch gleich wieder verschwand. »Nein, sicher nicht.«

»Denk dran, dass du geschworen hast und dein Seelenheil aufs Spiel setzt. Weißt du wirklich nichts darüber?«

»Nein, nein. Ich habe nie etwas gesehen, was nicht natürlich gewesen wäre.«

Eymerich, dem schon der Mut sinken wollte, fuhr innerlich auf. Der ehemalige Soldat hatte sich verplaudert. Dieser Mann war entschieden schlau, aber nicht schlau genug. »Du hast jedoch Dinge gesehen, die du für natürlich hältst. Stimmt's?«

Verblüfft schluckte Dezcastell noch einmal. »Ja, aber … Was wollt Ihr damit sagen?«

Eymerich wollte antworten, als sich der jüngere der beiden Zisterzienser einschaltete. »Verzeiht, *magister,* aber Eure Frage ist wirklich absurd. Dieser Mann hat Recht.«

Bebend vor Zorn fuhr Eymerich herum. »Wie könnt Ihr es wagen, Euch einzumischen, verdammter …« Er verschluckte das Wort und fasste sich wieder, doch es kostete ihn Mühe. »Vergebt mir, ich wollte es Euch nicht an Respekt fehlen lassen. Aber denkt doch einen Augenblick nach. Ich habe dem Gefangenen eine Frage die Unmoral betreffend gestellt und er hat mir geantwortet, indem er vom Natürlichen sprach, fast als ob das gleichbedeutend wäre mit Moral. Nennt Ihr das christlich?«

»Hm … ich glaube, nein«, antwortete der Mönch, immer noch irritiert von dem Wutausbruch, der ihm gegolten hatte.

»Auf keinen Fall ist es das. Für einen Christen ist die Natur nichts Gutes, da sie eine beständige Quelle von Sünde und Beschämung für den Geist ist. Für einen Heiden oder Häretiker hingegen ist sie etwas Gutes.« Er sah den Gefangenen an. »Ich fürchte, mein Freund, du hast dich ein zweites Mal verraten.«

Dezcastell erwiderte noch einmal mit einem Lächeln, diesmal breiter. »Ich bewundere Euren Scharfsinn, aber ich habe Euch nichts weiter zu sagen.«

»O doch! Gestern hast du eine Gottheit erwähnt, die ich fürchten sollte. Was hast du damit gemeint?«

Das Lächeln des Soldaten erlosch. »Nichts. Das war nur so dahingesagt«, murmelte er verlegen.

»Du weißt so gut wie ich, dass das nicht stimmt. Hat das mit dem Geheimnis zu tun, das du mehrmals erwähnt hast? Das die Sarden den Fremden nicht enthüllen wollen?«

»Ich wiederhole: Ich habe Euch nichts weiter zu sagen«, antwortete Dezcastell und setzte ein trotziges Gesicht auf.

Eymerichs dunkle Augen verengten sich zu zwei blitzenden Schlitzen. »Umso schlimmer für dich. Du wirst gleich etwas erleben, was dich begierig machen wird, uns alles zu sagen.«

»Ich fürchte die Folter nicht, genauso wenig wie den Tod.«

Dezcoll hob den Kopf von seinen Blättern, die er Zeile um Zeile mit einer eleganten Schrift bedeckte. »Verzeiht, *magister,* aber braucht man zur Anwendung der Folter nicht die Genehmigung eines Bischofs?«

»Ich habe nicht von Folter gesprochen.« Eymerich stand auf und trat vor den Hocker. Er sah dem Gefangenen in die Augen, die jetzt leicht unruhig waren. »Da ist etwas, was du mehr fürchtest als Folterqualen und Tod. Leugne es nicht, ich weiß es. Warum bist du Mariano d'Arborea so dankbar?«

»Weil er mich von der Pest gerettet hat.«

»Das ist es, was du fürchtest. Die Pest.« Ohne Dezcastell die Zeit für eine Antwort zu lassen, trat er zu den beiden Wachen. »Sagt Hauptmann Morley, er soll den bewussten Mann bringen, aber ihn auf Abstand halten. Und auch du komm ihm nicht zu nah, während du ihn hierher begleitest.«

Der Soldat wurde bleich. »Es wird doch nicht ...«

»Tu, was ich dir sage.«

Eymerich kehrte zu dem Gefangenen zurück, der jetzt sichtlich aufgewühlt war, was sich am Zittern der Lippen zeigte. »Ich habe auch die Pest gehabt und bin genesen. Ich erinnere mich sehr genau, was man da empfindet. Schreckliche Kälte und das Gefühl, dass einem das Fleisch auf den Knochen wegfault. Du hast dann auch noch von kleinen, widerwärtigen Wesen erzählt, die aus dem Fäulnisprozess hervorgehen. Ich kann sehr gut verstehen, dass dir die Pest immer noch Angst macht.«

»Aber wer davon geheilt ist, kann sie nicht noch einmal bekommen«, sagte Dezcastell mit Unsicherheit in der Stimme.

»Nein, in der Tat. Außer, der Pestkranke bespuckt ihn mit seinem Speichel, reibt seine Wunden an seinem Mund oder infiziert ihn mit dem Eiter, der ihm aus dem Körper läuft. Dagegen hilft keine Immunität.«

Ein Schauder überlief den Gefangenen und alle anderen Anwesenden. Der Ältere der beiden Mönche stand auf. »Pater Nikolas, was Ihr vorhabt, verstößt gegen die Regel!«

»Ja, ohne Genehmigung dürft Ihr das nicht!«, schloss sich Dezcoll an, auch er erschüttert.

»Seht Ihr hier irgendwo einen Bischof?«, erwiderte Eymerich trocken. »Ich setzte Euch davon in Kenntnis, dass ein Inquisitor unter außergewöhnlichen Umständen keineswegs verpflichtet ist, eine derartige Genehmigung einzuholen. Setzt Euch und zeichnet auf, was Ihr gleich sehen werdet.«

Nochmaliges Dröhnen zeigte an, dass die Wurfmaschinen ein weiteres Mal ihren Steinhagel auf Alghero hatten niedergehen lassen. Freudenschreie, Trommelwirbel und der Klang der arabischen, *nafil* genannten Flöte gaben zu verstehen, dass die Geschosse ihr Ziel getroffen hatten. Gleich darauf hoben sich, aufgestoßen von zwei Lanzen, die Eingangsplanen des Zelts. Eine abgerissene Gestalt, bedeckt von einem blutbesudelten Leintuch, das bis über den Kopf gezogen war, kam schwankend auf nackten Füßen herein. Ein fürchterlicher Gestank breitete sich im Raum aus.

»Geh zu diesem Mann«, sagte Eymerich und wies auf Dezcastell. »Er will dir den Leprösenkuss geben, wie Christus. Umarme ihn fest und lass ihn an deinem Schicksal teilhaben.«

Unsicher bewegte sich die gespenstische Figur auf den Hocker zu. Der Gefangene wollte aufspringen, doch die Ketten hielten ihn fest. Auf seinem Gesicht malte sich wahnwitziger Schrecken. »Nein! Das könnt Ihr nicht tun!«

»Sicher kann ich das«, erwiderte Eymerich seelenruhig.

Dezcastell schlug so heftig um sich, dass er den Schemel umwarf. Doch schon war der Kranke bei ihm, streckte knochendürre Arme nach ihm aus, wobei unter den Achseln eine Reihe von ekligen Beulen zum Vorschein kam.

»Haltet ihn zurück! Haltet ihn zurück! Ich sage Euch alles, was Ihr wollt!«

Eymerich trat einen Schritt auf den Pestkranken zu. »Warte, rühr ihn nicht an.« In kaltem Ton wandte er sich dann an Dezcastell. »Hast du also nun an unmoralischen Riten teilgenommen oder nicht?«

Verwirrt ließ sich der ehemalige Soldat die Frage wiederholen. Dann antwortete er mit gebrochener Stimme:

»Ja, wenn Ihr das so nennen wollt. Die Kranken tanzten nackt, unten in der Grotte und in den Hütten hier ringsum.«

»Und all das nennst du nicht unmoralisch?«

»Nein, es waren Freudentänze. Fruchtbarkeitstänze, um die Zeugung zu befördern.«

»Fruchtbarkeitstänze! Wie bei den obszönsten heidnischen Bräuchen!« Die Worte waren Eymerich unter dem Druck einer Empörung entschlüpft, die er aber sofort wieder verbarg. »Bemerkst du nicht, dass du dem Christentum abschwörst?«

»*Eurem* Christentum«, antwortete Dezcastell und gewann einen Hauch von Würde zurück. »Das in Arborea praktizierte Christentum ist viel humaner.«

»Ach ja? Und welche Art von Christentum wird in Arborea praktiziert?«

Dezcastell gelang es, sich etwas aufzurichten, zumindest so weit, dass er mit den Achseln zucken konnte. »Ich verstehe nichts davon. Fragt Eure Theologen.«

Eymerich gab dem Pestkranken ein Zeichen, der schwankend auf seinen nackten Füßen neben dem Hocker stehen geblieben war. »Hüll diesen Mann in dein Leintuch. Damit auch er fühlt, was du leidest.«

Der Kranke tat einen Schritt vorwärts, aber Dezcastell hob eine Hand und berührte ihn am Knie. »Nein, ich flehe Euch an!« Seine Stimme kam mühsam, fast keuchend. »In den Grotten werden ähnliche Zeremonien gefeiert wie in unseren Kirchen. Doch dann tanzen Männer und Frauen nackt miteinander und schlafen miteinander auf den Felsen. Es heißt, das bringe das blaue Licht hervor. Es ist eine Energie, genannt *dynamon,* die den Köpfen der Stiere entspringt.«

Eymerich riss den Mund auf, von maßlosem Staunen überwältigt. »Stierköpfe?«, donnerte er los, sobald er die Sprache wiederfand. »Aber ist dir klar, was du da sagst?«

»Glaubt mir, mehr weiß ich nicht.« Dezcastells Stimme klang von tiefer Erschöpfung ermattet. »Steckt mich ruhig an, wenn Ihr wollt. Ich habe mich nie für diese Fragen interessiert.«

»Aber betet Mariano d'Arborea wirklich Stierköpfe an?«

»Er nicht, seine Priester, die in der Grotte zelebrieren. Die Stierköpfe sind in Stein gehauen.«

»Diese Skulpturen stellen die Gottheit dar, deren Namen du uns nicht nennen willst?«

»Nein, nein. Die ist durch einen Kreis und ein Dreieck dargestellt.«

Eymerich wechselte einen erstaunten Blick mit den anderen Richtern. »Aber wovon redest du denn?«, brüllte er den Gefangenen an. »Was ist diese Gottheit?«

»Ich schwöre Euch, ich weiß es nicht.« Dezcastells Stimme war jetzt sehr schwach. »In der Neptunsgrotte gibt es einen Durchgang, der ist mit einem Kreis und einem Dreieck gekennzeichnet, die durch eine waagrechte Linie getrennt sind. Es heißt, dort sei eine vergessene Gottheit eingeschlossen, die wieder Form annehmen und Macht gewinnen könnte, wenn da nicht das blaue Licht wäre.«

»Aber welche Gottheit?«

»Ich weiß es nicht, ich sage es Euch doch. Eine Göttin aus der Vergangenheit. Nur die Sarden kennen ihren Namen und sie nennen ihn nie. In ihre Grotte wirft man die Leichen derer, die nicht geheilt worden sind.«

»Warum?«

»Das weiß ich nicht. Es wurde schon immer so gemacht.«

»Bist du jemals durch dieses Tor gegangen?«

»Das ist für alle verboten, vor allem für Fremde. Nur die Mönche, die die Neptunsgrotte beaufsichtigen, wissen, was sich dort drin verbirgt.« Dezcastell, der erschöpft wirkte, ließ den Kopf auf die Brust sinken. »Ich bitte Euch, fragt mich nicht weiter. Ich habe Euch alles gesagt, was ich weiß, und habe damit meinen Wohltäter schon verraten. Jetzt habe ich wirklich den Tod verdient.«

Ein paar Augenblicke lang verharrte Eymerich schweigend und mit düsterer Stirn. Dann trat er zu dem bleichen Wesen im blutverschmierten Leintuch. »Ist gut, Hauptmann, der Mummenschanz ist vorbei. Ihr wisst gar nicht, wie dankbar ich Euch bin.«

Mit einer kräftigen Bewegung warf das Gespenst sein Leintuch ab. Zum Vorschein kamen die Züge eines mageren, aber stattlichen Mannes, der bekleidet war mit einer schlichten Tunika. Er begann, sich das Stierblut abzuwischen, mit dem er sein Gesicht verschmiert hatte, und die schwarzen Kohleflecken unter den Achseln. »Das war sehr lustig, *magister*«, sagte der angebliche Pestkranke und brach in Gelächter aus. »Meine Männer warten draußen auf mich. Sie brennen darauf, zu erfahren, wie es gegangen ist.«

»Ich bitte Euch, lacht nicht«, erwiderte Eymerich knapp. »Auf dieser Insel gibt es eine viel schlimmere Krankheit als die Pest. Vielleicht ist genau das die Schande, die alle fürchten, über die aber keiner sprechen will.«

Hauptmann Morley salutierte und ging hinaus. Der Gefangene war mit offenem Mund am Boden sitzen geblieben. Es sah so aus, als würde er nicht verstehen, was vor sich ging. Doch die Verwunderung der beiden Zisterzienser und Dezcolls war mindestens ebenso groß. Es war Letzterer, der zuerst das Wort ergriff. »Mein Gott, das ist die ungewöhnlichste Verkleidung, die ich je gesehen habe! Wahrlich, *magister,* Euer Ruf ist berechtigt!«

Als der Ältere der beiden Mönche sich erholt hatte, hob er einen Finger. Seine buschigen weißen Augenbrauen waren über den drohend funkelnden Äuglein zusammengezogen. »Pater Nikolas, Ihr habt nicht nur diesen Mann getäuscht. Ihr habt auch uns getäuscht. Es tut mir Leid, das sagen zu müssen, aber ich finde, was Ihr da gemacht habt, ist eines Kirchenmannes, der Ihr doch zu sein beansprucht, nicht würdig.«

Eymerich ließ sich nicht beeindrucken. »Ich sehe, dass Ihr geringe Kenntnisse des Inquisitionsprozess besitzt«, sagte er kalt, die Silben dehnend. »Wisset also, dass ein Inquisitor lügen darf, täuschen, falsche Versprechungen machen, verbergen, irreführen, wenn das dem Interesse der Christenheit dient. Und nur der Papst kann sein Werk verurteilen. Aber kein Papst hat das je getan.« Er machte zwei Schritte auf den Gefangenen zu, der jetzt mit traurigem Gesicht zu Boden sah. »Asmar Dezcastell, Sohn des Guillem. Du kannst nicht länger leugnen, dass du ein Ketzer, Heide und Götzenverehrer bist. Bevor ich dich dem weltlichen Arm übergebe, muss ich dich fragen, ob du deine Sünden bereust.«

»Ihr seid kein Mensch, sondern ein Teufel«, murmelte der Gefangene.

»Diese Worte zeigen mir, dass du nicht bereust. Im Übrigen war dein Schicksal ohnehin schon besiegelt. Herr Dezcoll, schreibt.« Eymerich diktierte die sehr lange Klausel, die den für schuldig Befundenen als unbekehrbaren Häretiker dem weltlichen Richter und damit dem Henker übergab. »Nun«, fuhr er zu den Zisterziensern gewandt fort, »müssen alle Anwesenden das Urteil unterschreiben. Gibt es irgendwelche Einwände?«

Einer der beiden Mönche schien etwas sagen zu wollen, doch dann verzichtete er darauf und unterschrieb eilfertig das Urteil.

»Gut«, murmelte Eymerich. »Ich werde beim König darauf dringen, dass der Ketzer so bald wie möglich verbrannt wird, unter den Mauern von Alghero. Auf diese Weise wird Mariano begreifen, was es heißt, die Römische Kirche herauszufordern und abscheuliche Idole zu verehren.« Er gab den Wachen ein Zeichen.

»Bringt diesen Elenden fort. Und behandelt ihn ohne jede Rücksicht. Ich verlange, dass er den Scheiterhaufen lebend besteigt, aber mehr auch nicht.«

Ein dröhnender Schlag verkündete, dass eine weitere Ladung Steine gegen die Mauern der belagerten Stadt geschleudert worden war.

KAPITEL XI

Dritte Sitzung. Mittwoch

Reich fragte sich, wie lange er diese fürchterlichen Qualen noch aushalten würde. Schreien brachte ihm keine Erleichterung: Jedes Mal, wenn er den Mund öffnete, füllte der sich ganz mit einem rötlichen Schaum und der Schrei wurde erstickt. Was die gläserne Pupille anging, die die gesamte Fläche einnahm, wo früher die Zellenwand gewesen war, so war es unmöglich, ihr auch nur einen Blick des Mitleids zu entlocken. Sie beobachtete ihn mit der Gleichgültigkeit eines Insektenforschers, verfolgte nur gewissenhaft alle seine Bewegungen und Krämpfe. Nur der Tod würde ihn aus dieser Hölle befreien können.

»Sind Sie also immer noch überzeugt, dass der Körper das Wesen des Menschen ist? Es ist doch der Körper, der Sie so quält.«

Reich hatte gehofft, irgendeine Stimme zu hören, aber nicht diese. Er hob die geröteten und tränenden Augen. Der Mann, der behauptet hatte, Eymerich zu heißen, stand mit verschränkten Armen vor den Gitterstäben seiner Zelle und verdeckte den Korridor, in dem komplizierte und geheimnisvolle Maschinen quietschend ihre Glieder bewegten. Zum ersten Mal konnte er seine Kleidung insgesamt betrachten: Es war ein Dominikanerhabit, weiße Kutte mit schwarzem Umhang. Er trug eine Kapuze, ebenfalls schwarz, tief ins Gesicht gezogen, sodass man nur das nackte Kinn und die harte Kehle erkennen konnte.

Reich fürchtete, nicht sprechen zu können, doch der rote Schaum füllte ihm plötzlich nicht mehr den Rachenraum. »Körperliches Leiden kann mich nicht von meinen Ideen abbringen. Wollte ich versuchen, es zu ignorieren und mich vom biologischen Kern meines Wesens zu entfernen, würde ich mich selbst betrügen. Wie Sie.«

»Ich sehe, dass Sie es noch nicht aufgegeben haben, Urteile über mich zu fällen. Hüten Sie sich davor. Diese Aufgabe steht mir zu, im Namen eines viel höheren Richters.«

Ein riesiges Lid fuhr einmal über das Auge, das dort saß, wo zuvor die Wand gewesen war. Das geschah zum ersten Mal und Reich deutete es als Zeichen des Einverständnisses mit dem Besucher. Er war erbost darüber. »Als Cox mir sagte, dass Sie Angst vor der Schizophrenie hätten, habe ich dem keine Bedeutung beigemessen. Jetzt sehe ich aber, dass er die Wahrheit gesagt hat. Sie sind der Typ des Schizoiden, nur einen Schritt von der Psychose entfernt. Sie halten sich für allen überlegen und suchen außerhalb Ihrer selbst – in der mystischen Erfahrung – diejenige Lebenskraft, die Sie in Ihrem eigenen Organismus nicht wahrnehmen können.«

»Wiederholen Sie doch nicht immer dieselben Dinge.« Der Vermummte erhob einen Finger. »Kommen wir zur Sache. Erzählen Sie mir von Ihrer Mutter.«

Reich zappelte mit allen Gliedern, als ob man ihn mit einer Nadel auf der Pritsche festgepinnt hätte. Er hatte diese Frage befürchtet, von dem Moment an, als Eymerich wieder aufgetaucht war. Er hatte gehofft, ihn abgelenkt zu haben, aber offenbar war ihm das nicht geglückt. Dieser Mann schien überaus geschickt darin, die Schwächen des anderen bloßzulegen und dann unerbittlich zuzuschlagen.

»Was wollen Sie wissen?«, fragte er mit unsicherer Stimme, auch wenn er gerne etwas ganz anderes gefragt hätte.

»Alles. Es gibt nichts, was Sie vor mir verbergen können.«

Reich unterdrückte einen Aufschrei. Das große Auge hatte sich hinter ihn verlagert und die Zelle hatte sich in eine ländliche Gegend verwandelt, mit Bauernhöfen und auf den Feldern arbeitenden Bauern. Es trauerte um den Schmerz von kurz zuvor, der einer künstlichen Glückseligkeit Platz gemacht hatte. Jede Hölle war besser als dieses scheinbar idyllische Bild in reiner, frischer Luft. Ein Szenario, das er sein ganzes Leben lang zu verdrängen versucht hatte.

»Ich sehe, Sie sind beunruhigt«, murmelte Eymerich mit geheuchelter Anteilnahme. »Und doch müssten Sie sich wohl fühlen. Haben Sie hier nicht Ihre Kindheit verbracht?«

»Ja.«

»Also was stimmt denn dann nicht? Wo ist Ihre Mutter?«

Reich hätte schweigen wollen, aber die Worte brachen förmlich aus ihm heraus. »Sie ist mit dem Lehrer zusammen.«

»Wessen Lehrer?«

»Meinem.«

»Denken Sie noch mal nach. Wo ist Ihre Mutter?«

»Sie ist tot.«

»Wer hat sie umgebracht?«

»Ich.«

»Na, na, nun übertreiben Sie nicht. Sie hat sich vergiftet.«

»Nein, ich habe sie umgebracht.«

Eymerich seufzte. Er schien einer Kutsche nachzublicken, die durch das Tal fuhr, doch dann wandte er den Kopf. »Denken Sie noch mal nach. Zum letzten Mal: Wo ist Ihre Mutter?«

»Sie ist mit meinem Vater zusammen. Er schlägt und beschimpft sie.«

»Zum ersten Mal?«

»Nein, das tut er seit Jahren. Er prügelt sie fast jeden

Tag. Seitdem er ihr Verhältnis mit dem Lehrer entdeckt hat.«

»Wie hat er das entdeckt?«

»Ich habe es ihm gesagt.«

»Warum?«

»Weil ich eifersüchtig war. Eifersüchtig auf den Lehrer.«

Schlagartig veränderte sich die Szene. Das Auge verlagerte sich zur Decke eines Zimmers, dessen Wände pastellfarben tapeziert waren. In dem großen Bett in der Mitte lag röchelnd unter einer mit Spitzen besetzten Decke Caecilie Roniger-Reich. Im Gesicht trug sie noch die Male der letzten Schläge. Über sie gebeugt stand Wilhelms Vater Leon, der sie händeringend anflehte, ihm zu verzeihen. Er nannte sie »Aglaja«, wie sie sich selbst merkwürdigerweise bezeichnete. Der kleine Wilhelm, für seine dreizehn Jahre ungewöhnlich klein, erwartete zusammen mit seinen Geschwistern weinend das Ende eines Todeskampfes, der sich nun schon seit Stunden hinzog.

»Basta!«, rief Reich dem Mann in der Kapuze zu und bemühte sich vergeblich, die Augen zu schließen. »Lassen Sie mich gehen!«

Betont ruhig verschränkte Eymerich die Finger. »Nein, nicht ich bin es, der Sie festhält. Ich glaube allerdings, dass Sie Ihrem Albtraum nicht entkommen werden, solange Sie nicht die ganze Wahrheit gesagt haben. Haben Sie je mit jemandem über diese Geschichte gesprochen?«

»Nein, nie.«

»Sie lügen.«

Die Szenerie verblasste etwas. Reich strengte sein Gedächtnis an, dann sagte er: »1920 habe ich darüber berichtet. Ich habe einen Aufsatz zu dem Thema geschrieben. Ich glaube, der Titel war *Über einen Fall von Durchbruch der Inzestschranke in der Pubertät.*«

»Waren Sie da vollkommen aufrichtig?«

Reich senkte den Kopf. »Nein. Ich schrieb meine Erfahrung irgendeinem Patienten zu.«

»Und haben Sie alles erzählt?«

»Nein. Ich habe nicht erzählt, dass der Patient, also ich, der Denunziant war, der den Selbstmord der Mutter provoziert hat.«

Es trat eine sehr lange Pause ein. Das riesige Bett verschwamm ebenso wie die reglosen Figuren, die es umstanden hatten. Es tauchten wieder die riesigen Maschinen auf, die den Korridor mit ihren Greifarmen, Hebevorrichtungen und Flaschenzügen ausfüllten. Obwohl sich ihre Gelenke mit penetranter Regelmäßigkeit bewegten, machten sie überhaupt keinen Lärm. Das Auge in der Decke war verschwunden.

Reich spürte wieder das Stechen im Leib, verbunden mit einem akuten Gefühl von Übelkeit. Er versuchte, unter der Kapuze Eymerichs Gesicht zu erkennen. »Was wollten Sie mir mit dieser Geschichte beweisen?«

Der andere antwortete nicht gleich. Er schwieg noch eine Weile, dann sagte er: »Sie sind eine Frau!«

Reich fuhr zusammen. »Was wollen Sie damit sagen?«

»Es ist typisch für Frauen, dass sie nach den Strömungen suchen, die Ihnen so sehr am Herzen liegen. Nach dem Pulsieren.« Der Ton des Dominikaners war kategorisch, als ob er eine nicht nur erwiesene, sondern auch selbstverständliche Wahrheit darlegte. »Ihre dauernde Sünde, ihre Lästerung Gottes besteht darin, dass sie der Natur den Vorzug geben vor Kultur und Religion. Wer weiß, wie oft ich diese Form der Lästerung schon unterdrücken musste. Diana, Hekate, Freia, Isis, Proserpina – teuflische Wesenheiten, seit Jahrhunderten verbannt, die aber doch immer wieder zu neuem Leben erwachen, mit ihren heiligen Hainen und ihren Mondkulten. Ihr gemeinsamer Name ist Satan, ihr Geschlecht aber ist weiblich.«

»Ich verstehe immer noch nicht …«, widersprach Reich matt.

»Oh, Sie verstehen sehr gut. Hinter jeder dieser infernalischen Gottheiten, die ich Ihnen genannt habe, verbirgt sich die Vergötzung des Körpers, der Fleischlichkeit, der gotteslästerlichen Natur. Anbetung des Mondes gegen das männliche Prinzip der taghellen Klarheit. Keine Hexe und keine *vetula*, die nicht dieselben Strömungen suchen würde wie Sie. Die nicht die Erde pulsieren fühlen würde wie ein lebendiges Wesen, im Widerspruch zur gottgewollten Ordnung.«

»Ja und?«

»Sie sind eine Frau. Aber nicht irgendeine beliebige Frau.«

Reich fühlte, wie zu den Schmerzen Angst hinzutrat und ihm die Kehle zuschnürte. »Was wollen Sie sagen?«, fragte er, obwohl er die Antwort schon kannte.

»Ihr wahrer Name ist Caecilie oder, wenn Ihnen das lieber ist, Aglaja. Sie sind Ihre Mutter. Seitdem Sie Ihren Tod verschuldet haben, waren Sie immer bemüht, sie zu ersetzen. Deshalb sehen Sie überall nur Körper, Energie, kosmische oder tellurische Kräfte. Sie leugnen Gott und ergeben sich der Suche nach dem Niedrigsten und Materiellsten. Ich bin Ihr Gegenspieler und auch Ihre Strafe für diesen ungeschickten und sündigen Versuch, sich freizukaufen.«

Mit einem Mal fingen die Maschinen wieder an zu hämmern und ihre Kolben zu bewegen, sodass das ganze Gefängnis davon dröhnte. Mechanische Finger streckten sich nach Reich aus, Tausende Augen taten sich überall auf und beobachteten jede seiner Bewegungen.

Er hätte schweigen wollen, doch sein Mund öffnete sich von selbst. »Sie dagegen … Sie sind …«

»Los, sagen Sie es«, forderte ihn der Fremde ironisch auf.

»Sie sind mein Vater!«

Ein trockenes Lachen drang unter der Kapuze hervor, begleitet von einer verneinenden Geste. »Sie kommen der Wahrheit schon nah, aber Sie können sie noch nicht erkennen. Heute wird Ihnen das nicht gelingen. Sie sind noch nicht so weit.«

»Sie sind mein Vater, ich sage es Ihnen!« Reich wand sich auf der Pritsche und versuchte, den würgenden Brechreiz zu unterdrücken, der in ihm aufstieg. »Der gleiche Hass auf alles, was lebendig ist, die gleiche Panzerung gegen jeden Gefühlsausdruck, die gleiche Grausamkeit. Ja, Sie sind mein Vater, der die Dienstboten schlug, der Moral predigte und meine Mutter jahrelang tagtäglich verprügelte. Fähig zu allem, Mord eingeschlossen.«

»Erlauben Sie mir, Sie zu berichtigen«, sagte Eymerich und verschärfte seine Ironie noch. »Der Muttermörder sind Sie. Ihr Vater war im Grunde nur Ihr Werkzeug. Haben Sie nicht selbst gesagt, Sie seien auf den Lehrer eifersüchtig gewesen?«

»Das geht Sie nichts an!« Reich wunderte sich, dass er noch die Energie hatte, sich zu wehren. »Denken Sie an sich selbst, an Ihre drohende Schizophrenie. Sie töten aus Angst, um den anderen die Lebenskraft zu nehmen, die Ihren Neid erregt.«

»Besser, aus Angst zu töten als aus Eifersucht. Besonders dann, wenn das Objekt der Eifersucht …«

»Basta, sagen Sie das nie mehr!« Der Schrei, der Reich entfuhr, klang eher wie ein Wimmern. Merkwürdigerweise hörten auch die Maschinen auf zu lärmen und gingen zu einem leisen Quietschen über, als ob sie weinen würden.

»Oh, ich sage es nicht mehr. Aber nicht, weil Sie es mir befehlen. Ihr Gewissen wird es übernehmen, Ihnen die Worte zu wiederholen, die Sie nicht hören wollen. Wenn man sich entscheidet, nur mit dem Körper zu leben, hat man sich in Wahrheit für die Hölle entschieden.«

Reich schloss die Augen. »Ich hatte eine Patientin, die sich für die Göttin Isis hielt, welche Sie erwähnt haben«, murmelte er, offenbar ohne Bezug auf ihre Unterhaltung. »Sie glaubte das wegen der starken Körperempfindungen, die sie weder begreifen noch unterdrücken konnte. Was sie ersehnte, war eine erfüllte Genitalität, doch sie projizierte sie nach außen. Ich habe sie geheilt, indem ich sie dazu brachte, sie in sich wahrzunehmen.«

»Geheilt!«, zischte Eymerich scharf. »Ich nehme an, dass Sie versucht haben, noch eine Kopie ihrer Mutter aus ihr zu machen. Ich habe das Gefühl, Sie haben Ihr Leben damit verbracht, Ihr Verbrechen zu sühnen und die lebendigen Menschen weiblichen Geschlechts zu verwandeln.«

»Nein, so ist es nicht«, erwiderte Reich zum ersten Mal in sicherem Ton. »Was auch immer meine ursprünglichen Motive gewesen sein mögen, meine Untersuchungen haben sich objektiv bestätigt.«

»Sie haben also die Strömungen gefunden, die Sie suchten.«

»O ja. Und unter meiner Anleitung könnten Sie sie auch entdecken. Sie würden nicht mehr in der Angst leben, die Sie zu einem Monstrum macht.«

Der Mann in der Kapuze dämpfte seine Stimme und verlieh ihr einen Ton von falscher Naivität. »Ich nehme an, dass Sie, als der Herr über diese Lebensenergie, keine Angst mehr kennen. Ist es so?«

Reich konnte nicht antworten. Der rote Schaum füllte seinen Mund- und Rachenraum wieder ganz aus.

»Na, Herr Doktor, ist es so?«

Reich blieb stumm. Eine Träne lief ihm aus dem Auge, dann weinte er heftig. Er vergrub das Gesicht in der Matratze.

KAPITEL XII

Die Kinder der Zukunft (3)

Senkrecht knallte die Sonne auf die Scheiben des Glashauses herab und die Hitze, die im Inneren ohnehin schon brütete, steigerte sich ins Maßlose. Seamus Bubey war schweißnass. Zum Glück war seine Strafe bald zu Ende. Er nahm die letzte Ranke einer *Rauwolfia serpentina,* im Jargon »Serpe«, und löste sie von dem langen Stock, um den sie sich gewunden hatte. Vorsichtig, um ihre roten Blüten nicht zu verletzen, legte er das Ende dann um ein Spaliergitter. Da würde sie sich frei hochranken können und das Reserpin hervorbringen, diejenige Substanz, die dazu diente, die Jungs ruhig zu halten. Er hätte mit Füßen auf die Stämme eintreten mögen. Ja, aber was dann?

Er war fertig. Er wusch sich die Hände unter dem Wasserhahn, faltete die Schürze zusammen, legte sie auf einen Stuhl und trat ins Freie. Es war so glühend heiß, dass man eine Wurst einfach dadurch hätte braten können, dass man sie auf den Asphalt im Schulhof legte. Die Vorstellung weckte seinen Appetit. Die Strafe, die ihm auferlegt worden war, beinhaltete leider auch den Verzicht auf das Mittagessen. Immerhin konnte er trinken, und das war nicht wenig. Roger, sein Komplize bei dem Vergehen, konnte nicht einmal das.

Er vermied es, den Freund anzusehen, der mitten im Hof kniete und in der Sonne schmorte. Ein bisschen war er selbst Schuld. Er war schließlich als Erster auf die farbige Köchin zugegangen und hatte eine anzügliche Bemerkung gemacht. Seamus hatte sich darauf beschränkt, sich dem Scherz anzuschließen, als er sah, dass die Köchin von Herzen lachte. Keiner der beiden hatte bemerkt, dass der Erzieher Johnson ganz in der Nähe war; er hatte sich über den Kühlschrank gebeugt, um ihn zu reparieren. Als er sich aufrichtete, war sein verschwitztes Gesicht Angst einflößend.

In diesem Moment kamen seine Mitschüler aus der Mensa. Er lief auf Mike Butler zu, der sich die Hosen zurechtrückte, wie jemand, der zu viel gegessen hat. »Hast du mir was mitgebracht?«, fragte er erwartungsvoll.

Butlers fleischiges Gesicht nahm einen untröstlichen Ausdruck an. »O verdammt, das habe ich völlig vergessen. Entschuldige, aber weißt du, ich hatte Hunger, und da ...«

»Ich hab auch Hunger, du Mistkerl. Wo ist Harold? Er hat bestimmt daran gedacht.«

Butler schüttelte den Kopf. »Rechne nicht mit Harold. Da ist er, schau nur.«

Seamus suchte mit den Augen nach Harold Finley, bis er ihn hinten in einer Gruppe von Jungen entdeckte, die gerade die Mensa verließen. Er ging mechanisch und mit hängendem Kopf. Sein Blick drückte tiefe Verzweiflung aus, als ob ihm Leben und Tod plötzlich völlig gleichgültig geworden wären.

»Reserpin«, bemerkte Butler. »Erinnerst du dich, heute Morgen in Zoologie? Da hat er Jeffrey Brandt mit dem Lineal geärgert.«

»Ja.«

»Erzieher Bell hat es gemeldet. Und so hat Harold seine Dosis Serpe abgekriegt. Ich fürchte, du musst bis heute Abend Hunger leiden.«

Seamus stieß einen tiefen Seufzer aus, sagte aber nichts weiter. Mit den anderen machte er sich auf den Weg zu dem in der Sonne glühenden Pavillon, in dem der Nachmittagsunterricht stattfand. Der weiße Kalk auf den Mauern war völlig abgebröckelt, ein Zeichen dafür, dass das Gebäude bessere Zeiten gekannt hatte.

Darüber prangte auf einer Plakatwand der Spruch: VERDRÄNGE DEINE INSTINKTE, INSTINKTE BEDEUTEN KRANKHEIT über dem väterlichen Lächeln von Reverend Mallory, dem starken Mann in der *Confederation of Free America*. Das Bild war etwas verblasst, aber die Zahnreihe des Reverend war noch immer so blendend weiß wie einst, als er durch den Fernsehsender *Pray Your Lord* populär geworden war. Seamus erinnerte sich noch, wie die ganze Familie sich vor dem Fernseher versammelte und die Oma jedes Mal, selbst nach dem unbedeutendsten Satz des Predigers, »Amen« sagte. Damals hatte er Mallory für einen großen Mann gehalten, aber seit mindestens zwei Jahren war diese Gewissheit geschwunden.

Er betrat den Saal für Naturwissenschaften und nahm auf seiner knarrenden Bank Platz. Er beneidete die Schüler der UAS, die er einmal im Fernsehen gesehen hatte, mit ihren voll elektronisch ausgestatteten Bänken, und auch die der *New Federation*, die inmitten der Natur lebten und zwischen Sträuchern und Blumen ihre Gymnastikübungen machten. Im Lycurgus-Pinks-Gymnasium waren die einzigen Pflanzen ein paar verdörrte Bäumchen und die technische Ausstattung war völlig veraltet. Man wusste es ja, die *Confederation* war arm. Reverend Mallory aber behauptete, sie sei reich an spiritueller Kraft. Na, wenn er meinte …

Erzieher Kennedy, der Lehrer für Naturwissenschaften, kam wie üblich zu spät und wischte sich mit dem Handrücken den Schweiß von der Stirn. Er wirkte ärgerlich, vielleicht auf sich selbst. Während er das Klassenbuch aufschlug, warf er einen Blick aus dem Fenster und fand sofort einen Sündenbock für seinen Ärger. »Schaut sie an, schaut sie euch gut an«, sagte er und deutete auf zwei farbige Bedienstete, die mit langsamen Bewegungen die Abfälle im Hof einsammelten. »Afrikaner! Keine Plage, die Amerika heimgesucht hat, die nicht aus Afrika gekommen wäre. Zuerst Aids, dann die

Sichelzellenanämie. Und wir dulden sie immer noch.« Er blickte wieder in die Klasse. »Was ist, Strauss? Hast du was einzuwenden?«

Überrascht schüttelte der Angesprochene mit Nachdruck den Kopf. »Nein. Absolut nicht.«

»Nenn mir den Namen eines afrikanischen Wissenschaftlers, nur einen Einzigen, der in irgendeiner Weise zum Fortschritt der Menschheit beigetragen hat. Was weiß ich, eine Erfindung, irgendeine Entdeckung.«

Das war ein beliebter Scherz von Kennedy. Erleichtert spielte Strauss mit. »Mir fällt keiner ein.«

»Los, streng dich an.«

Der Junge tat so, als würde er angestrengt nachdenken, dann beschloss er, das Spiel mit dem Namen eines Wissenschaftlers zu würzen, von dem derzeit in sämtlichen Zeitungen die Rede war. »Frullifer.«

»Siehst du, was für ein Idiot du bist? Frullifer ist weiß wie du und ich.« Die Schärfe des Vorwurfs wurde durch den amüsierten Gesichtsausdruck gemildert. Kennedys gute Laune kehrte zurück. »Und dann hat Frullifer nur ein einziges Verdienst, so wie ich das sehe: das, die Relativitätstheorie zerschlagen zu haben, die gotteslästerlichste Blödsinnigkeit, die der Teufel je erfunden hat. Genug, ich sag' dir die Antwort, die ich hören wollte. Es hat noch nie einen Niggerwissenschaftler gegeben, der irgendeine Spur in der Geschichte hinterlassen hätte. Nicht umsonst ist Christus lieber als Weißer auf die Welt gekommen, auch wenn er auf einem Kontinent geboren wurde, in dem der Großteil der Menschen eine schwarze Haut hat.«

Seamus fragte sich, welche Spur wohl Kennedy in der Geschichte hinterlassen würde, aber er hütete sich wohl, die Frage zu stellen. Nach Beendigung des rassistischen Geplänkels ging es in der Nachmittagsstunde um den Ursprung des Lebens. Das war eines der Lieblingsthemen des Erziehers, bei dessen Behandlung er seine ganze Südstaatenberedsamkeit entfaltete. »Pasteur hat von Keimen in der Luft gesprochen. Schade, dass niemand die je gesehen hat. Und dann, woher sollen diese Keime gekommen sein? Fragt das einen Materialisten, und er wird euch sagen, die hätte es schon immer gegeben; oder sie wären aus dem Raum gekommen, durch die Kometen, oder sie wären durch elektrische Entladungen in buntem Brei zustande gekommen. Man hat auch versucht, elektrische Entladungen in einem Topf zu produzieren, aber alles was dabei herausgekommen ist, war ein Gemisch wie Chinesenpisse.«

Die ganze Klasse lachte. Kein Zweifel, Kennedy war einer der beliebtesten Lehrer. Und dann griff er selten zu Strafmaßnahmen, im Unterschied zu seinen Kollegen.

»Denkt mal«, fuhr der Lehrer fort und sonnte sich in seinem Erfolg. »Den Koryphäen zufolge, die früher mal in Mode waren, soll sich da so eine Hühnerbrühe entwickelt haben, aus der zuletzt wir herauskamen. Ihr werdet mir sagen: Warum nicht? Und ich antworte euch: Weil in sechstausend Jahren aus einer Brühe kein Mensch wird. Die Koryphäen, die nicht völlig blöd waren, bemerkten, dass an ihrer Sache etwas nicht stimmte. Da fingen sie an zu erzählen, dass die Erde Millionen Jahre alt ist, eine Million Millionen Jahre, eine Milliarden Millionen Jahre und so weiter. Alles, um nicht zugeben zu müssen, dass Gott Adam und Eva erschaffen hat, die überhaupt nicht anders waren als wir heute. Aber für diese Leute war die Bibel ein Dreck, genauso wie christliche Moral und Nächstenliebe. Wenn die Sichelzellenanämie einen Vorteil gehabt hat, dann den, uns von diesen Ungläubigen zu befreien. Oder doch von einem Großteil von ihnen.«

Seamus, der anfing, sich zu langweilen, nutzte die gute Laune des Lehrers, um ihm eine Frage zu stellen, die ihm schon eine Weile im Kopf herumging. »Entschuldigen Sie, Mister Kennedy. Ich habe gehört, dass man in der *Union* immer noch an die alten Theorien glaubt.«

Kennedy schien den unwillkürlich begeisterten Tonfall nicht herauszuhören, in dem Seamus das Wort *Union* ausgesprochen und damit zu erkennen gegeben hatte, welches das Land seiner Träume war. »Das stimmt«, antwortete er. »Zumindest zum Teil. Die Wahrheit ist, dass die in der *Union* an nichts glauben außer dem Dollar. Ob die Erde erschaffen wurde oder durch eine Überschwemmung entstanden ist, macht für sie keinen Unterschied, solange die Börse nicht darunter leidet. Sie haben praktisch keinen Respekt vor der Wissenschaft.«

Ein anderer Schüler hob die Hand. »Und die *New Federation?*«

»Es ist gut, dass du danach fragst. Ihr alle wisst, wie die *New Federation of the States of Amerika* entstanden ist, nicht wahr?«

Die ganze Klasse nickte, der eine mehr, der andere weniger überzeugt.

Kennedy lächelte. »Gut, ich erkläre es euch noch einmal, aber wirklich ganz kurz. Nach der Plage der Sichelzellenanämie lag die Wirtschaft der Ostküste am Boden, so wie unsere. Da hatten sie die nette Idee, japanische und koreanische Experten kommen zu lassen, um ihre Unternehmen wieder auf Vordermann zu bringen. Nur dass die außer ihren Tabellen und Grafiken auch jede Menge Werte mitbrachten, die überhaupt nichts Amerikanisches hatten. Jetzt sind dort alle Buddhisten oder Taoisten oder was weiß ich sonst noch. Sie lassen auch Neger und Hispanos an den Höheren Schulen zu, als ob nicht sie der Grund für unser Unglück wären. Was für eine Wissenschaft sollen die schon haben?«

Die Antwort war nicht befriedigend, aber niemand protestierte. Von diesem Zeitpunkt an schleppte sich die Stunde ziemlich mühsam dahin, außer einem Aufflackern von Interesse gegen Ende. Das war, als Kennedy von Bakterien und Viren sprach und sie Mikroben nannte. Rupert Cantor, bekanntermaßen ein etwas zurückgebliebener Junge, hob die Hand. »Der ›Southern Outlook‹ von heute berichtet über Mikroben.«

»Ach ja? Ich habe ihn noch nicht gelesen. Was steht da?«

»Es steht auf der ersten Seite: ›Die Mikroben, die unsere Jugend verdarben, sind ausgerottet‹ – oder etwas Ähnliches.«

Kennedy lachte laut auf. »Aber nein, du Dummkopf! Das ist übertragen gemeint. Das ist eine Anspielung auf die so genannten Kinder der Zukunft.« Seine Augen blitzten schelmisch. »Ihr wisst doch, was die Kinder der Zukunft sind, nicht wahr?«

Die ganze Klasse schüttelte den Kopf. In Wirklichkeit wussten alle, wer die Kinder der Zukunft waren. Sie hatten ihre Parolen auf Häuserwänden gelesen; sie hatten ihre verbotene Zeitschrift »Orgonon« von Hand zu Hand gehen sehen; sogar die Präsidentin der *Confederation,* Betty Penland höchstpersönlich, hatte gegen sie gewettert, besser gesagt gehustet, bei einem der seltenen Auftritte in der Öffentlichkeit, die Reverend Mallory ihr gestattete. Doch diese Kenntnis einzugestehen, war zu gefährlich.

»Da ihr so tut, als wüsstet ihr es nicht, werde ich es euch sagen. Die Kinder der Zukunft sind eine satanische Sekte, die die Auflösung der Familie predigt, die Anarchie, freie Sexualität und Promiskuität zwischen den Rassen. Deshalb nennt der ›Southern Outlook‹ sie Mikroben: Weil sie Krankheiten verbreiten. Erst gestern hat das vereinigte Heer der drei Bundesstaaten ihren Stützpunkt in Rangeley in Maine zerstört. Die Überlebenden unter ihnen sind schon auf dem Weg nach Lazzarett.«

Die Erwähnung von Maine weckte erneut Seamus' Aufmerksamkeit. Maine lag in der *Union* und er hoffte, eines Tages dorthin zu gehen. In seinem persönlichen Spind verwahrte er, fein säuberlich zusammengefaltet, eine detaillierte Karte der Staaten der UAS mit den wichtigsten Städten darauf. Ein Ort namens Rangeley war darauf nicht verzeichnet; doch er wusste, dass Maine Gebirge hatte, Seen und mit Gewissheit Computer, elegante Kleidung, Geldautomaten und bezaubernde Frauen. Alles, was Seamus begehrte.

Es war schon vier Uhr nachmittags. Eilig beendete Kennedy seinen Unterricht, dann nahm er das Klassenbuch und eilte davon in eine andere Klasse. Jetzt kamen die zwei Stunden, die Seamus am liebsten mochte: militärisches Training. Nicht, dass Waffen an sich ihn interessiert hätten. Doch wenn es einen Weg gab, die *Confederation* trotz des strikten Ausreiseverbots eines Tages zu verlassen, dann war das der Eintritt ins interföderale Heer.

Er kehrte kurz in sein Zimmer zurück und zog die Uniform an. Roger kniete noch immer mitten auf dem Hof, die Kleider völlig verschwitzt. Eine Ohnmacht hätte seine Strafe abgekürzt, aber sein Körper war dafür zu hager und sein Charakter zu stolz, um eine vorzutäuschen. Er kniete da, die Augen niedergeschlagen; vielleicht dachte er, dass alles besser war als eine Dosis Serpe. Unsinnigerweise fühlte Seamus sich schuldig, während er in seiner grauen Uniform an ihm vorbeiging. Er sah ihn nachdrücklich an, aber Roger hob den Blick nicht.

Der Erzieher Robinson war kein Angehöriger des interföderalen Heers. Die grüne Uniform mit schwarzem Kreuz darauf, die er trug, ließ erkennen, dass er der Armee des Kriegers Christus angehörte, einer der vielen Milizen, die sich die militärische Kontrolle der *Confederation* teilten. Die UAS und die *New Federation* ereiferten sich nicht wenig über die Präsenz von Privattruppen im Süden; aber Reverend Mallory hatte sich ihrer bedient, um wieder Ordnung in den Südstaaten zu schaffen, und er hatte nicht die geringste Absicht, sich von ihnen zu trennen. Vor allem die Armee des Kriegers Christus hatte eine maßgebliche Rolle gespielt bei der Eroberung von New Orleans, der Stadt der Nigger, die sich nach der Kapitulation in eine von Gespenstern bevölkerte Ödnis verwandelt hatte.

Seamus nahm aus dem Ständer im Hof sein mit Platzpatronen geladenes M 16-Gewehr, das von der Sonne glühend heiß war. Er stellte sich in einer Reihe mit den anderen auf und maß den vorgeschriebenen Abstand vom Nachbarn zu seiner Rechten mit dem Arm ab. Robinson inspizierte Waffen und Uniformen, ohne jedoch Kritik zu äußern. Sein angewidertes Gesicht sagte es deutlich, dass ihm an diesem Häufchen verweichlichter Pimpfe nichts lag, dass er hier nur sein Geld verdiente.

Der Trainer wollte schon den Marschschritt vorgeben, als aus einem der Gebäude völlig atemlos Direktor Hailey geschossen kam. »Warten Sie, Robinson«, schrie er. »Ich muss mit den Jungs reden.«

Das war absolut ungewöhnlich. Seamus stützte sich auf den Gewehrlauf und betrachtete neugierig das teigige Gesicht des Direktors. Ob die Direktoren in der *Union* auch so fett und so schlecht angezogen waren? Das bezweifelte er sehr.

Hailey schnappte nach Luft. »Es ist ein Unglück passiert, etwas Schreckliches. Einer eurer Mitschüler ist tot, Harold Finley.«

Seamus fuhr zusammen. Harold! Derselbe, der …

»Ich will nicht, dass ihr etwas Schlechtes denkt.« Haileys Stimme war angespannt. »Ja, ich weiß, es hat einige Todesfälle gegeben in letzter Zeit. Aber hier handelt es sich um einen Unglücksfall, sage ich euch. Glaubt mir.«

Merkwürdigerweise war es Robinson, der der Frage Ausdruck verlieh, die allen auf der Zunge lag. Er tat es in rauem Tonfall. »Herr Direktor, wie ist der Junge gestorben?«

Hailey fuhr zusammen. Er suchte nach Worten. »Ein Unfall, ein unvermeidlicher Unfall.«

»Er hat sich nicht zufällig umgebracht?«

Der Direktor schwankte leicht. Vor Wut lief sein Gesicht rot an. »Erzieher Robinson! Nicht vor den Schülern!«

»Also hat er sich wirklich umgebracht.«

»Erzieher Robinson! Ich muss Sie zur Ordnung rufen!«

»Ihre Ordnung ist mir scheißegal.« Der Milizionär hob einen Finger und sein Gesicht wurde hart. »Sagen Sie, Herr Direktor, dieser Finley hatte nicht zufällig Reserpin bekommen?«

Hailey antwortete nicht. Es war Seamus, der, vom Mut seiner Erziehers angesteckt, schrie: »Ja, er hatte welches bekommen!« Seine Kameraden nickten.

Robinson verschränkte die muskulösen Arme. »Direktor Hailey, das Militär bezahlt mich, um diesen Rotznasen eine militärische Ausbildung zu geben. Aber wie soll ich das machen, wenn sich jede Woche einer von ihnen umbringt, und zwar immer nach Einnahme von Reserpin?« Die Stimme wurde leiser, erstickt vom Zorn: »Sie verabreichen weißen Jungs ein Produkt, das dazu geschaffen wurde, die Nigger ruhig zu stellen!«

Hailey verlor das bisschen Sicherheit, das er noch hatte. »Es ist nicht meine Schuld, wenn die Schulaufsicht das vorschreibt …«

»Sie wissen genauso gut wie ich, dass Reserpin Depressionen verursacht. Sie wissen das, nicht wahr?«

Der Direktor versuchte sich herauszureden. »Reverend Mallory sagt, eine Spur Depression ist die Vorstufe zur Heiligkeit.«

»Von wegen Heiligkeit. Leute wie Sie ziehen Weicheier heran, keine Kämpfer. Was wollen Sie machen, wenn ein neuer Krieg ausbricht? Schicken Sie dann ein Heer von Selbstmordkandidaten ins Feld?«

Atemlos verfolgten die Jungen den Streit, gespannt auf seinen Ausgang. Hailey schwieg ein paar Sekunden, dann schlug er die Augen nieder und murmelte: »Erzieher Robinson, Sie werden verstehen, dass ich Maßnahmen gegen Sie ergreifen muss.«

»Ergreifen Sie sie nur. Ich gehe.« Robinson wandte sich um und tat zwei Schritte, dann drehte er sich mit einem Ruck noch einmal um. »Und denken Sie daran, Herr Direktor: An der Spitze dieses Landes steht, bis zum Beweis des Gegenteils, Betty Penland. Ihr Mallory ist nichts weiter als ein hergelaufener Pfaffe.« Mit großen Schritten ging er in Richtung auf die Lehrerunterkünfte davon.

Hailey strich sich mit einer Hand über die Stirn, die von Schweiß triefte. Er betrachtete die fassungslosen Schülergesichter, die in einer Reihe vor ihm standen. »Nun, ihr habt einen ganzen Haufen Lügen gehört«, brachte er heraus. »Robinson wird bestraft, wie er es verdient. Geht jetzt in eure Zimmer, wiederholt eure Lektionen und verlasst eure Zimmer nicht vor dem Abendessen.«

Ein Moment der Unsicherheit trat ein, dann gehorchten die Schüler, aber widerwillig. Seamus wartete ab, bis Hailey gegangen war, verließ die Gruppe und trat zu Roger, der noch immer kniete. Er legte ihm eine Hand auf die Schulter. »Ich glaube, du kannst aufstehen. Keiner achtet auf dich. Sie sind mit anderem beschäftigt.«

Seltsamerweise reagierte der Freund nicht, außer mit einer unmerklichen Bewegung des Rückens. Seamus berührte ihn noch einmal. Da hob Roger das Gesicht, sehr langsam. Seine Augen waren leer und doch drückten sie eine totale, bodenlose Trostlosigkeit aus, als ob in der Welt jeder Funken Hoffnung erloschen wäre. Mit einem Ruck zog Seamus die Hand zurück. »Reserpin?«, murmelte er.

»Ja«, antwortete Roger, dann ließ er den Kopf langsam wieder sinken.

Seamus rannte fast beim Weggehen. Das musste passiert sein, während er sich im Glashaus aufgehalten hatte. Dies war also der Grund, warum Roger so unbeweglich verharrte, als ob er gar nicht spüren würde, wie ihm die Sonne Rücken und Haare versengte. Er fühlte eine Welle des Zorns in sich aufsteigen. Er kehrte zu seinen Kameraden zurück und marschierte ihnen voraus. Die Tür zum Gebäude mit dem Schlafsaal stieß er mit einem Fußtritt auf. Ein farbiger Bediensteter fegte den Boden und führte den Besen mit mechanischen Bewegungen. Er wollte ihn schon unwillig zur Seite stoßen, dann hielt er aber mitten in der Bewegung inne. Mit einem Mal fühlte er, wie der Zorn von ihm ablief wie Schaum unter der Dusche. Er schaute in die Augen des Negers und sah, dass sie verzweifelt und abwesend waren. Es passierte ihm zum ersten Mal, dass er einen Menschen mit dunkler Hautfarbe aufmerksam betrachtete. Ja, man wusste, dass sie mit massiven Dosen von Reserpin behandelt wurden, alle, außer den Frauen in einem gewissen Alter. Aber er hatte sie immer nur als passive Objekte für grausame Scherze betrachtet. Noch nie hatte er ihre Verblödung mit einem Zustand des Leidens in Verbindung gebracht.

Auf einmal erschien ihm der Erzieher Kennedy weniger sympathisch und Robinson weniger bewundernswert. Nachdenklich blieb er sitzen, während seine Kameraden in den Saal strömten, sich auf die Betten verteilten und dabei lebhaft über das Vorgefallene debattierten. Er fühlte Unbehagen und ein unbekanntes Gefühl, bestehend aus Wut und Scham. Dabei erinnerte er sich an einen Slogan, der an der Außenmauer des Gymnasiums aufgetaucht war, genau gegenüber vom Denkmal für Lycurgus Pinks: »Wer einen anderen Menschen in seiner Natürlichkeit behindert, ist ein Ungeheuer.« Gezeichnet KdZ.

Völlig außer sich kam Butler zu ihm gelaufen. »Verdammt, was für eine Szene! Der alte Hailey hat's abgekriegt. Vielleicht hört er jetzt auf damit, uns die Serpe zu verabreichen.«

Seamus schüttelte den Kopf. »Mach dir keine großen Hoffnungen. Wahrscheinlicher ist, dass Robinson draufzahlt.«

»Aber Robinson ist von der Miliz. Er kann ihn doch nicht nach Lazzarett schicken.«

»Er kann ihn aber von hier entfernen und durch jemand Loyaleren ersetzen.« Plötzlich hatte Seamus eine Idee. »Sag mal, Mike, glaubst du, dass Lazzarett in der *Union* liegt?«

Überrascht sah Butler ihn an. »Kann sein. Ich weiß nur, dass es eine Insel ist. Das könnte auch nicht in Amerika sein.«

»Meinst du?«

»Werden nicht die Kranken aus der ganzen Welt dorthin geschickt? Vielleicht ist es in Afrika oder am Nordpol. Warum fragst du mich das?«

Seamus antwortete nicht. Die Idee, die ihm gekommen war, war schnell wieder zerstoben. Zur Vorsicht konsultierte er, während die anderen plauderten, sorgfältig die Landkarte der Union, die er in seinem Spind aufbewahrte. Es gab aber keinen Ort mit Namen Lazzarett, weder unter den Inseln noch auf dem Festland.

Über den Vorfällen des Nachmittags hatte er seinen Hunger vergessen, der aber trotzdem noch da war und sich manchmal mit einem leisen Magenknurren bemerkbar machte. Mit der Abendessenszeit erwachten seine leiblichen Bedürfnisse zu neuem Leben. Er verschlang jede Menge Omeletts, trank einen ganzen Liter Milch und versuchte sich von den Überlegungen, die ihm im Kopf herumgingen, abzulenken.

Roger saß zwei Tische weiter und erholte sich langsam. Jetzt sprach er in abgerissenen Sätzen mit den anderen, während die Augen wieder lebhafter wurden.

Seamus wich seinem Blick sorgfältig aus. Er wußte nicht warum, aber er verspürte dem Freund gegenüber ein unbegründetes Schuldgefühl. Jedenfalls wollte er lieber nichts mit ihm zu tun haben, wenigstens momentan.

Er beobachtete das farbige Personal. Es war, als ob er sie zum ersten Mal sehen würde; dabei waren es viele, die die Stapel schmutziger Teller in die Küche zurückbrachten. Und er begriff, dass dieser typische verschleierte Blick, den sie alle hatten, sich durch die Wirkung des Reserpin erklärte. Aber wie waren sie von Natur aus? Vielleicht lustig und witzig wie die dicke Köchin? Er hatte noch nie Gelegenheit gehabt, das herauszufinden. Er vertagte die Beantwortung seiner Frage auf den Tag, an dem er in die *Union* auswandern würde. Dort waren die Neger frei. Alle waren frei.

Nach dem Abendessen wurde zum x-ten Mal das Remake von *Birth of a Nation* gezeigt, von der Cinematographischen Kommission in Atlanta aus alten Zelluloidfilmen zusammengestellt und vom oftmaligen Abspielen völlig zerkratzt. Im letzten Drittel verhaspelte sich der Film und sie mussten sich die finale Attacke des Ku-Klux-Klan mit ständigen Unterbrechungen ansehen, die Bilder verwackelt, sodass man kaum etwas erkennen konnte. Das wurde zum Anlass für eine Orgie von Pfiffen und Schreien, was den Abend etwas belebte, bis der Erzieher Kennedy, der den Film vorführte, sie alle ins Bett schickte.

»Was für ein Tag«, bemerkte Butler, während er den Pyjama anzog. »Es beginnt sich etwas zu ändern, in dieser alten Schule.«

»Hoffen wir's«, brummte Seamus und hängte seine Kleider in den Schrank. »Aber ich fürchte, dass …«

Er brach ab. In der Tür zum Schlafsaal war Erzieher Bell erschienen, der meistgefürchtete Mann des ganzen Lycurgus. Sein grimmiges Gesicht verhieß nichts Gutes. »Alles aufstehen«, befahl er. »In einer Reihe vor den Betten.«

Die sechzig Jungen gehorchten, auch diejenigen, die nackt waren oder in Unterhosen. Bell hatte etwas in der Hand, was Seamus vom Ende des Saals aus nicht erkennen konnte. Ob es die Schachtel mit Reserpin war? Nein, das wurde um diese Zeit nie verabreicht. Also was?

Plötzlich begriff er und schauderte leicht. Es war die »Fibula«. Ein Ring von ein paar Zentimetern Durchmesser mit einem Kranz aus kurzen, dünnen Nadeln im inneren oberen Rand. Er wurde bei denen angelegt, die sich zu häufiger nächtlicher Ejakulationen schuldig machten. Der Ring wurde bis zum Ansatz über den Penis gezogen und dann mit einem Kettchen samt Vorhängeschloss um die Hüften festgemacht. Im Fall einer Erektion bohrten sich die Nadeln tief ins Fleisch und es blutete; aber auch eine plötzliche Bewegung im Bett konnte äußerst schmerzhaft werden. Und es gab keine Chance, der Qual zu entgehen, bis der Folterknecht das Vorhängeschloss wieder aufschloss.

Seamus wusste, dass er nichts zu befürchten hatte, trotzdem verfolgte er Bells Bewegungen genauso ängstlich wie seine Kameraden. Der Erzieher ging langsam durch den Schlafsaal und sah dabei jeden Schüler einzeln an, mit einem Blick voll fröhlicher Bosheit. Alle erbleichten, vor allem diejenigen, die die »Fibula« erst vor kurzem erprobt hatten und noch die Male davon trugen.

Als er Bell in zwei Schritten Entfernung vor sich sah, erstarrte Seamus und hielt die Luft an. Er rief sich ins Gedächtnis, dass er nichts zu fürchten hatte, dass er sich nichts vorzuwerfen hatte. Die Stimme des Erziehers traf ihn wie ein Ohrfeige. »Seamus Bubey, hm? Hosen runter!«

Er glaubte an ein Missverständnis. »Mister Bell, ich habe doch nie Eja …«

»Keine Schweinereien hier! Hosen runter!«

Mit einem Mal begriff er. Er hatte es auf ihn abgesehen, weil er sich am Nachmittag mit einem Satz an Robinsons Aufstand gegen den Direktor beteiligt hatte. Aber das war doch nicht die Strafe dafür! Höchstens Reserpin!

»Tu, was ich dir sage!«

Das war nicht gerecht! Seamus fühlte, wie ihm das Blut in den Kopf schoss. Er sah Bell, der eine Hand ausstreckte, um ihn zu packen, und die andere mit der Fibula hob. Er ballte eine Hand zur Faust und schlug ihm fest auf die Nase. Der Erzieher taumelte, fassungslos und wütend. Da schlug er ihn noch einmal, bevor er reagieren konnte. Dann noch einmal, diesmal auf die Leber.

Bell stieß eine Art Brüllen aus und krümmte sich zusammen. Die Fibula fiel am Fußende des Bettes zu Boden. Seamus hob sie auf, wickelte sich das Kettchen um die Finger und schlug noch einmal zu. Die Hand begann zu bluten. Der Schmerz gab ihm die Klarheit zurück.

Das Unerhörte dessen, was er getan hatte, wurde ihm schlagartig klar, und er fühlte sich erschöpft und ohnmächtig. Er sah, wie der Erzieher mühsam aufstand, das Gesicht blutverschmiert, und anfing, mit methodischer Wut auf ihn einzuschlagen. Sein Blick vernebelte sich.

Einen Augenblick, bevor er in Ohnmacht fiel, während die Knie schon nachgaben, sah er die erschreckten Gesichter seiner Kameraden ringsum und hörte Bell brüllen: »Weg da! Oder Ihr wandert auch nach Lazzarett!«

Dann verlor er endlich das Bewusstsein.

KAPITEL XIII

Das trojanische Pferd

Eine Woche nach Beginn der Belagerung, am Mittwoch dem 2. Juli, stand Eymerich frühmorgens im Eingang seines Zelts und betrachtete den Scheiterhaufen, der unter den Stadtmauern dicht beim Sicherheitsgürtel errichtet wurde. Über dem Haufen von Holzscheiten ragte ein Pfahl auf, den einer der Handlanger des Henkers gerade auf seine Standfestigkeit prüfte. Andere Gehilfen schafften, unterstützt von den Soldaten, Strohballen herbei, die sie rings um den Scheiterhaufen anordneten. Ihre Arbeit ging still vor sich, während eine Menschenmenge von den Mauern aus die Vorgänge neugierig und besorgt verfolgte.

Eymerich, der die Kapuze übergestülpt hatte, zog sie noch tiefer ins Gesicht. Das, was geschehen würde und was er sorgfältig geplant hatte, würde für jedermann ein erschütterndes Spektakel sein. Bei ihm freilich steigerte die emotionale Beteiligung seine übliche Nervosität und das schwächte sie bis zu einem gewissen Grad auch wieder ab. Zwar fühlte er, wie sein Herz heftig im Brustkorb pochte, sodass ihm die Ohren davon summten, aber seine Entschlossenheit war unumstößlich.

Er sah Dezcoll mit besorgter Miene auf sich zukommen und versuchte, zerstreut und gleichgültig dreinzuschauen, auch wenn er wusste, dass der andere sich nur schwerlich würde täuschen lassen.

»Überlegt Euch das noch einmal, *magister*«, sagte der Beamte, als er bei ihm war. »Noch ist Zeit, Eure Entscheidungen rückgängig zu machen.«

»Nein, mein Herr. Es ist mir gelungen, dem König seine Zustimmung abzuringen, und das war nicht leicht.« In Gedanken kehrte Eymerich zu der Nacht zurück, die er zur Gänze im königlichen Zelt verbracht hatte, in eine Diskussion verwickelt, die manchmal eher einem Streit glich. »Ich kann nicht zurück. Meine Würde erlaubt es nicht.«

»Dann erfindet einen Vorwand. An Phantasie fehlt es Euch ja nicht.«

Eymerich warf Dezcoll einen strengen Blick zu. »Wenn ich von Würde spreche, dann meine ich nicht nur die Art und Weise, wie andere mich sehen. Ich meine vor allem, wie ich selbst mich sehe.«

Der Schreiber breitete die Arme aus. »Wie gewöhnlich seid Ihr zu stolz. Erlaubt mir also, Euch daran zu erinnern, dass Peter der IV. in Gefahr schwebt. Habt Ihr vergessen, was ich Euch von der Verschwörung gegen ihn erzählt habe?«

Eymerich, der in der Tat kaum mehr daran gedacht hatte, zuckte mit den Achseln. »Wenn ich mich nicht irre, sollte die Verschwörung vom Vicomte d'Illa ausgehen, der aber nun tot ist. Ich glaube, Eure Verschwörer haben an anderes zu denken. Zumindest müssen sie erst einmal einen neuen Anführer wählen.«

»Nein, nein«, erhitzte sich Dezcoll. »Es gibt da ein Detail, das ich Euch zu berichten nicht die Zeit fand. Wir werden vom Meer aus von genuesischen Schiffen angegriffen. Und das bedeutet für Peter IV. Todesgefahr.«

»Es sind weit und breit keine Schiffe zu sehen, und wenn welche da wären, müssten sie von Verrückten gesteuert sein, wenn sie es wagen wollten, unsere Flotte herauszufordern.«

Eymerich hob einen Finger. »Schweigt jetzt. Der Gefangene kommt.«

Von zwei Soldaten flankiert, kam zwischen den Zelten Asmar Dezcastell näher. Er konnte nur mit Mühe gehen, beladen mit den Ketten, die vom Hals ausgehend Arme und Körper einschnürten. Doch was am meisten Eindruck machte, war sein Gesicht, zerschunden, verbrannt, bedeckt von blauen Flecken und Blut. Er trug die Schaffelljacke nicht mehr; es blieb ihm nur noch die zerrissene Kutte, die jetzt ganz von rötlichen Klümpchen übersät war und seine mageren Glieder nur notdürftig bedeckte.

»Bringt ihn hinein«, befahl Eymerich den Soldaten, und wies auf das Zelt. Dann sah er Dezcoll an. »Erinnert Ihr Euch an die Einzelheiten der Zeremonie?«

»Ja.«

»Dann folgt mir.« Er schlug die Zeltplane beiseite und trat hinter den beiden Soldaten ein, die den Gefangenen vorwärts schleiften. Nach einem Moment des Zögerns folgte der Schreiber seinem Beispiel.

Es vergingen zwei Stunden, dann nahm eine Mannschaft Soldaten des Pero Fernandez d'Ixer vor dem Scheiterhaufen Aufstellung. *Nafil* und Trommeln ertönten. Die Zisterzienser traten in einer Reihe aus ihrem Zelt und zogen psalmodierend zum Ort der Hinrichtung. Viele Soldaten strömten aus den entlegensten Teilen des Lagers herbei, während sich auf den Stadtmauern die Menschen zusammendrängten. Aller Augen waren auf das königliche Zelt gerichtet, aber Peter IV. geruhte nicht zu erscheinen. Aus Eymerichs Zelt dagegen kamen vier Soldaten, die den Gefangenen in ihrer Mitte vorwärts schleiften und stießen.

Der Mann war nicht wiederzuerkennen. Sein kahl rasierter Schädel wölbte sich über einer schauerlichen Blutmaske, worin der Mund und die schon leblosen Augen wie Höhlen klafften. Bei jedem Schritt stolperte er über die Ketten, die ihm die Glieder einschnürten und in den Ringen an den Knöcheln befestigt waren. Einer der Zisterzienser näherte sich ihm und hielt ihm das aufgeschlagene Evangelium hin, aber der lebende Tote schien es nicht zu bemerken.

Mit verschränkten Armen trat der Inquisitor in den Eingang seines Zelts, die Kapuze bis über die Nase heruntergezogen. Neben ihm stand der Henkermeister, groß, kräftig und mit einem roten Tuch um die Hüften. Die beiden sprachen ein wenig miteinander, dann sagte der Inquisitor ein paar Worte, die die Umstehenden nicht hören konnten.

Trotz der frühen Stunde war es schon drückend heiß. Die Bucht mit den vor Anker liegenden Galeeren leuchtete unter den ersten Strahlen der Sonne, die über den Gebirgszügen in der Ferne aufgegangen war. Immer noch strömten Soldaten herbei und bildeten jetzt eine lärmende Menge, befangen in ängstlicher Erwartung dessen, was geschehen sollte.

Mit äußerster Mühe erklomm der Gefangene, von den Soldaten geschleift, den Scheiterhaufen. Die Ketten wurden ihm abgenommen und ersetzt durch eine einfache Kordel, womit ihm die Hand- und Fußgelenke am Pfahl festgebunden wurden. Es war der Henker persönlich, der die Fesselung vornahm, und anschließend überprüfte er die Haltbarkeit, indem er ein paarmal kräftig an der Kordel zog. Von den Stadtmauern Algheros flogen ein paar Pfeile herab, die recht weit vom Schauplatz der Hinrichtung zu Boden fielen.

Alle blickten jetzt auf den Inquisitor, der immer noch unbeweglich vor seinem Zelt stand. Er verlas die wichtigsten Punkte des Urteils, das Asmar Dezcastell als nicht geständigen Ketzer schuldig sprach, ohne jedoch zu erwähnen, welches Los ihn erwartete. Dies zu schildern, war hingegen Aufgabe eines Mitglieds der Schreibstube des Rationale, eines älteren Mannes mit großen Ohren, die nicht einmal eine lange Mütze ganz verbergen konnte. Erneuter Trommelwirbel unterstrich die Verlesung des Urteils.

Das war der Augenblick, auf den die Menge gewartet hatte, sowohl im aragonesischen Lager als auch oben auf den Mauern der belagerten Stadt. Ein junger Henkersknecht trat vor mit einer Fackel und hielt sie an einen Strohballen. Zuerst sah man nur eine Rauchsäule, dann ein kleines Feuer; doch bald schon loderte der ganze Ballen in einer enormen Stichflamme auf, die sofort auf die Ballen daneben und das trockene Holz übergriff. Alles hielt den Atem an, während sich die Flammen auf die Mitte des Scheiterhaufens zu bewegten. Schließlich stieß der Gefangene einen Schrei aus, der auf die Menge befreiend wirkte. Die Zisterzienser stimmten im Chor ihr *Salve Regina* an, doch nicht so laut, als dass sie die erregten Kommentare der Soldaten übertönt hätten.

Von Alghero aus wurde noch ein Schwung Pfeile abgeschossen, der aber wieder ins Leere ging. Jetzt leckte das Feuer am unteren Ende des Pfahls. Man sah, wie der Gefangene die Fußgelenke bewegte, die durch die Flammen befreit waren, aber die Kordel an den Handgelenken hielt ihn am Pfahl fest, umringt von immer höheren Flammen. Er schrie erneut, und dann noch einmal. Der nächste Schrei jedoch kam nicht aus seiner heiseren Kehle, sondern von der Menge der Umstehenden.

Vielleicht hatte eine besonders hohe Flamme die Fesseln erfasst, die die Hände des Delinquenten festhielten. Tatsache ist, dass man sah, wie er die Arme frei machte und sich nach einem Augenblick des Zögerns in die Flammen stürzte, die ihn von allen Seiten umschlossen. Dann tauchte er jenseits dieser Flammenwand wieder auf, und zwar auf der Wiese zwischen dem aragonesischen Heer und der Stadt, atemlos vorwärts hastend. Die blutverschmierte Kutte brannte ihm am Leib, qualmte und zwang ihn, mit den Armen um sich zu schlagen. Aber er war am Leben, ganz darauf konzentriert, seine Haut zu retten.

Es herrschte allgemeine Bestürzung, die etwas zu lang dauerte. Dann schossen die aragonesischen Bogenschützen ihre Pfeile ab, während sich Trupps von Fußsoldaten an die Verfolgung machten. Der Gefangene aber rannte, ganz nach vorn gebeugt, aus Leibeskräften und war schon ein gutes Stück voraus.

Die Verfolger holten auf. Mit einem Mal blieben die Vordersten von ihnen schlagartig stehen. Von den Stadtmauern herab war ein Schwarm Pfeile gekommen, der sich unmittelbar vor ihren Füßen in den Boden bohrte. Sie hatten die Grenze des Sicherheitsgürtels schon überschritten und zögerten einen Augenblick, dann waren sie gezwungen zurückzuweichen, während es um sie herum weiter Pfeile hagelte.

Von der Höhe der Stadtmauern herab drang Freudengeheul. Der Gefangene hob einen Augenblick den Kopf, dann lief er weiter auf das riesige Stadttor zu, das sich langsam öffnete. Sein zerrissenes Gewand brannte immer noch, aber der Mann kümmerte sich nicht darum. Die Anstrengung nicht achtend, legte er mit großen Schritten das letzte Stück Wegs zurück und laute Schreie der Anfeuerung tönten ihm entgegen. Mit letzter Kraft erreichte er den Spalt, der sich zwischen den Torflügeln aufgetan hatte, und schrie nun selbst, um neue Kraft in die Glieder zu bringen. Hände streckten sich ihm entgegen und zogen ihn ins Innere. Dann schlossen sich die Türflügel wieder mit einem lauten Knall.

Erschöpft ließ Eymerich sich gegen die Holzbohlen der Tür in seinem Rücken fallen und atmete so heftig, dass ihm schwindlig wurde.

Er sah sich umringt von lächelnden und gerührten Gesichtern, aber ein Blutschleier hinderte ihn am Sehen. Sein Körper war ein einziger Schmerz, sodass die Wunden und Verbrennungen, die er sich im Gesicht zugefügt hatte, um sich unkenntlich zu machen, eine Kleinigkeit erschienen im Vergleich zu den stechenden Qualen, die ihn überall am Körper peinigten. Aber er hatte es geschafft und das löste in seinem Inneren einen Freudentaumel aus.

Als er wieder klar sehen und sich umschauen konnte, bemerkte er rings um sich eine kleine, applaudierende Menge von Soldaten, die über Kettenhemden Pelze trugen, von Knechten und Mägden in weißen Kutten und mit gedrungenem Körperbau sowie Menschen vom Land, die sich in die Stadt geflüchtet hatten und ihm nun Früchte und Krüge mit Wein anboten. Jemand hatte mit einem Leintuch die Flammen gelöscht, die noch immer seine Kutte zerfraßen. Untereinander sprachen die Anwesenden in einer ihm unverständlichen Sprache, die stark ans Lateinische erinnerte, aber auch vereinzelt katalanische und genuesische Ausdrücke enthielt.

Er überwand seine Schmerzen und stand auf, gestützt von einem Soldaten. In seinen Schläfen hämmerte es wild und sein Herz pochte so heftig, dass er das Gefühl hatte, die Umstehenden könnten es hören. Doch bald hatte er seine gewohnte Klarheit wiedergewonnen. Da bemerkte er, dass zwischen den ein- oder zweistöckigen, mit Stroh gedeckten Häusern, die sein Gesichtsfeld begrenzten, eine Gruppe von Geistlichen sich ihren Weg durch die Menge bahnte. Nach ihrem Habit zu schließen, waren es Benediktiner. Er sah flüchtig nach oben auf das Zugsystem, mit dem die Torflügel verschlossen wurden, und den langen Pfahl, der in großen Metallhalterungen ruhte, dann konzentrierte er sich auf die Neuankömmlinge.

An dem Mönch, der die Gruppe anführte, einem hageren Mann mit feinen Gesichtszügen und kurzem Bärtchen, fiel ihm der intelligente Blick auf. Er fragte sich, ob er die Verstellung durchhalten würde. Aber die Schmerzen, die er überall im Körper verspürte, waren zu stark, als dass er diese Zweifel weiter hätte vertiefen können.

»Ihr müsst einer von den aragonesischen Soldaten sein, die auf unsere Seite übergelaufen sind«, bemerkte der Mönch in perfektem Katalanisch, sobald er die vorderste Reihe der Schaulustigen beiseite geschoben hatte. »Sonst hätten sie Euch wohl nicht zum Tod verurteilt.«

Eymerich versuchte zu sprechen, aber sein Mund füllte sich mit Blut. Er versuchte es noch einmal. »Ich bin Asmar Dezcastell. Vor zwei Jahren habe ich gegen Euch gekämpft, doch dann hat Richter Mariano mich von der Pest geheilt.« Jetzt kam der schwierigste und gefährlichste Teil. »Vielleicht sind wir uns schon einmal begegnet.«

»Mein armer Bruder, selbst wenn wir uns schon einmal begegnet wären, so könnte ich Euch doch jetzt nicht wiedererkennen. Ihr solltet Euch sehen! Was hat man Euch nur angetan?« Der Mönch wartete die Antwort nicht ab. Er ließ sich von einem seiner Begleiter ein Tuch geben und tupfte damit Eymerichs Gesicht ab. »Euer Gesicht ist eine einzige Maske aus Blut. Aber Ihr seid am Leben und das ist ein eindeutiges Zeichen dafür, dass Gott auf unserer Seite ist. Der Judex hat befohlen, dass zum Zeichen der Freude die Glocken geläutet werden sollen.«

Das grobe Tuch war so schmerzhaft auf der Haut, dass Eymerich unwillkürlich die Tränen in die Augen traten. Er nutzte den Umstand, um eine Rührung vorzutäuschen, die er nicht empfand. »So schenkt mir der Judex ein zweites Mal das Leben.«

»Ihr werdet ihm persönlich danken«, entgegnete der Mönch, während er die Wunden reinigte und die Verbrennungen aufmerksam betrachtete. »Wenn Ihr so weit seid, dass Ihr wieder laufen könnt, gehen wir gleich zum *casteddu*. Oder soll ich ein Pferd holen lassen?«

»Nein, ich kann mich auf den Beinen halten.«

Das Pochen in Eymerichs Schläfen hatte sich etwas beruhigt, nicht aber das rasende Herzklopfen. Und der Schmerz schien überhaupt nicht nachzulassen. Dennoch konnte er ein paar Schritte tun und dabei hielt er das Tuch vors Gesicht. Das linderte nicht nur die Schmerzen, sondern würde sein Gesicht auch vor denen verbergen, die Dezcastell gekannt hatten.

»Folgt mir«, sagte der Mönch. »Wir werden langsam gehen.«

Während er in der Gruppe der Mönche dahinschritt, bejahrten Benediktinern, deren Augen leuchteten bei dem Gedanken, dass sie ein echtes Wunder miterlebt hatten, betrachtete Eymerich die Umgebung. Die Ballisten auf den Galeeren hatten ganze Arbeit geleistet. Bei vielen Häusern war das Dach verbrannt, andere waren durch die Felsbrocken von den Katapulten und Wurfmaschinen zerstört, vor allem in der Nähe der Stadtmauern. Selbst die festliche Menge – untersetzte Männer und unter weiten Schleiern verborgene Frauen –, die neben den Mönchen herlief, hob von Zeit zu Zeit die Augen zum tief blauen Himmel, als ob sie sich einen weiteren Geschosshagel erwartete.

Alles war durchdrungen von einem Geruch nach Meer und frischem Fisch. Aber der Inquisitor, den gewaltige Schmerzen plagten, hatte anderes zu denken. Seine Anwesenheit an diesem Ort war auf sein ewiges Misstrauen zurückzuführen. Jeder andere Angehörige der Inquisition, vor allem in einem Rang wie er, hätte irgendeinem Untergebenen die Aufgabe anvertraut, sich in die feindliche Stadt einzuschleichen. Sogar Dezcoll, der ja nun wahrlich nicht irgendwer war, hatte sich mehrfach erboten, diese Mission an seiner Stelle zu übernehmen. Aber Eymerich traute nur sich selbst. Eine ganze Nacht lang hatte der König auf ihn eingeredet, er solle auf die Mission verzichten, vergebens. Einerseits wollte er unbedingt wissen, was innerhalb der Mauern von Alghero vor sich ging, andererseits kannte er keine verlässlichen Männer, die er in die Höhle des Feindes schicken konnte.

Sein Festhalten an diesem Vorhaben hatte ihn Stunden wahrer Folterqualen gekostet. Nach einer kompletten Rasur des Schädels, wodurch die Tonsur zum Verschwinden gebracht wurde, hatte er sich glühende Eisen ans Gesicht gehalten und nur so fest dagegen gedrückt, dass

Brandblasen und Verbrennungen entstanden, ohne jedoch die tieferen Hautschichten zu verletzen. An diesem Punkt tat ihm schon alles weh; dennoch hatte er noch die Kraft aufgebracht, mit einem Messer einige kleinere Blutgefäße zu öffnen, sodass Gesicht und Oberkörper von Blut überströmt waren. Dezcoll, der alles mit angesehen hatte, während er den Dominikanerhabit anlegte, war mehrmals fast in Ohnmacht gefallen, so grauenhaft war der Anblick. Aber nichts hatte Eymerich von dem einmal gefassten Vorsatz abbringen können.

Jetzt taten ihm auf dem Kopfsteinpflaster die Füße weh, während seine Glieder derart schwach waren, dass sogar der Schmerz verblasste. Er trank einen Schluck verdünnten Wein aus einem der Krüge, die ihm hingehalten wurden, weigerte sich jedoch, Brot anzunehmen. Er wollte in bemitleidenswertem Zustand und am Ende der menschlichen Kräfte vor dem Richter erscheinen. Sein Plan war dermaßen riskant, dass die geringste Kleinigkeit genügen würde, all seine Opfer sinnlos zu machen.

Am Ende einer Gasse voller Rinnsale und mit grauen und schäbigen Häusern zu beiden Seiten tauchte plötzlich ein würdiger kleiner Palast mit mächtigem Turm auf. An der Fahne, die von der Terrasse wehte und einen vom Blitz geknickten Baum zeigte und gleich darüber die roten Stangen des Königreichs Katalonien, erkannte Eymerich, dass dies der Wohnsitz der Familie des Mariano d'Arborea sein musste. Er verglich die Bescheidenheit dieses Gebäudes mit dem blendenden Spitzenwerk der Aljaferia oder dem Türmewald des Schlosses von Perpignan. Dieser König der Schäfer und Seeleute musste sich seiner Sache wirklich sehr sicher sein, um einen so reichen und mächtigen Herrscher herauszufordern.

Eine Reihe von Wachposten in unvollständigen Rüstungen trat gerade so weit auseinander, dass der Eingang zum Palast sichtbar wurde, der genauso schlicht war wie der übrige Bau. Der magere Mönch beugte sich zu Eymerich. »Ihr werdet nun gleich vor den Judex treten. Vergesst nicht, welchen Rang er bekleidet und dass Ihr ein *esitizo* seid, wenn auch ein Held. Danach soll Euch alle Pflege zuteil werden, die Ihr braucht.«

Der Inquisitor deutete flüchtig seine Zustimmung an. Die Vorhalle, die sie betraten und die von einer Reihe Fackeln erleuchtet wurde, war von einer Kargheit, die an Elend grenzte. Bruchstückhafte Fresken, abblätternder Verputz an den Wänden, verrostete Waffentrophäen. Es war klar, dass der Judex seine Revolte teuer bezahlte und dass er ohne eine starke innere Motivation nicht lang würde durchhalten können. Eymerich stellte das fest, während ein neuerlicher Schmerzanfall ihn zusammenkrümmte und zwang, leicht gebeugt zu gehen.

Der Herr von Arborea trat plötzlich aus einer Seitentür, ein breites Lächeln im Gesicht. Es war ein Mann um die dreißig von mittlerer Statur, bekleidet mit einer von groben Stickereien verzierten schwarzen Samtjacke und eng anliegenden roten Stoffhosen. Der Gesamteindruck war eher durchschnittlich; dennoch bemerkte Eymerich im Blick und in der Haltung des Edelmanns eine undefinierbare Würde, verbunden mit spontanem Wohlwollen, die ihn wie ein Licht zu umgeben schienen.

»Oh, armer Freund, wie seht Ihr nur aus!« In der angenehmen und ruhigen Stimme des Richters schien echte Anteilnahme mitzuschwingen. »Ich weiß, dass Ihr Ruhe braucht, aber ich konnte der Versuchung nicht widerstehen, Euch zu sehen und Euch meinen Dank auszusprechen.«

Eymerich verneigte sich, so weit seine stechenden Schmerzen das zuließen. »Ich bin es, der zu danken hat, Herr«, murmelte er und stellte die Stimme bewusst heiser. »Es ist das zweite Mal, dass Ihr mir das Leben rettet.«

»Diesmal ist das nicht mein Verdienst«, antwortete der Landesfürst und betrachtete den Inquisitor dabei mit unverhohlener Sympathie. »Nicht ich habe Euch den Aragonesen entrissen.«

»Aber Ihr habt meine Flucht gedeckt.« Während Eymerich sich wieder verneigte, überlegte er bei sich, dass die Worte des Richters erkennen ließen, dass er sich an Dezcastell erinnerte und zu wissen glaubte, wen er vor sich hatte. Doppelte Vorsicht war geboten.

»Seid Ihr nicht mittlerweile mein Untertan?« Der Judex lachte. »Ich lasse Euch umgehend in das Zimmer geleiten, das ich für Euch vorgesehen habe, hier in diesem Palast. Zuvor jedoch erlaubt mir ein Frage. Habt Ihr Euch eine Vorstellung machen können von den Kräften, über die Peter IV. verfügt?«

»Ungefähr. Es sind mindestens viertausend Mann, davon einige Hundert zu Pferd. Sie haben Belagerungsgerät aller Art und Vorräte für etwa zwei Monate. Die Schiffe habt Ihr gesehen.«

»Ja, die habe ich gesehen.« Marianos strahlendes Gesicht verdüsterte sich. »Viel hängt davon ab, wie lange wir standhalten können. Wenn den Aragonesen die Lebensmittel ausgehen, dann werden sie hier in der Umgebung nicht viel finden. Und Matteo Doria ist dabei, die Streitmacht aufzustellen, die unsere Belagerer von Süden her überfallen soll.« Er hob eine Hand. »Genug. Ich will Euch nicht länger von der verdienten Erholung und Pflege abhalten. Nur eines noch. Wisst Ihr, warum König Peter einen Inquisitor mitgebracht hat?«

Eymerich zuckte zusammen, konnte seine Betroffenheit aber hinter einem verneinenden Kopfschütteln verbergen. »Das frage ich mich auch. Er heißt Eymerich, Nikolas Eymerich. Vielleicht dient er ihm als Berater.«

»Welchen Eindruck hattet Ihr von ihm?«

»Ein frommer Pfaffe.« Dann brachte Eymerich einen Satz an, den er sich eigentlich für eine günstigere Gelegenheit zurecht gelegt hatte. »Er weiß wenig oder nichts von den Heilungen in der Neptunsgrotte.« Wenn Dezcastell ihn belogen hatte, dann wäre er jetzt in erheblichen Schwierigkeiten.

Mariano schien zusammenzuzucken, doch nur einen Augenblick. »Er weiß nichts? Umso besser. Doch jetzt sollt Ihr ausruhen. Bruder Lorenzo, begleitet diesen tapferen Freund in das besagte Zimmer und wacht darüber, dass Eure *infirmarii* ihm die sorgfältigste Pflege angedeihen lassen. Ich will ihn bald wieder gesund sehen.« Er lächelte wieder in der ihm eigenen warmen Art. »Da ist auch noch jemand anderer, der voller Ungeduld seine Genesung erwartet.«

Während er sich noch einmal verneigte und der Feudalherr sich entfernte, fühlte Eymerich, wie ihm ein Schauer über den Rücken lief. Auf wen hatte der Richter mit dem letzten Satz angespielt? Sollte Dezcastell verheiratet sein? Sicher, er hatte damit gerechnet, dass der Deserteur aus Valencia in Alghero Bekannte hatte, aber er hatte gehofft, dass die Krankheit, sein Status als Gefangener und ehemaliger Feind den Kreis der möglichen Beziehungen stark eingeschränkt hätte. Er fürchtete, seine Berechnungen könnten sich als falsch erweisen, aber bestimmt konnte er nicht den Mönch, der ihn begleitete, um Auskunft bitten. Es blieb ihm nichts anderes übrig, als weiterzuspielen und auf die Unkenntlichkeit der eigenen Maske zu vertrauen sowie auf seine Schläue.

Er wurde durch die schmucklose Vorhalle geführt, dann über einer Wendeltreppe, die ins erste Stockwerk führte. Dieses war düster und mit Fresken so grober Machart ausgemalt, dass es das Werk eines Dilettanten schien. An der Tür des Schlafzimmers angelangt, zogen sich alle Mönche zurück, mit Ausnahme von Bruder Lorenzo, dem Größten in der Gruppe. »Wie fühlt Ihr Euch?«, fragte der Benediktiner besorgt.

Eymerich tat alles weh. Die hageren und gespannten Züge seines Gesichts quollen nach und nach auf, und die Verbrennungen an Beinen und am Rücken verursachten ihm stechende Schmerzen. Trotzdem zwang er sich zum Gleichmut. »Ich glaube, wenn ich mich ausstrecke, geht es mir bald viel besser.«

Der Mönch nickte mit der Andeutung eines Lächelns. »Das glaube ich auch. Eure Wunden sind grauenhaft, aber sie scheinen mir nur oberflächlich. Ein Wundverband und ein erholsamer, langer Schlaf sollten Euch in wenigen Tagen wiederherstellen.« Er öffnete die Tür zu einem von Licht durchfluteten Zimmer, in dem ein großes Bett mit Baldachin stand, umgeben von Truhen. »Das Zimmer ist bescheiden, aber frei von Tieren. Ich habe es selbst überprüft, bevor ich Euch abholen kam.«

»Tiere?« Von einer schrecklichen Ahnung gestreift, vergaß Eymerich einen Moment lang die Schmerzen, die er litt. »Was wollt Ihr damit sagen?«

»Oh, das wisst Ihr ganz genau«, antwortete der Mönch gleichmütig. »Marianos jüngster Sohn ist an dem Unsäglichen gestorben, eben in diesem Zimmer. Doch jetzt besteht keine Gefahr mehr.«

Trotz seiner Schwäche verspürte Eymerich das unwiderstehliche Bedürfnis, wegzulaufen vor diesem Bett, das ihm jetzt verseucht erschien und von abartigen Formen des Lebens wimmelnd. Aber es gab keinen Weg, diesem Grauen zu entkommen. Scheinbar fügsam folgte er dem Mönch, während all seine Sinne ihm lauthals zur Flucht rieten. Mit angehaltenem Atem streckte er sich unter den Decken aus und achtete auf jedes Kribbeln, das er möglicherweise auf der Haut spüren könnte. Aber er fühlte keinerlei ekliges Kitzeln.

»Ich höre jemand auf dem Flur gehen. Das muss der *donnikellu* sein, der Euch besuchen kommt.«

»Der *donnikellu?*«

»Ja, der junge Ughetto. Habt Ihr Euren Schüler schon vergessen?«

Beunruhigt wollte Eymerich dem Mönch schon verbieten, irgendwelche Besucher vorzulassen, als in der Tür ein sechzehn- oder siebzehnjähriger Junge erschien, ein Lockenkopf mit lachendem Gesicht. »Asmar!«, rief der Junge aus. Dann stutzte er und blieb mit offenem Mund auf der Schwelle stehen.

Bruder Lorenzo lächelte. »Ja, es ist wirklich Asmar, Euer Katalanisch-Lehrer. Man hat ihn übel zugerichtet, aber er wird bald wieder bei Kräften sein.«

Eymerich wusste absolut nicht, was er sagen sollte. Sein Herz schlug so rasend, dass er ganz benommen wurde davon und die Schmerzen und den Albtraum der Parasiten vergaß. Er sah, wie das Gesicht des Jungen sehr ernst wurde, ja, einen drohenden Ausdruck annahm.

»Aber was habt Ihr denn, Ughetto?«, fragte Bruder Lorenzo besorgt.

»Das ist er nicht.« Der Ton des jungen Mannes war hart und kategorisch. »Ich weiß nicht, wer dieser Mann ist, aber er ist nicht Asmar.«

Der Mönch brach in Gelächter aus. »Jetzt könnt Ihr ihn nicht wiedererkennen, aber ich versichere Euch, er ist es wirklich.«

»Nein. Er ist es nicht.«

Trotz des Schreckens, der ihm in die Glieder fuhr, gelang es Eymerich, in scheinbar ruhigem Ton zu erwidern: »Ich bin es wirklich, Ughetto. Man hat mich beinah bei lebendigem Leib verbrannt, aber ich bin es.«

»Nein.« Der Gesichtsausdruck des Jungen verhärtete sich noch mehr. »Ihr könnt betrügen, wen Ihr wollt, aber mich nicht. Ihr seid nicht Asmar Dezcastell.« Brüsk wandte er sich um und ging aus dem Raum.

KAPITEL XIV

Forest Hills 1942
Die Biopathie der Krebserkrankung

Alexander Lowen streckte sich auf der Couch aus; er trug nur ein Paar Shorts. Die Frühlingsluft war warm in diesem Vorort von New York und ihm war nicht kalt. Reich trat zu ihm. »Ziehen Sie die Knie an und strecken sich dann aus. Lassen Sie den Unterkiefer fallen und atmen Sie mit offenem Mund.«

Lowen gab sich Mühe, die Anweisungen zu befolgen. Nach ein paar Augenblicken schüttelte Reich den Kopf. »Sie atmen ja nicht.«

»Doch, ich atme wohl. Andernfalls wäre ich tot.«

»Nein, Ihr Brustkorb bewegt sich nicht. Fühlen Sie meinen.« Er nahm die Hand des jungen Mannes und legte sie sich auf die Brust, sodass er Dehnung und Kontraktion seines Brustkorbs spüren konnte. »Haben Sie jetzt verstanden?«

Lowen nickte. Er begann, den Brustkorb beim Einatmen zu heben und beim Ausatmen zu senken. Ein paar Minuten lang sah Reich ihm zu, dann befahl er: »Jetzt lassen Sie den Kopf nach hinten fallen und machen die Augen weit auf.«

Lowen gehorchte. Einen Moment später drang ein lauter Schrei aus seiner Kehle, moduliert und schier endlos. Reich ließ ihn lange gewähren, dann sah er durch das weit offen stehende Fenster. Er bemerkte ein paar Nachbarn, die auf die Balkone heraustraten, um nachzusehen, was los war. »Jetzt heben Sie den Kopf wieder«, befahl er rasch. Lowen tat, was von ihm verlangt wurde. Der Schrei verstummte mit einem Schlag.

Reich lächelte. »Sind Sie noch immer überzeugt, keine Therapie zu brauchen?«

Fassungslos sah Lowen ihn an. »Aber was ist mit mir passiert? Mir war bewusst, dass ich schreie, aber gefühlsmäßig war ich völlig unbeteiligt. Ich fühlte weder Angst noch sonst etwas.«

»Versuchen Sie's noch einmal. Lassen Sie den Kopf nach hinten fallen und machen die Augen weit auf.«

Aus dem Mund des jungen Mannes drang wieder ein Schrei, spontan und sehr lang, bis Reich ihm befahl, den Kopf zu heben. Dann ließ er ihn aufrecht an der Kante der Couch sitzen. »Für heute ist es genug. Sie können sich wieder anziehen. Wie Sie sehen, gibt es etwas in Ihnen, was sich dem Bewusstsein entzieht. Eine Therapie ist unbedingt notwendig, wenn Sie ein guter Analytiker werden wollen.«

Lowen stand auf und zog sich Hemd und Hose an, die er auf einem Stuhl abgelegt hatte.

»Das hätte ich nie gedacht«, murmelte er, noch immer erschüttert. »Es war, als ob dieser Schrei nicht zu mir gehörte. Wie ist so etwas möglich?«

Reich ließ sich mit dem üblichen gutmütigen Gesichtsausdruck auf einen Stuhl fallen. »Das ist Vegetotherapie. Sie haben meine Vorlesungen doch gehört, Sie müssten etwas darüber wissen. Alte Hemmungen oder alte Traumata bauen chronische Muskelspannung auf, bis sich ein regelrechter Körperpanzer bildet, der den Fluss der vitalen Energie blockiert. Lockert man die Ringe des Panzers, können die erstarrten Gefühle nach und nach wieder zum Vorschein kommen. Man muss sie auf den ersten Blick erkennen und im Körper des Patienten zu lesen verstehen.«

»Und welche Gefühle haben Sie in mir gelesen?«

»Viele, aber eines, das alle anderen beherrscht: Angst.«

»Angst? Aber Angst wovor?«

»Ich weiß es nicht. Das wird sich erst im Lauf der Therapie zeigen.«

Lowen sah seinen Meister mit einer Art religiöser Ehrfurcht an. Reich bemerkte es und wehrte sofort ab. Wenn er etwas nicht leiden konnte, dann für einen Guru gehalten zu werden. »Kommen Sie, Alex, wir kennen uns jetzt schon ein Jahr. Diese Dinge wissen Sie mittlerweile. Was ist es, das Sie an meiner Methode nicht überzeugt?«

Lowen band sich die Schnürsenkel, dann hob er den Blick. »Es ist nicht Ihre Methode. Die finde ich ganz ausgezeichnet, und was eben geschehen ist, ist ein Beweis dafür. Es sind vielmehr die Voraussetzungen, die mir noch nicht klar sind.«

»Warum? Erklären Sie das.«

»Diese Energie, von der Sie sprechen. Um was für eine Energie handelt es sich dabei? Nein, sehen Sie mich nicht so an, ich kenne die Antwort schon. Die Orgonenergie, die dem elektrischen Strom ähnlich ist, aber langsamer, pulsierend und für Ionisierung unempfänglich. Ich habe die Bionen gesehen, ich habe ihre Bewegungen beobachtet. Aber ist dieser ganze biologische Apparat wirklich nötig, um die Psychopathologie zu begreifen? Ihre Therapie funktioniert, welcher Natur auch immer die daran beteiligte Energie ist, Orgonenergie, elektrischer Strom oder sonst etwas.«

Reich war klar, dass die Frage eine implizite Kritik an den Forschungen bedeutete, denen er sich nun schon seit einem Jahrzehnt widmete, aber er nahm Lowen das nicht übel. Sein Freimut und seine aufrechte Gesinnung lagen auf der Hand. »Wenn Sie nicht gleich gehen müssen, könnte ich versuchen, es Ihnen praktisch vorzuführen. Wollen Sie?«

»Ich habe so viel Zeit wie nötig.«

»Dann folgen Sie mir ins Labor.«

Das »Labor« war eigentlich ein Zimmer in Reichs

Wohnung, das voll gestopft war mit technischen Gerätschaften. Da waren zwei große Mikroskope, mehrere Oszillographen, ein Geigerzähler, Reagenzgläser in unterschiedlichen Größen und einige von ihm selbst entworfene Geräte. Eines davon war ein gewundenes Rohr, an dessen Ende ein Trichter saß. Ein anderes, das merkwürdigste von allen, war eine mannshohe Holzkiste, deren Innenwände mit Watte gefüttert und mit Metall ausgekleidet waren. Lowen betrachtete sie neugierig, machte aber keine Bemerkung.

Von einem der Regale nahm Reich ein Glasplättchen und legte es unter eines der Mikroskope. »Sie haben schon Bekanntschaft mit den Bionen gemacht«, sagte er, während er die Linse einstellte. »Ich glaube jedoch nicht, dass ich Ihnen von den T-Bazillen erzählt habe.«

»Sie haben sie mehrfach erwähnt, aber ohne ins Detail zu gehen.«

»Das werde ich jetzt tun. Schauen Sie und sagen Sie mir, was Sie sehen.«

Lowen beugte sich über das Mikroskop und sah lange hindurch. »Ich sehe ein paar blaue Bionen, umgeben von kleinen, schwarzen Formen. Nichts weiter, scheint mir.«

»Was Sie gesehen haben, ist der Auswurf eines gesunden Mannes«, erklärte Reich. Er nahm ein zweites Glasplättchen von einem Regal und legte es unter das andere Mikroskop. »Jetzt schauen Sie das hier an. Das ist der Auswurf eines Krebskranken. Fällt Ihnen etwas auf?«

Nach ein paar Augenblicken richtete Lowen sich verwundert auf. »Die schwarzen Formen sind hier viel zahlreicher. Anscheinend ist zwischen ihnen und den Bionen ein Kampf im Gange.«

»Ganz genau.« Befriedigt setzte Reich sich an einen Schreibtisch. »Die Bionen greifen die T-Bazillen an. Ich kann vorwegnehmend sagen, dass sie gewinnen werden, vorläufig jedenfalls.«

»Warum nur vorläufig?«

»Weil der Sieg der Bionen eine neue Generation von T-Bazillen vorbereitet, die diesmal unangreifbar sind.« Reich lächelte. »Ich sehe ein, dass das für Sie unverständlich klingt. Setzen Sie sich und ich erkläre Ihnen alles der Reihe nach, dann werde ich versuchen, Ihnen etwas vorzuführen.«

Lowen gehorchte. In seinem Gesicht war lebhafte Neugier, vermischt mit Staunen zu lesen.

»Sie wissen, dass die Bionen bei der Ausdehnung und Zersetzung der Materie entstehen«, begann Reich, weiterhin lächelnd. »Aber die Dekomposition der Proteine bringt im fortgeschrittenen Stadium diejenigen Elemente hervor, die ich T-Bazillen genannt habe. Sie haben sie gerade gesehen. Man braucht eine mindestens 2000-fache Vergrößerung, um sie erkennen zu können.«

»Wenn ich mich nicht täusche, benutzen Biologen nur selten Mikroskope von dieser Stärke«, bemerkte Lowen.

»Richtig. Vor sechs Jahren machte sich ein dänischer Biologe, ein gewisser Fischer, über meine Forderung lustig, mit einer derartigen Vergrößerung zu arbeiten. Er hat mir das so übel genommen, dass er dann, nachdem er in meinem Beisein die Bionen beobachtet hatte, überall herumerzählte, ich hätte ihm gewöhnliche Staphylokokken vorgeführt. Verstehen Sie? Staphylokokken!« Reich machte eine wegwerfende Geste. »Kommen wir zurück zu uns. Sie haben gesehen, dass im Auswurf oder im Gewebe eines Krebskranken die T-Bazillen überaus zahlreich und sehr aktiv sind. Es ist also ein innerer Zersetzungsprozess im Gang, der sehr weit fortgeschritten ist. An diesem Punkt greifen die Bionen, die ebenfalls aus der Zersetzung der Materie hervorgegangen sind, die T-Bazillen, ihre natürlichen Feinde, an und zerstören sie. In der Tat, wenn Sie blaue Bionen und T-Bazillen züchten und die Kulturen miteinander vermischen, bemerken Sie gleich, dass erstere die zweiten lahm legen und vernichten. Können Sie mir folgen?«

»Nicht ganz. Dann sind also Ihrer Meinung nach die T-Bazillen die Ursache für Krebs?«

»Ganz und gar nicht. Die ›Ursache‹, das werden Sie sehen, ist eine ganz andere. In der Phase, die ich Ihnen gerade schildere, sind die Bazillen noch harmlos. Versuchen Sie sich jedoch zu erinnern, was bei einer sprunghaften Zunahme der Bionen passiert. Erinnern Sie sich? Ich habe es Ihnen vor wenigen Monaten gezeigt.«

»Ich erinnere mich ganz genau. Die Bionen schließen sich in einer Membran zusammen und bilden ein Protozoon.«

Reich schlug mit der flachen Hand auf den Tisch. »Bravo! Genau das Gleiche passiert nun im Körper unseres Kranken. Die Bionenmasse verwandelt sich in ein Protozoon, das die Krebszelle ist. Die entwickelt sich selbständig weiter und greift die umliegenden Zellen an, löst auch in ihnen den Zersetzungsprozess aus sowie die Bildung neuer Bionen und neuer Krebszellen. Die protozoischen, amöboiden Zellen vermehren sich sprunghaft. Wenn nicht zuvor der Tod einträte – oder natürlich die Heilung –, würden die Krebszellen sich in regelrechte Amöben verwandeln. Ganze Körperteile würden sich zur Bildung eines einzigen, gigantischen Protozoons mit unbegrenztem Wachstum zusammenschließen. Nicht nur ich behaupte das. Leyden, Schadinn und andere berühmte Onkologen haben die Amöbenstruktur, von der ich eben sprach, beobachtet, ohne jedoch zu verstehen, wie sie zustande kommt.«

»Dann verursachen also diese Amöben den Tod.«

»Nicht ganz. Bevor sie Amöben im eigentlichen Sinn werden, zersetzen sich die Krebszellen, sie verwesen. Dieser Prozess geht sehr rasch vor sich und setzt eine ganze Generation von T-Bazillen frei, die diesmal zahlreich und aggressiv sind. Wenn der Tod nicht schon zuvor eintritt, weil der Prozess des Zellwachstums irgendein lebenswichtiges Organ befallen hat, so tritt er unweigerlich ein, sobald die T-Bazillen das Lymphsystem vergiften. Aber warten Sie, ich führe Ihnen das Geschilderte anschaulich vor.«

Reich entrollte eine an der Wand befestigte Leinwand, dann schaltete er einen 16 mm-Projektor ein. Er ging zu den Fenstern und schloss die Fensterläden. Nicht besonders deutliche Bilder von Muskelgewebe, aus dem sich bewegliche Blasen lösten, begannen vor Lowens erstaunten Augen abzulaufen. »Sehen Sie, hier, die Bionen, die sich aus der Verwesung des Epitheliums bilden. Und hier die T-Bazillen. Sehen Sie? Es sieht so aus, als würden die Bionen sie verschlingen. Und hier ein Agglomerat von Bionen in seiner Membran. Das ist schon ein Protozoon, das wächst. Die Endphase fehlt, aber Sie wissen ja nun, wie die aussieht.« Reich schaltete den Projektor aus und öffnete wieder die Fensterläden. »Das Ganze ist im Film enorm beschleunigt. Diese Prozesse laufen in der Realität natürlich viel langsamer ab.«

Lowen rieb sich die Augen. »Ja, ich glaube, ich habe verstanden. Mir ist jedoch nicht klar, was die Orgonenergie mit all dem zu tun hat.«

»Das erkläre ich Ihnen sofort«, antwortete Reich und nahm wieder auf seinem Stuhl Platz. »Was setzt den kanzerösen Prozess in Gang?«

»Die Zersetzung des Gewebes.«

»Und was löst die Zersetzung aus? Sicher, sie kann von einem chemischen Ereignis oder einem Trauma verursacht sein. Aber typisch ist ein anderer Fall.« Reich schwieg ein paar Augenblicke lang, um dem, was er sagen wollte, mehr Nachdruck zu verleihen. »Nehmen Sie ein in seinem Körperpanzer eingeschlossenes Individuum, die Muskeln von lebenslänglichen Hemmungen blockiert. Der Brustkorb ist fast unbeweglich, die Atmung oberflächlich, der Nacken steif, das Becken tot, die orgastische Potenz gleich Null. In einem solchen Individuum pulsiert die Energie nicht, die Blutversorgung ist schwach, der Sauerstoff gelangt nicht in ausreichender Menge in die Körperzellen. Was geschieht mit dem Gewebe? Ich will es Ihnen sagen: Es beginnt sich zu zersetzen. Aber nicht das Gewebe ist krank, die ganze Person ist es, die funktionale Einheit zwischen Psyche und biologischem Kern. Der Krebs ist keine Krankheit, er ist eine ›Biopathie‹, eine Erkrankung des Lebens. Und ich rede vom Krebs, weil ich den gerade untersuche, aber viele andere Störungen könnten die gleiche Ursache haben, die Schizophrenie eingeschlossen.«

Lowen schien sehr beeindruckt, doch es war klar, dass ihn irgendetwas noch immer nicht überzeugte. »Warum ›orgonische‹ Energie?«, fragte er weiter nach. »Kann nicht einfach die unzureichende Atmung den inneren Zersetzungsprozess auslösen?«

»Nein«, erwiderte Reich entschieden. »Es ist das ›Pulsieren‹, das die Atmung und alle anderen Lebensfunktionen anregt. Anspannung-Ladung-Entladung-Entspannung. Die Formel des Orgasmus, die Formel des Lebens. Doch es wird spät, wir sprechen besser nach der nächsten Sitzung weiter.« Er wollte aufstehen.

»Eine letzte Frage. Warum hat die Mechanismen, die Sie geschildert haben, noch nie jemand bemerkt? Ich meine die T-Bazillen, die Verwandlung der Bionen in Protozoen, die Biopathie der Krebserkrankung.«

»Weil jede These, lieber Alex, die auf die Sexualität Bezug nimmt, oder mehr noch, auf die Genitalität, außergewöhnlich heftige Reaktionen auslöst. Ich will nicht das Opfer spielen, aber nehmen Sie meinen Fall. Nachdem ich gezwungen war, von einem Land ins andere zu fliehen, um den Nazis zu entkommen, wissen Sie, was mir da am 12. Dezember des vergangenen Jahres passiert ist? Ich wurde vom FBI verhaftet und drei Wochen lang unter dem Verdacht, ein Nazi zu sein, eingesperrt! Und wissen Sie, wer hinter der Denunziation steckte? Ein angesehenes Mitglied der Internationalen Psychoanalytischen Vereinigung, jemand, der der These vom Todestrieb zuneigt und dem Konzept der Libido gegenüber feindlich eingestellt ist. Dies nur, um Ihnen zu sagen, welchen Hass die Lebensenergie auslöst.«

Reich stand auf und begleitete Lowen zur Tür. Dort legte er dem jungen Mann eine Hand auf die Schulter. »Machen Sie sich keine Sorgen, auch wenn sich Ihr Interesse auf die Vegetotherapie beschränkt. Sie können ein ausgezeichneter Analytiker werden. Sie haben das Zeug dazu.«

»Was ich möchte, ist berühmt werden«, bekannte Lowen treuherzig.

Reich lächelte. »Ich werde Sie berühmt machen.«

Als Lowen auf dem Gehweg stand, dachte er wieder an den Schrei, der vor einer Stunde von seinen Lippen gekommen war, und er runzelte die Stirn. Es sollte noch ein Jahr dauern und die Lockerung vieler Muskelblockaden erfordern, bis die Wahrheit ans Licht kommen konnte. Mit neun Monaten, als man ihn in einem Kinderwagen allein im Freien hatte stehen lassen, hatte er durch sein Weinen den Zorn der Mutter erregt. Da hatte er geschrieen und dieser Schrei war in ihm erstarrt und eingefroren, eingesperrt in dem Panzer, der den Fluss der Lebensenergie, der Orgonenergie, blockierte.

KAPITEL XV

Wunderheilung

Und dann waren da die ständigen Schmerzen von den Wunden und Verbrennungen. Zwar brachten ihm die vom *infirmarius* aufgetragenen Salben ein wenig Linderung; doch aus Angst, entdeckt zu werden, riss Eymerich die Wunden immer wieder auf, indem er mit einem groben Tuch darüber fuhr und brennende Kerzen daran hielt. Das verursachte ihm derart unerträgliche Qualen, dass er sich in diesen Momenten ein Tuch in den Mund stopfte, um nicht laut aufzuschreien. Der völlig zerrissene und ausgefranste Saum der Decke zeugte vom Ausmaß der Schmerzen, die er sich freiwillig zufügte.

Sein Gesicht war also immer noch schauerlich anzusehen, die Verbrennungen am Körper und vor allem an den Beinen verheilten allerdings rasch. »Das ist die Wirkung der schwarzen Galle, die bei Euch vorwiegt und Euch ein cholerisches Temperament verleiht«, erklärte der *infirmarius,* ein zierliches, freundliches Männchen. »Wie Ihr wisst, stehen die Choleriker im Zeichen des Feuers. Deshalb haben Euch die Flammen nicht allzu viel Schaden zugefügt. Eure Haut ist jung, wie bei jedem echten Choleriker, und wächst schnell nach, vor allem bei der trockenen Hitze, die wir hier haben. Das ist das ideale Klima für Euch, auch wenn es für andere tödlich ist.«

»Das sind bloße Theorien.«

»Nein, nein«, erhitzte sich der Mönch. »Ich bin von phlegmatischem Temperament und daher ein Freund des Wassers. Wenn ich mich in Eurer Lage befände, würden meine Wunden nur bei Regenwetter heilen. Bei dieser Hitze würde ich vermutlich sterben.« Eymerich zuckte die Achseln und erwiderte nichts.

Am siebten Tag, dem 9. Juli 1354, konnte er endlich vom Bett aufstehen und das Zimmer verlassen. Die Schmerzen waren so weit abgeklungen, dass er sich sogar in einem Zuber ein eiskaltes Bad genehmigen konnte, trotz der gegenteiligen Meinung des *infirmarius.* Bei Betrachtung der Glieder, die er so oft als nicht zu sich gehörig empfand, konnte er an den Wunden weder Parasiten noch Eiter entdecken. Es war Zeit, die Mission, die er sich vorgenommen hatte, zu Ende zu führen.

Am Nachmittag ließ er sich ein einfaches Gewand bringen und stieg von allen unbehelligt in die Vorhalle des Palasts hinunter. Er war erpicht darauf, die neuesten Nachrichten von der Belagerung zu erfahren, da die Benediktiner ihn rigoros von allem abgeschirmt hatten. Er hatte bei ihnen lediglich eine große Siegesgewissheit bemerken können, die so tief verwurzelt war, dass sie unbeirrt an ihrem gewöhnlichen Alltagsleben mit seinen eingespielten Abläufen festhielten. Auch das Essen war frisch und reichlich, Zeichen dafür, dass Alghero vorerst noch nicht allzu sehr unter der Belagerung der Aragonesen litt.

Dem Krieg begegnete er, als er auf die Straße hinaustrat, wo ihn die am Eingang postierten Wachsoldaten freundlich grüßten. Viele Häuser waren zerstört, bei anderen war das Strohdach abgebrannt. Die häufigen Attacken mit Steinen und Brandgeschossen, von denen er während seiner langen Bettlägerigkeit nur ein fernes Echo vernommen hatte, begannen der Stadt offenbar tiefe Wunden zuzufügen. Aber die Menschen schienen nicht sonderlich beunruhigt und gingen ihren täglichen Geschäften nach.

Er tauchte in die Gässchen rings um den Palast des Judex ein und studierte die Gesichter der Passanten.

Abgesehen vom kleinen Wuchs, der fast allen gemeinsam war, und einer ausgeprägten Entwicklung des Schädels wiesen sie unterschiedliche Merkmale auf. Einige hatten sehr dunkle Haut, ähnlich wie die Bewohner des Heiligen Lands oder gewisse Zigeuner; andere hingegen waren hellhäutig, aber überall im Gesicht behaart. Die sehr wenigen Frauen trugen lange, bis über den Kopf gezogene schwarze Mäntel, unter denen tiefschwarze, durchdringende Augen funkelten. Nur einige sehr junge Frauen gingen mit unbedecktem Kopf; sie trugen bestickte Blusen und Samtjoppen, ähnlich wie die arabischen Mädchen in Saragossa.

Eymerichs Ausflug dauerte nicht lang. Er war ausgegangen, um zu beobachten, doch er musste bald feststellen, dass er selbst im Mittelpunkt der Aufmerksamkeit stand. Gruppen von Stadtbewohnern traten aus den dunklen kleinen Läden, die sich in den ärmlichen zweistöckigen Häusern auftaten, und hefteten vor Neugierde funkelnde Augen auf hin. Ein Schäfer, der eine Herde aus sechs oder sieben Schafen vor sich her trieb, richtete lächelnd das Wort an hin. Was er sagte, kam dem Inquisitor aber nur wie eine Folge sinnloser Kehllaute vor. Schließlich heftete sich eine Schar splitternackter Kinder an seine Fersen und äffte ihn dreist in seinen Bewegungen nach.

Eymerich, der die Anonymität über alles liebte, begriff, dass er mit seinen vielen Narben im Gesicht nirgendwo unbemerkt bleiben würde. Er ging eilig zum Palast zurück und vollführte dabei wiederholt die Bewegung, als ob er eine Kutte hochheben wollte, die er nicht mehr hatte. Er fühlte sich tölpisch und lächerlich und dieses Gefühl brachte ihn maßlos auf. Ein von Stroh und Kot verdreckter Pfad führte ihn schließlich zu seinem Ziel. Doch genau in diesem Augenblick hörte er hinter sich einen lauten Knall, gefolgt von einem vielstimmigen Schrei.

Er drehte sich um. Ein Wurfgeschoss war auf eine Holzhütte gefallen und hatte sie dem Erdboden gleich gemacht. Zwei Frauen standen Hände ringend und weinend vor den Trümmern und klammerten sich an die Vorübergehenden, die in alle Richtungen flohen. Das war der Auftakt zu einem Angriff im großen Stil. Der Himmel war dunkel von riesigen Felsbrocken, unmittelbar gefolgt von brennenden Stoffbündeln, die von den Ballisten abgefeuert wurden. Das ferne Knarren der Federn an den Wurfmaschinen, zusammen mit ohrenbetäubenden dumpfen Schlägen, verkündeten, dass die Stadtmauer selbst unter Beschuss stand.

Die Hunderte von Kriegsmaschinen, die die Aragonesen mitgeführt hatten und die jetzt alle gleichzeitig zum Einsatz kamen, zeigten hier ihre tragische Durchschlagskraft. Rings um Eymerich fielen einige Häuser in sich zusammen oder gingen wie Reisighaufen in hellen Flammen auf. Die Panik war unbeschreiblich. Die Algheresen kamen aus ihren elenden Hütten gekrochen, auf der Suche nach einem Schutz, den es nicht gab. Einige schoben ihre Kinder vor sich her, andere trugen Alte im Arm, die von den Trümmern oder durch Splitter verletzt waren. Jetzt waren sehr viele Frauen unterwegs und sie schienen mit der Lage besser fertig zu werden als ihre Männer. Die eine oder andere raufte sich jedoch die Haare beim Anblick der Trümmer und des Haufens verkohlter Balken, die einst ihr Haus gewesen waren.

Eymerich beobachtete das alles, entsetzt und fasziniert zugleich. Er wusste nicht so recht, wohin er gehen sollte. Der Richterpalast war nahe, aber er vermutete, dass er das eigentliche Ziel des Beschusses war. Es blieb ihm nichts anderes übrig, als in die entgegengesetzte Richtung zu laufen, wohin auch die schreiende Menge sich wandte; doch er fürchtete, gestoßen und getreten zu werden, und das war für ihn schrecklicher als die Wurfgeschosse, die noch immer auf die Stadt herabhagelten. Er blieb mitten auf der Straße stehen, hin und wieder von kleinen und behaarten Individuen gestreift, die vornübergebeugt an ihm vorüberhasteten.

Dann hörte der Beschuss auf und vorübergehend trat Ruhe ein. Vermutlich luden die Aragonesen die *llebreres* und die Wurfmaschinen neu, was mindestens eine halbe Stunde in Anspruch nahm. Die Einwohner hielten in ihrer Flucht inne und machten kehrt, heftig gestikulierend und das Ausmaß der Zerstörung kommentierend. Einige weinten, andere schüttelten die Fäuste in Richtung des Feindes jenseits der Mauern. Vor dem Richterpalast bildete sich eine flüsternde Ansammlung von Menschen und ständig strömten aus den Gassen noch mehr herbei. In kurzer Zeit war der Platz von einer aufgeregten und zerlumpten Menge erfüllt, die um Schutz zu flehen schien.

Als Eymerich merkte, dass ihn niemand mehr beachtete, trat er in den Schatten eines Torwegs zurück und betrachtete reglos diese melancholischen und harten Gesichter, versuchte von ihren Lippen abzulesen. Aber da war nichts zu machen, ihre Sprache war zu schwierig. Er bemerkte jedoch, dass die Anzeichen von Panik schnell verflogen, als ob die Angst eines Augenblicks zuvor nur oberflächlich gewesen wäre und nun einer grundsätzlichen Zuversicht Platz machte, die unangetastet geblieben war.

Wie er erwartet hatte, erschien ein paar Augenblicke später Judex Mariano im Tor des Palasts. Nicht erwartet hatte er allerdings, dass er ohne Leibwache auf die Menge zugehen würde, lächelnd wie ein Vater beim Anblick seiner Kinder. Aus dieser Entfernung betrachtet, war die Gestalt des Landesfürsten alles andere als imposant; dennoch war Eymerich erstaunt über den Eindruck von Majestät, den er verbreitete, und von dem außergewöhnlichen Wohlwollen, das er auszustrahlen schien. Auch schien es ihm, als ob er von einer vagen Aura aus blauem Licht umgeben wäre, die vor dem dunklen Hintergrund der Palastmauern deutlich zu erkennen war. Das Licht verschwand jedoch, als Mariano in den hellen Sonnenschein hinaustrat, wo sich ihm eine Menge flehender Hände entgegenstreckte.

Nachdem er die Herbeidrängenden berührt und umarmt hatte, begann der Judex zu sprechen. Eymerich hätte nie gedacht, dass seine Stimme so machtvoll und mitreißend sein könnte. Von der Rede verstand er wenig, außer dass sie eine Aufforderung zu Standhaftigkeit und Geduld war. Er begriff jedoch den Sinn vieler lateinischer Wendungen und anderer Worte, die ihn, obwohl im Einzelnen unverständlich, doch beunruhigten. So spielte Mariano beispielsweise zweimal auf die Verwunschene Stunde an und beide Male mit drohend erhobenem Zeigefinger. Doch der Ausdruck, der den Inquisitor am meisten erschauern ließ, fiel gegen Ende der Rede, als der Judex offenbar den Schutz Gottes für die Menge herabflehte.

»Deus benedicat vos«, rief Mariano laut und mit bewegter Stimme. *»Jesus benedicat vos. Sardus Pater defendat vos a morbo innominando.«* Die Anwesenden senkten den Kopf und bekreuzigten sich.

Sardus Pater! Eymerich zuckte so heftig zusammen, dass seine Wunden wieder zu schmerzen begannen. Ja, er hatte richtig gehört. Irgendeine lokale Gottheit wurde dem einen, allmächtigen und einzig wahren Gott und Seinem Sohn zur Seite gestellt! Das war also die Ketzerei, die er vermutet hatte. Seine Augen wurden hart, und seine Hände ballten sich zu Fäusten. Er musste der Sache auf den Grund gehen, musste sofort herausfinden, wer dieser so hoch verehrte *Sardus Pater* war, und auch diese unnennbare Krankheit, die hin und wieder irgendwer erwähnte, um dann sofort zu verstummen. Er ging auf die Menge zu und bahnte sich mit Stößen einen Weg durch sie hindurch.

Mariano, der schon gehen wollte, sah ihn und lächelte. »Mein Freund! Es freut mich, Euch wohlauf zu sehen. Kommt. Es wird mir eine Ehre sein, wenn Ihr mit mir zu Abend speist.«

»Die Ehre ist ganz auf meiner Seite, Herr«, antwortete Eymerich mit einer Verbeugung.

Sie gelangten zum Eingang des Palasts, während die Algheresen voller Zuversicht zu ihren Geschäften zurückkehrten. Im Eingang drehte der Richter sich um und betrachtete den Inquisitor aufmerksam. »Lasst Euch ansehen. Warum schließen Eure Wunden sich nicht? Die Narben sind noch frisch, als ob Ihr Euren Peinigern eben erst entronnen wärt.«

»Die am Brustkorb, am Rücken und an den Beinen sind schon verheilt.«

»Merkwürdig. Da muss etwas sein, das nicht stimmt mit Eurem Blut. Kommt, ich will sehen, was ich tun kann.« Mariano seufzte. »Leider bin ich sehr müde und der Beschuss kann jeden Moment weitergehen. Die Bedingungen sind nicht ideal. Aber ich werde mein Möglichstes tun.«

Eymerich fragte sich, was der Fürst vorhaben mochte, aber er hütete sich wohl, danach zu fragen. Sie durchquerten die dunkle und schmucklose Vorhalle, in der die Wachen aufsprangen und die Köpfe entblößten. Mariano blieb vor dem Treppenaufgang stehen, vor einer halb offenen Tür. »Hier haben wir unsere Ruhe; meine Frau und meine Kinder sind es gewohnt, mir beim Heilen zuzusehen.«

Dem Inquisitor stockte das Blut. Ughetto würde bestimmt wieder an seiner Identität zweifeln. Aber es gab kein Zurück: Mariano war schon durch die Tür getreten. Widerstrebend folgte er ihm.

Zum Glück war Ughetto nicht da. Der Raum, den sie betraten, war mit viel Geschmack eingerichtet, eher ungewöhnlich in diesem finsteren Bau. Die Wände waren mit Zypressenholz getäfelt, auf denen die gängigen Musikinstrumente abgebildet waren. Mit Silber bestickte grüne Samtvorhänge waren üppig drapiert und passten gut zu den Bezügen der Sessel. Der leere Kamin war von beträchtlichen Ausmaßen, ebenso wie der lange Tisch, auf dem Blumengirlanden lagen, deren Blüten schon leicht verwelkt waren, aber immer noch dufteten. Man hätte meinen können, sich im Studierzimmer irgendeines kleinen Adeligen in Barcelona oder Saragossa zu befinden.

Bei den drei großen Fenstern saßen eine Frau und zwei Mädchen und stickten. Die Dame war mit Sicherheit Timbors de Rocaberti; sie hatte sehr schwarzes Haar und einen sehr blassen Teint, in Alghero eher eine Seltenheit. Sie sah die Eintretenden mit offenem und neugierigem Blick an, während sie die Handarbeit in die Falten ihres weiten Rockes sinken ließ. »Oh, Herr Dezcastell«, sagte sie in perfektem Katalanisch mit einem Lächeln, das ihr nicht schönes, aber liebenswürdiges Gesicht erhellte. »Wie es mich freut, dass Ihr Euch erholt habt! Ihr müsst Schreckliches durchgemacht haben.«

Eymerich verneigte sich tief, wobei er sich fragte, welcher Grad an Vertraulichkeit zwischen der Frau und dem wirklichen Asmar bestanden haben mochte. »Das ist nun alles vergessen, meine Dame«, sagte er mit gewollt heiserer Stimme. »Leider jedoch will mein Gesicht nicht recht heilen, wie Ihr seht.«

Timbors ließ ein silberhelles Lachen erklingen. »In der Tat, Ughetto erkennt Euch nicht wieder. Ich aber erkenne Euch wieder, und wie! Niemand in Alghero spricht so gut Katalanisch wie Ihr.«

»Aber die Stimme ist anders«, bemerkte die jüngere der beiden Töchter, ein etwa zwölfjähriges Mädchen, genauso blass wie die Mutter.

Eymerich, der sich bei Timbors' Worten enorm erleichtert gefühlt hatte, erstarrte wieder. Er wollte schon etwas erwidern, als das andere Mädchen, das wohl zwei oder drei Jahre jünger sein mochte und äußerst unbefangen wirkte, eingriff. »Du bist wirklich dumm, Berenice«, sagte sie ernst. »Fast so wie Ughetto. Dieser Mann war zur Hälfte verbrannt. Wie soll er denn da derselbe geblieben sein?«

»Eleonora hat Recht.« Der Judex hob Berenice gegenüber mit gutmütigem Vorwurf den Zeigefinger. »Es ist ein Wunder, dass Herr Dezcastell noch am Leben ist. Ich habe ihn hierher gebracht, um seine Wunden zu heilen.« Eymerich, der bisher den Atem angehalten hatte, atmete langsam und mit enormer Erleichterung aus.

»Warum bringt Ihr ihn nicht in die Grotte?«, fragte Timbors.

»Nein, es sind oberflächliche Wunden, da braucht es den Eingriff des Allmächtigen nicht.« Nach diesem rätselhaften Satz nahm Mariano Eymerich am Arm und führte ihn zu einem Sessel. »Setzt Euch jetzt und entspannt Euch so weit wie möglich. Nein, nicht so, zurücklehnen. Hat sich an den Wundrändern Eiter gebildet?«

Sehr erstaunt schüttelte der Inquisitor den Kopf. »Nein. Abgesehen von den Brandblasen, die sind aber schon verschwunden.«

»Sehr gut. Wirkliche Gefahr besteht, wenn das Fleisch verfault. Doch das geschieht nicht, wenn die Körpersäfte nicht verdorben sind, was wiederum von der Verderbnis der Seele und des Atems herrührt.« Mit diesen Worten legte der Judex Eymerich die rechte Hand auf Stirn, der unwillkürlich zurückwich. »Vorwärts, habt keine Angst. Alles was ich tun werde, ist, Euch einen Teil der Energie abzutreten, die ich in der Grotte geschöpft habe, sodass Eure Kräfte gestärkt werden. So wird der Fluss Eurer Lebensenergie kräftiger und Eure Wunden können besser heilen. Wie lange habt Ihr schon nicht mehr den Rundtanz um den *Menhir* getanzt?«

Erstaunt riss Eymerich die Augen auf: *»Menhir?«*

»Ja, diese Steine in Form eines Phallus. Ist es schon lange her, dass Ihr keiner Frau mehr beigewohnt habt?«

Diese unverblümte Frage traf Eymerich wie eine Ohrfeige. Er musste sich erst einen Moment lang darauf besinnen, dass der Judex ja nicht wissen konnte, dass er es mit einem Geistlichen zu tun hatte. Das verminderte freilich nicht seine Empörung über eine so sündhafte Neugier, obendrein in Gegenwart von drei Frauen. Seine Wut beherrschend, nickte er leicht.

Mariano schien seine Verwirrung nicht zu bemerken. »Ich nehme an, die Umstände haben Euch daran gehindert. Ich empfehle Euch, es so bald wie möglich zu tun. In der Vereinigung von Mann und Frau ist die Energie am wirksamsten. Kennt Ihr Hildegard von Bingen?«

»Ja«, antwortete Eymerich, der am liebsten aus dem Zimmer gelaufen wäre. »Hat sie nicht medizinische Traktate verfasst?«

»Ganz genau. Hildegard erklärt, dass die Vereinigung der Geschlechter aus drei Momenten besteht: *concupiscentia, fortitudo,* das heißt Macht, und *studium,* das bedeutet die fleischliche Verbindung. Das entspricht dem universellen Schöpfungsprinzip. *Concupiscentia* ist der Wille Gottes, *fortitudo* die Macht Gottes, *studium* ist die Vereinigung von Gottes Willen und Macht in der Erschaffung des Lebens. Indem er den Menschen nach seinem Bilde schuf, hat Gott ihm auch die Entsprechung zu seiner Schöpferkraft verliehen.«

Obwohl empört und entrüstet über derart blasphemische Aussagen, hielt Eymerich den Zeitpunkt für gekommen, einen riskanten Schritt zu wagen, der ihn auf für ihn weniger schwieriges Terrain zurückführen würde. »Gilt das alles auch für den *Sardus Pater?*«

»Gewiss«, antwortete Mariano ungerührt. »Nicht zufällig ist sein wahrer Name Sid Potente Baby. Dieses Potente ist eine Anspielung auf die Zeugungskraft, wie auch das *Pater.* Doch der Namen Gottes sind viele.« Mit einem breiten Lächeln nahm er die Hand von der Stirn des Inquisitors. »Gut, für heute würde ich sagen, ist es genug. Wie fühlt Ihr Euch?«

Eymerich wollte schon irgendetwas Belangloses antworten, doch als er sich im Sessel aufrichtete, verspürte er ein allgemeines Kribbeln, begleitet von einem Gefühl von Energie und Kraft, die etwas von Wohlbehagen hatten. Er führte die Hände ans Gesicht in der Befürchtung, die Wunden könnten verschwunden sein und sein wahres Gesicht erkennen lassen. Doch mit Erleichterung stellte er fest, dass sie noch offen waren, obgleich sie weniger schmerzten. »Es geht mir viel besser«, antwortete er, »aber die Wunden sind noch offen.«

Der Judex machte eine unbestimmte Handbewegung. »Oh, die können nicht von einem Moment auf den anderen verschwinden. Das Wichtige ist, dass die Lebensenergie in Euch wieder zu fließen begonnen hat. Die Wunden werden sehr rasch verheilen.«

Mühelos stand Eymerich auf, als ob seine Muskeln auf wunderbare Weise verjüngt wären. Er machte eine leichte Verbeugung. »Ich danke Euch, Herr. Ich fühle mich wirklich viel besser.«

»Bleibt Ihr zum Abendessen?«, fragte Timbors, die ihre Stickarbeit wieder aufgenommen hatte.

Eymerich war versucht anzunehmen, doch dann dachte er daran, dass er bei Tisch bestimmt Ughetto begegnen würde und damit Gefahr liefe, die Vorteile, die er bis zu diesem Zeitpunkt gesammelt hatte, wieder zu verlieren. »Ich danke Euch vielmals, aber ich habe keinen Appetit. Euer Gemahl hat meine Energien derart gekräftigt, dass ich mich gesättigt fühle wie nach einem üppigen Mahl.«

Mariano brach in Gelächter aus. »Offenbar übersteigt die Wirkung meiner Behandlung alle Erwartungen. Wir wollen nicht in Euch dringen. Ich bin allerdings gezwungen, Euch aufzuerlegen, dass Ihr die restliche Zeit Eurer Genesung im Benediktinerkloster verbringt. Wie Ihr gesehen habt, haben die Aragonesen alle ihre Wurfmaschinen auf diesen Palast gerichtet und Euer Zimmer ist eines der exponiertesten. Ich möchte nicht, dass meine Bemühungen durch ein gut gezieltes Wurfgeschoss zunichte gemacht werden.«

»Ganz wie Ihr befehlt, Herr«, antwortete Eymerich, froh, sich den Gefahren dieses Orts entziehen zu können. »Eure Gastfreundschaft war exzellent.«

Mariano trat auf den Flur hinaus und rief einen Soldaten. »Bring Herrn Dezcastell zu den Benediktinern. Frag nach Pater Lorenzo, und lass ihn in seiner Obhut.« Und zum Inquisitor gewandt sagte er: »Vor allem vergesst nicht, die Riten zu praktizieren, die Ihr auf dieser Insel kennen gelernt habt. Auf diesem Weg haben die Menschen teil an der Macht des Schöpfers und entgehen dem alten Verhängnis, das noch immer drohend auf uns lastet.«

Auf dieses Thema hatte Eymerich vom Beginn der Unterhaltung an gewartet und er hatte seine Hoffnung schon fast aufgegeben. »Meint Ihr den *morbum innominandum?*«

Mariano runzelte die Augenbrauen. »Genau das. Seit einiger Zeit macht der alte Dämon sich wieder bemerkbar. Ich habe versucht, ihn gegen die Invasoren einzusetzen, aber ich gestehe Euch, ich habe Angst. Ich fürchte, er gewinnt unkontrollierbare Macht. Ich möchte nicht, dass wir wieder zum Kindermord greifen müssen wie unsere Vorfahren.«

Mit einem Schlag hatte sich eine düstere Stimmung im Raum breit gemacht. Eymerich starrte den Richter an. »Kindermord?«, hauchte er und hoffte, nicht zu viel Erschütterung zu erkennen zu geben.

Der Judex nickte. »Ja, Ihr habt recht verstanden. Wenn der Dämon zu stark wird, ist das der einzige Weg, um ihn zu besänftigen, wenigstens für ein Weilchen. Jede

Familie in Alghero weiß das, aber alle verscheuchen den Gedanken lieber. Das solltet Ihr auch tun.«

Die Aufforderung klang wie ein Befehl. Verwirrt deutete Eymerich eine Verbeugung an und ging rasch hinaus.

Der Soldat, ein dunkelhäutiger Mann mit scharfen Gesichtszügen, führte ihn wortlos durch die Vorhalle und durch die Gassen, die sich vom Palast aus verzweigten. Trotz der Hitze und des eben erlittenen Schreckens waren viele Einwohner der Stadt auf den Straßen und emsig damit beschäftigt, die Schäden an Dächern und Fassaden der weniger betroffenen Gebäude auszubessern. Im Vorbeigehen musterte Eymerich sie verächtlich. Er war noch erschüttert. Er hatte es schon mit jeder Art von Häresie zu tun gehabt, doch noch nie mit einem phallischen Kult und einer derart zügellosen Befriedigung der Sinnlichkeit. Sicher hatte er in den Schriften der Kirchenväter verstreute Hinweise auf die schamlosen Sitten der Karpokratianer und Barbelognostiker gelesen, doch er hatte gemeint, diese gotteslästerlichen Bräuche seien schon seit geraumer Zeit ausgestorben. Die Häretiker, gegen die er vorgegangen war, hatten eher zu einer noch strengeren Askese als der Katholizismus geneigt, was im Extremfall bis zum Zeugungsverbot ging. Hier, auf dieser vermaledeiten Insel dagegen, pries man nicht nur Unzucht als Mittel zur Genesung, sondern versuchte das obendrein durch die christliche Botschaft zu rechtfertigen. Außerdem hatte Mariano Menschenopfer erwähnt, die dargebracht wurden, um einen unbekannten Dämon zu besänftigen. Er würde diesen perversen Kult mit aller Macht, die ihm zu Gebote stand, ausrotten müssen.

Die entfernter vom Palast gelegenen Gässchen schienen von den Steinschleudern und Brandgeschossen verschont geblieben zu sein. Läden mit Netzen und Tauen und ein penetranter Fischgeruch ließen auf ein hauptsächlich am Meer orientiertes Erwerbsleben schließen, das jetzt durch höhere Gewalt lahm gelegt war. Die Ladeninhaber und ihre Lehrlinge standen mit verschränkten Armen in den Türen und sahen auf die Straße, als ob sie ihre Geschäfte jeden Moment wieder aufnehmen könnten. Aber die Getreidesäcke waren halb leer und auf den Ladentheken lag der Staub. Trotzdem las man in den Augen der Leute keine Verzweiflung und auch keine Angst vor der Zukunft. Finster dachte Eymerich, dass sie auf eine mächtige Waffe vertrauen mussten, die er noch nicht kannte.

Das Benediktinerkloster, das an einer Straßenecke lag, war eigentlich ein bescheidener zweistöckiger Bau mit einem großen Holzkreuz darauf. Anderer Schmuck war nicht zu erkennen, und bei den Fenstern handelte es sich eigentlich nur um Schlitze, die in die Fugen zwischen den Steinen gehauen waren. »Wir sind da«, sagte der Soldat in gebrochenem Katalanisch. »Ich gehe Bruder Lorenzo holen.«

Er verschwand hinter dem niedrigen Portal des Gebäudes, das unbewacht offen stand. Wenig später tauchte er wieder auf in Gesellschaft eines Mönches um die fünfzig. Dieser war untersetzt und leicht gebeugt; er lächelte und entblößte dabei eine Reihe unregelmäßiger und schwärzlicher Zähne. »Willkommen, mein Sohn. Der Herr sei mit Euch.«

»Und mit Eurem Geiste«, erwiderte Eymerich und faltete die Hände.

»Ich bin der Bruder Pförtner. Bruder Lorenzo hat mit einem Kranken zu tun, der eben aus der Grotte zurückgekommen ist. Ein schwieriger Fall, ich fürchte hoffnungslos. Wollt Ihr warten oder zieht Ihr es vor, gleich zu ihm zu gehen?«

Bei der Vorstellung, das Zimmer eines Schwerkranken zu betreten, überlief es Eymerich eiskalt. »Ich warte, danke.«

»Dann kommt mit mir. Da ist noch ein anderer Besucher, den Ihr, glaube ich, gut kennt.«

Der Satz beunruhigte Eymerich. War es möglich, dass sich bei jedem seiner Schritte eine Falle auftat? Bis zu diesem Augenblick war er allerdings noch allen erfolgreich ausgewichen. Er folgte dem Pförtner in höchster Alarmbereitschaft.

Das Innere des Klosters war schlicht, aber alles andere als hässlich. Im Halbdunkel erkannte man Fresken von guter Machart, elegante Kassettendecken, Truhen mit Intarsienarbeiten und ein großes byzantinisches Kruzifix. Es herrschte tiefe Stille, unterbrochen nur vom Geräusch ihrer eigenen Schritte und vom fernen Schlurfen eines Mönchs.

Sie gingen durch die Vorhalle und einen Korridor und wollten gerade eine Treppe hinaufsteigen, als plötzlich eine Tür aufflog. Heraus kam rückwärts Bruder Lorenzo, völlig außer Atem und heftig gestikulierend. »Lasst ihn nicht hinaus!«, rief er. »Ich hole einen Strick, haltet ihn fest.«

Aus dem Raum kam ein gellender Schrei, der in einem Gurgeln endete. Bruder Lorenzo trat rasch zurück und schloss die Tür mit einem heftigen Knall. Als er sich umwandte, wäre er fast mit Eymerich zusammengestoßen. »Oh, Ihr seid es!« Er sah den Bruder Pförtner an. »Gibt es hier irgendwo einen Strick?«

»Ich hole ihn gleich.« Der Mönch lief eilig davon.

Lorenzo holte tief Luft. Er wirkte erschöpft. »Man hat mir einen armen Kerl gebracht, der eben aus der Grotte kam. Er ist besessen und gebärdet sich wie wild. Die Dämonen, die er in sich hat, spannen seine Haut und drücken dagegen, weil sie herauswollen.«

Eymerich erschauerte. Er warf einen Blick auf die verschlossene Tür. »Führt Ihr einen Exorzismus durch?«, fragte er mit heiserer Stimme.

Statt einer Antwort murmelte der Mönch: »Noch nie habe ich Tanit so mächtig gesehen. Noch nie.«

Tanit! Eymerich erinnerte sich an die Worte, die der Vicomte d'Illa in seiner Besessenheit gesagt hatte: »Es ist Tan …, es ist Tan …« Tanit, offenbar. Ob dieser von allen gefürchtete Dämon, diese von Dezcastell angerufene geheimnisvolle Gottheit, der *morbum innominandum* war? Aber wer oder was war Tanit? Mit unaussprechlichem Ekel malte er sich ein missgestaltetes Wesen aus, das im Inneren der Körper Leben annimmt, sich von Blutgefäßen und Gewebe ernährt und dort seine widerwärtige Brut ablegt. Er wollte schon Bruder Lorenzo fragen, doch in dem Moment kam der Pförtner mit einem dicken Seil wieder. »Geht das hier?«

»Ich glaube, ja.« Bruder Lorenzo ergriff das Seil und öffnete die Tür mit einem Fußtritt. Hinter ihm schloss sich die Tür sofort wieder. Wieder hörte man einen Schrei, lang anhaltend, gellend, dass es in den Ohren wehtat.

Wie gelähmt starrte Eymerich auf die geschlossene Tür. Der Bruder Pförtner zog ihn am Ärmel. »Kommt. Hier zu bleiben, kann gefährlich sein.«

Der Inquisitor riss sich los. Er stieg die Treppe hinauf, die Seele in Aufruhr. Er musste diese höllische Stadt unbedingt verlassen. Aber wie sollte er das tun, wenn er die Geheimnisse, die sie verbarg, nur gestreift hatte? Nein, er war gezwungen zu bleiben, auch wenn dieser Aufenthalt zu einem unablässigen Albtraum wurde. Der Name Tanit war ihm vertraut: Er verband sich in seinem Geist mit etwas Grausamem, Schlüpfrigem und Verborgenem. Eine Synthese aus seinen am tiefsten verwurzelten Ängsten.

Das obere Stockwerk war weniger dunkel, dank der Fensterschlitze, die etwas vom Licht des Nachmittags einfallen ließen. Er folgte dem Benediktiner durch einen mit Stroh ausgestreuten Gang bis zu einer Tür, die nur mit einem Tuch verhängt war.

»Da sind wir, macht es Euch hier bequem«, sagte der

Bruder Pförtner. »Bruder Lorenzo kommt zu Euch, sobald es möglich ist.« Er lächelte. »Gleich werdet Ihr einen alten Freund wiedersehen.«

Eymerich verbannte alles andere aus seinem Geist und konzentrierte sich ganz auf die unmittelbar bevorstehende Gefahr. Und die Gefahr war sogar schlimmer, als er gedacht hatte. Auf einer Truhe in dem mit groben Holzbohlen getäfelten Raum saß der junge Ughetto d'Arborea, ganz versunken und mit dem Saum seiner Seidenjacke spielend.

Eymerich atmete tief durch und trat ein, gefasst und auf der Hut.

KAPITEL XVI

Vierte Sitzung. Donnerstag

Unruhig schaute Reich von der Decke durch die Gitterstäbe seiner Zelle in die Dunkelheit des Gefängnisgangs hinaus. Er wusste, der Unbekannte, der sich Eymerich nannte, würde heute wiederkommen, und er hoffte, sich noch vor dem Treffen losmachen zu können. Aber das war nicht leicht.

Er hing in der Luft an feinen Fäden, die ihm nicht nur die Hand- und Fußgelenke, sondern sämtliche Gelenke einschnürten. Ein knallroter Faden, kräftiger als die anderen, hielt seinen weißen Haarschopf und zwang seinen Kopf in eine merkwürdig schiefe Stellung. Auf dem Boden unter ihm bildete ein Heer von Skolopendern einen ruhelos wimmelnden Teppich aus Knoten und Wülsten.

Er bemerkte die Schmerzen schon fast nicht mehr. Sie waren Teil von ihm geworden, irgendwie ein normaler Zustand. Der einzige Schmerz, an den er mit Grauen dachte, war im Grunde der geringste: Der leichte Einstich der Spritze von der unsicheren Hand des Gefängnisarztes. Alles Übrige, vom dauernden Erbrechen bis zu den Krämpfen im Magen, war zweitrangig im Verhältnis zu dieser schrecklichen Verwundung.

Sein Blick fiel auf den Kalender. Er war wie immer weiß, aber jetzt stand da DONNERSTAG. Die Angabe wirkte lächerlich: in welchem Jahr und welchem Monat?

Und da war er, der Unbekannte. Unbemerkt war er aus dem Dunkel aufgetaucht. Er war nur ein schwarzer Umriss, die Augen aber leuchteten. Und er bewegte sich unhörbar, ohne die Glieder zu rühren. Bei seinem Näherkommen stoben die Skolopender in alle Richtungen auseinander, wodurch ein spiegelblanker Fußboden sichtbar wurde, der mit schwarzen, spiralförmigen Schnörkeln verziert war.

Der Besucher schaute zu Reich hinauf. »Guten Tag, Herr Doktor. Freuen Sie sich, Ihren Patienten wiederzusehen?«

»Ich habe keinen Patienten.«

»Ach nein? Erinnern Sie sich nicht mehr an mich? Erinnern Sie sich nicht an meinen Namen?«

»Doch, ich erinnere mich daran. Sie heißen Modschu.«

Der Schatten zeigte Verwunderung. »Modschu? Was heißt das?«

Reich hatte unwillkürlich gesprochen, ohne nachzudenken. Er brauchte einen Augenblick, um aus dem Gedächtnis die logische Erklärung zutage zu fördern. »Das ist ein Wort, das ich geprägt habe, aus den Anfangsbuchstaben der Namen von zwei Folterknechten. Mocenigo und Dschugaschwili. Sagen Ihnen die nichts?«

»Nein, nichts. Erklären Sie sich deutlicher.«

»Mocenigo war der Mann, der Galileo an die Inquisition ausgeliefert hat. Und Dschugaschwili ist Stalin, der aus der Idee der Gleichheit eine Zwangsherrschaft gemacht hat.«

»Nie gehört. Und dabei weiß ich über die Inquisition wirklich so gut wie alles.« Der Schatten kicherte. »Und das war Modschu, der Sie da oben festgebunden hat?«

Mit einem Schlag wurde Reich wieder bewusst, in welcher grotesken Lage er sich befand. Er empfand tiefe Scham darüber, die er durch betont unbeteiligtes Sprechen zu überspielen versuchte. »In gewisser Weise, ja. Modschu versucht die Energieströme in meinem Körper durch immer engere Fesseln abzuschnüren, aber das gelingt ihm nicht. Es gelingt ihm lediglich, mich zu demütigen.«

»Und Modschu, das bin ich?«

»Nicht nur Sie. Modschu, das ist der kleine Mann: der Akademiker, der Frömmler, der Fanatiker, der Nazi. All diejenigen, die den Tod verherrlichen und das Leben verachten.«

Der Schatten schien zu nicken. »Und welche Gefühle rufen all jene in Ihnen wach? Hass? Verachtung?«

»Nein. Vor allem Angst.«

Wieder war da das Kichern, diesmal aber lauter. »Ihr Gedächtnis lässt nach, Herr Doktor. Erst gestern haben Sie mir erklärt, wer den Fluss seiner Lebensenergie spürt, weiß nicht, was Angst ist. Warum widersprechen Sie sich?«

Plötzlich spürte Reich, wie alle Fäden festgezurrt wurden und ihm bis auf die Knochen in Arme und Beine schnitten. Er versuchte zu schreien, doch statt der Stimme drang ein schwarzer Schwall von Erbrochenem aus seinem Mund und bildete auf dem Fußboden neue Spiralen. Der rote Faden riss ihn an den Haaren und zwang ihn, den Kopf zu heben und den Schaum hinunterzuschlucken. Die Scham wurde so heftig, dass sie ihm wie ein glühendes Eisen durch den Körper fuhr.

»Für einen Mann in Ihrem Alter schickt sich so etwas nicht«, bemerkte der Schatten und beugte sich zum Boden hinunter, wie um ihn zu untersuchen. »Ein Wissenschaftler noch dazu! Wie soll ich mich von einem Arzt behandeln lassen, der nicht einmal seine eigenen Gedärme im Griff hat?«

Auf einmal konnte Reich wieder sprechen. »Modschu zwingt die Menschen in unnatürliche Stellungen!«, schrie er. »Er quält sie, seziert sie, verpasst ihnen Elektroschocks und tausend andere Torturen. Deswegen macht er mir Angst. Er ist wie eine Spinne, die lebendige Wesen in ihrem Netz fängt und zur Unbeweglichkeit zwingt.«

»Eine Spinne, sagen Sie? Wie die da?«

Der Schatten streckte einen Finger aus. Reich blickte in die angegebene Richtung und sah eine riesige Spinne, die in ihrem Netz hing, dessen Fäden unter ihr nachgaben. Die dünnen Beine waren unverhältnismäßig lang im Vergleich zu dem kleinen, behaarten Körper. Das löste unerwartete Heiterkeit in ihm aus. »Spinnen gehören zu dem, was Sie fürchten, nicht zu dem, wovor ich Angst habe! Ich habe Ihr Spiel durchschaut. Sie haben eine solche Angst vor Insekten, dass Sie meinen, alle müssten sie teilen!«

Der Schatten erschauderte und gab dadurch eine gewisse Unruhe zu erkennen. »Und Sie, welche Erklärung haben Sie für meine angebliche Angst, vorausgesetzt, es gibt sie?«

»Es ist die Angst vor Berührung.« Teilnahmslos beobachtete Reich das Ungeheuer, das mit komplizierten Tanzschritten vom einen Ende des Netzes zum anderen hastete. »Die Oberfläche Ihres Körpers ist völlig ohne Energie. Die haben Sie vor langer Zeit unter dem Druck eines namenlosen Schreckens in Ihr Körperinneres abgezogen, genauso wie es in Paniksituationen mit dem Blut passiert. ›Bleich werden vor Schrecken‹, haben Sie diesen Ausdruck je gehört?«

»Machen Sie weiter«, befahl Eymerich mit einer gewissen Unsicherheit in der Stimme.

»Sie glaubten, Ihre Haut unempfindlich zu machen, aber Sie haben sie nur kalt gemacht und die Wärme der anderen abstoßend. Eine Liebkosung ist für Sie ein ebensolcher Angriff wie eine Ohrfeige. Im Übrigen, wer streichelt schon gern ein kaltblütiges Tier? Sie sind sich dessen bewusst, aber Sie können es sich nicht erklären und leiden darunter. Sie selbst haben vergessen, wie man liebkost, und können nur zuschlagen. Jede andere Form der Berührung ist Ihnen verwehrt.«

»Und was haben die Insekten damit zu tun?«

»Sie symbolisieren den Überfall, den Angriff. Sie fallen von Zweigen oder von Zimmerdecken, sie kriechen überall hin und bewegen sich auf unvorhersehbaren Bahnen fort. Und Sie wollen nicht berührt werden. Ihr höchstes Ziel ist es, reiner Geist zu sein.«

»Das ist das Ziel jedes Gläubigen«, erwiderte der Schatten, aber man sah, dass er sich in Schwierigkeiten befand.

Reich bemerkte seinen Vorteil. Er musste ihn umgehend nutzen: Die Reaktion seines Gesprächspartners würde bestimmt grausam ausfallen. Er zögerte jedoch einen Augenblick zu lang.

»Wie hieß Ihr Vater?«, fragte der Schatten unvermittelt. »Vielleicht Modschu?«

Die Fäden spannten sich wieder straffer und veränderten dadurch seine Lage. Die Spinne fiel und verschwand im Nichts. Reich fühlte, wie die Schnüre ihn an den Füßen hochzogen, sein Kopf aber baumelte nach unten. Nur der knallrote Faden war lockerer geworden, aber in der neuen Position brauchten seine Haare nicht mehr gehalten zu werden.

Er sah den Fremden verkehrt herum, aber dadurch konnte er ihn genauer erkennen. Er sah das Dominikanerhabit und das strenge Gesicht. Aber der Mund war völlig verschwunden.

»Mein Vater hieß Leon«, sagte er rasch, in der Hoffnung, sich durch seine Aufrichtigkeit eine weniger schmerzhafte Position zu verdienen. »Er ist nicht Modschu.«

»War er Ihr einziger Vater? Sie wissen, was ich meine.«

»Nein, ich hatte auch andere Väter. Freud, die Kommunistische Partei, die Psychoanalytische Vereinigung, das amerikanische System. Einige davon waren Modschu, andere nicht. Aber Leon hat nichts damit zu tun.«

Eymerich schüttelte den Kopf. »Sie verschweigen schon wieder etwas.« Er trat zu Reich, ergriff den roten Faden und zog etwas daran. Nicht so fest, um ihm wehzutun, aber doch fest genug, um ihm zu verstehen zu geben, dass er es tun könnte. »Sie sind ein verlogenes Kind.«

»Oh, versuchen Sie es nicht mit solchen Tricks bei mir. Sie kriegen mich nicht in die Regression. Ich kenne diesen Vorgang nur zu gut.«

»Sie waren es, der gestern gesagt hat, ich wäre Ihr Vater. Sehen Sie, dass Sie selbst der Erste sind, der das nicht glaubt?«

»Ich habe es Ihnen doch erklärt. Mein Vater ist nicht Modschu.«

Eymerich riss heftiger an dem Faden. »Hören Sie auf zu lügen. Hat Leon Sie geschlagen?«

»Ja, aber das war nichts. Was ich an ihm fürchtete, waren die Augen.«

»Warum? Was hatten die?«

»Sie waren schrecklich. Ich erinnere mich nicht, von ihm je eine Zärtlichkeit, eine Liebkosung erfahren zu haben. Nur Blicke, die einen erschaudern ließen. Ich und meine Mutter hatten wahnsinnige Angst davor. Mein Bruder weniger, aber der war blond. Mein Vater liebte blonde Menschen und hasste schwarze Haare wie meine.«

Reich sagte sich, dass sich das Gespräch im Kreis drehte. Bis jetzt sah es so aus, als würde der Mann unter ihm aus Rache für einen Moment der Schwäche auf gut Glück beliebige Themen ausprobieren, auf der Suche nach einem, mit dem er ihn verletzen konnte. Es sah jedoch so aus, als könnte er es nicht finden. Das hatte zur Folge, dass die Übelkeit schwand, die Magenschmerzen ließen nach und sogar dieses nach unten Hängen wie ein riesiger Kokon war nicht länger Quelle der Scham. Sollte der Fremde wirklich keinen verborgenen Stachel haben? Wer Insekten hasst, beträgt sich oft wie sie.

Eymerich ließ den roten Faden los und ging durch den Raum, und zwar so, dass Reich ihn nur aus den

Augenwinkeln sehen konnte. Offenbar war er nicht der Typ, der in eigener Person und bei hellem Tageslicht Schmerzen zufügte, außer mit Worten. Aber was mochte er im Schilde führen?

»Sind Sie Jude?«, fragte er plötzlich.

Reich war perplex. Er reagierte mit einer umständlichen Antwort. »Betrachtet man das Judentum als eine Angelegenheit der Rasse, muss ich mit ja antworten. Versteht man es dagegen als Religionsgemeinschaft, so bin ich ihm immer fern gestanden. Mehr noch, ich habe es aus ganzem Herzen verachtet. Dem Christentum konnte ich etwas mehr abgewinnen.«

»Dann sind Sie also Jude«, bemerkte Eymerich, als ob Reich nichts gesagt hätte. »Ich nehme an, Leon war es auch.«

»Er verbot mir, Jiddisch zu sprechen, weil er es für sozial deklassierend hielt. Seine Zugehörigkeit zur jüdischen Religion war rein formal.«

»Wissen Sie, wie Judenhasser sich den Juden vorstellen?«

»Sicher weiß ich das. Schmuddelig, habgierig und auf die Genüsse des Fleisches erpicht. Hitler brachte die Juden mit der Syphilis in Verbindung … Ach was, ich glaube nicht, dass Sie wissen, wer Hitler war.«

»Und es interessiert mich auch nicht«, sagte Eymerich irritiert. »Entsprach Ihr Vater diesem Bild von Schmutz und Fleischlichkeit?«

»Gewiss nicht! In puncto Moral war er sehr streng, auch wenn ich nicht sagen könnte, dass er ein Puritaner war. Das Sexualleben interessierte ihn ganz einfach nicht besonders und auch die anderen sollten sich nicht dafür interessieren.«

»Das dürfte seine Reaktion bei der Entdeckung des Betrugs seiner Frau verschlimmert haben.«

Der Satz war leichthin gesagt und doch musste er der Auftakt zu dem so sehr gefürchteten Hinterhalt sein. In der Tat fühlte Reich, wie ihm die Fesseln noch tiefer ins Fleisch schnitten, sodass er das Gefühl hatte, Hand- und Fußgelenke würden ihm mit einer riesigen Schere durchschnitten. »Nun, das ist klar«, räumte er mit piepsender Stimme ein.

»Und Sie haben Ihr Leben damit zugebracht, eine Rechtfertigung für diesen Schmutz zu suchen. Haben Strömungen ins Spiel gebracht, Energien, unkontrollierbare Kräfte. Alles um zu beweisen ... Ziehen Sie selbst den Schluss.«

Reich, der ahnte, worauf das hinauslief, machte einen verzweifelten Versuch, den Gesprächspartner abzulenken. »Dass die Juden keine Schuld haben?«

»Nein. Sie interessierten sich nur für eine Jüdin, Ihre Mutter. Jahrzehnte haben Sie mit dem Nachweis zugebracht, dass sie nicht schuldig war, dass sie einfach nur den Gesetzen der Natur gehorcht hat.«

»Nein!« Reich fühlte, wie die Fäden sich so sehr spannten, dass er befürchten musste, gevierteilt zu werden. Aber die Drohung, die über ihm hing, musste noch eine andere sein, denn trotz des Schmerzes blieb seine Lage unverändert. »Nein, das ist nicht so!«

»So ist es. Und Sie wissen genau, was das bedeutet. Los, sagen Sie es mir.«

»Nein!«

»Dann sage ich es Ihnen. Auch als Erwachsener noch haben Sie Ihre Mutter für schuldig gehalten. Sie haben sie weiterhin mit den Augen Ihres Vaters gesehen! Teilten Sie nicht Leons Feindseligkeit gegenüber den Juden? Haben Sie sich nicht selbst zur Frau gemacht, bloß um eine Rechtfertigung für Ihre Mutter zu finden? Niemand, der unschuldig ist, braucht eine Rechtfertigung! Aber Sie übernahmen die Sichtweise Ihres Vaters. Deshalb ist Ihnen der Verrat so leicht gefallen. Und ich möchte wetten, dass sich die Beziehungen zu Leon im Lauf der Zeit verbessert haben. Stimmt das oder nicht?«

»Es stimmt, aber die Dinge liegen nicht so, wie Sie sagen.«

An diesem Punkt erwartete Reich sich erneutes Reißen und Spannen der Fäden. Hingegen verschwamm die gesamte Umgebung und er fand sich wieder einmal zusammengekauert auf seiner Pritsche wieder. Bevor auch Eymerich verschwand, ausgelöscht vom Wiedereinsetzen einer prekären Normalität, konnte er noch die höhnischen Worte hören, mit denen er sich von ihm verabschiedete:

»Bis morgen, Modschu!«

KAPITEL XVII

Die Kinder der Zukunft (4)

Das Militärflugzeug mit dem Kennzeichen der Interföderalen Truppen Amerikas kam nach der Landung zum Stillstand. Oberleutnant Kilduff öffnete die Tür und streckte den Kopf heraus. Die Gangway wurde von Männern mit Helm und Sichtschutz herangefahren. Der Wind kräuselte ihre Asbestanzüge.

Er wandte sich zu der Gruppe um, die sich hinter ihm drängte. »Zuerst steigen die Kranken aus. Alle anderen danach.«

Mit einem leichten Klicken rastete die Gangway an der Flugzeugwand ein. Kilduff trat zur Seite und winkte mit dem Blatt in seiner Hand. »Los, aussteigen! Im Vorbeigehen nennt ihr mir euren Namen, Alter, Herkunftsland und Status.«

Der Erste, der sich vorwagte, war ein äußerst magerer, gelbgesichtiger Mann, der sich auf einen Stock stützte. »Frank Jameson«, murmelte er, »48 Jahre. *Confederation of Free Amerika.* HIV-positiv.«

»Alles Gute, Frank. Los, der Nächste.«

Ein kleiner Junge trat vor den Offizier und blickte leicht beunruhigt auf den Spalt, der zwischen der Gangway und dem Flugzeugrumpf geblieben war. Vielleicht fürchtete er, er könne sich jeden Moment weiter öffnen. »Jim Adamic«, murmelte er.

»Los, mach weiter: Alter, Land und Status.«

»Acht Jahre, *Union of the American States,* Sichelzellenanämie.«

»Gut, Jim, steig ruhig aus. Der Nächste.«

Es folgten noch zwei anämische Kinder, dann kam ein

Junge mit kastanienbraunem Haar und in Kleidern, die einmal sehr elegant gewesen sein mussten. »Felix Addir, 15 Jahre. *Union of the American States.* Aufsässig.«

»Ah.« Kilduffs Gesichtsausdruck verhärtete sich etwas. »Ich hatte gesagt, erst die Kranken. Sind sonst noch Aufsässige dabei?«

Zwei Hände gingen in die Höhe. Der Offizier machte ihnen Zeichen, sie sollten näher kommen. »Eure Namen«, sagte er, während er die Liste durchsah.

»Milton Seed, 14 Jahre, *New American Federation.*«

»Seamus Bubey, 15 Jahre, *Confederation.*«

»Ist gut, steigt aus. Wollen wir hoffen, dass die Luft in Lazzarett euch auf andere Gedanken bringt.«

Die beiden Jungen gehorchten und sahen sich sofort um. Die Luft war ganz und gar nicht frisch; im Gegenteil, sie war brütend heiß. Der Flughafen war sehr klein und von elektrisch geladenen Paneelen eingefasst, die ein leises Summen vernehmen ließen. Die einzigen Soldaten, die zu sehen waren, waren auf dem Wachturm postiert, bewehrt mit Stahlhelmen und Panzerjacken; im Übrigen sah man Männer in Asbestanzügen, sowohl bei den Hangars als auch beim Ausladen des Gepäcks am Flugzeug. Zwei weitere Flugzeuge standen weiter drüben, am Ende einer anderen Rollbahn. Sie trugen Aufschriften in anderen Sprachen.

Seamus trat zu Felix Addir, der aufmerksam einen runden, gelb-rötlichen Turm betrachtete, den man außerhalb der Einzäunung sehen konnte. »Was habe ich dir im Flugzeug gesagt? Wir sind nicht in Amerika. Die Reise war zu lang.«

Felix lächelte schwach. »Tut mir Leid für dich. Die Flucht in die *Union* ist aufgeschoben.«

»Nach allem, was du mir erzählt hast, glaube ich nicht mehr, dass die *Union* das ideale Land ist.«

Milton Seed kam auf die beiden zu. »Es scheint hier gar nicht so übel zu sein. Man kann das Meer riechen.«

Felix zuckte mit den Achseln. »Bisher haben wir nur den Flughafen gesehen. Warte erst mal ab.«

Noch ein sehr magerer Mann an Krücken stieg aus dem Flugzeug. Eine Frau, die an die Tür getreten war, wurde von dem Offizier brutal zurückgestoßen. »Zurück da. Die Frauen kommen in eine andere Kolonie.« Dann machte Kilduff einem der Männer ein Zeichen und der kam näher. »Das war unsere ganze Ladung. Wie weit seid ihr mit dem Treibstoff? Wir haben es eilig, wieder wegzukommen.«

Der Mann schüttelte zur Antwort den Kopf unter seinem Helm und sagte einige unverständliche Worte. »Spricht hier keiner Englisch? Na, macht nichts. Tut eure Arbeit und gebt uns Bescheid, wenn ihr so weit seid.« Er deutete auf die Gangway, die sofort entfernt wurde.

Die Ankömmlinge waren unten am Flugzeug stehen geblieben, unschlüssig, was sie tun sollten. Von den Hangars herüber näherte sich ein Kleinbus und hielt kurz darauf vor ihnen an. Männer in weißen Overalls bedeuteten mit Zeichen, sie sollten einsteigen, und wer zögerte, wurde hineingeschoben.

»He!«, protestierte Frank Jameson und stolperte. »Ich bin kein Gefangener. Ich bin in Lazzarett, um behandelt zu werden.«

Der Mann in Weiß brummte etwas in seiner Sprache, dann stieß er ihn grob in den Bus hinein. Wenig später hielt das Fahrzeug vor den Hangars und die Fahrgäste mussten aussteigen. Eine kleine Gruppe von Männern in Overalls erwartete sie.

»Amerikaner!«, sagte ein dicker Mann. »Zuerst erfolgt die Identifikation, dann werdet ihr nach Lazzarett gebracht. Ihr habt das Glück, in eines der ersten Aufnahmezentren zu kommen, das auf dieser Insel eingerichtet wurde, ganz ohne Zweifel das ruhigste. Benehmt euch anständig und ihr werdet anständig behandelt.

Ihr seid nicht im Gefängnis, es ist nur eine … sagen wir mal etwas verlängerte Quarantäne für euch vorgesehen. Doch ihr werdet eine Freiheit genießen, um die ich euch ehrlich gesagt beneide. Jetzt folgt mir.«

In einem der Hangars war mit Stellwänden aus Glas und Metall ein kleiner Raum für ein Büro abgetrennt worden. Ein Mann, der genauso gekleidet war wie die anderen und gebrochen Englisch sprach, gab die Personalien der neu Angekommenen in den Computer ein. Dann tauchte der Fettwanst wieder auf, ganz verschwitzt und mit keuchendem Atem unter seinem Helm.

»In wenigen Minuten verlasst ihr den Flughafen. Von dem Moment an seid ihr völlig frei. Um die anderen Bewohner der Kolonie zu erreichen, müsst ihr auf den Turm zugehen, der am Ufer des Meeres steht und den ihr vielleicht schon gesehen habt. Ihr werdet Freunde aller Rassen antreffen und auch viele Amerikaner. Sie werden euch gerne weiterhelfen. Kommt mit.«

Das Grüppchen verließ den Hangar und ging auf eine schwere, in die Einfassung eingelassene Metalltür zu. Sie musste vom Wachturm aus bedient werden, denn sie öffnete sich lautlos und ohne Zutun des Dicken. Der wies auf das Gelände, das sanft bis zu einem intensiv blauen Meer hin abfiel. »Geht und genießt das Leben. Vielleicht sehen wir uns eines Tages wieder.«

Der lahme alte Mann hob die Hand. »Mein Herr, erlauben Sie eine Frage?«

»Aber sicher.«

»Wo befinden wir uns? Ja, ich weiß, dass wir in Lazarett sind. Aber in welchem Land? Auf welchem Kontinent?«

Der Helm verbarg das Lächeln des Dickwansts. »Wenn ich es euch sagte, würde ich euch die Überraschung verderben. Geht, geht, ihr werdet sehen, es ist weniger schlimm, als ihr gedacht habt.«

Mit unsicheren Schritten trat die Gruppe über die Schwelle. Sofort schloss sich die Tür wieder ohne ein Geräusch und fügte sich nahtlos in die glatte Außenfläche der Einfassung ein, kompakt und absolut unzugänglich.

Ein Weilchen blieben alle stehen, wo sie waren, und sahen sich wortlos um. Die Landschaft war lieblich, mit Hecken von Kaktusfeigen, blühenden Agaven und kleinen, an die Felsen gekrallten Bäumchen, die von einem lauen Wind bewegt wurden. Vom Boden stieg ein leichter Nebel auf, der jedoch dicht über der Erde blieb. Eine einst asphaltierte und jetzt sehr holprige Strasse führte am Flughafen entlang und dann zur Küste hinunter, die von hier aus nicht zu sehen war. Von Häusern gab es keine Spur. Das einzige Gebäude, das man sah, war der runde Turm, breit und wuchtig, und weiter hinten die Reste eines undefinierbaren Gebäudes, das aber mit Bestimmtheit alt war.

»Solche Türme gibt es in Amerika nicht«, bemerkte Felix beunruhigt zu Seamus und Milton. »Wir müssen in Europa sein oder vielleicht in Afrika.«

Seamus erschauerte. »Womöglich haben sie uns zu den Afrikanern geschickt, in dem Wissen, dass von ihnen die Sichelzellenanämie ausgeht.«

Milton, der Einzige von den dreien, der kein Erstaunen zeigte und absolut unerschütterlich wirkte, zog die Schultern kaum wahrnehmbar hoch. »Wenn du mir die Kritik gestattest, das sind die Albernheiten, wie man sie euch in der *Confederation* beibringt. Die Sichelzellenanämie entsteht aus mangelnder Selbstbeherrschung.«

»Jetzt reicht's«, griff Felix ein. Milton löste bei ihm eine spontane Abneigung aus, die er kaum verhehlen konnte. »Wir haben die Wahl: Entweder wir gehen zur Küste oder wir fliehen über Land.«

Frank Jameson, der das gehört hatte, schüttelte den Kopf. »Wohin willst du denn fliehen, Junge? Du weißt ja nicht einmal, wo du bist, und auch nicht, ob es irgendwo Wachen gibt. Die einzige Chance ist, zu den anderen Gefangenen zu gehen und von ihnen mehr zu erfahren.«

Die Antwort war logisch. Nach einem letzten Zögern setzte sich das Grüppchen in Bewegung und wurde manchmal langsamer, damit der Alte mit seinen Krücken nachkommen konnte. An einer Straßenbiegung tauchte in etwa zwei Kilometern Entfernung eine Art dunkle Festung auf mit zwei sehr breiten und völlig zerfallenen Türmen. Das Gebäude wirkte wie eine Ruine, die sich seit unvordenklichen Zeiten dort befand, vom Wind und der salzigen Meerluft zerfressen.

»Ganz eindeutig sind wir nicht in Amerika«, bemerkte Jameson. Dann brach er plötzlich in heftiges, haltloses Schluchzen aus. Sein Weinen griff wie eine ansteckende Krankheit auf die Kinder über, die alle miteinander zu weinen anfingen. Keiner wusste, was er sagen sollte. Und es gab ja auch nichts zu sagen.

Unbehaglich betrachtete Milton die Szene ein Weilchen. Er hatte noch nie jemanden weinen sehen, außer als er ganz klein war. Um seine Verlegenheit zu überwinden, machte er sich auf den Weg. Felix und Seamus trotteten hinter ihm her.

»Mir scheint, ich höre in der Ferne ein Geräusch«, sagte Felix irgendwann beunruhigt und schaute auf das unbestellte und dürre Land. »Wie wenn Hunde bellen würden.«

»Es stimmt«, murmelte Seamus. Er trat an den Straßenrand, spitzte die Ohren und suchte den Horizont ab. Tatsächlich hörte man Gebell, das näher kam. Mit einem Mal tat er einen Satz nach hinten. »O Gott! Das ist ja ein ganzes Rudel!«

Auf der Kuppe eines Hügels in ein paar hundert Metern Entfernung waren etwa dreißig Hunde aufgetaucht, mager und hechelnd. Sie machten einen Augenblick Halt, dann stürzten sie, vom Leithund angeführt, den Hang hinunter. Das Gebell wurde ohrenbetäubend laut.

Felix schrie: »Fliehen wir!« Fast hätte er Milton über den Haufen gerannt, der hinter ihm war, aber sein Impuls wurde sofort gebremst. Durch die Luft schallte das Dröhnen einer Gewehrsalve, sogleich gefolgt von einer zweiten. Der Leithund wälzte sich im Gras. Die anderen Hunde zögerten einen Augenblick, dann machten sie kehrt und verschwanden kläffend hinter den Hügeln.

Im Rücken der Jungen sagte eine harte Stimme: »Zum Glück war es nur ein kleines Rudel. Bald kommen noch mehr. Man kann hier nicht unbewaffnet herumlaufen.«

Sie fuhren herum. Auf der Straße kam ihnen ein athletisch gebauter Mann entgegen, der ein noch rauchendes M 16-Gewehr in Händen hielt. Er trug eine völlig abgerissene Uniform, grün und mit einem schwarzen Kreuz auf der Brust, aber keine Rangabzeichen.

Der Mann schaute die Straße entlang, auf der Jameson und die anämischen Kinder, noch immer in Tränen, näher kamen. Sie wirkten verschreckt und verloren. Der Alte mit den Krücken humpelte hinter der Gruppe her, bemüht, den Anschluss nicht zu verlieren.

»Die Armee des Kriegers Christus«, flüsterte Seamus mit Blick auf die Uniform des Soldaten.

»Ich sehe, du verstehst was davon, mein Junge«, grinste der Mann mit dem Gewehr. Aber seine Aufmerksamkeit galt ganz dem Grüppchen, das da näher kam. »Seht, seht, ein Krüppel. Als ob wir nicht schon genug Kranke hätten.«

Er legte die Waffe an und zielte sorgfältig. Der Alte erstarrte und riss den Mund auf, wie um etwas zu sagen. Die M 16 gab eine kurze Salve ab. Der Lahme sackte zwischen seinen Krücken ein, während Blut seine Haare rot färbte, dann sank er zu Boden.

Frank Jameson betrachtete die Szene mit getrübtem

Blick, als ob er nicht begreifen würde. Einen Augenblick später lief er zu dem Milizionär, hob den Stock und wischte sich mit dem Ärmel die Tränen aus den Augen. »Du bist ja verrückt!«, schrie er. »Warum hast du das getan?«

Angewidert betrachtete ihn der Mann. »Ein Erwachsener, der heult! Dich können wir in Lazzarett auch nicht brauchen.«

Diesmal genügte ein einzelner Schuss. Jameson fiel der Stock aus der Hand, er knickte ein und sackte auf die Knie. Dann fiel er auf die Seite, die Augen weit aufgerissen.

Die Kinder hatten aufgehört zu weinen, als ob sie fürchteten, durch ihr Schluchzen die Aufmerksamkeit des Mörders auf sich zu ziehen. Auch Seamus, Felix und Milton blieben reglos stehen und hielten den Atem an. Das Grauen war so überwältigend, dass es jede Reaktion unmöglich machte.

Der Mann mit dem Gewehr kam auf sie zu. Er musterte sie eingehend. »Und ihr, welche Krankheiten habt ihr?«, fragte er nach einem Weilchen.

Milton musste mehrmals schlucken, bevor er antworten konnte. »Keine. Wir sind Aufsässige.«

Der Mann nickte langsam. »Das hatte ich mir schon gedacht. Ihr seht aus, als ob ihr fit wärt.« Er wölbte die Brust vor. »Ich heiße Tanner, Phil Tanner. Aber von nun an bin ich für euch der Herr Kommandant, verstanden?« Er hob das Gewehr ein wenig und wiederholte noch einmal: »Verstanden?«

»Ja, Herr Kommandant«, murmelte Milton und spürte, wie seine Schläfen pochten.

»Ohne mich gibt es keine Rettung hier in Lazzarett.« Tanner schaute zu der Gruppe von Kindern hinüber, die sichtbar zitterten. »Ihr da, verschwindet! Geht, wohin ihr wollt, aber versucht nicht, zur Küste zu kommen. Wir wollen euch Pestkranke nicht hier bei uns.«

Die Kinder blieben wie angewurzelt stehen und hielten sich bei den Händen. Der Mann kehrte ihnen den Rücken zu und packte Felix beim Ärmel. »Folgt mir, es ist noch ein Stück weit. Seid ihr nicht neugierig zu sehen, wo ihr den Rest eurer Tage verbringen werdet?«

Die Kinder machten Anstalten, in ihre Richtung zu gehen, aber ein Blick von Tanner reichte, um sie in die Flucht zu schlagen. Sie rannten auf die Mauer des Flughafens zu, die kompakt und glatt wirkte wie aus einem Stück. Von den Hügeln her hörte man wieder Hundegebell.

Der Milizionär und die drei Jungen gingen weiter auf der Straße, die zur Küste führte. Hinter einer Biegung wurde der Strand sichtbar. Milton, der versuchte, das Grauen mithilfe der Entspannungstechniken, die er gelernt und so sehr verpönt hatte, in den Griff zu bekommen, verspürte ein Gefühl der Leere, das an Ekel grenzte.

Der Ausblick, der sich ihnen bot, war von beklemmender Trostlosigkeit. Ein weißliches Meer rollte träge, in stillen, absurd geformten Wellen an den Sandstrand. Überall sah man Trümmer, Abfall und verfallene Bauten zwischen spärlichem grauem Pflanzenwuchs. Links, wo die Küstenlinie vorsprang, steckte ein großes verrostetes Schiff, von dem ein Großteil des Bugs fehlte, im Sand, als ob eine riesige Hand es emporgehoben und gewaltsam dort abgesetzt hätte. Davor, näher bei ihnen, reihten sich zwischen schiefen Pfählen und einer Reihe von Bunkerruinen mit aufgerissenen Decken Holzhütten und Blechbaracken aneinander, umgeben von Abfallhaufen. Auch wenn die Entfernung noch zu groß war, glaubte Milton, humpelnde Gestalten zu erkennen, die sich zwischen den Baracken hin und her schleppten.

Tanner bemerkte den niedergeschlagenen Ausdruck der drei Jungs und brach in lautes Gelächter aus. »Was habt ihr euch erwartet, ein Luxushotel?« Mit der Hand, in der er das Gewehr hielt, machte er eine weit ausholende Bewegung und wies aufs Meer. »Die Chefs von der Interföderalen Truppe haben an alles gedacht. Wisst ihr, warum das Meer weiß aussieht? Unter der Oberfläche gibt es Millionen und Abermillionen von Hydren. Viecher, die nur aus einem Magen und einem mit Tentakeln bewehrten Mund bestehen. Wenn man sie berührt, sondern sie eine brennende Flüssigkeit ab. Stellt euch vor, Zehntausende davon zu berühren!« Er richtete den Gewehrlauf nach hinten auf das Land. »Zum Glück haben die streunenden Hunde Angst vor den Hydren und sie halten sich von der Küste fern. Aber im Grunde ist es nur ein ganz schmaler Küstenstreifen, auf dem man hier leben kann.«

Felix war so verwirrt, dass er kaum mehr denken konnte. In einem Winkel seiner Seele tauchte jedoch das Bild von Marjorie auf. »Ist das überall so?«, fragte er ängstlich. »Auch dort, wo die Frauen sind?«

Tanner betrachtete ihn ironisch. »Die Frauen leben sehr weit weg von hier, aber es geht ihnen nicht besser als uns. Du solltest sie dir aus dem Kopf schlagen.« Er zeigte mit dem Daumen der linken Hand nach unten. »Dieser Ort hier wirkt wie ein Kontinent, aber er ist eine Insel. Es ist viel gekämpft worden hier. Am Schluss, nachdem alle Munition verfeuert war, gab es keine Spur von Leben mehr. Außer den Hunden, den Hydren und ein paar anderen Viechern. So hat man aus dieser Insel die globale Müllhalde gemacht, auf der Kranke, Kriminelle und unbequeme Leute abgeladen werden.«

Seamus hatte den Erklärungen zerstreut zugehört, erschüttert von der Schäbigkeit der Küste und einer merkwürdigen Übelkeit, die ihn befiel. »Warum haben Sie diese Männer umgebracht?«, fragte er mit tonloser Stimme und griff damit einen der vielen Gedanken auf, die ihm durch den Kopf gingen.

Tanner musterte ihn. »Herr Kommandant. Und dass

ich dich nicht noch einmal daran erinnern muss!« Er zuckte die Achseln. »Hier sterben die Menschen wie die Fliegen. Ob früher oder später, das macht wenig Unterschied. Aber wenn wir durchhalten wollen, in Erwartung von ich weiß nicht was, müssen wir überflüssigen Ballast loswerden. Mitleid gibt es ja schon längst nicht mehr, in keinem Teil der Welt.« Er kniff die Augen zusammen. »Ich habe die Wüstenkinder in Afrika gesehen, so wild wie Tiere, und Alligatoren, die sich durch die Straßen von New Orleans schleppten. Die Menschheit gibt es nicht mehr, es gibt nur eine Vielzahl von Stämmen, die sich untereinander bekämpfen. Einige haben das noch nicht begriffen. Ich habe es begriffen und deshalb bin ich hier der Chef.«

»Sie sterben wie die Fliegen ...«, murmelte Felix, den eine Gänsehaut überlief.

»Ganz genau. Und wir können unsere Toten nicht einmal begraben, ohne womöglich irgendwelche Epidemien auszulösen. Die Leichen bringen wir in bestimmte Höhlen, weit weg von hier.« Tanners Stimme klang jetzt etwas weniger zynisch. »Die Stärksten aber bringen es irgendwie fertig durchzuhalten. Im Grund ist dieses Loch hier ein Spiegelbild der Welt, so wie sie heute ist. Leute wie ich schaffen es. Das Wichtigste ist, kein Mitleid zu haben. Das werdet ihr bald auch verstehen.«

Der Milizionär wischte sich den Schweiß ab, der ihm über die Stirn lief, und ging weiter auf die Blechbaracken und das reglose Meer zu. Die drei Jungen folgten ihm mechanisch. Sie fühlten sich erschöpft, schleppten die Füße über den glühenden Asphalt und stolperten über die Unebenheiten. Vielleicht hätten sie jetzt ein paar Worte wechseln können, aber ihr Schrecken war so groß, dass sie nicht einmal wagten, sich in die Augen zu schauen. Schließlich kannten sie sich auch noch kaum.

Als sie näher an das Barackendorf herankamen, bemerkten sie, dass deren Bewohner ausgesprochen zahlreich waren, viel mehr, als sie gedacht hatten. Man sah weder Alte noch Kinder. Zwischen windschiefen Tafeln, Müllhaufen und Schlammpfützen bewegten sich Menschen in Lumpen, die Gesichter von Verbrennungen und verheerenden Krankheiten entstellt. Einige trugen abgerissene Uniformen der verschiedensten Armeen, nicht nur der amerikanischen. Bei einem mageren jungen Mann ohne Haare und Wimpern erkannte Milton die schwarze Uniform der RACHE, der mächtigen wissenschaftlich-militärischen Organisation, die das finstere Reich Balkanien gegründet hatte. Andere trugen die grüne Uniform der Euroforce, die mittlerweile nur noch in Fetzen an ihnen herunterhing. Doch an diesen wandelnden Leichnamen war wenig Militärisches.

»Hier gibt es Menschen aus aller Welt, aber keine Neger, Araber oder Asiaten«, bemerkte Tanner mit einer gewissen Genugtuung. »Ab und zu schicken sie uns welche, aber wir werfen sie den Hunden vor oder schicken sie zur ewigen Ruhe in die Höhlen. Wenn wir durchhalten wollen bis zur Wiedererweckung, dürfen wir uns nicht mit den schwachen Rassen vermischen. Die Lebensmittelrationen, die wir vom Flughafen bekommen, reichen ohnedies kaum für uns Weiße.«

Viele liefen schnell davon, als sie die Gruppe näher kommen sahen. Andere grüßten Tanner mit einem an Unterwürfigkeit grenzenden Respekt. Es war nicht klar, welchen Tätigkeiten all diese Leute nachgingen. Die meisten schienen mühsam große Balken zu schleppen, zur Verstärkung einer schiefen Palisade dicht neben dem, was einmal ein Strandbad gewesen sein musste.

Ein Mann, der weniger schmächtig war als die anderen, löste sich von einer Gruppe, die Bretter annagelte. Er lief auf Tanner zu. Er hatte ein schmales Gesicht und seine flackernden Augen wirkten fiebrig. »Ich habe mit dem Verrückten gesprochen, Kommandant«, sagte er mit hohler Stimme.

»Was hat er gesagt?«

»Dass er eine Springflut kommen sieht. Nicht sehr gewaltig, aber doch ziemlich heftig.«

Tanners Stirn verdüsterte sich. »Für wann?«

»Für morgen Abend. Aber es ist nicht sicher, ob die Hydren aus dem Meer kommen.«

»Auf jeden Fall müssen wir gewappnet sein. Gut, macht weiter mit eurer Arbeit.« Tanner wartete, bis der Mann gegangen war, dann sah er die drei Jungs an. »Von diesem Moment an seid ihr frei. Heute müsst ihr nicht arbeiten, aber nur heute. Einmal am Tag wird gegessen, wenn die Sonne im Zenith über unseren Köpfen steht. Wenn die Sonne nicht scheint, folgt den anderen und kommt zur Kantine. Wenn einer stirbt, der eine Uhr trägt, könnt ihr sie nehmen.«

Wenn auch unter großer Anstrengung, so hatte Milton doch etwas Klarheit wiedergewonnen. Um dieser Hölle zu entrinnen, musste er sich Tanners Regeln fügen. Dann würde man weitersehen. »Wo sind wir untergebracht, Herr Kommandant?«, fragte er mit ziemlich fester Stimme.

Der Milizionär sah ihn wohlgefällig an. Er wies unbestimmt auf die Baracken. »Ihr könnt schlafen, wo ihr wollt. Hier werden ziemlich schnell Betten frei. Meidet nur das Schiff.« Er wies auf den Schiffsrumpf in der Ferne, der halb im Sand steckte. »Dort wohnt ein verrückter Alter. Früher war er Wissenschaftler oder so was und er liefert uns das bisschen Technik, das wir haben. Aber er ist gefährlich und wenn er redet, versteht man nichts. Haltet euch fern von ihm.«

Er wandte sich zum Gehen, aber nach ein paar Metern drehte er sich noch einmal zu den Jungen um. »Ich wette, ihr habt Durst.«

Felix nickte, aber eigentlich mehr, um ihm nicht zu widersprechen. Wenn seine Kehle trocken war, dann nicht wegen der grausamen Hitze.

»Es gibt einen Fluss mit Trinkwasser, der läuft dort hinten vorbei, und weiter rechts eine halb verschüttete Quelle, die aber noch funktioniert. Erinnert euch jedoch an eins: Zwischen Mittag und drei Uhr Nachmittag und zwischen Mitternacht und drei Uhr nachts dürft ihr das Wasser aus der Quelle oder dem Flüsschen auf keinen Fall trinken.«

»Und warum nicht?«, fragte Felix beunruhigt.

Tanner runzelte die Stirn. »Ihr würdet ein grauenhaftes Ende nehmen. Es ist Neumond. Erinnert euch daran: zwischen Mittag und drei Uhr Nachmittag und zwischen Mitternacht und drei Uhr nachts.«

KAPITEL XVIII

Der vergrabene Albtraum

Zu Eymerichs größtem Erstaunen legte Ughetto überhaupt keine Feindseligkeit an den Tag, als er den Inquisitor wiedersah. Im Gegenteil, auf seinem Lausbubengesicht lag ein strahlendes Lächeln und die tiefschwarzen Augen unter dem krausen Haarschopf leuchteten. »Ihr seid es! Ich hatte so sehr gehofft, Euch wiederzusehen. Seid Ihr sicher, dass wir allein sind?«

Eymerich blickte auf den Vorhang hinter sich. »Ja, Bruder Lorenzo hat anderes zu tun.« Er meinte, der Junge hätte sich von seiner Identität überzeugt, und das erleichterte ihn nicht wenig. »Wie ich sehe, erkennt Ihr in mir endlich Euren Katalanisch-Lehrer wieder. Ich will Euch nicht verhehlen, dass mich unsere erste Begegnung sehr irritiert hat.«

Das Lächeln des *donnikellu* bekam etwas Verschwörerisches und List lag in seinem Blick. »Haltet mich doch nicht für dumm«, sagte er und betonte jedes Wort einzeln. »Die Narben in Eurem Gesicht können mich nicht täuschen. Ihr seid nicht Asmar Dezcastell. Als ich Euch zum ersten Mal sah, wusste ich allerdings noch nicht, dass Ihr Nikolas Eymerich von Gerona seid, der berühmte Inquisitor.«

Eymerichs ganze Standfestigkeit war nötig, um keine Erschütterung zu zeigen. Einen Augenblick lang überlegte er, den Jungen zu erwürgen oder ihm mit einem der Schürhaken vom Kamin den Schädel einzuschlagen. Gott würde ihm sicherlich vergeben. Doch sogleich verwarf er die Idee. Nein, es gab nichts anderes, als mitzuspielen, umso mehr, als Ughetto sich keineswegs als feindselig zeigte. »Wie habt Ihr das herausgefunden?«, fragte er, ohne im Geringsten auf seiner fingierten Identität zu bestehen.

Statt zu antworten, ging Ughetto zum Eingang, schob den Vorhang beiseite und schaute den Korridor entlang. Dann trat er vor Eymerich hin und sah ihn eindringlich an. »Vielleicht wisst Ihr ja bereits, dass meine Mutter Katalanin und mit Eurem König verwandt ist. Ich hatte auch katalanische Lehrer wie Asmar und vor ihm noch andere. Dieser Krieg gegen Aragon ist eine Qual für uns.«

Eymerich schüttelte den Kopf. »Aber es war doch Eure Mutter, die den sardischen Aufstand geschürt hat.«

»Man hat sich ihr gegenüber schändlich betragen!« In der Stimme des jungen Mannes schwang ehrliche Entrüstung mit. »Sie wollte nur Gerechtigkeit, nicht diesen Krieg gegen unser angestammtes Vaterland. Gewollt hat ihn mein Vater, aufgehetzt von den Doria und anderen *majorales.*«

Eymerich machte ein ungläubiges Gesicht. »Ihr habt meine Frage noch nicht beantwortet. Wie habt Ihr meine wahre Identität herausgefunden?«

»König Peter selbst hat sie mir enthüllt. Er betrachtet mich als seinen Sohn und ich betrachte ihn als meinen wahren Vater.«

Der Gesichtsausdruck des Inquisitors wurde immer skeptischer. »Angenommen, Ihr sagt die Wahrheit, wann wollt Ihr mit ihm gesprochen haben? Aus Alghero kommt man doch nicht hinaus.«

»Doch, man kommt hinaus. Durch die Neptunsgrotte. Habt Ihr nicht bemerkt, wie frisch das Essen war, das Euch aufgetragen wurde? Wie glaubt Ihr, dass wir uns das beschaffen?«

»Die Neptunsgrotte«, murmelte Eymerich. »Wie gelangt man dorthin?«

»Durch ein Kanalsystem, mit dessen Bau zur Zeit der

Römer begonnen und das dann aufgegeben wurde. Aber der Eingang, der in einem antiken Tempel beim Hafen liegt, ist streng bewacht. Vor drei Tagen ist es meiner Mutter und mir gelungen hineinzukommen; wir haben uns unter die Kranken gemischt, die zu ihrer Heilung in die Grotte hinuntersteigen. Auf diesem Weg sind wir nach Capo Caccia gelangt und dann ins aragonesische Lager. König Peter hat uns auf rührende Weise empfangen und uns von Euch erzählt.«

Eymerichs Skepsis begann zu wanken, besiegt auch von dem aufrichtigen Ton des Jungen. Doch seine Wahrhaftigkeit musste noch weiter auf die Probe gestellt werden. »Könntet Ihr mich in die Grotte begleiten?«

»Ich kann es so einrichten, dass Ihr ungestört hineinkommt. Doch verlangt nicht von mir, mit Euch zu gehen. Es war schon riskant genug, das eine Mal hinunterzusteigen. Wenn mein Vater erfahren würde, dass ich Alghero verlassen habe, wäre das für mich und meine Mutter das Ende.«

Wieder malte sich Ungläubigkeit auf Eymerichs Gesicht. Sicher, der angeführte Grund konnte stimmen, aber die ganze Geschichte klang etwas zu konstruiert. Es konnte eine Falle sein. Er musste einen Weg finden, diesen allzu schlauen Jungen direkt mit einzubeziehen, ohne dass er entkommen konnte. Er beschloss, ganz unumwunden mit ihm zu reden. »Ihr werdet verstehen, dass ich einen Beweis für Eure Aufrichtigkeit brauche. Was könnt Ihr mir bieten?«

Ughetto blieb völlig ungerührt »Ich kann Euch die Namen der aragonesischen Adeligen nennen, die planen, König Peter zu ermorden. Genügt Euch das?«

Wieder war Eymerich verblüfft. Er betrachtete den Jungen und versuchte zu ermessen, wie viel Hinterlist und Schläue da im Spiel waren, aber dieses Gesicht war zu heiter, um irgendetwas erkennen zu lassen. »Ihr scherzt wohl?«

»Ganz und gar nicht. Hört die Liste und überzeugt Euch selbst.« Ughetto begann Titel und Namen herzusagen, als ob er sie auswendig gelernt hätte. »Mossen Felip de Castre, N'Otich de Muncada, En Pere Galceràn de Pinòs, En Uch de Cardona, N'Alfonso Roger de Luria, Señor von Esparra, der Komtur von Montalba und Mossen Lop de Luna.«

Eymerich runzelte die Stirn. Alle genannten Aristokraten waren sechs Jahre zuvor der Erhebung des Adels gegen die Krone entgegengetreten. Angehörige von ihnen waren Mitglieder des königlichen Rates. Er schwieg einen Augenblick, dann sagte er: »Wie soll ich wissen, dass Ihr mir die Wahrheit sagt?«

»Wenn ich Euch belügen würde, wie sollte ich die Namen so vieler Personen kennen, denen ich nie zuvor begegnet bin?«

Das Argument war stichhaltig, aber noch nicht ausreichend. »Habt Ihr mit dem König darüber gesprochen?«

»Nein. Erst seit gestern ist meine Mutter im Besitz der vollständigen Liste. Wir suchen nach einem Weg, sie Peter zukommen zu lassen. Ihr werdet unser Bote sein.«

»Wisst Ihr, auf welche Weise sie den König ermorden wollen?«

»Nein. Ich weiß nur, dass in ein paar Tagen fünfundzwanzig genuesische Schiffe am Horizont auftauchen werden. Das ist das vereinbarte Zeichen.«

Das stimmte mit dem überein, was Eymerich von Bernat Dezcoll erfahren hatte. Trotzdem war er weit davon entfernt, überzeugt zu sein. Es erschien ihm merkwürdig, dass der König ihn am Beginn seiner riskanten Mission nicht über die Beziehungen in Kenntnis gesetzt haben sollte, die er zur Frau und dem Sohn des Judex unterhielt. Die ganze Geschichte passte irgendwie nicht zusammen. »Warum sollten ein paar Adelige in einem so unsicheren Unternehmen ihre Ehre, den Besitz Sardiniens und die Todesstrafe riskieren?«

Das Gesicht des Jungen wurde ernst. »Fragt mich nicht nach Dingen, die ich nicht weiß. Ich kann Euch nur so viel sagen. Alle an dem Komplott beteiligten Adeligen billigen die Art, wie hier das Christentum verstanden wird. Eine Art, die meine Mutter und ich für blasphemisch halten. Deshalb ist es wichtig, dass es die Inquisition ist, die den König rettet und die Verschwörer bestraft.«

Eymerich wollte Ughetto schon nach der genauen Natur der Kulte auf der Insel fragen, aber das Geräusch von Schritten auf dem Korridor kündigte die Rückkehr von Bruder Lorenzo an. Der Junge setzte sich wieder auf seine Truhe und machte ein nichts sagendes Gesicht, wobei ihn der Inquisitor erstaunt beobachtete.

Kopfschüttelnd kam der Benediktiner herein. »Entschuldigt meine Eile von vorhin, Herr Dezcastell, aber der Fall war wirklich schwer. Das Grauen, das Sardinien in seinen Fängen hält, wird von Tag zu Tag entsetzlicher.« Er sah Ughetto an. »Verzeiht Ihr mir auch. Seid Ihr noch immer überzeugt, dass dieser Mann ein Betrüger ist?«

»Nein, ich habe mich getäuscht. Seine Wunden haben mich daran gehindert, ihn zu erkennen. Es ist wirklich Asmar Dezcastell.«

»Es freut mich, das zu hören. A propos Wunden.« Bruder Lorenzo untersuchte Eymerichs Gesicht, der leicht irritiert zurückwich. »Das ist ganz außergewöhnlich, sie verheilen endlich. Bis gestern waren sie noch offen.«

»Ich glaube, das ist das Verdienst des Judex«, murmelte Eymerich und betastete sein Gesicht. »Er hat mir seine Hände aufgelegt, wie Könige das tun.«

»Nur dass Könige gewöhnlich Skrofeln heilen und wenig mehr. Mariano d'Arborea hingegen kuriert die Pest, Augenkrankheiten, Verrenkungen und Spinnenbisse.« Der Benediktiner warf einen Blick auf die Fensterluke, durch die mittlerweile nur noch schwaches Licht hereinfiel. »Es wird Abend«, sagte er zu Ughetto. »Ich begleite Herrn Dezcastell in sein Zimmer, dann komme ich wieder zur üblichen Theologiestunde.«

Der Junge stand auf. »Der Unterricht kann warten. Mein Vater wünscht, dass Asmar in die Grotte geführt wird. Er sagt, das sei nötig, um die Heilung zum Abschluss zu bringen.«

Eymerich bewunderte Ughettos Gelassenheit, war jedoch von der Aussicht nicht begeistert. Er wollte unbedingt in die Neptunsgrotte hinuntersteigen, doch er begann das so vertraute Bedürfnis nach Einsamkeit zu verspüren. Ganz zu schweigen davon, dass er, einmal dort unten, nicht wieder herausgefunden hätte. »Bruder Lorenzo kann mich morgen begleiten. Es eilt nicht.«

Der junge Mann schüttelte den Kopf. »Die Verstärkung aus Genua kann jeden Moment eintreffen. Während einer Schlacht könntet Ihr nicht in der Grotte bleiben. Ihr müsst sofort gehen.« Als er sah, dass Bruder Lorenzo etwas einwenden wollte, fügte er dann noch hinzu: »Das ist ein Befehl meines Vaters.«

Der Benediktiner seufzte. »Wenn es ein Befehl ist, nun denn. Ich selbst werde ihn begleiten. Aber das dauert Stunden.« Als er sah, dass auch dieser letzte Einwand den Jungen nicht umstimmen konnte, seufzte er noch einmal tiefer. »Ich gehe einen Stock und eine Fackel holen. Ihr, *donnikellu,* könnt in den Palast zurückkehren.«

Sobald Bruder Lorenzo draußen war, trat Ughetto zu Eymerich. »Ich habe darauf bestanden, weil Eure Wunden jetzt schnell heilen«, flüsterte er. »Schon morgen wird man Euch erkennen können.« Er senkte die Stimme noch mehr. »Erinnert Ihr Euch an die Namen, die ich Euch genannt habe?«

»Ja.«

»Gebt sie an Euren König weiter, sobald Ihr könnt. Wenn Ihr erst einmal in der Grotte seid, ist es nicht schwer herauszukommen, aber der Weg ist lang. Die Stelle, an der die Kranken sich versammeln, liegt in einer Höhle am Fuß einer scheinbar unüberwindlichen Steilwand. In Wirklichkeit gibt es am Ende der Höhle des blauen Lichts einen Gang, der Euch ohne besondere Anstrengung bis zum unterirdischen See führt. Ihr müsst weitergehen bis zu einem Strand mit weißen Kieseln.«

»Ein Strand? Ist dort der Ausgang?«

»Nein. Zuerst muss man den See überqueren. Aber macht Euch keine Sorgen, es liegt dort immer ein Boot und es gibt keine Wachen. Wenn Ihr den See überquert habt, seht Ihr den Eingang der Grotte auf der Seite von Capo Caccia. Habt Ihr auch alles verstanden?«

»Ja. Die Steilwand, der Strand mit den weißen Kieseln, der See. Aber sagt mir, wer ist Tanit? Was ist das Grauen, das alle gefangen nimmt, von dem aber keiner spricht?«

Ughettos Gesicht verfinsterte sich. »Einige Dinge müsst Ihr selbst herausfinden«, sagte er knapp. »Viel Glück!« Er ging hinaus, bevor Eymerich ihm noch eine der Fragen stellen konnte, die ihn bedrängten.

Wenig später war Bruder Lorenzo zurück, ausgerüstet mit einem dicken Beutel und einem langen, knorrigen Stock. »Ihr werdet Appetit haben«, sagte er schlecht gelaunt.

»Nein, noch nicht.«

»Ich habe jedenfalls Brot bei mir. Wie geht es den Wunden?«

»Ich spüre sie gar nicht mehr.«

»Sehr gut. Gehen wir.«

Der Hafen war von hohen Befestigungsmauern eingefasst, die durch lange, spitze Pfähle verstärkt waren. Der Tempel, in dem sich der Zugang zur Grotte befand, war ein merkwürdiger runder Bau aus Stein, der sich in eine Mauernische einfügte. Zur Zeit der römischen

Herrschaft musste er als Sammelbecken für die Kloake genutzt worden sein, wie ein System von Kanalrinnen und schalenförmigen runden Platten erkennen ließ, das bis zu einem Altar hinunter führte, der etliche Ellen unterhalb des Meeresspiegels lag.

Die Feuchtigkeit, die durch eine große, mit schweren Riegeln verschlossene Metalltür drang, ließ auf eine Verbindung des Gebäudes mit dem nahen Hafenbecken schließen, die unter der Wasseroberfläche liegen musste. Vermutlich wurde diese Tür zur Zeit der Römer in Abständen geöffnet, um die Kloake zu überfluten und die Abfälle, die sie verstopften, fortzuschwemmen. Diese Vermutung wurde bestätigt durch ein großes, rostiges Rad, das über der Tür in einer nur von oben zugänglichen Nische angebracht war. Bestimmt war es dazu da gewesen, die Riegel zu betätigen und sich dabei in Sicherheit zu bringen vor dem andrängenden Meerwasser, das dann in das Becken einströmte.

Die wenigen Verzierungen in diesem merkwürdigen Gebäude waren ungeschickt und primitiv, ihr vorchristlicher Charakter aber klar erkennbar. Eine Inschrift in römischen Lettern auf den Altarstufen schien sich auf irgendeinen heidnischen Kult zu beziehen. Mit zusammengezogenen Augenbrauen las Eymerich: TEMP EI RDI PATRIS BAB. Ob das für *Templum Dei Sardi Patris Baby* stand? Er wagte das nicht zu fragen, weil er befürchtete, dass die Bedeutung für die Einwohner völlig selbstverständlich war.

Der Tempel war vom Licht vieler Fackeln erhellt, aber verlassen. Bruder Lorenzo führte den Inquisitor hinter den Altar, wo ein schmaler Durchlass Zugang zu ebenfalls erleuchteten Gängen bot. Hier hockten ein paar Wachsoldaten plaudernd am Boden und sprangen bei ihrem Anblick sofort auf. Was sie sagten, verstand Eymerich nicht. Sie mussten Bruder Lorenzo aber gut kennen, denn schuldbewusst nahmen sie Haltung an und sprachen sehr ehrerbietig mit ihm. Wenige Sätze des Benediktiners genügten und sie gaben den Zugang frei.

»Sicher werdet Ihr Euch an diese Gänge erinnern«, sagte der Mönch, während er eine Fackel aus seinem Beutel holte und sie an einer der an der Wand befestigten anzündete. »Ihr seid schon einmal durch sie hindurch gegangen, als Ihr Euch dem sicheren Tod geweiht glaubtet.«

»Allein würde ich mich nicht mehr zurechtfinden«, antwortete Eymerich in der Befürchtung, der Mönch könnte ihn vorangehen lassen. »Damals hatte ich Fieber und ich erinnere mich nur sehr undeutlich.«

Bruder Lorenzo lachte auf. »Oh, niemand kann sich ohne einen erfahrenen Führer hier zurechtfinden. Das ist ein wahres Labyrinth, in das wir hier gleich kommen. Die Römer haben ihre Kloaken nach allen Regeln der Kunst angelegt.«

Der Gang, den sie einschlugen, war nicht beleuchtet. Seine ursprüngliche Bestimmung als Kloake war klar, obwohl er nicht sonderlich feucht war. Lange, verstaubte Spinnweben hingen von der Decke herab. Ab und zu streiften sie das Gesicht des Inquisitors, was ihm einen Schauder des Widerwillens verursachte. Aber es blieb ihm nichts anderes übrig als weiterzugehen.

Bald schritten sie auf einem schmalen Gehsteig voran, der an einem Kanal entlangführte, in dem noch verschiedene Abfälle herumlagen. Der Gestank war unerträglich. »Nur zu, habt keine Angst«, sagte Bruder Lorenzo, als er sah, dass Eymerich seine Füße vorsichtig setzte. »Gefahr besteht nur zwischen der Sechsten und der Neunten Stunde und zwischen Mattutin und Laudes.«

»Die Verhexte Stunde«, murmelte Eymerich.

»Ja, abergläubische Bauern nennen sie so. In dieser Zeit halten sie sich von den Flüssen fern und damit haben sie nicht Unrecht. In dieser Zeit von fließendem

Wasser zu trinken oder sich auch nur damit zu benetzen, könnte tödlich sein.«

»Und warum?«

Bruder Lorenzo, der mit erhobener Fackel voranging, wandte sich einen Augenblick um. »Sieh an, ich dachte, Ihr wüsstet das.« Dann, als Eymerich offenbar nicht wusste, was er ihm zur Antwort geben sollte, fuhr er fort: »Sagt Euch der Name Poseidon von Apamea etwas?«

»Nein«, gab der Inquisitor zu und hoffte insgeheim, die richtige Antwort gegeben zu haben.

»Nur wenige kennen ihn. Das ist ein griechischer Denker der vorchristlichen Zeit. Er behauptete, die Gezeiten wären durch den Mond verursacht, der auf unsere Welt eine Art Anziehung ausüben würde.«

Eymerich zuckte mit den Achseln. »Unsinn.«

»Vielleicht ist das Unsinn, aber zumindest hier in Sardinien schienen diese heidnischen Theorien zu funktionieren. Bei Neumond und bei Vollmond ist die Flut besonders hoch, vor allem zu bestimmten Jahreszeiten. Dann steigt auch das Wasser im See innerhalb der Neptunsgrotte an, das Wasser fließt durch einen natürlichen Kanal und überflutet die Blaue Grotte, zu der wir unterwegs sind, unter der senkrechten Steilwand. Wusstet Ihr das wirklich nicht?«

»Nun ja, doch, ich habe davon erzählen hören«, murmelte Eymerich, halb verlegen, halb ärgerlich.

Erneut wandte Bruder Lorenzo sich um und sah ihn etwas misstrauisch an. »Deshalb darf man bei Vollmond oder Neumond nicht in die Höhle hinuntersteigen. Man würde ertrinken. Doch diese Überflutung ist ein Geschenk des Himmels, denn durch ihre Wucht schwemmt sie all die Scheußlichkeiten hinweg, die die vom *morbum innominandum* Befallenen ausgespuckt haben, und spült sie in den inneren See. Versteht Ihr jetzt?«

Eymerich erbleichte. Er begann, die Existenz von etwas unbeschreiblich Abscheulichem auf dem Grund der Kloake zu ahnen, die Materialisierung all seiner Ängste. Doch um Erklärungen zu bitten, hätte ihn verraten können. Er beschränkte sich auf ein geflüstertes, raues »Ja«, während große Kälte seinen Körper durchdrang.

»Auf unterirdischem Wege speist der See fast alle Wasserläufe dieser Gegend, die sich dadurch mit den schrecklichsten Giften füllen. All das spielt sich in der Zeit zwischen der Sechsten und der Neunten Stunde ab und zwischen Mattutin und Laudes, je nach Jahreszeit und Stunde der Gezeiten, die den ganzen Prozess verursachen. Zum Glück haben unsere Leute gelernt, sich in diesen Zeiten von den Flüssen fern zu halten. Nach außen erklären sie die Gefahr durch Gespenster oder andere Phantasiegeschöpfe, auch wenn die meisten wissen, dass sich Tanit hinter dem Phänomen verbirgt. Aber nie würde jemand wagen, darauf anzuspielen.«

Eymerich dachte an das aragonesische Heer, das vor den Mauern Algheros lag, und an die Gefahr, die seine Landsleute liefen, wenn sie in der verbotenen Stunde aus den Flüssen Wasser schöpften. Doch diese Angst wurde sofort überlagert von der Erkenntnis, gleich eine von Ungeheuern verseuchte Höhle zu betreten, und vom Albtraum dieser geheimnisvollen Wesenheit, Tanit, nach der er nicht zu fragen wagte. Er hätte fliehen mögen, doch das war natürlich unmöglich. Er musste seinem Führer blindlings folgen, obgleich er wusste, dass er ihn zu etwas ungeheuer Abscheulichem führte.

Eine Weile lang gingen sie wortlos dahin. Trotz der Ängste, die ihn quälten, fragte sich Eymerich, wie es möglich war, dass tagtäglich Gruppen von Kranken einen so langen und beschwerlichen Weg zurücklegten. Offenbar war das ein Nebeneingang, der erst seit Beginn der Belagerung benutzt wurde. Der Haupteingang musste beim Capo Caccia liegen. Das ließ ihn hoffen, dass der Weg vom Sammelpunkt der Kranken bis zum Meer erheblich kürzer sein würde.

Irgendwann hörte das Mauerwerk auf und ein in den rohen Felsen gehauener Gang trat an seine Stelle. Von der Decke herab hingen Trauben von Stalaktiten, die meisten abgebrochen: ein Zeichen dafür, dass dieser Gang viel früher schon genutzt worden war. Hier wurde der Boden uneben und Eymerichs Beine, vor allem aber seine Füße begannen ernsthaft zu schmerzen.

»Ist es noch weit?«, fragte er.

»Ihr wisst doch, dass Alghero und die Grotte meilenweit auseinander liegen«, erwiderte Bruder Lorenzo. »Doch beruhigt Euch. Bald geht es viel schneller voran.«

Die Bedeutung dieses Satzes wurde wenig später klar, als in dem Gang, der jetzt von Wasser triefte, ein fernes und beunruhigendes Wasserrauschen vernehmbar wurde, das nach und nach näher kam. Mit einem Mal weitete sich der Stollen und öffnete sich auf einen großen, unterirdischen Saal.

Im Licht der Fackel, das von den unzähligen Kristallen in den Felswänden widergespiegelt wurde, konnte man erkennen, dass der Raum, abgesehen von einer sehr schmalen Felsplatte, ganz von einem weiten, schwarzen Wasserbecken ausgefüllt war. Gespeist wurde dieses von einem kleinen Wasserfall, der zwischen den Stalaktiten herabfiel und eine Wolke Wasserstaub um sich verbreitete. Am Rand des Beckens waren zwei lange, schmale Boote festgemacht. Ein leerer Sack, ein Strick und ein paar mittlerweile verfaulte Pflanzenreste ließen erkennen, dass die Lebensmittel auf diesem Weg nach Alghero gelangten.

»Helft mir, eins der Boote ins Wasser zu schieben«, sagte Bruder Lorenzo, »und nehmt ein Ruder. Oh, keine Sorge«, setzte er gleich hinzu, als er Eymerichs Gesichtsausdruck bemerkte. »Gerudert wird erst auf dem Rückweg. Jetzt müsst Ihr lediglich das Boot von der Wand abstoßen, wenn wir ihr zu nahe kommen.«

Obwohl die schrecklichsten Befürchtungen ihn plagten, schob Eymerich das Boot von der glatten Felsplatte bis ans Becken. Der Mönch fasste mit an, nachdem er Stock und Beutel ins Boot geworfen hatte, allerdings nur mit der linken Hand, denn in der rechten hielt er noch immer die Fackel. Dann sprangen beide in den Kahn, der unter ihrem Gewicht schwankte und sich drehte. Die kurzen, leichten Ruder lagen auf dem Boden. Bruder Lorenzo steckte die Fackel in eine Halterung am Bug und nahm eins der Ruder. Eymerich folgte seinem Beispiel.

Der Benediktiner wies auf das Ende der Höhle, wohin das Licht der Fackel nicht reichte. »Wir müssen uns in diese Richtung halten. Danach können wir uns bis zur Ankunft ausruhen.« Er machte das Ruder an der Seite fest und stieß das Boot vom Felsen ab. Der Kahn fuhr unter leichtem Rauschen los und schwankte etwas, als sie an der Stelle vorüberkamen, an der der kleine Wasserfall herabfiel. Gleich danach tauchte im Fackellicht ein unregelmäßiger Bogen auf, hinter dem ein dunkler Fluss dahinströmte, darüber ein hängender Stalaktitenwald.

»Hier ist es«, rief der Mönch, um das Tosen des Wasserfalls zu übertönen. »Wir brauchen nicht zu rudern, die Strömung reicht. Achtet darauf, dass Ihr den Kopf nicht zu hoch hebt. Und benutzt das Ruder so, wie ich Euch gesagt habe.«

Die Strömung war nicht stark. Sie nahm das Boot auf und trug es langsam über den unterirdischen Fluss, nur hin und wieder beschleunigend. Eymerich behielt die Felswand im Auge und stieß sich mit dem Ruder leicht davon ab, sobald das Boot sie zu streifen drohte. Doch es genügten leichte Stöße, um die Richtung zu halten.

Jetzt hätte er sich bis zu einem gewissen Grad entspannen können, doch konnte er sich des Gefühls nicht erwehren, den grauenhaftesten Albtraum seines Lebens durchzumachen. Nicht nur die Vorstellung, in einer Grotte zu landen, in der es von unvorstellbaren Kreaturen wimmelte, schreckte ihn. Schon allein dieser Kanal, durch den sie fuhren, ohne Licht und ohne einen Laut, außer einem unerklärlichen, dumpfen Dröhnen, ließ ihm das Blut in den Adern stocken. Wenn er sich den Eingang zur Hölle vorstellen sollte, würde er ihn sich genauso ausmalen. Und doch gelang es ihm nicht, Gott anzuflehen. Sein Gott voller Macht und Herrlichkeit fand in diesen erstickenden Höhlen keinen Platz.

Eymerich wurde aus seinen quälenden Gedanken gerissen, als Bruder Lorenzo sich im Boot aufrichtete und in die Dunkelheit vor sich wies. »Wir sind da«, verkündete der Mönch. Dann, die Hände um den Mund gelegt, rief er: »Brüder! Ich bringe einen Kranken zu Euch!«

»Leg an«, rief eine Stimme aus dem Dunkeln.

Das Boot stieß gegen eine Schieferplatte, dort, wo der Fluss eine Biegung machte, um dann in einem breiteren Gang zu verschwinden. Während Bruder Lorenzo mit dem Ruder hantierte, sah Eymerich einige Gestalten, die sich am Ufer zu schaffen machten, wo auf den Felsen noch andere Boote lagen. Gleich darauf wurden ein paar Fackeln angezündet und man sah vier junge Männer in dunklen Kutten, die ans Wasser traten. Nur einer von ihnen hatte ein Schwert umgegürtet, das ihn etwas behinderte.

»Nehmt meine Hand«, sagte der junge Mann und streckte Eymerich die Rechte entgegen. Eymerich gehorchte und mit einem Satz war er am Ufer, das von großen Kieseln übersät war. Bruder Lorenzo nahm Beutel und Stock und folgte ihm; das Boot an Land zu ziehen, überließ er den anderen.

Sie befanden sich in einer geräumigen Grotte ohne Stalaktiten und mit gelb-grünlichen Wänden voller

Schimmel. Es herrschte ein ziemlich unangenehmer, muffiger Geruch, nur etwas gemildert durch eine leichte Brise, die anscheinend durch eine Öffnung im Hintergrund strömte.

»Befinden wir uns unter dem Capo Caccia?«, fragte Eymerich.

»Ja«, antwortete einer der jungen Männer, ein magerer, bärtiger Benediktiner. »Über uns ist der Timidone.«

Bruder Lorenzo trat vor Eymerich hin. »Bald, Herr Katalane, werdet Ihr verstehen, warum Gregor der Große die Sarden als ›Steineanbeter‹ bezeichnet hat.« Dann setzte er in unerwartet scheinheiligem Ton hinzu: »Ach verzeiht, ich vergaß ganz, dass Ihr ja schon hier gewesen seid.«

KAPITEL XIX

Rangeley 1954
Äther, Gott und der Teufel

»Doktor Reich! Doktor Reich!«

Es war Templetons Stimme und sie klang erregt. Reich sprang aus dem Bett und lief ans Fenster. »Was gibt's, Herman?«

Der alte Jäger brachte die Worte nur sehr mühsam heraus. »Sie kommen. Es sind drei Wagen und der des Sheriffs.«

»So bald schon«, murmelte Reich. Er schaute auf die Strasse, die sich den Berg heraufschlängelte, aber er sah nichts. Dann bemerkte er ein Blitzen zwischen den Bäumen und hörte Motorenlärm in der Ferne. »Geh nach Haus, Herman, es ist sinnlos, dass du hier bleibst.«

»Kann ich nichts tun?«

»Nein, nichts. Danke jedenfalls.«

Rasch zog Reich sich an, sein Herz pochte heftig. Er trat auf den Flur hinaus.

Seine Frau Ilse, seine Tochter Annie, Doktor Silvert und ein paar seiner Schüler kamen im gleichen Augenblick aus ihren Zimmern, aufgeschreckt von dem näher kommenden Lärm. »Keine Angst«, sagte Reich mit erhobenen Händen. »Wir haben ja gewusst, dass sie kommen würden. Tut so, als ob nichts wäre. Zieht euch fertig an und geht zum Frühstück hinunter. Ich werde sie empfangen.«

Ilses Gesicht war am ängstlichsten. »Glaubst du, dass sie dich verhaften, Willy?«

Reich schüttelte den Kopf. »Nein, das glaube ich nicht. Es muss sich um eine Durchsuchung handeln. Los, geht jetzt. Für uns muss das ein Arbeitstag sein wie jeder andere auch.«

Es klingelte an der Tür, noch bevor Reich das Erdgeschoss erreicht hatte. Als er öffnete, schlug ihm frische, würzige Waldluft entgegen. Das Panorama der blauen Berge im Hintergrund, das von Bioenergie nur so sprühte, wurde durch die finsteren Mienen von zwölf Männern verdeckt, zwei von ihnen in der Polizeiuniform des Franklin County.

Sheriff Cameron legte die Hand an den Hut, ohne ihn abzunehmen. »Doktor Reich, das ist Staatsanwalt Hobson aus Portland, begleitet von Doktor Labrousse, Gerichtsmediziner. Meine Männer kennen Sie ja schon. Die anderen Herren sind Bundesbeamte.«

Reich machte eine knappe Verbeugung. »Was kann ich für Sie tun?«

»Wir möchten uns etwas mit Ihnen unterhalten«, sagte der Staatsanwalt, wobei er sich umsah.

»Ich stehe zu Ihrer Verfügung. Wenn Sie es sich im Sitzungszimmer bequem machen wollen …«

»Wenn Sie nichts dagegen haben, werden sich meine Mitarbeiter etwas umsehen, während wir uns unterhalten.«

Reich runzelte die Stirn. »Doch, ich habe etwas dagegen. Das hier ist das Orgon-Institut, keine Privatwohnung. Ein wissenschaftliches Labor voll mit hochempfindlichen Geräten.«

»Wie Ihre berühmten Akkumulatoren?« Der Staatsanwalt lächelte eisig. »Doktor Reich, ich habe hier die Anordnung des Distriktrichters Clifford. Dem Antrag der Food & Drug Administration ist stattgegeben worden. Ihre sämtlichen Bücher müssen beschlagnahmt und vernichtet werden.«

»Sie wissen, dass das Hitlerregime seinerzeit genauso vorgegangen ist?«

Hobson seufzte. »Ich weiß nichts. Ich beschränke mich

darauf, dem Gesetz und den amerikanischen Gerichten Gehorsam zu leisten. Soll ich Ihnen die gerichtliche Anordnung zeigen?«

Reich senkte den Kopf. Er fühlte, wie die Angst in ihm aufstieg, jene Angst, die er durch ein der Forschung gewidmetes Leben immer wieder zu bekämpfen gesucht hatte. »Nein, machen Sie, was Sie wollen«, murmelte er. »Aber wenn das Ihre Aufgabe ist, warum wollen Sie dann mit mir reden?«

»Doktor Labrousse möchte Ihnen im Hinblick auf den Prozess ein paar wissenschaftliche Fragen stellen. Sie können die Unterredung verweigern, wenn Sie wollen, aber ehrlich gesagt, glaube ich nicht, dass das in Ihrem Sinne wäre. Ich weise Sie auch darauf hin, dass dies ein informelles Gespräch ist, aber wenn Sie es wünschen, können Sie Ihren Anwalt zuziehen.«

»Nein, nein.« Reich wies auf ein Sofa und zwei Sessel in einer Ecke der Eingangshalle. »Da Ihre Männer ja anderes zu tun haben, können wir uns hierher setzen.«

Der Staatsanwalt nickte zustimmend. Er wandte sich an den Sheriff: »Sie kennen das Haus ja schon. Führen Sie die Beamten in sämtliche Räume, Speicher, Keller und Abstellräume eingeschlossen. Von den Instrumenten darf nichts beschädigt werden. Wir interessieren uns ausschließlich für die Bücher.«

Reich setzte sich in einen der Sessel, während Hobson und Doktor Labrousse auf dem Sofa Platz nahmen. Er betrachtete den Gerichtsmediziner mit besonderer Aufmerksamkeit. Dieser war noch keine dreißig, doch die lange Falte, die vom Nasenflügel bis zum Mundwinkel reichte, ließ auf einen verschlossenen, anorgiastischen, womöglich schizoiden Charakter schließen. Er bemerkte auch die verspannte Nackenmuskulatur und die oberflächliche Atmung. Das würde kein einfacher Gesprächspartner sein.

»Ich überlasse Herrn Doktor Labrousse das Wort«, sagte Hobson und legte das Köfferchen, das er bei sich trug, auf seine Knie. »Ich glaube, er will etwas über Ihre Akkumulatoren wissen.«

»Ganz genau.« Labrousses scheinbar weiche Stimme klang leicht belegt, vielleicht aufgrund einer sorgfältig verhohlenen Gemütsbewegung. »Herr Doktor Reich, stimmt es, dass das, was Sie ›Orgonakkumulatoren‹ nennen, schlichte Holzkästen sind?«

»Nicht aus Holz. Holz ist nur außen, darunter ist eine Schicht Watte und dann eine Auskleidung in Metall, gewöhnlich Aluminium.«

»Und Sie behaupten, ein solcher Kasten heilt den Krebs.«

»Nein, nein und nochmals nein!« Reich konnte sich schon nicht mehr daran erinnern, wie oft ihm dieser Unsinn vorgeworfen worden war. Und jedes Mal war er gezwungen, Erklärungen zu geben, Unterscheidungen zu machen, richtig zu stellen; und jedes Mal erwies sich das als sinnlos. »Ich behaupte lediglich, dass die im Akkumulator vorhandene Konzentration an Orgonenergie die Degenerationsprozesse bekämpft, die zum Krebs führen können.«

Labrousses leblose Augen leuchteten einen Moment lang mit einem ironischen Ausdruck auf. »Die F&D Administration hat festgestellt, dass die Energie, die Sie orgonisch nennen, nicht existiert, und die Anordnung von Richter Clifford bestätigt das. Doch ich will Ihnen Glauben schenken. Erklären Sie mir, wie sich diese Energie in Ihren Kästen verdichtet.«

Reich war drauf und dran, aufzustehen und die Unterredung abzubrechen. Dann betrachtete er die resignierten und förmlichen Gesichter, die er vor sich hatte. Wer weiß, vielleicht zersetzte sich das Gewebe in diesen Körpern schon; vielleicht würde der Orgonakkumulator eines Tages lebenswichtig für sie sein. Da war es vielleicht gerade recht, ein Körnchen Wahrheit zu säen. Wenn die

Partie im Moment auch verloren war, musste sie das, längerfristig betrachtet, nicht sein. »Um Ihre Frage zu beantworten, muss ich Sie fragen, ob Sie schon etwas über die Orgonenergie wissen. Haben Sie *Die Funktion des Orgasmus* oder *Der Krebs* gelesen?«

»Nein, aber ich habe einige Nummern des Bulletins Ihres Instituts gelesen. Das Orgon ist eine in allen Lebewesen vorhandene Energie? Oder täusche ich mich?«

»Sie täuschen sich. Das habe auch ich geglaubt, bis 1939, aber dann ist ein Phänomen aufgetreten, aufgrund dessen ich meine Ansicht revidieren musste.«

Hobson, der der Unterhaltung bis hierher mit gelangweilter Herablassung gefolgt war, zeigte sich plötzlich interessiert. »Was für ein Phänomen?«

»Einer meiner Mitarbeiter hatte irrtümlich Meersand erhitzt. Unter Laborbedingungen als Kultur angelegt, entwickelte dieser Sand nicht nur energetisch außerordentlich lebhafte Bläschen, sondern erwies sich auch imstande, eine verblüffend intensive Strahlung abzugeben.«

»Eine Strahlung?«, fragte Labrousse mit einem schmalen Lächeln. »Und wie konnten Sie die feststellen? Sind Sie etwa Doktor der Physik?«

»Ich bemerkte sie, weil ich mir bei der Beobachtung der Kultur unterm Mikroskop eine Bindehautentzündung zuzog und weil sie mir eine Verbrennung beibrachte, als ich sie in die Hand nahm. Im Dunkeln strahlte sie ein bläuliches Licht aus, das sich in Spiralen, Strichen und Nebeln verbreitete. Seien Sie beruhigt, ich war nicht der Einzige, der all diese Phänomene beobachtet hat.«

»Kommen wir zum Eigentlichen, zu den Akkumulatoren«, schnaubte Hobson. »Herr Doktor Labrousse hat viele wissenschaftliche Verpflichtungen unten in Portland.«

Reich verlor die Geduld. »Oh, wie Leid mir das tut«, sagte er schneidend. »Albert Einstein konnte vor ein paar

Jahren mehrere Stunden für mich erübrigen. Man sieht, er hatte eben weniger Verpflichtungen.«

»Los, machen Sie weiter«, knurrte Labrousse verlegen.

»Durch die Entdeckung dieser Strahlung hatte ich den Beweis dafür, dass die Orgonenergie nicht nur in lebenden Organismen vorkommt, wie ich bis dahin angenommen hatte. Ich vermutete zunächst, dass die Strahlung mit der Einwirkung der Sonne auf den Meeressand zusammenhinge, aber auch diese Hypothese erwies sich als unhaltbar. Als ich eines Nachts hier in Maine durchs Fernrohr den Sternenhimmel beobachtete, entdeckte ich die Wahrheit. Im Fernrohr sah ich ein Leuchten und dann Spiralen und Streifen, genau wie die von meinen Kulturen produzierten. Das Orgon kam nicht von der Sonne, sondern aus der Atmosphäre. Die gesamte Atmosphäre ist aufgeladen mit Orgonenergie!«

Hobson wie Labrousse lachten laut auf. Der zweite fasste sich zuerst wieder. »Finden Sie, das sind Überlegungen eines Wissenschaftlers?«, fragte er streng.

»Nein! Ich spreche hier nur von Intuitionen!«, schrie Reich, und gab sich keine Mühe, die Lautstärke seiner Stimme zu drosseln. »Danach kamen Messungen, thermische, elektroskopische, jeder Art. Jeder Messwert eine Bestätigung. Die Lebensenergie ist überall, in größerer oder geringerer Konzentration. Der Kosmos ist voll davon!«

Der Sheriff zeigte sich im oberen Stockwerk an einer Tür. »Ich habe schreien gehört. Brauchen Sie Hilfe?«

Hobson schüttelte den Kopf. »Nein, nein. Wie geht's voran?«

»Die Freunde des Herrn Doktor sind ganz und gar nicht kooperativ, aber wir stellen da jede Menge interessantes Zeug sicher. Stapelweise Bücher und Papiere.«

»Gut, macht weiter.« Der Staatsanwalt wandte sich an Labrousse. »Vielleicht könnten wir uns kurz fassen. Uns interessieren die Akkumulatoren.«

»Einverstanden. Aber zuvor möchte ich von Herrn Doktor Reich eine Klarstellung. Wenn diese Orgonenergie überall ist, warum ist sie dann von niemand anderem je bemerkt worden?«

»Doch, sie ist bemerkt worden, aber sie wurde Äther genannt.«

»Äther?« Labrousses Lippen kräuselten sich zu einem spöttischen Lächeln. »Sie haben doch vorhin Einstein erwähnt. Wenn ich mich nicht täusche, hat gerade Einstein nachgewiesen, dass der Äther nicht existiert.«

»Sehen Sie, Einstein ist neben Freud einer der faszinierendsten Männer, die ich je kennen gelernt habe. Aber aufgrund seiner mechanistischen Denkweise versteht er das Universum als etwas, worin das Leben keine Funktion hat. Verbannt man den Äther und setzt an seine Stelle die Leere, lassen sich viele Phänomene nicht mehr erklären, angefangen von der Trägheit. Aber es geht nicht um Äther, es geht um Orgonenergie: Sie ist nicht stillstehend, sondern bewegt sich wellenförmig fort. Deshalb ist das Michelson-Morley-Experiment fehlgeschlagen: Man hatte nicht beachtet ...«

»Das reicht.« Es war klar, dass Labrousse nichts von der Sache verstand und ihn das ärgerte. »Kommen wir zu den Akkumulatoren. Wie funktionieren die?«

»Oh, das ist sehr einfach. Im Gegensatz zum Verhalten anderer Energien fließt die Bioenergie vom schwächeren zum stärkeren Pol. Im Akkumulator ziehen die Außenwände aus organischem Material wie Holz die Bioenergie an, während die Innenwände aus Metall sie reflektieren und zurückhalten. So bildet sich im Inneren des Apparats eine höhere Konzentration an Orgonenergie als in der Umgebung. Das lässt sich leicht nachweisen durch Messung des Wärmedifferentials im Metall oder der starken, vom Metall reflektierten Lichtstrahlung.«

»Und was hat das alles mit Krebs zu tun?«

Diesmal wehrte sich Reich, der langsam mürbe wurde,

nicht gegen die Frage. Er bemühte sich um größtmögliche Klarheit. »Die physischen Auslöser für den Tumor sind die T-Bazillen, die auftreten, wenn in einem Organismus ein Mangel an Lebensenergie auftritt. Die Krebszellen entstehen als Antagonisten der T-Bazillen und sie entwickeln sich wie Protozoen, genauer gesagt wie Amöben. Sie würden wer weiß welche Ausmaße annehmen, wenn sie nicht rasch in neue T-Bazillen zerfielen, die den Organismus vergiften und zum Tod führen.« Reich unterbrach sich, um auf die Geräusche zu lauschen, die aus dem oberen Stockwerk kamen, fuhr aber gleich wieder fort: »Die Krebszellen haben ihren Ursprung in Energieblasen, die bei der Verwesung von Gewebe entstehen. Die Orgonenergie hat also zweierlei Funktion: Sie beugt der Verwesung vor und sie bekämpft die T-Bazillen.«

»Ich habe nichts verstanden«, sagte Hobson.

»Ich hingegen glaube, verstanden zu haben.« Labrousse fixierte Reich, als ob er ihm eine verborgene Wahrheit entlocken wollte. »Der Orgonakkumulator heilt den Krebs, weil die darin konzentrierte Energie die T-Bazillen tötet. Ist das so?«

»Nein. Er kann in der Endphase der Biopathie positive Wirkung haben, aber seine Hauptfunktion besteht darin, dem Krebs durch Verhinderung der anfänglichen Verwesung ›vorzubeugen‹. Habe ich mich klar ausgedrückt?«

Ein bestimmter Satz hatte Labrousse Eindruck gemacht. Auch wenn das Gespräch seinem Ende zuging, wollte er die Gelegenheit nicht versäumen, ihn sich erklären zu lassen. »Sie haben gesagt, in Wirklichkeit sei die Krebszelle eine Amöbe, ein lebender Organismus. Sie haben auch gesagt, sie würde unbeschränkt weiterwachsen, wenn sie nicht vorher zu diesen Bazillen zerfiele. Ist das so?«

»Ja. Die Krebszelle wächst und verleibt sich die umliegenden Zellen ein. Wenn nicht der Zerfall einträte oder ein Schaden an lebenswichtigen Organen, würde ihr

Wachstum nur durch die Dimensionen des Körpers begrenzt, der sie beherbergt.«

»Also, wenn die Orgonenergie so stark konzentriert wäre, um den Zerfall der Krebszellen in T-Bazillen zu verhindern, würden wir gigantische Amöben im Körper der Kranken wachsen sehen, bis die Körper selbst zu Amöben würden.« Lachend sah Labrousse Hobson an. »Können Sie sich das vorstellen?«

Empört stand Reich mit einem Ruck auf. »Hören Sie, ich habe nicht die Absicht ...«

Wieder unterbrach ihn Lärm von oben. Zwei Beamte tauchten auf, die eine große Schachtel trugen. Sie hoben sie hoch und kippten sie um. Stapel von Büchern purzelten die Treppe herunter, öffneten ihre dicht bedruckten Seiten voller Diagramme. »Alles Bücher, die die Verordnung verboten hat!«, frohlockte einer der Beamten. »Im Magazin sind Tausende Exemplare davon!«

Der Sheriff ließ sich ebenfalls blicken. »Und das ist noch nicht alles! Ich habe Unterlagen gefunden, die beweisen, dass Reich die Akkumulatoren weiter in ganz Amerika vertrieben hat und sich einen Dreck um den Gerichtsbeschluss geschert hat.«

Der Staatsanwalt stand auf. Er hob einige Bücher auf, die die Treppe heruntergefallen waren, und las ihre Titel. »*Die Funktion des Orgasmus, Genitalität in der Theorie und Therapie der Neurose, Die sexuelle Revolution.* Sogar *Christusmord!*« Voller Empörung sah er Reich an. »All das ist obszön und blasphemisch, echter Schund! Glauben Sie denn an Gott?«

Reich, der mit gesenktem Kopf dastand, hob den Kopf. »Ja, ich glaube an ihn. Gott ist der Äther, die Orgonenergie, die schöpferische kosmische Kraft. Alles das, was kleine Männer wie Sie nie verstehen werden.«

»Kleine Männer? Was meinen Sie mit kleinen Männern?«

»Das Gegenteil von Gott. Den Teufel.«

KAPITEL XX

Der unnennbare Kult

Eymerich begriff, dass Bruder Lorenzo ihm mittlerweile nicht mehr glaubte. So vorsichtig er auch gewesen war, seine Unkenntnis der Örtlichkeiten war deutlich geworden und das war auch gar nicht anders möglich gewesen. Der Abstieg in die Grotte war zu plötzlich gekommen und hatte ihm keine Zeit zur Vorbereitung gelassen. Es blieb ihm nichts anderes übrig, als schnellstmöglich hinauszukommen, sobald er in Erfahrung gebracht hatte, was ihn interessierte.

»Kommt mit«, sagte der Benediktiner knapp und ließ sich von einem der jungen Männer eine Fackel geben. Der Spalt, durch den man in die Höhle gelangte, öffnete sich auf eine in den Stein gehauene Treppe, die spiralförmig hinunterstieg und dabei den Vertiefungen folgte, die das Wasser im Lauf der Jahrhunderte aus dem Stein gewaschen hatte. Der Abstieg dauerte nicht lang. Dass sie ihrem Ziel näher kamen, zeigte sich an einem intensiven bläulichen Leuchten, das auf den rostroten Wänden phantastische Licht- und Schattenspiele hervorrief. In das Rauschen der unterirdischen Gewässer mischte sich nun ein rhythmischer und sehnsüchtiger Gesang, der zwischen den Stalaktiten widerhallte und verwirrende Klangeffekte hervorbrachte.

»Wir sind da«, sagte Bruder Lorenzo und löschte die Fackel, indem er sie einmal kreisförmig durch die Luft schwenkte.

Das Schauspiel, das sich Eymerichs Augen bot, nachdem er die letzten Stufen hinuntergestiegen war, verschlug ihm den Atem. Sie befanden sich auf dem Grund einer Schlucht, über der sich eine Felswand von so gigantischen Ausmaßen erhob, dass sie sich in der Höhe in der Dunkelheit verlor. Aber der Raum, den sie betreten hatten, war nicht dunkel. Im Gegenteil. Durch einen Spalt in der kolossalen Felswand drang ein intensives blaues Licht, das in den Augen schmerzte, vielfach reflektiert von den Kristallen, die zahlreich in dem Basaltgestein saßen. In diesem Licht sah man Hunderte Gestalten auf dem Boden liegen, eine neben der anderen. Es waren Männer und Frauen, allesamt nackt, vollkommen reglos. Man hätte sie für tot halten können, wenn nicht eine leise Bewegung ihrer Brustkörbe angezeigt hätte, dass sie nur schliefen. Der langsame und betörende Gesang, der durch den Spalt drang, schien sie nicht zu stören.

In der Mitte der Gruppe tat sich im Boden ein natürliches Becken auf, randvoll gefüllt mit einer leicht brodelnden Flüssigkeit. »Sicherlich wisst Ihr, dass dies ein dem Wasser geweihter Tempel war«, sagte Bruder Lorenzo und wies auf das Becken. »Der größte von ganz Sardinien.«

Wäre der Mönch davon überzeugt gewesen, dass Eymerich schon einmal an diesem Ort gewesen war, hätte er diese Erklärung bestimmt nicht gegeben. Der Inquisitor beschloss, dass es an der Zeit war, mit offenen Karten zu spielen. »Schlafen sie?«, fragte er und wies auf die am Boden ausgestreckten Körper.

Bruder Lorenzo sah ihn verstohlen von der Seite an. »Ja, das ist der Inkubationsritus. Ihr habt aber wirklich ein schlechtes Gedächtnis. Ihr selbst seid auf diese Weise von der Pest genesen.«

Eymerich vermied eine Erwiderung darauf. Er bemerkte einen seltsamen Geruch, metallisch und ungemein stärkend. Ein leises Knistern schien in der Luft zu liegen.

Er folgte dem Mönch zu dem Spalt, wobei er die Füße

vorsichtig zwischen die am Boden liegenden Körper setzte. Es fiel ihm sofort auf, dass das Licht, das die Höhle erfüllte, nicht gleichmäßig war, sondern sich aus Wellen, Spiralen und Strichen zusammensetzte, die sich hier auflösten, um sich dort wieder zusammenzufügen, als ob die ganze Grotte von einem unfasslichen Fluidum erfüllt wäre. Es war das gleiche Gefühl, wie wenn man die Augen mit einem leichten Druck auf die Pupillen schließt, um die dadurch entstehenden Figuren auf der Netzhaut zu verfolgen.

Wenige Schritte von dem Spalt entfernt wandte sich Bruder Lorenzo um und betrachtete ihn. »Ihr könnt Euch nicht sehen, aber ich versichere Euch, dass die Wunden in Eurem Gesicht vollkommen verheilt sind. Selbst die Narben sind verschwunden. Es bleibt gerade eben eine Spur davon zurück.«

Erschrocken legte Eymerich die Hände ans Gesicht. Seine Finger ertasteten eine verjüngte Haut, straff und ohne Unebenheiten. Nur ein paar kleine Erhebungen blieben zurück, zum Beweis für die erlittenen Qualen. »Das ist ja nicht möglich!«, rief er unwillkürlich aus. Dann setzte er, alle Vorsicht außer Acht lassend, hinzu: »Das ist Satanswerk!«

Obwohl er den letzten Satz nur halblaut gesprochen hatte, musste Bruder Lorenzo ihn gehört haben. Er warf dem Inquisitor einen strengen, vorwurfsvollen Blick zu. »Seit wann heilt denn der Teufel? Heilung ist ein Vorrecht Gottes. Oder ist diese Wahrheit in Katalonien vielleicht nicht bekannt?«

Im ersten Moment wusste Eymerich nicht, was er antworten sollte. Dann beschloss er, dass er das Risiko eingehen konnte. »Welchen Gott meint Ihr denn? Den christlichen Gott oder Sid Potente Baby? Oder Tanit?«

Bruder Lorenzos Augen verhärteten sich noch mehr. »Ihr redet über Dinge, von denen Ihr nichts versteht. Schweigt lieber und folgt mir.«

Entschlossen ging der Benediktiner auf den leuchtenden Spalt zu. Eymerich folgte ihm, wobei er den Körpern der Schlafenden auswich. Er trat über die Schwelle. Er meinte, auf alles gefasst zu sein, und doch konnte er einen Aufschrei nicht unterdrücken. Was er sah, überstieg all seine Vorstellungen und erfüllte ihn einen Moment lang mit einer Empörung, die so heftig war wie ein Fieberanfall.

Die Höhle war geräumig und von einem bläulichen Licht erfüllt, an das er seine Augen gewöhnen musste. Die Felswände mussten eisenhaltig sein, denn das Licht wurde in funkelnden Reflexen zurückgeworfen, wobei es vereinzelt aufblitzte. Die Helligkeit, die sich an den Felswänden wie in einem Mosaik aus Spiegelsplittern zu brechen und zu intensivieren schien, bildete verrückte Kringel und absonderliche Spiralen und tauchte einige in die Felswände gehauene, enorme Stierköpfe ebenfalls in blaues Licht.

In dieser halluzinatorischen Atmosphäre bewegten sich Dutzende von nackten Körpern, eng aneinander gedrängt oder in tierischen Stellungen. Frenetisch tanzten sie um eine natürliche Säule von eindeutig phallischer Form herum und sangen dazu eine Melodie, in stampfendem primitivem Rhythmus, mit unverständlichen Worten, unterbrochen von Keuchen und Stöhnen.

An sich hätte das noch nicht Eymerichs Empörung hervorgerufen, denn etwas Ähnliches hatte er sich erwartet. Was ihn jedoch wirklich aufbrachte, war die Tatsache, dass der Reigen der Tanzenden von einem weißhaarigen Benediktinermönch angeführt wurde, der den Schritt vorzugeben und den Gesang anzustimmen schien. Im Übrigen waren in den Zwischenräumen zwischen den großen Stierköpfen christliche Symbole in die Wände eingraviert.

Die Augen von dem blauen Licht geblendet, eilte der Inquisitor zu dem Mönch und rüttelte brutal an seinen

Schultern. Als der Mann sich umwandte, fuhr Eymerich unwillkürlich zusammen. Es war der alte Benediktinermönch, dem er am Tag der Landung bei dem alten, halb zerfallenen Turm begegnet war.

Der Alte löste sich aus dem Kreis der Tanzenden und lächelte breit. »Ah, Ihr seid es. Das bedeutet dann wohl, dass die Aragonesen gewonnen haben.«

Hasserfüllt starrte Eymerich ihn an. Er wollte schon eine scharfe Erwiderung geben, als Bruder Lorenzo ihn beim Ärmel packte. »Die Täuschung hat nun schon zu lang gedauert. Wer seid Ihr denn nun, in Gottes Namen?«

»Führt den Namen Gottes nicht unnütz im Mund!«, schrie der Inquisitor, von Zorn übermannt. Er fühlte sich seiner selbst außerordentlich sicher. Das Licht, das seinen Körper umfloss und die Züge seiner Gesprächspartner grotesk verzerrte, hatte jede Spur von Müdigkeit von ihm genommen. »Ich bin Nikolas Eymerich, Pater Nikolas Eymerich vom Orden der Dominikaner. Sagt Euch mein Name etwas?«

Während er diese Worte aussprach, war er leicht in die Knie gegangen, angriffsbereit, falls die Benediktiner die Tänzer herbeirufen sollten, die in ihrem sinnlosen Reigen fortfuhren. Die Mönche ließen aber keinerlei aggressive Absichten erkennen. Im Gegenteil, auf ihren Gesichtern malte sich ein Ausdruck des Respekts ab, als ob ein Vorgesetzter sie bei einem Fehler ertappt hätte.

Bruder Lorenzo schluckte. »Seid Ihr der Großinquisitor von Aragòn?«

Eymerich nickte. »Ich bin ›Euer‹ Großinquisitor. Sardinien fällt unter meine Jurisdiktion.«

»In politischer Mission, nehme ich an.«

»Nein, in religiöser Mission. Hier hat ein neues Sodom Gestalt angenommen und meine Aufgabe ist, es zu vernichten.« Eymerichs Stimme bebte vor Empörung. »Wie habt ihr als Angehörige der Römischen Kirche euch zu derartigen Abscheulichkeiten hergeben können? Das ist ungeheuerlich!«

Bruder Lorenzo wollte schon etwas erwidern, doch der alte Mönch kam ihm zuvor. Seine Stimme war heiser vor Verlegenheit. »Ich weiß, dass der Anschein gegen uns spricht, aber ich bitte Euch, mir zu glauben, wir sind keine Häretiker. Wenn ich Euch erklären könnte ...«

Eymerich führte seinen Arm einmal im Kreis, um auf die ganze Höhle zu deuten. »Nein. Das hier ist ein Ort der Sünde, ein Vorzimmer zur Hölle. Wenn ihr mir etwas zu sagen habt, müsst ihr das woanders tun als hier.«

»Wollt Ihr nach Alghero zurück?«, fragte Bruder Lorenzo.

»Auf gar keinen Fall. Ich will zu unseren Truppen. Wenn ihr wirklich aufrichtig seid und wenn ihr euch wirklich rechtfertigen wollt, muss wenigstens einer von euch mich begleiten.«

Beide Mönche schüttelten den Kopf. »Verzeiht uns«, sagte der Ältere von beiden, »aber Ihr verlangt zu viel von uns. Als Inquisitor habt Ihr unseren Gehorsam, aber Ihr gehört auch einem Heer an, das gegen Sardinien kämpft.«

Eymerich kniff die Augen zusammen. »Und wenn ich euch die Garantie gäbe, dass euch kein Haar gekrümmt wird? Dass ihr nicht einmal festgenommen werdet?«

Die Benediktiner sahen sich an, dann fragte Bruder Lorenzo: »Wie können wir da sicher sein?«

»Ich schwöre es euch bei der Heiligen Schrift. Wie ihr seht, biete ich euch meine Seele zum Pfand. Genügt euch das?«

Das war ein schlagendes Argument. Kein Geistlicher würde je einen so feierlichen Schwur brechen. Bruder Lorenzo dachte einen Augenblick lang nach, dann nickte er. »Ja, das genügt uns. Ich komme mit, Martino ist zu alt. Lasst Ihr mich nach Alghero zurückbringen, sobald Ihr in Sicherheit seid?«

»Auch das schwöre ich Euch.«

»Gestattet mir, Euch um einen dritten Eid zu bitten. Diese Gänge sind die Verbindung Algheros zum Meer. Es wäre ein Leichtes für Eure Truppen, hier einzudringen und den Nachschub zu unterbinden. Versprecht Ihr, das, was Ihr erfahren habt, nicht zu militärischen Zwecken zu nutzen?«

Eymerich legte die Hand aufs Herz. »Vor Gott versichere ich euch, dass mein einziges Ziel die Verteidigung der Einen Römischen, Apostolischen und Katholischen Kirche ist. Ich werde weder dem König noch den militärischen Befehlshabern von diesem Zugang erzählen.« Er sah sich um. »Machen wir uns auf den Weg. Dieser Sündenpfuhl ist mir unerträglich.«

Er wollte losgehen, als einer der Kranken einen merkwürdigen, sehr hohen Laut ausstieß. Er krümmte sich zusammen und hielt sich den Bauch, dann lief ihm eine schwarze Flüssigkeit aus dem Mund, die zu seinen Füßen eine Lache bildete.

Würgender Ekel überkam Eymerich. Ganz anders die Tanzenden; sie unterbrachen ihren Reigen und stießen Freudenschreie aus. Auch die beiden Mönche schienen erfreut. »Ah, noch ein Kranker ist gerettet!«, murmelte Bruder Lorenzo.

»Gerettet? Wovor?« Eymerich war entsetzt.

»Vor der ältesten Plage Sardiniens. Kommt, seht selbst.«

Der Mann, der erbrochen hatte, erholte sich von seinem Anfall. In seinen tränenfeuchten Augen spiegelte sich ein unerklärliches Glücksgefühl, das von seinen Gefährten geteilt wurde. Er wurde umringt, umarmt, in die Gruppe zurückgeführt. Der Tanz fing wieder an und gleichzeitig damit die wehmütige und schluchzende Melodie.

Bruder Lorenzo stand neben der Lache von Erbrochenem. »Könnt Ihr sehen?«, fragte er Eymerich.

Seinen Ekel überwindend, beugte der Inquisitor sich etwas vor. Im nächsten Augenblick prallte er zurück, das Gesicht von Grauen verzerrt. »Was ist das, was sich da drin bewegt?«, rief er mit erstickter Stimme.

»Larven«, antwortete Bruder Lorenzo. »Larven von Tanit. Der Ärmste ist der Besessenheit entronnen. Deshalb seht Ihr ihn so glücklich.«

Eymerich fühlte, wie ein unbezwinglicher Zorn in ihm aufstieg, von seinen Gliedern Besitz ergriff und sie heftig schüttelte. Mit glühenden Augen starrte er den Mönch an.

»Aber welchen Gott verehrt Ihr denn, ruchloser Mönch? Wer ist dieser Tanit, dem Ihr Euch verschrieben habt?«

Der Ältere der beiden Benediktiner antwortete. »Wir verehren den einen und einzigen Gott in seiner Dreifaltigkeit. Aber Tanit existiert. Wollt Ihr sie sehen?«

Er wies auf einen Gang, der sich hinter dem großen Steinphallus auftat. Der Zugang war ein unregelmäßiger Bogen, in den ein Dreieck, eine waagrechte Linie und ein Kreis eingekerbt waren. Eymerich sah in diese Richtung und nickte. »Ja, mittlerweile bin ich auf alles gefasst.«

»Vielleicht nicht auf das, was Ihr gleich entdecken werdet«, antwortete der alte Benediktiner in listigem Ton. »Wer zu krank ist, um die Larven auszuspucken, den erwartet ein böses Ende. Folgt mir, Ihr werdet Tanit in ihrer ganzen Schrecklichkeit sehen. Und vielleicht überzeugt Ihr Euch ja davon, dass wir nur Gutes tun.«

Er ging um die Säule herum und trat in den Gang ein. Der in den Stein gehauene Gang teilte sich. Ein Teil verlor sich nach oben im Dunkeln. Ein anderer Teil dagegen führte nach unten. Mit vorsichtigen Schritten tastete sich der Alte in diesen zweiten Abschnitt vor.

»Seid vorsichtig«, sagte er nach einer Weile. »Könnt Ihr sehen?«

Eymerich blieb auf einer Felsplatte stehen, die plötzlich abbrach. Dort war das blaue Licht sehr schwach; trotzdem konnte man den Rand eines enormen Abgrunds erkennen, aus dem ein gedämpftes Geräusch heraufdrang, unsäglich schauerlich.

»Los, schaut genauer hin«, forderte Martino ihn auf. »Ihr werdet sehen, wovor sich jeder Sarde maßlos fürchtet.«

Eymerich beugte sich ein wenig vor. Erst sah er nichts, dann erkannte er zu seinem Entsetzen auf dem Boden des Abgrunds eine gestaltlose, schlüpfrige Materie, die sich wand. Es war eine weißliche Masse, halb durchscheinend, von den Ausmaßen eines kleinen Sees. Aber die Dunkelheit machte es unmöglich, sich eine genaue Vorstellung von diesem lebendigen und furiosen Magma zu machen.

Mit einem Ruck fuhr er zurück. »Was ist diese Ungeheuerlichkeit?«, fragte er mit heiserer Stimme.

»Ich habe es Euch gesagt. Das ist Tanit – oder wenigstens ihr Embryo«, antwortete Bruder Lorenzo. »Hierher, in das antike *tofet*, führen wir die unheilbar Besessenen. Sie fallen schließlich dort hinunter und verbinden sich mit der Kreatur.«

»Das ist also die Gottheit, der ihr gehorcht!«, brüllte Eymerich.

»Nein, das ist die Gottheit, die wir bekämpfen«, antwortete Bruder Lorenzo ruhig. Er ging zurück zum Eingang. »Es gibt Dinge, die werdet Ihr nie begreifen. Wir haben uns verpflichtet, Euch in Sicherheit zu bringen. Wir haben Euch keine Wahrheit versprochen, die verrückt klingen würde. Kommt, es wird Zeit, dass Ihr zu den Euren zurückkehrt.«

In der von dem blauen Licht durchflossenen Grotte erbrachen sich gerade zwei weitere Tänzer und wurden von ihren Gefährten gefeiert. Erst da bemerkte Eymerich, dass regelrechte Pfützen dieser schleimigen Flüssigkeit hier und da auf dem Boden standen oder durch dunkle und zähe Rinnsale miteinander verbunden waren. Unwiderstehlicher Ekel packte ihn, der nur gedämpft wurde durch das allgemeine Wohlbefinden, das er ganz gegen seinen Willen empfand. Er zeigte auf ein Kreuz, das neben einem der Stierköpfe hing, dann auf die phallische Säule. »Erklärt mir nur eines«, herrschte er Bruder Lorenzo mit erstickter Stimme an. »Welcher Geist der Hölle hat Euch dazu veranlasst, ein derart obszönes Schandmal in Stein zu errichten?«

Sehr bekümmert schüttelte der Mönch den Kopf. »Den Gebrauch der *Menhir* haben nicht wir erfunden und er ist auch nicht unchristlich. Wenn Ihr die Kirche der Heiligen Restituta in Cagliari betrachtet oder das Heiligtum von San Lussorio in Fondongianus, werdet Ihr ähnliche Säulen entdecken wie diese hier. Aber wer hier nicht gelebt hat, kann das nicht verstehen.«

Martino wandte dem Inquisitor mit einem fast flehenden Ausdruck sein gefurchtes Gesicht zu. »Ihr seid ein kluger Mann. Schenkt uns Vertrauen. Diese Gegend ist nicht wie andere.« Er schlug mit der flachen Hand an die Wand der Grotte. »Unter diesen Steinen liegen schichtenweise die Knochen von armen Geschöpfen, die von dem fürchterlichsten aller Flüche ereilt wurden. Wir kämpfen einen Kampf, den kein Geistlicher je hat aufnehmen müssen.«

Eymerich wollte schon etwas erwidern, als noch einer der Tanzenden sich zusammenkrümmte und ein Röcheln von sich gab. Wieder schnürte ihm der Ekel den Magen zu. »Genug«, flüsterte er. »Führt mich hier heraus.«

Bruder Lorenzo nickte. »Das ist für alle besser so, da Ihr ja nicht die Absicht habt, auf uns zu hören.« Er wies auf einen zweiten Gang, über dessen Eingang kein Symbol zu sehen war. »Es ist weit«, sagte er, während er in diese Richtung losging. »Aber von jetzt an werdet Ihr nichts mehr sehen, was Euch beunruhigen könnte.«

Eymerich unterdrückte das Ekelgefühl, während sich seine Selbstvorwürfe wegen seiner Schwäche in ihm zu blinder Wut steigerten, die immer stärker wurde, da er sie ersticken musste, wenn er zum Ausgang gelangen wollte. Hasserfüllt starrte er auf den Rücken von Bruder Lorenzo, sagte aber kein Wort und folgte ihm.

Der Gang war weniger dunkel, als es in dem blauen Licht der Grotte den Anschein gehabt hatte. Das glatte Gewölbe ohne Stalaktiten war von ein paar Fackeln erhellt. Der Benediktiner ergriff eine davon, dann ging er stumm voran, warf nur gelegentlich einen besorgten Blick zurück. Sie gingen durch enge, glatte Korridore mit Schimmel an den Wänden. Der Boden war feucht, bot dem Schuhwerk aber ausreichend Halt. Fernes Gurgeln zeigte ein Gewirr von unterirdischen Flussläufen und kleinen Wasserfällen an, vermutlich diejenigen, die in der Verhexten Stunde ans Tageslicht traten. Leicht beunruhigt, versuchte Eymerich, sich zu erinnern, in welcher Phase der Mond bei seiner Ankunft in Alghero gestanden hatte. Jetzt musste er im letzten Viertel sein. Es dürfte also keine Gefahr bestehen.

Der letzte Abschnitt des Weges war angenehmer. Nachdem sie einen etwa zweihundert Ellen langen Stollen durchschritten hatten, kamen sie durch eine Reihe von niedrigen, miteinander verbundenen Höhlen voller Ablagerungen und Verkrustungen, dann traten sie aus dem Gang heraus und auf einen weißen Kieselstrand, den ein natürlicher Balkon überragte. Vor ihnen lag ein Binnensee, eingeschlossen von einem Kreis weißer Stalaktiten, die aussahen wie feine Spitzen. Abgeschlossen wurde er von einem Säulenwald, der zu einem zweiten Becken führen musste.

»Da sind die Boote«, brummte Bruder Lorenzo und wies zu ein paar auf dem Kies liegenden Booten. »Ihr müsst Euch noch einmal bequemen zu rudern.«

Wenig später saßen Eymerich und der Benediktiner in

dem schmalen und leichten Boot und legten sich inmitten von riesigen, vor Feuchtigkeit triefenden Stalaktiten in die Ruder. Das Licht der Fackel, die am Bug befestigt war, warf unheimliche Schattenspiele an Felswände und Stalagmiten, die aus dem Wasser ragten. Es herrschte eine tiefe Stille, unterbrochen lediglich von den Tropfen, die in Abständen von der Decke herabfielen.

Das Boot glitt an unwegsam steilen Ufern entlang, über denen sich mindestens zwanzig Ellen hohe, säulenförmige Ablagerungen erhoben. Über die Ruder gebeugt, verspürte Eymerich keinerlei Anstrengung, als ob das blaue Licht nicht nur seine Wunden geheilt, sondern ihm auch seine jugendlichen Kräfte wieder geschenkt hätte. Doch das machte ihn nicht froh. Gleichgültig gegenüber dem majestätischen Panorama ringsum, starrte er, düsteren Gedanken hingegeben, in die Dunkelheit vor sich. Als er endlich in der Ferne eine gewisse Helligkeit bemerkte, glomm ein böses Licht in seinen Augen. Bald würde sein Augenblick gekommen sein.

»Das ist die Vorhalle«, sagte Bruder Lorenzo und wies auf einen Gang, an dessen Ende man Grünes sah. »Wir müssen nur noch einen kurzen Höhlenabschnitt durchqueren, dann sind wir am Meer.«

Frische Meeresluft lag tatsächlich schon in der Höhle und über der letzten Ausbuchtung des Sees, die von einer riesigen Stalaktitenwand flankiert wurde. Mit leichtem Knirschen glitt das Boot ans Ufer. Die beiden holten die Ruder ein, sprangen heraus und zogen das Boot an Land. Bruder Lorenzo nahm die Fackel an sich und hielt sie sich über den Kopf. Dann ging er mit leicht schwankendem Schritt voran. Die Ungewissheit über das, was ihn erwartete, lastete offenbar auf ihm.

Hastig eilte Eymerich ihm voraus. Wenige Momente später sah er voller Jubel das Meer vor sich, erhellt vom Schein der Mondsichel. Er blieb einen Augenblick lang stehen und sog die klare, prickelnde Luft tief ein. Zu seinen Füßen erblickte er eine Reihe von Felsen, dazwischen einen kurzen Sandstrand, auf dem mehrere Boote lagen, unter Sandhügeln vor den Blicken verborgen. Davor, nicht weit entfernt, erhob sich ein kleines Eiland aus dem Meer, das von einem enormen natürlichen Tunnel durchzogen war. Es gab keinen Zugang zur Küste, die an dieser Stelle aus einer kompakten Felswand bestand, durch deren einzige Öffnung sie eben getreten waren.

»Ihr müsst noch einmal rudern, aber das ist das letzte Mal«, sagte Bruder Lorenzo.

»Richtig. Das letzte Mal«, murmelte Eymerich bei sich. Beunruhigt sah ihn der Benediktiner an, sagte aber nichts.

Sie stiegen zu dem kleinen Strand hinunter und zogen eines der Boote zwischen den Sandhügeln heraus. Ein Weilchen ruderten sie auf die kleine Insel zu. Durch den Tunnel, der sie durchquerte, konnten sie in der Ferne die Umrisse von Schiffsmasten und Schiffen sehen. Eymerichs innere Freude war grenzenlos. Das waren bestimmt die Galeeren der aragonesischen Flotte.

»Rudert schneller«, befahl er. »Sobald es möglich ist, gehen wir an Land.«

Es war nicht weit. Sie mussten Capo Caccia umschiffen und die Bucht von Alghero durchqueren, sich dabei ihren Weg zwischen den dort ankernden Galeeren suchen. Ein paar wachhabende Matrosen beugten sich vor, um sie zu beobachten, aber ohne sonderliche Aufmerksamkeit. Ein Boot mit nur zwei Männern an Bord konnte keine Gefahr darstellen.

Als sie südlich von Alghero die Zelte der Belagerer erkennen konnten, dämmerte es schon. Eymerich runzelte die Stirn. Wenn Timbors und Ughetto ihre Reise bei Nacht unternommen hatten, konnten sie nicht vor den frühen Morgenstunden im Palast zurück gewesen sein. Und sie mussten direkt durch die Stadttore zurückgekommen sein. Das aber setzte ein Einverständnis zwischen Aragonesen und den Verteidigern der Stadtmauern voraus. Seltsam, aber nicht auszuschließen. Es passte zu der Vermutung eines geheimen Einverständnisses zwischen Ughetto, seiner Mutter und Peter IV.. Seine Stirn glättete sich wieder.

An einem Sandstrand, wo die Wellen schwach verebbten und still in Gischtflecken versickerten, gingen sie an Land. Im Mondlicht konnte man in nicht allzu großer Ferne das Banner von Aragòn über dem königlichen Zelt wehen sehen, zum Schutz umgeben von den Zelten der Leibwachen und der hochrangigsten Adligen.

Bei einem Feuer zu ihrer Rechten bewegte sich etwas. Wenig später kam ein Offizier mit dem Wappen des Olfò de Proxida an den Strand gelaufen, gefolgt von zwei etwas verschlafenen Soldaten. »Stehen geblieben!«, brüllte der Offizier und zurrte den mit Federn besetzten Helm unterm Kinn fest. »Gebt euch zu erkennen!«

Bruder Lorenzo verschränkte die Arme und senkte den Kopf. Eymerich hingegen schritt entschlossen voran und drehte sein Gesicht ins Mondlicht. Er verließ sich darauf, dass die Wunden verheilt waren. »Seht mich an! Ihr müsst mich schon einmal gesehen haben. Ich bin der Großinquisitor des Reichs.«

Der Offizier warf ihm einen äußerst misstrauischen Blick zu. »Ihr wollt Pater Eymerich sein? In diesem Aufzug? Und was habt Ihr denn um diese Zeit auf dem Meer gemacht?«

Das energische Gesicht des Inquisitors wurde hart. »Das geht Euch nichts an. Begleitet mich sofort ins Lager.«

»Ihr seid nicht nur ein Aufschneider, sondern hochnäsig obendrein.« Der Offizier wollte schon zum Schwert greifen, als einer der Soldaten ihn am Arm packte. »Na, was ist?«, herrschte er ihn an.

Der Soldat, ein kräftiger Mann mit wallendem Bart,

sprach in vorsichtigem Ton. »Ich diente unter Hauptmann Galceràn bei der Expedition von Piedra vor zwei Jahren. Ich habe Pater Eymerich aus der Nähe gesehen. Mir scheint, er ist es wirklich.«

Der Gesichtsausdruck des Offiziers entspannte sich etwas. Er betrachtete den Inquisitor aufmerksam. »Kann sein, aber ich brauche Beweise.«

»Ich gebe Euch einen, der Euch bestimmt überzeugen wird«, sagte Eymerich sarkastisch. Mit hochgezogener Augenbraue sah er den bärtigen Soldaten an. »Alle Männer, die in Piedra dabei waren, haben strikten Befehl, diese Expedition mit keinem Wort zu erwähnen, bei Androhung der Todesstrafe. Stimmt's oder nicht?«

Äußerst verwirrt schlug der Soldat die Augen nieder. »Das stimmt. Verzeiht mir.«

»Ich verzeihe dir, ich verzeihe dir.« Eymerich tat einen Schritt auf den Offizier zu. »Kein Sarde konnte von diesem Umstand wissen. Ich glaube, mehr braucht es nicht. Begleitet mich ins Lager.«

Der Offizier verbeugte sich tief, dann machte er sich wortlos auf den Weg ins Lager, gefolgt von den Soldaten. In diesem Augenblick begann die Sonne aufzugehen, angekündigt von einem schwachen rötlichen Strahlenkranz jenseits der Ebene. Aber der Mond stand immer noch gut sichtbar am Himmel und der Strand lag noch im Dämmerlicht.

Als sie die ersten Zelte erreicht hatten, blieb Eymerich stehen. »Wie heißt Ihr?«, fragte er den Offizier.

»Jordi. Hauptmann Jordi.«

»Gut, Hauptmann. Ihr allein werdet mich begleiten. Eure Männer sollen diesen Mönch in ein gut bewachtes Zelt bringen, ihn an Händen und Füßen fesseln und nicht aus den Augen lassen. Er ist Gefangener der Inquisition, ein gefährlicher Ketzer.«

Nur das noch immer vorherrschende bleiche Mondlicht verhinderte, dass man bemerken konnte, wie blass

Bruder Lorenzo im Gesicht wurde. »Aber Ihr habt doch feierlich geschworen …« stotterte er.

»Armer Einfaltspinsel«, unterbrach ihn Eymerich mit einem Grinsen. »Dann wisst Ihr also nicht, dass Ketzern gegenüber Meineid kein Verbrechen ist? Und dass die Inquisitoren seit der Zeit Alexanders IV. berechtigt sind, sich in der Ausübung ihrer Pflicht der Exkommunikation auszusetzen, von der sie sich dann gegenseitig freisprechen?« Er wandte sich an Jordi. »Los Hauptmann, tut was ich Euch gesagt habe.«

Der Offizier gab den Soldaten einen Befehl, die den Benediktiner an den Armen packten und brutal fortschleppten. Eymerich folgte ihnen ein Weilchen mit den Augen, dann zuckte er mit den Schultern. »Rasch. Führt mich zum Zelt des Königs.«

Auf ihrem Weg wurden sie ein paarmal angehalten, aber Jordi schien allgemein bekannt zu sein und sie konnten ungehindert passieren. In der Nähe des königlichen Zelts aber waren die Wachsoldaten unnachgiebig. »Es ist mir egal, ob das der Inquisitor ist«, sagte in entschiedenem Ton ein hochrangiger Offizier und verschränkte die kräftigen Arme. »König Peter schläft und niemand ist befugt, ihn zu stören.«

Eymerich sah ihn streng an. »Wisst Ihr, welches Risiko Ihr eingeht, indem Ihr Euch mir widersetzt?«

»Ich weiß nur, welches Risiko ich eingehe, wenn ich die Befehle des Königs missachte. Beharrt nicht darauf, Pater.«

Resigniert seufzte der Inquisitor. »Gilt der Befehl auch für die Beamten des Rationale?«

»Hm, ich glaube nicht.«

»Dann führt Herrn Bernat Dezcoll her. Ihr kennt ihn, nicht wahr? Es ist egal, ob er schläft; holt ihn aus dem Bett.«

Nach einem leichten Zögern eilten zwei der wachhabenden Soldaten im Laufschritt davon, während Eymerich mit verschränkten Armen wartete. In einem am Boden liegenden, blanken Schild sah er einen Augenblick lang im Feuerschein das Bild eines verlotterten Mannes mit sehr kurzen Haaren, langem Bart und an mehreren Stellen zerrissenen und mit Lehm verschmierten Kleidern. Es fiel ihm schwer, sich darin wiederzuerkennen. Er war entschieden nicht hoffähig, mit eingefallenem Gesicht und tief liegenden Augen. Und doch verspürte er nicht die geringste Spur von Erschöpfung, wie nach einer langen Ruhepause. Offenbar tat der Kontakt mit dem diabolischen blauen Licht immer noch seine Wirkung. Er fragte sich, ob es nicht ratsam wäre, sich etwas in Ordnung zu bringen, bevor er vor den König trat. Aber nein, die Sache war zu dringend und wahrscheinlich würde die unterdrückte Müdigkeit recht bald wiederkehren und ihm seine Energie rauben. Der in Fragen der Etikette so heikle König Peter würde einmal Nachsicht üben müssen.

Ein freudiger Aufschrei riss ihn aus diesen Überlegungen. »Pater Eymerich! Aber das ist ja ein Wunder!« Es war Bernat Dezcoll, der mit ausgebreiteten Armen auf ihn zugelaufen kam, wobei ihm das Hemd um die Hüften flatterte. Einen Moment lang befürchtete er, der Beamte könne die Absicht haben, ihn zu umarmen, und bereitete sich auf eine Geste der Abwehr vor. Doch Dezcoll beschränkte sich darauf, die Hände auszubreiten. »Lasst Euch ansehen! Ich traue meinen Augen nicht! Ihr seid etwas abgemagert, aber nach allem, was Ihr durchgemacht habt, hätte ich mir erwartet ... Nun kommt, lächelt doch einmal, einmal nur! Ach, Ihr werdet Euch doch nie ändern.«

»Es gibt nichts zu lächeln«, erwiderte Eymerich ärgerlich. »Könnt Ihr den König davon überzeugen, mir sofort Audienz zu gewähren?«

»Ist es so dringend?«

»Ja.«

»Ich will es versuchen.« Dezcoll ging auf das königliche Zelt zu, ohne dass einer der Soldaten Anstalten gemacht hätte, ihn aufzuhalten. Eymerich überlegte, dass nur sehr wenige unter den hochrangigsten Adeligen so leichten Zugang zum Schlafgemach des Königs hatten. Es war klar, dass der Beamte sehr rasch Karriere machte und von Tag zu Tag mehr an Macht gewann. Er wusste nicht, ob er sich deswegen beunruhigen oder darüber freuen sollte. Dezcoll war ihm nicht unangenehm und brachte ihm große Freundschaft entgegen; und doch bemerkte er immer wieder einen falschen Ton an ihm, den er noch nicht definieren konnte. Aber früher oder später würde er herausfinden, worum es sich dabei handelte.

Diesmal war die Wartezeit länger und die Soldaten rund um den Inquisitor zeigten erste Anzeichen von Ungeduld. Dann tauchte der Schreiber endlich wieder auf. »Kommt, Pater Eymerich. Der König empfängt Euch.«

Ehrerbietig traten die Soldaten auseinander. Der Inquisitor straffte sich und schritt mit einer gewissen Würde auf das königliche Zelt zu. Dezcoll hob den roten Samtvorhang, der den Eingang verschloss, und trat ebenfalls ein.

Der Raum war weitläufig und prunkvoll, durch einen violetten Vorhang vom eigentlichen Schlafgemach abgetrennt. Nicht weniger als zehn Kerzenleuchter waren ringsum aufgestellt und verströmten einen fein duftenden Rauch, der sich unter den Duft der Früchte auf dem Tisch und den der Blumen mischte, die wie ein weicher Teppich auf dem Boden ausgestreut waren. In der Mitte, von Kopf bis Fuß in ein weißes Hemd gehüllt, stand der König; die langen, rabenschwarzen Haare fielen ihm offen auf Brust und Schultern. Sein olivfarbenes Gesicht war von einem herzlichen Lächeln überstrahlt.

Eymerich wollte niederknien, doch die Hand des Monarchen hielt ihn zurück. Peters Augen strahlten. »Pater,

Wir können gar nicht sagen, wie sehr Wir Uns freuen, Euch wiederzusehen«, sagte er in warmem Ton. »Niemand hat Uns je mit solcher Treue und solchem Mut gedient. Ganz Aragòn wird Euch als Helden feiern.«

Eymerich freute sich, hielt die Augen aber niedergeschlagen. »Ich danke Euch, Sire, doch ist es besser, wenn meine Mission dem gemeinen Volk und den Chronisten verborgen bleibt. Ich habe nur getan, was mein Herz und der Dienst an der Kirche mir nahe legten, und ich glaube, ich kann Euch nützliche Nachrichten geben, wenn auch nicht unbedingt gute.«

Ein besorgter Ausdruck erschien auf dem Gesicht des Königs, verschwand jedoch gleich wieder. »Kommt und setzt Euch neben Uns, wertester Freund«, sagte er, wobei er auf zwei nebeneinander stehende Sessel wies. »Ist die Militärmacht des Judex von Arborea also sehr groß?«

»Nein, Sire«, antwortete Eymerich, während er sich setzte. »Er erwartet Verstärkung aus dem Süden, von den Doria und von anderen *majorales* …«

Peter machte eine wegwerfende Geste. »Das wissen wir, aber die Männer des Doria sind dabei, in eine Falle zu laufen, die wir ihnen gestellt haben, und die anderen Kräfte werden nicht so bald hier sein. Nein, Uns interessiert nur, wie lange Mariano der Belagerung standhalten kann.«

»Da könnt Ihr ganz beruhigt sein. Alghero erhält seine Nahrungsmittel durch einen gewundenen Geheimgang, der sich sehr leicht blockieren lässt. Ohne diese Nachschubwege können sie allenfalls ein paar Monate aushalten.« Eymerich senkte die Stimme. »Aber wahrscheinlich ist Euch der Gang, den ich meine, ja schon bekannt …«

Eymerich begleitete diese Worte mit einem Seitenblick auf Dezcoll. Der König erriet seine Gedanken und lachte laut auf. »Oh, macht Euch keine Sorgen, Pater,

Herr Dezcoll weiß Bescheid über Unsere Beziehungen zu dem *donnikellu* Ughetto und seiner Mutter. Er war bei ihrem Besuch zugegen und er war ihnen bei der Rückkehr in die Stadt behilflich. Ja, Wir wussten von dem Geheimgang, Wir wussten allerdings nicht, dass er auch zur Versorgung der Belagerten dient. Jetzt haben Wir sie in der Hand. Aber welches sind die schlechten Nachrichten, auf die Ihr angespielt habt?«

»Ughetto hat mir die Namen der Adeligen genannt, die sich gegen Euch verschworen haben. Wollt Ihr sie hören?«

»Ja«, antwortete Peter angespannt.

»Der Komtur von Montalba, Senor de l'Esparra, Felip de Castre, Otich de Muncada, Uch de Cardona, Galceràn de Pinòs, Alfonso Roger de Luria, Lop de Luna.«

Der König sprang auf. »Das ist nicht möglich!«

Eymerich bemerkte eine leichte Verzögerung in seiner Reaktion, schenkte dem aber weiter keine Beachtung. »Doch, leider sind dies die Namen. Sie haben vor, in Aktion zu treten, sobald eine kleine genuesische Flotte eingetroffen ist, die nicht lange auf sich warten lassen dürfte. Ihr müsst ihnen vorher den Prozess machen.«

»Ihnen den Prozess machen? Wie können Wir mitten im Krieg den angesehensten Adeligen des Landes den Prozess machen? Nein, das ist ganz und gar undenkbar.« Peter stieß so etwas wie einen Seufzer aus. »Uch de Cordona, Lop de Luna! Das sind für mich keine Untertanen, sie sind wie Brüder für mich!«

Wieder bemerkte Eymerich eine Spur von Unaufrichtigkeit in diesem Ausbruch des Schmerzes. Er wusste genau, dass die genannten Edelmänner sich der Partei des *Justicia* angenähert hatten, der seit jeher der Krone feindlich gesinnt war. »Wenn Ihr ihnen nicht den Prozess machen könnt, werde ich das übernehmen«, schlug er kaltblütig vor. »Offenbar sind sie Anhänger der niederträchtigen Ketzerei, die in Alghero praktiziert wird.«

»Nein, eine unauffälligere Lösung ist notwendig.« Das hatte Dezcoll gesagt, der bisher geschwiegen hatte. Jetzt hatte sein Gesichtsausdruck überhaupt nichts Fröhliches mehr. »Diese Männer müssen in aller Stille verschwinden und keiner darf auf den Gedanken kommen, dass sie umgebracht worden sein könnten.«

Eymerichs Mundwinkel gingen leicht nach oben. »Mein Kompliment, Herr Dezcoll. Sie schlagen Mord vor.«

Der Beamte antwortete mit einem kleinen Lächeln. »Mord? Wir sprechen hier von Verrätern und potenziellen Königsmördern. Und im Übrigen wäre es kein Mord, wenn die Ratsversammlung der Adeligen die Entscheidung bestätigen würde und Ihr als Inquisitor Euer Einverständnis geben würdet.«

Eymerichs Gesicht verfinsterte sich. »Die Inquisition verhängt Urteile wegen Häresie, keine Todesurteile. Das ist Sache des weltlichen Arms.«

Der König ließ sich in den Sessel zurückfallen. Er wandte sich zum Inquisitor. »Wir verlangen kein Urteil von Euch, Pater Nikolas, nur Eure schlichte Zustimmung. Verwehrt Uns nicht diesen letzten Gefallen.«

Eymerich dachte ein paar Augenblicke lang nach. Das Verhalten seiner Gesprächspartner überzeugte ihn überhaupt nicht, vor allem wegen der Übereinstimmung in ihren Positionen und Reden. Die ganze Szene schien bis ins Detail abgesprochen, um ihn zu überreden. Aber wie hätte er sich weigern können? »Sei's drum«, sagte er schließlich. »Wenn die Ratsversammlung Eure Entscheidung billigt, Sire, wird die Inquisition keine Einwände erheben. Es handelt sich um Häretiker, die ohnehin ihrer Bestrafung entgegensehen. Aber ich muss die Sache dem Papst mitteilen, in geheimer Form natürlich.«

»Werdet Ihr ins Detail gehen?«

»Nein. Ich brauche nur seine Absolution. Ich glaube nicht, dass er sie mir verweigern wird, wenn er erfährt, dass der Name der Kirche in den Schmutz gezogen werden sollte und dass das Leben eines katholischen Monarchen in Gefahr war.«

Große Befriedigung machte sich auf dem Gesicht des Monarchen breit, angesichts der Tragik des Augenblicks vielleicht zu große. Doch das dauerte nur einen Moment, dann legte sich seine Stirn in Falten. »Herr Dezcoll«, sagte er nachdenklich, »habt Ihr eine Idee, wie man acht Personen beseitigen kann, ohne dass Verdachtsmomente entstehen?«

»Ehrlich gesagt, nein. Die einzige Methode wäre Gift. Aber Verdacht würde in jedem Fall aufkommen.«

»Ja, und die gleichzeitige Vergiftung von acht Würdenträgern bliebe bestimmt nicht unbemerkt. Man muss sich etwas anderes überlegen.«

Eymerich, der insgeheim die Gesichter der beiden beobachtete, riss sich aus seinen Überlegungen. Er hob eine Hand. »Wenn Ihr erlaubt, Sire, ich hätte da eine Idee. Wie viele Tage sind es noch bis Neumond?«

»Ich glaube, drei Tage. Warum?«

Der Inquisitor senkte die Augenlider und sandte darunter einen honigsüßen Blick aus. »In drei Tagen bekommen die Verschwörer die verdiente Strafe. Ich will es Euch erklären.«

KAPITEL XXI

Fünfte Sitzung. Freitag

In dem Halbdunkel, das überall herrschte, begann die Mähmaschine in einem erneuten blutigen Durchgang die Wände des zylindrischen Brunnenschachts aufzureißen. Reich selbst bezeichnete diesen Wirrwarr aus Hebeln und rotierenden Klingen, der von einem zentralen Zapfen aus bewegt und von nur einem Arm gestützt wurde, als »Mähmaschine«, da mit keiner anderen existierenden Maschine ein Vergleich möglich war. Wie ein monströser Uhrzeiger fuhr sie mit einer Kreisbewegung durch die Luft und brachte die scharfen, blanken Klingen, die am Ende der Vorrichtung eine Art Stahlblume bildeten, zum Rotieren. Jedes Mal, wenn die Klingen auf Reichs Körper trafen, rissen sie Stücke heraus; doch gleich darauf, wenn die Tortur vorüber war, setzte dieser Körper sich wieder zusammen und erwartete, im Stillen schreiend vor Schmerz, die nächste Runde.

Das Gekreisch der Vorrichtung fuhr ihm in die gerade erst zusammengewachsenen Glieder und verhieß neue, unausweichliche Qual. Im Geist hatte er berechnet, dass das Ereignis alle 126 Sekunden eintrat. Er versuchte, die äußerst kurze Zeitspanne dazwischen zu nützen und seine Gedanken zu sammeln, die von der Maschine ebenfalls in Fetzen gerissen wurden. Er wusste, wo er sich befand: Er war in einer dieser simplen und doch effektiven Höllen, wie sie in den apokryphen Evangelien beschrieben werden, in den späten Apokalypsen und in den Parabeln einiger kleinerer Propheten des Islam. Primitive, blutrünstige Quälereien, dazu bestimmt, sich in alle Ewigkeit zu wiederholen. Aber waren sie Bestandteil seiner Kultur? Bestimmt nicht. Wer konnte also ihr Erfinder sein?

Die Antwort war klar, aber er kam nicht dazu, sie zu artikulieren. Die kreischenden Klingen waren wieder bei ihm und zerfetzten sein Fleisch. Erst als er seine gemarterten Glieder wieder zusammenfügte, begann er zu ahnen, welche finstere Art der Wiedervergeltung sich in dieser Marter verbarg. Jemand versuchte ihm zu beweisen, dass die Psyche ein vom Körper unabhängiges Leben hat, sodass sie Grundlage und Matrix sein kann, auf welcher der Körper sich wieder zusammensetzt. Auf der Stelle war klar, wer sein Peiniger war …

Eymerich erschien in diesem Augenblick, ohne seine Identität vertuschen oder verbergen zu wollen. Hoch gewachsen, feierlich, mit zeitloser Strenge gewappnet, hielt er die Maschine an und brachte sie zum Verschwinden. Er betrachtete den Mann, der es als Einziger verstanden hatte, seine Schwächen bloßzulegen, und begab sich mit ihm in einen großen, für den Endkampf geeigneten Raum. Da gab es keinen Brunnen mehr und auch keine Zelle. Da war nur die für den Kampf passende undeutliche Szenerie, um zu entscheiden, wer der Richter und wer Angeklagter war, wer Arzt und wer Patient.

»Salve, Modschu«, flüsterte Eymerich und berauschte sich an dieser Leere. »Salve Mann-Frau, Vater-Mutter und wer weiß welche Gegensätze noch. Bist du froh, trotzdem eine Einheit zu sein?«

Die unangenehm rhetorische Eröffnung und der Übergang vom »Sie« zum »Du« machten deutlich, dass der Unbekannte (Unbekannte?) sich für den Sieger hielt. Das erleichterte Reich ungemein. Siege hatten den Gegner nämlich immer dazu verführt, seine Niederlagen zu übersehen oder sie doch unterzubewerten. Umso schlimmer für ihn! »Sie werden mir nun in mehr oder weniger logischer Weise darlegen, warum ich selbst

Modschu bin und wie widersprüchlich mein Leben verlaufen ist«, bemerkte er ironisch. »Gut, Sie sollen also wissen, dass ich diesmal keinen Versuch unternehmen werde, Ihnen zu widersprechen. Ich habe ihr Spiel durchschaut.«

Leise Irritation huschte über Eymerichs Gesicht. Doch er reagierte prompt. »Und wenn meine Beweisführung nicht logisch, sondern historisch wäre? Bevor du in diese Wolke gehüllt wurdest, hattest du ein konkretes Leben.«

Im Unterschied zu vorhin klang das »Du« diesmal unnatürlich. Sich seines Zugvorteils bewusst, hielt Reich seinen Blick auf den Mann (Mann?) geheftet, den er vor sich hatte. »Fragen Sie mich, was Sie wollen. Diesmal werden Sie keine Wirkung erzielen.«

Eymerichs erste Frage schlug dröhnend ein wie eine stumpfe Waffe. »Was war in ideeller Hinsicht deine größte Jugendliebe?«

»Die Psychoanalyse … Oder vielleicht doch nicht – eher die Kommunistische Partei.«

»Und wem gilt in den Jahren des Alters dein größter Hass?«

»Der Kommunistischen Partei.«

»Warum?«

»Wegen des Herdengeists, den sie gezüchtet hat. Wegen ihrer Ablehnung aller individuellen Entwicklung, im Namen einer angeblich nur im Kollektiv zu verwirklichenden Freiheit. Wegen ihrer feindlichen Einstellung zur Sexualität und jeglicher Erforschung der Vitalität des Einzelnen. Darin gleicht sie allen Kirchen.«

Eymerich schien über die Antwort nachzudenken und schwankte dabei hin und her zwischen den Wänden aus grauer Watte, von denen sie eingeschlossen waren. Er suchte nach einem Anhaltspunkt, das war klar. Dann hatte er vermeintlich einen gefunden. »Was ist aus deinen besten Schülern geworden?«

»Sie haben mich verraten …«, begann Reich. Dann bemerkte er, dass dieser Schritt falsch gewesen war, und er versuchte, sich zu korrigieren. »Vielen von ihnen ist es ab einem gewissen Punkt nicht mehr gelungen, die Neuheit meiner Ideen zu erkennen. Sie haben sich entfernt, nicht weil ich sie fortgejagt hätte. Sie sind aus eigenem Antrieb gegangen.«

»Die Frage ist nicht, ob sie sich entfernt haben, sondern warum sie das getan haben.«

»Das habe ich ja schon gesagt. Sie konnten mir nicht mehr folgen.«

»Um der von dir geführten Gemeinschaft anzugehören, musste man also deine Ideen teilen. Glaubst du, dass diejenigen, die du als Verräter einstufst, eigene Ideen hatten?«

»Ich weiß es nicht. Ich glaube nicht.«

»Und wer entschied das?«

Reich war verwirrt von der banalen Wendung, die das Gespräch nahm. Er hatte sich einen Angriff auf seine Persönlichkeit erwartet, geführt von einem Fleisch gewordenen Über-Ich, dem seine Geheimnisse und verborgensten Regungen bewusst sind. Darauf war er gefasst, darauf hätte er zu antworten gewusst. Derart primitive Vorwürfe hingegen hatte er sich nicht erwartet. War sein Gegner nun maßlos naiv oder maßlos gerissen? Er würde sich jedenfalls nicht aus der Fassung bringen lassen von einem Angriff, der auf einem Nebenschauplatz geführt wurde.

»Natürlich entschied das ich, ob meine Schüler meinen Ideen noch treu waren oder nicht. Wer sonst hätte das tun sollen?«

»Ich nehme daher an, dass diejenigen, die dir bis zum Schluss gefolgt sind, die Besten waren.«

»Nun, nein … Jedenfalls nicht immer.«

»Ist es vorgekommen, dass du dich ihnen gegenüber mit Christus verglichen hast?«

Reich fuhr heftig zusammen. Er suchte nach einer Erklärung für diese Wahrheit, doch er tappte im Dunkeln. Er wusste absolut nicht, was er antworten sollte.

»Du ziehst es vor zu schweigen? Dann lass mich reden.« Eymerich kam näher, während die Temperatur in diesem Hohlraum spürbar fiel. »Du hast dich mit Christus verglichen. Du hast dich mit Gott verglichen. Du hast für dich von einer möglichen Sternengeburt gesprochen. Du hast den Herdengeist gefördert und die individuelle Entwicklung gegeißelt. Aus deiner Gemeinde hast du eine lächerliche Kirche gemacht. Abweichler hast du bestraft und Feinde verteufelt. Du hast die Verfolgung gut geheißen, deren Feind du zu sein glaubtest. Stimmt's nicht, Modschu?«

Wieder bekam Reich den Mund nicht auf. Er sah, wie sich der Raum mit einer klebrigen Flüssigkeit füllte, die von den Wänden troff und in stillen Schwaden herunterrann. Er begriff, dass etwas im Gange war.

»Ich erwarte nicht, dass du mir antwortest«, sagte Eymerich und wurde finster im Gesicht. »Du weißt, dass wahr ist, was ich sage. Von dir will ich eine Diagnose. Bist du nicht Arzt? Los, sag mir den Namen deiner Krankheit.«

Mittlerweile füllte die Flüssigkeit alles Bestehende aus. Reich sah riesige weiße Formen darin träge umhergleiten, von geheimnisvollen Strömungen getragen. Zunächst dachte er an Leintücher, die in der Flüssigkeit schwebten, doch der Anblick von winzigen, bösartigen Äuglein ließ ihn die Wahrheit erahnen. Es waren Rochen, Rochen von ungeheuerlichen Dimensionen und weiten, glänzenden Flügelflossen. Aber was machten sie in diesem Augenblick hier?

»Soll ich dir helfen?«, flüsterte Eymerich, den Kopf zur Seite gelegt. »Handelt es sich nicht vielleicht um die Krankheit, die du mir zugeschrieben hast? Um Schizophrenie?«

»Nein!« Reich schrie so laut und entschieden, dass es die weißlichen Geschöpfe in ihrem gemächlichen Gleiten aufschreckte. »Mit Schizophrenie hat das nichts zu tun!«

Der Unbekannte schien von diesem Widerspruch etwas verwundert und wich einen Schritt zurück. »Nein? Dann sag mir deine Diagnose. Was ist die Krankheit, die dich denen, die du bekämpft hast, so ähnlich gemacht hat?«

Reich biss sich wütend auf die Unterlippe, um nicht antworten zu müssen, aber seine Stimme strömte ganz von selbst, aus unergründlichen Tiefen. »Mit Schizophrenie hat das nichts zu tun«, wiederholte er. Dann fuhr er fort: »Es handelt sich um ›Manie‹.«

Eymerich zeigte tiefes Erstaunen. »›Manie‹? Und was heißt das? Eine fixe Idee?«

»Nein, nein«, antwortete Reich kopfschüttelnd. »In der Psychiatrie bedeutet das etwas ganz anderes.«

»Was? Erklär das!«

Die Fassungslosigkeit seines Gesprächspartners hätte Reich ermuntern können, zumal die Rochen sich zurückzogen und nur noch als weiße Klumpen in der Ferne erkennbar waren. Hingegen fühlte er sich schrecklich niedergeschlagen: Es war das erste Mal, dass er das eingestand, auch vor sich selbst. »Die Manie gehört in den Symptomkreis der Hysterie«, sagte er mit einem Hauch von Stimme. »Sie ist ein Exzess. Man fühlt sich wohl, ist selbstsicher, man hält sich für perfekt und unsterblich. Man neigt dazu, den Nächsten zu verachten und sich mit bedingungslosen Bewunderern zu umgeben. Aber das ist nur eine Maske.«

»Und was ist unter der Maske?«

»Tödliche Traurigkeit.«

Eymerich schwieg einen Augenblick, dann entlud sich die Wut, die in ihm aufstieg, in einem Schrei. »Du lügst! Deine Krankheit ist Schizophrenie und sonst nichts!«

Reich schüttelte den Kopf. »So ist das nicht. Das ist Ihre Krankheit.«

»Es ist deine! Der Exzess, von dem du redest, besteht aus Würmern, die im Körper nisten, aus eitrigen Amöben und Verwesung.«

»Das sind nicht meine Phantasien.« Reich wurde gewahr, dass er gewonnen hatte, doch auch, dass er keinerlei Freude darüber empfand. »Das sind Ihre. Sie entstehen, wenn in erstarrten Körpern das Leben erstickt, und die Energie, aus der es sich speist. Wenn ich mich in bestimmten Momenten meines Lebens bedauerlich falsch verhalten habe, dann deshalb, weil in mir die vitalen Ströme so mächtig waren, dass sie übersprudelten.«

»Falsch!«, donnerte Eymerich, mit einer herrischen Gebärde, die wirkte, als ob sie die Rochen aus der Ferne noch einmal herbeizitieren wollte. Tatsächlich begannen die gestaltlosen Meeresungeheuer, in Schwärmen in der Flüssigkeit schwebend, wieder näher zu kommen. »Wer glaubst du, dass ich bin? Sag es mir, und hüte dich, zu lügen!«

Reich zuckte leicht mit den Achseln. »Ich weiß es wirklich nicht. Ich weiß nur, dass Sie mir fremd sind.«

»Fremd, sagst du? Denk an das, was wir in diesen Tagen besprochen haben. Du hast gesagt, ich sei deinem Vater ähnlich, dann hat sich herausgestellt, dass du ihm in allem gleichst. Du hast mich Modschu genannt, und heute habe ich dir bewiesen, dass du selbst Modschu bist. Du hast mir mörderische Instinkte vorgeworfen, dann musstest du zugeben, dass du deine Mutter umgebracht hast. Zieh selbst die Konsequenzen!«

»Sie sind banal.« Zerstreut betrachtete Reich die Flossen eines Rochen, der sich seinem Kopf genähert hatte. »Sie wollen mich dazu bringen, Sie für einen Teil meiner selbst zu halten. Darin würde dann meine Schizophrenie bestehen: Auf der einen Seite wäre ich ich selbst, auf der anderen Sie, mein Schatten. Aber dann wären wir dieselbe Person.«

»Genau so!«, rief Eymerich und hieb mit der linken Faust in die rechte Hand. »Das ist die Wahrheit, die du ständig gestreift hast, ohne sie je fassen zu können! Hat man mich nicht zu dir gebracht als Patienten, der die Schizophrenie fürchtet? Das ist ganz und gar deine eigene Angst. Und dieser ständige Wechsel der Rollen, worin ich einmal als Richter erschien, dann als Kranker? Das konnte nur von dir kommen. Es wäre an der Zeit, dass du die Wahrheit akzeptierst. Wir sind dieselbe Person.«

»Aber das ist nicht die Wahrheit«, sagte Reich ohne Nachdruck, aber bestimmt.

Die Rochen verschwanden mit einem Schlag. Einen Augenblick später hörte auch die Flüssigkeit auf, den Raum zu trüben, und machte einem flackernden Grau Platz. Eymerich reagierte verärgert. »Bist du dir da wirklich sicher? Erklär das genauer.«

»Oh, das ist ziemlich einfach. Ich war lange genug Psychiater, um mir meiner Sache sicher zu sein. Meine Pathologie gehört nicht in den Umkreis der Schizophrenie. Sie tendiert eher zur Manie, was ich schon eingestanden habe. Die Tatsache, dass ich seit Tagen ein schizophrenes Delirium durchmache, heißt bloß, dass es ein induziertes Delirium ist. Von außen provoziert.«

Hinter der grauen Patina begannen sich die vertrauten Zellenwände abzuzeichnen und die Reihe von Stahlstäben, die sie abschloss. Eymerich schwankte sichtbar, als ob er das Gleichgewicht nicht halten könnte. Mit erstickter Stimme brüllte er: »Du bist die verkörperte Lüge! Die Schizophrenie ist die natürliche Strafe für dein Leben als Muttermörder!«

»Nein.« Reichs Stimme war außerordentlich ruhig. »Irgendjemand hat beschlossen, meine Lebensenergie zu ersticken, und hat sein Ziel fast erreicht. Das ist alles.

Aber wenn ich bestraft werde, dann aus Gründen, die Sie nicht einmal ahnen können. Ein banaler physischer Tod wird meiner Agonie ein Ende setzen.«

»Aber wenn ich dir fremd bin, wer bin ich dann?« Eymerichs Profil schwebte noch in der Mitte der Zelle, doch nun schon durchsichtig und zunehmend zitternd vor Angst. »Woher komme ich?«

»Ich weiß es wirklich nicht. Ich weiß nur, dass du eine tote Sache bist. Wie ich es auch bald sein werde, aber auf andere Weise und aus anderen Gründen.«

»Wie heiße ich?«, schrie Eymerich, nur noch ein sich auflösendes Gesicht. »Ich bitte dich, sag es mir!«

»Methionin«, antwortete Reich. Dann tastete er sich zu seiner Pritsche vor, gewürgt von Brechreiz, der ihm die Kehle zuschnürte.

KAPITEL XXII

Die Kinder der Zukunft (5)

Der Nachmittag des ersten Tages, den Milton Seed, Seamus Bubey und Felix Addir in Lazzarett verbrachten, verlief dramatisch. In den Baracken, wo sie Unterkunft suchten, schlug ihnen Feindseligkeit entgegen, vonseiten wahrer menschlicher Wracks, die nichts anderes zu begehren schienen, als in ihren Lumpen zusammengekauert in Ruhe weiter leiden zu dürfen. Schließlich entdeckten sie eine Baracke mit vielen leeren Betten, ein Zeichen dafür, dass hier unlängst einige verstorben waren. Als einziger Bewohner lebte darin ein nicht mehr junger Mann, sehr blass aber mit einer Spur Vitalität in den grauen Augen. Er erklärte ihnen in gebrochenem Englisch mit starkem französischem Akzent die Regeln, die in der Gemeinschaft herrschten.

»Wir sind alle verdammt, auch diejenigen, die keine Krankheiten haben«, sagte er und wies von der Schwelle aus auf den klebrigen Nebel, der überall ringsum über dem Gelände lag. »Die Insel ist radioaktiv. Das ist der Grund, warum hier allen ständig übel ist.«

»Du und Tanner, ihr wirkt sehr gesund. Wie macht ihr das?«, fragte Seamus, geschüttelt von einer Angst, die er nicht beherrschen konnte.

Der Mann fuhr sich mit einer Hand durch die grauen Haare. »Alles nur Schein. Ich bin so daran gewöhnt, dass es mir schlecht geht, dass ich nicht mehr darauf achte.« Ein kurzer Seufzer. »Was Tanner angeht, der hält sich durch bloße Willenskraft am Leben. Er hat eine Gruppe von Kriminellen zusammengestellt und die Karikatur einer Organisation gegründet. Er glaubt immer noch, er könnte eines Tages den Flughafen überfallen und die Flucht versuchen. Diese Vorstellung ist es, die ihn am Leben hält. Aber er wird sterben, wie alle anderen auch.«

Die drei Jungs waren erschöpft und schliefen einen unruhigen Schlaf, ohne sich auszuziehen und auch ohne die Lebensmittel in Dosen anzurühren, die die vorherigen Benutzer ihrer Bettstätten zurückgelassen hatten.

Beim Erwachen am nächsten Morgen fühlten sie sich gestärkt. Die Sonne war gerade aufgegangen und eine schwache Helligkeit drang durch die Ritzen zwischen den losen Brettern. Felix war als Erster wach. Er betrachtete den Mann, der hinten in der Baracke schlief, dann seine Gefährten, die sich auf ihren Betten hin und her warfen. Es dauerte einen Augenblick, bis er wusste, wo er war. Das Grauen, das er verspürte, war weniger schlimm als am Tag zuvor. Vielleicht dank der Sonne und des bleichen, aber freundlichen Lichts, das sie verbreitete.

Vom Lehmboden hob er eine der Lebensmitteldosen auf, die da zu einem komischen Turm zusammengestellt waren. Er suchte nach dem Siegel der Food & Drug Administration, fand es aber nicht. Es gab nur eine Lasche zum Aufreißen. Er zog sie mit dem Zeigefinger hoch und öffnete die Dose. Fleisch, zumindest schien es sich darum zu handeln. Mit den Fingern nahm er etwas davon und kostete.

»Gut?«, fragte Seamus mit verschlafener Stimme von seinem Bett gleich nebenan.

Felix sah ihn an. »Nein, praktisch geschmacklos. Aber ich glaube, wir werden nichts anderes finden.«

Seamus schwang die Beine aus dem Bett und öffnete ebenfalls eine Dose. Während sie aßen, wurde Milton auch wach und folgte wortlos ihrem Beispiel. Er schien in seine Gedanken versunken und wirkte abwesend. Im letzten Bett lag der Mann, der sie empfangen hatte, und schnarchte laut.

Seamus stellte die leere Dose ab und sah Felix an. Seine glänzenden Augen verrieten, dass es ihm nicht gut ging. »Es sieht so aus, als müssten wir hier unser ganzes Leben verbringen«, murmelte er.

»Ein kurzes Leben«, entgegnete der andere gewollt zynisch. Der Zwang, sein Los mit zwei Gleichaltrigen zu teilen, machte diese ihm nicht sympathischer. Milton fand er eisig und Seamus so ungehobelt, dass es an Vulgarität grenzte. In dem Militärflugzeug, mit dem sie nach Lazzarett gekommen waren, hatten sie sich miteinander unterhalten, aber nur, weil ihnen nichts anderes übrig blieb. Die Gefangenschaft mit ihnen teilen zu müssen, war ihm unangenehm: Eine Qual mehr in einem ohnehin schon düsteren Gesamtbild.

»Heute müssen wir arbeiten«, bemerkte Milton abwesend, wobei er ein Stückchen Fleisch in Aspik in die Finger nahm. »Das hat Tanner gesagt.«

Seamus hatte am Fußende seiner Bettstatt in einem alten Schuh versteckt eine Uhr gefunden und legte sie gerade an. »Wer weiß, wie spät es ist«, knurrte er und sah auf die still stehenden Zeiger auf dem Zifferblatt. »Wenn man nicht weiß, wie spät es ist, riskiert man hier, vergiftetes Wasser zu trinken.«

»Wenn die Kritik gestattet ist, es ist jetzt bestimmt weder zwischen Mitternacht und drei Uhr früh noch zwischen Mittag und fünfzehn Uhr«, sagte Milton von seinem Bett aus in andeutungsweise besserwisserischem Tonfall.

Seamus sprang auf und warf die leere Dose nach ihm, die gegen die Wand schepperte. »›Wenn die Kritik gestattet ist!‹«, schrie er wütend, die Stimme seines Gefährten nachäffend. »Kannst du nicht weniger geschraubt reden?«

Milton stand ebenfalls auf. Wenn sein Gesicht auch reglos blieb, innerlich bebte er vor Verlangen, diesem Idioten aus dem Süden eins überzuziehen. In diesem

Augenblick erschien jedoch ein gut genährter Mann mit feindseligem Gesichtsausdruck in der Tür. Er trug eine vor Schmutz unkenntliche Uniform mit silbernen Achselstücken, die im Licht blitzten. »Ihr seid meiner Mannschaft zugeteilt. Hört auf, hier faul herumzuhängen, und folgt mir.«

Der Mann auf dem hinteren Bett sprang mit einem Satz auf, doch als er sah, dass er nicht gemeint war, kroch er wieder in sein Bett. Einen Augenblick später schnarchte er schon wieder.

Das stille, weiße Meer draußen wirkte ruhiger als am Tag zuvor. Am Horizont brauten sich jedoch dunkle Wolken zusammen und der Wind, der wehte, war nicht eben warm. Er führte einen eigenartigen Geruch mit sich, fast wie Karamel, Ekel erregend, wie alles übrige auch.

»Es ist ein Gewitter im Anzug«, brummte der Mann in Uniform und sah zum Himmel. »Seht ihr die Leute da hinten?«, fuhr er fort und wies auf eine Gruppe Gefangener, die lange Pfähle auf den Sand legten. »Das ist eure Mannschaft. Die Palisade muss vor dem nächsten Seebeben fertig sein. Also strengt euch an und verliert keine Zeit mit Reden.«

Seamus, Milton und Felix wurden einem gewissen Hans übergeben, der so etwas wie der Bauleiter zu sein schien. Er war hager mit tiefen Ringen unter den Augen und sprach nur Deutsch. Er machte sich vor allem durch Gesten verständlich, begleitet von herrischen Blicken. Er gab den drei Jungs Hämmer und eine Schachtel Nägel mit arabischer Beschriftung. Dann zeigte er ihnen dünne Bretter. »An die Pfähle nageln«, knurrte er. »Mit Balken verbinden. Aber ordentlich.«

Die Arbeit war nicht schwierig. Sie kamen nur sehr langsam voran, weil die anderen Mitglieder der Mannschaft am Ende ihrer Kräfte schienen. Einige waren sehr jung, andere, ältere konnten nur mit Mühe das Zittern der Hände beherrschen. Oft stand einer von ihnen auf und ging zum Kotzen ans Meeresufer, hielt sich jedoch in deutlichem Abstand von dem weißlichen Wasser. Im Lauf der Stunden wurde der Gestank nach Erbrochenem, der vom Wind herübergeweht wurde, unerträglich.

Irgendwann, als der Bauleiter zum Pinkeln gegangen war, schleuderte Felix den Hammer in den Sand. »Ich bin's leid, Nägel einzuschlagen«, rief er. »Wenn das alles wenigstens einen Sinn hätte …«

Seamus sah ihn feindselig an. »Ah, der Herr aus dem Norden hat schon genug? Arbeite, du Idiot! Du bist nicht anders als die anderen.«

»Anders als du mit Sicherheit!«, brüllte Felix. »Du hast dich an Tanner verkauft, du blöder Grobian!«

Einer der älteren Gefangenen schüttelte den Kopf. »Das ist keine Frage von Sich Verkaufen«, sagte er, blieb aber knien und hämmerte weiter. »Wenn es hier ein Seebeben gibt, werden die Tiere, die im Meer sind, ans Ufer geschleudert. Vor zwei Wochen ist Ted Seelmur so ums Leben gekommen, aufgefressen von den Hydren. Deshalb lässt Tanner uns die Palisade bauen.«

In dem Moment kam der Bauleiter zurück und Felix hämmerte eifrig los. Der Himmel verdunkelte sich, während der Wind von Augenblick zu Augenblick an Stärke zunahm. Andere Mannschaften, die an der Küste arbeiteten, hatten ihre Werkzeuge schon in Sicherheit gebracht und machten sich auf den Weg zu den Baracken. Der Sand wurde in Wirbeln herangeweht, peitschte das Gesicht und reizte die Augen.

»Das reicht!«, rief der Bauleiter endlich. »Nehmt die Werkzeuge und sucht einen sicheren Unterschlupf!« Er selbst sammelte ein paar Schachteln mit Nägeln ein und lief in Richtung des verfallenen Gebäudes. Die Mitglieder der Mannschaft folgten seinem Beispiel mit hektischen Bewegungen und liefen hinter ihm her. Nur Milton, Seamus und Felix blieben, wie in stillem Einvernehmen, wo sie waren. Zum ersten Mal, seitdem sie in Lazarett waren, ließ man sie völlig allein.

»Na, worauf wartet ihr?«, fragte Felix barsch. »Gehen wir los, oder nicht?«

Seamus sah ihn herausfordernd an. »Und du?«

Der Wind blies immer heftiger und die Pfähle rollten über den Strand, während leichterer Abfall durch die Luft gewirbelt wurde. Milton verschränkte die Arme und stellte sich vor den anderen beiden auf. »Es ist klar, dass wir alle drei fliehen wollen. Und es ist auch klar, dass keiner von uns das alleine schafft.«

»Danke für die Belehrung, Herr Logiker«, zischte Seamus, während ein heftiger Windstoß durch seinen Blondschopf fuhr. »Aber ich brauche deine Gesellschaft nicht.«

»Komm, Milton hat Recht«, griff Felix ein, der sich nur mit Mühe aufrecht halten konnte. »Der einzige Weg, um von hier wegzukommen, führt an der Küste entlang. Und zwar bald, bevor der Wirbelsturm wirklich losbricht. Zu dritt haben wir mehr Chancen, es zu schaffen.«

Seamus schwieg einen Moment, dann brummte er: »O.k. Aber in welche Richtung?«

»Entweder hier lang oder da lang«, antwortete Milton und wies in die beiden Richtungen, in die sich der Strand erstreckte. »Aber besser, wir gehen nicht an den Baracken vorbei, wo Tanner und seine Leute sind. Also bleibt uns nur, in Richtung auf die Felsnase zu gehen. Vielleicht finden wir einen Unterschlupf.«

Das war leichter gesagt als getan. Lange, weiße Wellen rollten mit wachsender Wucht über den Strand heran und setzten ganze Teile davon unter Wasser. Die Gebäude ächzten und neigten sich, während in regelmäßigen Abständen ein Hagel von Abfällen auf ihre Dächer niederging. Eine Aluminiumplatte, die sich von einer Baracke gelöst hatte, flog wie ein Schmetterling durch die Luft, um sich dann unter großem Krachen am Rand der Felder in den Boden zu bohren. Entwurzelte Sträucher rollten mit unerhörter Geschwindigkeit durch die Gegend.

Entschlossen machten sich die drei Jungen auf den Weg und setzten die Füße mit Nachdruck in den Sand. Unter größter Anstrengung legten sie etwa hundert Meter zurück, dann war klar, dass sie nicht weiterkommen würden.

»Wir müssen umkehren!«, brüllte Felix irgendwann und versuchte, den Sturm zu übertönen.

»Unmöglich!«, schrie Milton und wischte sich den Rotz ab, der ihm aus der Nase lief. »Da bleibt nur das Schiff!«

Der große, halb im Sand versunkene Schiffsrumpf schien die einzige verlässliche Zuflucht in diesem Inferno. Der Sand wurde jetzt in riesigen Wirbeln durch die Luft geschleudert und prasselte als feiner, stechender Hagel wieder herunter. Weiter hinten, etwa dort, wo die Jungs losgegangen waren, klapperten die Schilder von ehemaligen Badeanstalten laut im Wind. Die von Tanner angeordnete Palisade war nur noch ein Durcheinander aus zerbrochenen Pfählen, die wie wild am Boden durcheinander rollten. Weniger solide Baracken waren zusammengefallen und von einigen wirbelten Teile umher, während ihre Bewohner Bauten aus Mauerwerk zu erreichen suchten, an denen die weißen Wellen schon hochschlugen.

Das Schiff war nah, aber schwer zu erreichen. Jetzt fiel ein wütender, eisiger Regen, der die Sicht erschwerte. Felix berührte als Erster die Eisenleiter, die an der Seite des Rumpfs herabhing. Er wollte schon hinaufklettern, dann überlegte er es sich und wartete, bis seine Gefährten nachgekommen waren. Er hielt Seamus einen Arm hin, der sich daran festhielt, und half ihm mit leicht angewiderter Miene nach oben. Dann machte er es mit dem völlig durchnässten und hinkenden Milton ebenso. Zuletzt kletterte er selbst hinauf.

Es war ein äußerst beschwerlicher Aufstieg. Die Stufen waren nass und vom Meer her wurde das Wasser in gischtigen Brechern herangefegt, gewaltsam wie Ohrfeigen. Zum Glück war das Türchen an der Vorderseite der Kajüte nur angelehnt und schlug regelmäßig im Wind. Seamus stieß es mit der Schulter auf und warf sich ins Innere. Felix und Milton, völlig erschöpft, folgten ihm.

Geschützt zu sein, war eine unbeschreibliche Erleichterung. Noch schnaufend sah Seamus sich um. Sie befanden sich in einem engen Gang, der von schwachem Licht erhellt war. Weiß lackierte Metallwände liefen auf eine weit offen stehende kleine Tür zu. Auf der Schwelle stand ein alter Mann mit einem M1 Karabinergewehr in der Hand, der sie hasserfüllt anstarrte.

Triefend und zu erschöpft, um Angst zu empfinden, betrachteten die drei Jungs den Unbekannten. Er war groß und mager, um die sechzig, mit kurzem weißem Bart und grauen Augen, die nichts Gutes verhießen. Er trug einen dunklen Anzug, der einst sehr elegant gewesen sein musste, doch jetzt nur noch ein formloser Lumpen war. »Ich sehe, Tanner kann es nicht lassen, mir seine Handlanger zu schicken«, stieß er leise, aber eisig hervor. »Ich habe schon gesagt, dass ich nur mit ihm verhandle. Und mit Kindern würde ich schon überhaupt nicht verhandeln.«

Milton schluckte. Mit einer Hand fuhr er sich durch die triefnassen Haare. »Herr Tanner hat nichts damit zu tun. Wir sind hereingekommen, um uns vor dem Sturm in Sicherheit zu bringen.«

»Richtig, das Seebeben«, sagte der Alte, ohne die Waffe sinken zu lassen. »Ich hatte sie gewarnt. Wer zum Teufel seid ihr?«

Die drei Jungen nannten ihre Namen. Der Mann schien beeindruckt. »Addir, hm?«, murmelte er zu Felix gewandt, ohne die grimmige Miene zu verziehen. »Was für ein merkwürdiger Name. In vielen semitischen Sprachen bedeutet *addir* so viel wie mächtig. Hast du das gewusst?«

»Nein.«

»Es war auch ein Attribut für lokale Gottheiten.« Er zuckte mit den Achseln. »Ich heiße David, der Nachname tut nichts zur Sache. Gut, jetzt wo wir uns bekannt gemacht haben, geht wieder dahin, wo ihr hergekommen seid. Und zwar dalli.«

Seamus riss den Mund auf. Heraus kam kein Protest, sondern ein Aufschrei den Entsetzens. »Sie können uns nicht hinausschicken! Wir würden umkommen!«

Der Mann grinste leicht. »Was soll mir das schon ausmachen, Junge? Hat Tanner euch nicht beigebracht, dass hier jeder für sich selber sorgen muss? Was zählt, ist, dass ich am Leben bin. Ihr könnt zusehen, wie ihr zurechtkommt.«

Milton trat einen Schritt vor. »Wenn mir die Kritik gestattet ist, mein Herr, wir haben Ihnen schon gesagt, dass wir mit Tanner nichts zu tun haben. Im Gegenteil, wir sind seine Gefangenen. Er hat herausgefunden, dass wir keine Krankheiten haben, und zwingt uns, für ihn zu arbeiten.«

»Ihr habt keine Krankheiten?« Zum ersten Mal ließ David das Gewehr sinken und seine Augen leuchteten interessiert auf. »Richtig«, murmelte er bei sich. »Wenn ihr krank wärt, hättet ihr es bis hierher nicht geschafft, bei dem Wind, der draußen herrscht.«

Milton ahnte, dass ihre körperliche Verfassung für diesen Mann von besonderem Interesse war. »Wir sind völlig gesund, mein Herr. Wir sind als Aufsässige deportiert worden.«

Davids Interesse nahm sichtlich zu. »Aufsässig, hm?

Habt ihr je etwas von den so genannten Kindern der Zukunft gehört?«

Felix nickte heftig. »Ich hatte Kontakt zu ihnen. Aber ich glaube, es gibt sie nicht mehr.«

»Das stimmt«, bestätigte Seamus, der sich das Wasser aus den Haaren drückte. »Ihre Basis in Rangeley ist kurz vor meiner Festnahme von der Armee zerstört worden.«

Einen Augenblick lang wich die Feindseligkeit aus Davids Augen und machte einem Ausdruck des Schmerzes Platz. »Mein Gott, was für ein Massaker«, murmelte er und starrte auf die Wand. »Hunderte von Kindern wie Lämmer abgeschlachtet, in den Wald gehetzt, gefoltert. Ich hatte versucht, die Erinnerung daran zu verdrängen.«

Seamus riss den Mund auf. »Waren Sie ein Kind der Zukunft?«

»Vielleicht das Erste. Ich wurde als Neugeborenes nach Rangeley gebracht, um nach den von Wilhelm Reich ersonnenen Prinzipien erzogen zu werden.« Der Blick des Mannes fror wieder ein. »Aber das geht euch nichts an. Wenn ihr wirklich nicht Tanners Freunde seid, würdet ihr dann für mich arbeiten?«

»Ich ja«, antwortete Felix spontan, in der Hoffnung, dass seine Gefährten ablehnen würden. Hingegen sah er, dass sie, wenn auch nach kurzem Zögern, nickten.

»Dann folgt mir«, befahl David. Er wandte ihnen den Rücken zu und trat durch die kleine Tür.

Die Jungs gehorchten. Sie fanden sich in einer ziemlich großen, von Neonlicht erhellten Kabine wieder. Ein fernes Summen zeigte die Anwesenheit eines Generators an, dieses Geräusch wurde jedoch vom Heulen des Sturms übertönt.

Verblüfft sahen sie sich um. Der Raum war mit einem Bett, einem Tisch, wenigen Stühlen und einigen Regalen eingerichtet, im Übrigen jedoch als Labor ausgestattet.

Auf dem Tisch stand ein enormes Mikroskop mit vielen Okularen; überall ringsum hingen gewundene Kabel, die Apparate mit Skalen und Zeigern miteinander verbanden. Einer dieser Apparate war sicher ein Radio, darüber war eine Antenne angebracht, die aus dem Stock eines Regenschirms und gebogenem Eisendraht zusammengebastelt war. Im Übrigen machten alle Apparaturen den Eindruck, als ob sie aus zufällig zusammengestückeltem Material gemacht wären. Nur das Mikroskop stellte eine Ausnahme dar, kompakt und blank stand es auf seinem mächtigen Fuß.

David setzte sich auf den Bettrand, wobei er das Gewehr auf den Knien hielt. Er betrachtete die Jungen ohne eine Spur von Sympathie. »Nur Tanner ist einmal hier gewesen. Wenn ihr die Absicht habt, irgendjemandem zu erzählen, was ihr hier seht, seid ihr so gut wie tot. Ist das klar?«

»Sie können ganz beruhigt sein«, versicherte ihm Seamus. Mit einem flüchtigen Blick auf seine Kameraden wollte er dem Mann zu verstehen geben, dass er für sie keine Garantie übernahm.

David nickte, als ob die Antwort von allen gekommen wäre. »Es hat sehr viel Mühe gekostet, all das Zeug hier ranzuschaffen. Vor allem den Funkempfänger.« Mit dem Zeigefinger streichelte er den Abzug seines Gewehrs. »Ich bin nicht bereit, mich von Tanner oder seinen Leuten ausrauben zu lassen. Wenn sie etwas von mir wollen, müssen sie mir Lebensmittel geben. Ich weiß gar nicht mehr, wie viele Diebe ich schon umgebracht habe.«

Felix ging zu dem primitiven Radio und betrachtete es aufmerksam. »Ist das ein Funkempfänger?«

»Ja. Ich habe Kontakt zum Frauenlager weit unten im Süden. Aber das nützt nichts.«

Felix fuhr zusammen. »Haben Sie je mit einer gewissen Marjorie gesprochen? Sie muss in Rangeley gewesen sein.«

»Und mit einem Mädchens Namens Sybil?«, fragte Milton zögernd. Er fürchtete, seine Stimme könnte zu gefühlvoll klingen. David schüttelte den Kopf. »Nie gehört«, sagte er kurz angebunden und gewollt grausam. Er sah Milton an. »Du musst aus der *New Federation* sein. Das sieht man daran, wie viel Mühe du dir gibst, einen Hampelmann aus dir zu machen.«

Der Junge wurde rot vor Zorn, versuchte sich aber zu beherrschen. »Selbstkontrolle ist der einzige Schutz gegen die Sichelzellenanämie«, betete er nach.

»Falsch. Die Selbstbeherrschung, von der du sprichst, ist der Anfang allen Übels, psychischer wie physischer Natur.«

»Mir hat man etwas anderes beigebracht.«

Zum ersten Mal blitzte Ironie in Davids Augen auf. »Tatsächlich. Hat man dir nicht beigebracht, mit angehaltener Luft zu atmen? Denk doch nur einen Moment lang nach: Die Luft anzuhalten, ist typisch für jemanden, der Angst hat. Die perfekte Erziehung zur Neurose.«

Empört wollte Milton etwas erwidern, doch Seamus schaltete sich ein. »In der *Confederation* wurde so etwas nicht gemacht.«

»Da wird Schlimmeres gemacht. Da wird die Lebensenergie durch Reserpin, eines der berüchtigtsten Psychopharmaka, erstickt. Und Depression ist die erste Ursache für Krebs und viele andere Krankheitsbilder.« David schien sich zu fragen, ob er nicht seine Zeit mit diesen Jungs verplemperte. Die Antwort musste negativ ausgefallen sein, denn er stand auf und trat ans Mikroskop. »Kommt her und schaut.«

Ohne das Gewehr aus der Hand zu legen, beugte er sich über das Okular, stellte es ein und machte den Jungs Zeichen, näher zu kommen. »Seht ihr diese winzigen schwarzen Körper in Form von länglichen Bohnen?«, fragte er. Müdigkeit und Desinteresse überwindend, lösten sich Seamus, Milton und Felix am Mikroskop ab. »Das sind T-Bazillen«, fuhr David fort. »Sie entstehen, wenn die Lebensenergie weniger wird und das Gewebe sich zu zersetzen beginnt. Diese größeren bläulichen Blasen dagegen, die zu pulsieren scheinen, das sind mit Energie geladene Bionen. Wenn der Impuls zu leben geringer wird, vermehren sich die T-Bazillen.«

Milton schüttelte den Kopf. »Sie werden uns doch nicht weismachen wollen, dass die Sichelzellenanämie auf Lebensmüdigkeit zurückzuführen war.«

David schien überrascht. »Bestimmt nicht! Die Sichelzellenanämie war ein genetischer Defekt, der ursprünglich auf einen bestimmten Personenkreis von Farbigen beschränkt war, bis sie durch ein militärisches Experiment auch auf andere Rassen übertragen wurde. Die Umweltverschmutzung tat dann ein Übriges, indem sie die Sauerstoffmenge in der Luft verringerte. Wenn Sauerstoffmangel besteht, wird aus den Sichelzellen, die eine bloße Erbanlage sind, die Sichelzellenanämie, die zum Tod führt.« Er setzte sich wieder auf den Bettrand. »Ich weiß, dass eure Regierungen euch etwas anderes erzählt haben, aber wenn eines sicher ist, dann dies: Die Beherrschung von Gefühlen hat damit überhaupt nichts zu tun.«

Seamus war noch immer über das Mikroskop gebeugt. Erstaunt richtete er sich auf. »Woher haben Sie diese Gewebeproben? Von den Kranken aus dem Dorf?«

»Nein.« Aus Davids Gesicht war jede Spur von Feindseligkeit gewichen. Jetzt wirkte er vor allem besorgt. »Von T-Bazillen und vor allem Krebszellen wimmelt es nur so in den Quellen und Flüssen von Lazzarett, an bestimmten Tagen und zu bestimmten Tageszeiten.«

Felix spürte, wie sich ein eisiger Ring um seine Brust legte. »Tanner hat uns gesagt, wir sollten zwischen Mitternacht und drei Uhr früh und zwischen Mittag und fünfzehn Uhr kein Wasser trinken«, murmelte er.

»Richtig, und besonders bei Neumond. Der Rhythmus erinnert an die Gezeiten, aber hatte man je gehört, dass das Meer die Flüsse speist und nicht umgekehrt?« Es war klar, dass David mit lauter Stimme Überlegungen anstellte, die ihn lange Zeit beschäftigt haben mussten. »Es muss eine Stelle geben, wo das Meerwasser gefiltert und an den Boden zurückgegeben wird, eine Art natürlicher Destillierkolben. Die Antwort kann nur in der Grotte liegen.«

»Welche Grotte?«

»Diejenige, in die man die Leichen der Verstorbenen wirft. Sie ist nicht weit von hier entfernt, man stößt darauf, wenn man der Küste nach Norden folgt.« Davids Stimme wurde wieder hart. »Ich allein kann nicht in die Grotte hineingehen. Was euch betrifft, so könnt ihr euch getrost schon für tot halten. Wenn ihr zu Tanner zurückkehrt, werdet ihr erschossen. Wenn ihr über Land geht, zerfleischen euch die Hunde. Und wenn ihr an der Küste entlanggehen wollt, so werdet ihr vom nächsten Seebeben hinweggefegt. Von der Strahlung ganz zu schweigen.« Er wies mit dem Finger auf die Jungs. »Es bleibt euch nichts anderes übrig, als für mich zu arbeiten. Ich brauche jemanden, der mit mir in diese Grotte geht.«

»Aber warum?«, fragte Felix.

»Ich bin zu dem Schluss gekommen, dass die T-Bazillen in den Gewässern aus den Leichen stammen, die in dem See im ersten Abschnitt der Grotte liegen. Bei Flut, die bei Neumond weniger hoch ist, muss ein Teil des Meerwassers, aus dem der See besteht, in den Untergrund versickern und dabei eine Ladung Bazillen mitnehmen. Die Quellen geben es dann Stunden später wieder ab, nicht mehr salzig aber immer noch verseucht.«

»Sie wollen also, dass wir herausfinden, wie das Meerwasser in die Flüsse kommt?«

»Nein, nein, das ist mir völlig egal. Das Problem ist

ein anderes. T-Bazillen, Krebszellen oder Bionen lösen sich nicht selbstständig. Sie müssen einer hohen Konzentration von Orgonenergie ausgesetzt gewesen sein.«

Felix hatte Mühe zu folgen. »Orgonenergie? Was zum Teufel soll denn das sein?«

»Die Lebensenergie, von der vorhin die Rede war. Sie ist auch in der Atmosphäre vorhanden, mehr oder weniger stark konzentriert. In der Höhle muss die Konzentration extrem hoch sein, sonst würde sich das Phänomen des verseuchten Wassers nicht erklären.« David zuckte mit den Schultern. »Ich bin sicher, ihr versteht nichts von alledem. Das macht nichts. Seid ihr bereit, in die Grotte mitzukommen? Oder wollt ihr lieber sterben?«

Seamus machte eine wegwerfende Handbewegung. »Wenn die Atmosphäre radioaktiv ist, sterben wir ohnehin.«

David sah ihn streng an. »Nein, das ist nicht gesagt. Als ich klein war, hat Reich ein Experiment durchgeführt, das hieß ORANUR, *Orgonomic Anti-Nuclear Radiation Project.* Er war davon überzeugt, dass die Bioenergie die Folgen der Radioaktivität annullieren kann. Nun, ob ihr es glaubt oder nicht, das Experiment war ein Erfolg.« Er sah die drei Jungen eindringlich an. »Versteht ihr jetzt? Euer Leben hängt von dieser Grotte ab und von der Energie, die sie enthält. Und nicht nur euer Leben. Auch das aller übrigen Bewohner dieser Insel.«

Milton schluckte. »Ja«, sagte er nach einer Weile und versuchte, Sybils Bild zu verscheuchen, das ihm in den Sinn gekommen war. »Ich glaube, ich werde Ihnen helfen.« Auch die anderen nickten.

David machte ein Zeichen des Einverständnisses. »Ihr seid ein bisschen intelligenter, als ich geglaubt habe. Ihr werdet hier schlafen, in einer Kabine. Wenn das Meer morgen ruhig ist, bringe ich euch zur Grotte.«

Er packte das Gewehr und führte sie in den Gang.

Draußen musste das Seebeben seinen Höhepunkt erreicht haben, denn man hörte den Wind mit unerhörter Gewalt um das Schiff heulen; er pfiff mit beißender Eiseskälte durch alle Ritzen und Spalten. Ein zweiter Gang und eine kurze Leiter führten sie zu einem anderen Raum, der völlig leer war, abgesehen von einem Dutzend Stockbetten, die mit den Wänden verschweißt waren.

David machte eine kreisförmige Bewegung. »Damit müsst ihr euch zufrieden geben. Ich kann euch nichts zu trinken anbieten und auch nichts zu essen. Morgen früh kann ich euch aus dem Laderaum ein paar Lebensmittelrationen heraufholen. Man kommt nur über die Brücke hinunter.« Er wartete, bis die Jungs in dem Raum waren, dann zog er sich zurück. »Ihr solltet euch nicht von hier wegrühren. Der Rest des Schiffes liegt im Dunkeln. Und macht keine Dummheiten. Ich werde nicht schlafen und habe ein sehr feines Gehör.«

Felix wartete ab, bis die Schritte des Alten im Korridor verklungen waren, dann seufzte er tief auf. »Nun ja, immerhin sind wir am Leben«, war sein Kommentar.

Milton trat an eines der Betten und fuhr mit dem Finger über das Bettgestell. »Überall Rost und Staub«, murmelte er. »Hier hat schon seit Jahren niemand mehr geschlafen. Und nicht einmal eine Decke gibt es.«

Seamus schüttelte den Kopf. »Ich weiß ja nicht, wie es für euch aussieht, aber ich habe nicht die Absicht zu schlafen. Dieser Typ ist verrückt und hält sich nur mit Mühe auf den Beinen. Ein Stoß genügt, damit wir ihm das Gewehr abnehmen können. Ich möchte wetten, dass seine Kabine bequemer ist.«

»Wenn die Kritik …«, setzte Milton an, korrigierte sich dann aber gleich: »Mir scheint, wir brauchen diesen Mann. Mindestens ebenso sehr, wie er uns zu brauchen scheint.«

»Ich brauche überhaupt niemand!«, erwiderte Seamus wütend. »Und schon gar keinen neuen Herrn. Nein, heute Nacht entwaffne ich den Alten, und wenn er Widerstand leistet, kann er was erleben. Wir haben doch nichts zu verlieren. Kapiert? Rein gar nichts.«

Felix legte den Finger an die Lippen. Im Gang hörte man Schritte.

David schaute zur Tür herein, einen seltsam hämischen Ausdruck in dem schmalen Gesicht. »Ich habe gerade per Funk mit dem Frauenlager gesprochen. Sie sagen, sie haben eine Marjorie und mindestens zwei Mädchen namens Sybil. Aber die Verbindung ist durch den Sturm gestört. Erst morgen kann ich mehr erfahren.«

Er machte zum Gruß eine unbestimmte Handbewegung und entfernte sich wieder. Seamus sah seine Gefährten an. Ihre Augen strahlten. Er begriff, dass sie sehr wohl etwas zu verlieren hatten. Er seufzte und ließ sich auf das quietschende Bettgestell fallen.

KAPITEL XXIII

Die kriechende Göttin

Eymerich ging auf die Felsen zu und betrachtete den Horizont, die Augen mit der Hand gegen das Sonnenlicht abschirmend. Die fünfundzwanzig genuesischen Galeeren, die am Tag zuvor, dem 17. Juli – eine Woche nach seiner Rückkehr ins aragonesische Lager –, auf dem Meer aufgetaucht waren, drehten langsam nach backbord. Als die Königliche Flotte auf sie zugekommen war, hatten sie keinerlei Widerstand gezeigt. Eine kurze Durchsuchung hatte ergeben, dass sie unbewaffnet waren und keine kriegerischen Absichten hegten. Es bestand also kein Grund, sie festzuhalten, auch wenn sie einer feindlichen Macht angehörten. Jetzt, nach einer Nacht vor Anker, entfernten sie sich rudernd. Zurück blieb das Rätsel ihres Auftauchens in diesen Gewässern, an dessen Lösung aber niemand sonderliches Interesse zu haben schien.

Doch Eymerich gingen andere Gedanken durch den Kopf. Er lenkte den Blick wieder zurück aufs Lager, wo die Beisetzung des Adeligen Galceràn de Pinos, der an diesem Morgen verstorben war, in feierlicher Form begangen wurde. Am Tag zuvor waren Felip de Castre und Otich de Muncada verschieden. Alle drei hatten Wasser getrunken, das während der verhexten Stunde aus dem Fluss geschöpft worden war, trotz des ausdrücklichen Verbots des Königs. Anscheinend hatte irgendein Diener in ihren Zelten Flaschen mit verseuchtem Wasser aufgestellt und die drückende Hitze des sardischen Sommers hatte den Rest besorgt.

Sie waren nicht die einzigen Opfer des in den Flüssen

wimmelnden, abnormen Lebens seit dem letzten Neumond. Der Vicomte Uch de Cardona, der Señor de l'Esparra, Alfonso Roger, Lop de Luna und der Komtur von Montalba waren mit grausamen Schmerzen an ihre Lager gefesselt; noch am selben Abend würde ein Schiff sie zurück in die Heimat bringen. Bei einigen wurden die Gedärme von unerklärlichen Schmerzen zerfressen, bei anderen verfaulte das Fleisch. Ein widerwärtiger Gestank stieg von ihren Lagern auf, die von gelblichen Säften durchtränkt waren. Doch obwohl ihr Ende absehbar war, würde es nicht schnell kommen.

Eymerich wusste, dass die Kommandanten des Feldzugs am Tag nach seiner Rückkehr eine äußerst erregte Zusammenkunft gehabt hatten, an der auch die König Peter treu ergebenen Adeligen teilgenommen hatten. Er hatte nicht daran teilnehmen wollen. Er verachtete die acht zum Tode Verurteilten, aber er verachtete auch die Höflinge, die aus purer Unterwürfigkeit ihre Zustimmung geben würden. Er selbst hatte seine Unterschrift unter das Dokument, das Dezcoll ihm vorgelegt hatte, schon zweimal aufgeschoben und wohlweislich nicht an den Papst geschrieben. Er würde das erst tun, wenn er seine eigenen Bedenken wegen der schäbigen Angelegenheit zerstreut hatte.

Vorsichtig stieg er über die Felsen hinunter und ging aufs Lager zu. Am Strand waren zwei Tischler mit der Reparatur eines Bootes beschäftigt und unterhielten sich miteinander. Bruchstücke ihrer Unterhaltung drangen bis zu ihm und erregten seine Aufmerksamkeit. Er ging auf die beiden zu und zwang sich zu einem leutseligen Gesichtsausdruck. »Verzeiht, wackre Leute, ich habe etwas von eurer Unterhaltung mitbekommen. Meint ihr wirklich, dass diese fünfundzwanzig Schiffe keine genuesischen Galeeren waren?«

Der ältere Tischler, ein Zigeuner mit sonnenverbranntem Gesicht, musterte die weiße Kutte des Inquisitors, dann nickte er. »In Genua werden keine solchen Schiffe gebaut, Pater. Ich weiß das genau, ich war vor zwei Jahren bei der Schlacht am Capo Caccia dabei, auf venezianischer Seite.«

»Außerdem«, setzte der zweite hinzu, ein junger Sarazene mit stumpfnasigem Gesicht, »wie hätten die Genuesen nur zwei Jahre nach der Niederlage fünfundzwanzig Schiffe aufs Wasser bringen sollen? Nein, nein, die Wappen an diesen Schiffen waren gefälscht.«

Eymerich grüßte und entfernte sich. Was er gehört hatte, bestätigte seine Zweifel. Jetzt allerdings musste er sich mit einer Sache befassen, die ihm mehr am Herzen lag als alles andere.

Seit sieben Tagen war Bruder Lorenzo in einem Zelt eingeschlossen, das etwas abseits in der brütend heißen Sonne lag und von einer kleinen Wachmannschaft bewacht wurde. Er hatte ihn nur ein einziges Mal besucht, vor allem, um sich nach seinem Gesundheitszustand zu erkundigen. Jetzt, da die Gefahr für den König abgewendet war, hatte er endlich die nötige Zeit und Ruhe, um sich mit dem Gefangenen zu beschäftigen, im Hinblick auf den Prozess, den er führen wollte.

Als er den kleinen, stickig heißen Raum betrat, überkam ihn unwillkürlich ein Gefühl des Mitleids. Bruder Lorenzo lag auf dem Boden, die Hände und Füße an kleine Pflöcke gekettet. Eine stinkende Schüssel und die kotverschmierte Kutte ließen erkennen, welch grausamer Behandlung er unterzogen wurde. Eymerich war seit jeher der Überzeugung, dass harte Kerkerbedingungen die Ermittlungen verkürzen und bei der Befragung häufig den Rückgriff auf die Folter überflüssig machen konnte. Trotzdem war dieser Anblick so schrecklich, dass er sein Unbehagen nicht gänzlich unterdrücken konnte.

Der Gefangene schien ruhig zu schlafen, auch wenn der Atem beschwerlich ging. Eymerich beugte sich über ihn, dann ging er zu dem Strohlager, das bis vor drei Tagen Asmar Dezcastell beherbergt hatte, der an einem von den Ketten verursachten Wundbrand verstorben war. Vorsichtig setzte er sich auf die Kante, nachdem er das Lager sorgfältig auf eventuelle Wanzen untersucht hatte. Er stützte das Kinn auf die Faust und saß schweigend da.

»Bruder Lorenzo«, rief er nach einer Weile. »Wach auf!«

Der Gefangene fuhr zusammen und riss die Augen auf. Mit den Augen suchte er den Raum ab, bis er den Inquisitor bemerkte. »Ah, Ihr seid es«, murmelte er. »Der Eidbrüchige.«

Eymerich überging den Vorwurf. »Glaub bloß nicht, es macht mir Freude, dich so elend zu sehen«, sagte er leise. »Deine Befreiung hängt von dir selbst ab. Aufrichtige Reue und ein umfassendes Geständnis könnten deine Qualen verkürzen.«

»Wie verkürzen?«, fragte der Benediktiner und fand die Kraft, seiner Stimme einen ironischen Tonfall zu geben. »Durch den Scheiterhaufen? Durch Enthauptung?«

»Das ist nicht gesagt. Doch nicht um deinen Leib sollst dir Sorgen machen, sondern um dein Seelenheil. Als Geistlicher müsste dir das am Herzen liegen.«

»Wollt Ihr wirklich, dass ich ein Geständnis ablege?«

»Gewiss. Ja, ich flehe dich an, es zu tun.«

»Dann gestehe ich, dass ich die Lehre Christi treu befolgt habe, dass ich nie eines seiner Gebote übertreten habe und auch andere nicht dazu ermuntert habe, es zu tun, dass ich die Sünde bekämpft und die Römische Kirche aus ganzer Kraft verteidigt habe. Reicht Euch das?«

Bruder Lorenzo hatte diese Worte heftig hervorgestoßen und dabei an den Ketten gezerrt, die ihn am Boden festhielten. Gleich danach fuhr sein magerer Körper zusammen, geschüttelt von einem Hustenanfall, während auf seinen Lippen ein Blutstropfen erschien.

Ein paar Augenblicke lang saß Eymerich ungläubig da, dann packte ihn heftiger Zorn. Er sprang von der Pritsche auf und musste sich beherrschen, um nicht nach dem Lebewesen zu seinen Füßen zu treten. »Elender! Schamloser! Wie kannst du es wagen, den Namen Christi im Mund zu führen? Meinst du, ich habe eure heidnischen Zeremonien nicht gesehen? Eure obszönen Rituale?« Er schrie so laut, dass ein Wachsoldat am Eingang erschien, um sich jedoch angesichts des flammenden Blicks des Inquisitors gleich wieder zurückzuziehen.

Bruder Lorenzo hustete noch immer und konnte doch mit einem Hauch von Stimme hervorbringen: »Was Ihr gesehen habt, kann ich Euch erklären. Wollt Ihr mir zuhören?«

Eymerichs Zorn verrauchte mit einem Schlag. Neugier und ein gewisses Staunen überwogen, sein Ton blieb freilich weiterhin aggressiv. »Da gibt es nichts zu erklären. Ich habe christliche Symbole neben einer infamen Säule gesehen, entfesselte Körper, die sich in hemmungslosem Tanzen der Sünde hingaben, und den Namen Gottes, in Verbindung gebracht mit abscheulichen Götzen. Was ich mich frage, ist nur, was dich und deine Brüder zu derart diabolischem Unwesen verleitet hat.«

»Wenn Ihr mich ausreden lasst, werdet Ihr vielleicht verstehen. Aber wenn meine Argumente Euch nicht interessieren und Ihr glaubt, schon alles verstanden zu haben, dann könntet Ihr mich auch gleich töten lassen.«

Eymerichs Staunen wuchs. Selbst unter derart schlimmen Bedingungen und obwohl er kaum Luft bekam, hatte der Gefangene in bestimmtem Ton und sogar mit einem gewissen Stolz gesprochen. Er schwieg ein Weilchen und studierte seinen Gesprächspartner, dann sagte er: »Also erklär mir deine Gründe. Es wäre ein Trost für mich, wenn ich irgendein Anzeichen von Reue darin entdecken könnte.«

Bruder Lorenzo schüttelte die Ketten, die ihm die Handgelenke einschnürten. »Könnte ich nicht aufstehen? In dieser Lage drückt es mir auf die Brust, die ohnehin schwach ist.«

»Nein. Wenn du vorhast, die Wahrheit zu sagen, kannst du sie auch von dort aus sagen, wo du bist. Stell nicht meine Geduld auf die Probe und fasse dich kurz.«

Der Benediktiner seufzte. »Wie Ihr wollt. Aber die Geschichte, die ich Euch erzählen muss, ist nicht so kurz, da es dabei um das innerste Wesen dieser Insel geht, Sardinien. Hier hat das Christentum erst spät Wurzeln gefasst ...«

»In der Tat, es ist immer noch nicht recht verwurzelt.«

»Ich bitte Euch, unterbrecht mich nicht.« Bruder Lorenzo erlitt einen Hustenanfall, der ihn in der Kehle würgte. »Dies ist ein besonders Land. Die Küsten sind fast unbewohnt, während das Landesinnere, vor allem die Gebirgsregionen, bevölkert sind. Tatsache ist, dass es an den Küsten viele Sümpfe gibt und die Luft verpestet ist. Hier gedeihen Krankheiten, die anderswo unbekannt sind, tödliches Fieber, Verseuchung des Bluts. Die Kinder kommen äußerst zart zur Welt, sterben nach wenigen Tagen wegen unverhältnismäßig stark entwickelter Organe, vor allem Herz oder Leber. Nur in den Bergen und an wenigen Orten der Küste kann sich das Leben normal entwickeln.«

Eymerich erschauerte. Wieder meldete sich in ihm der dringende Wunsch, weit weg zu sein, den er vor einigen Tagen schon einmal in aller Heftigkeit verspürt hatte. Er ergriff das Wort, in erster Linie, um sich von diesem Gedanken abzulenken. »Dabei hat mir aber dein Mitbruder, Bruder Martino, gesagt, dass es in Sardinien sogar ein Zuviel an Leben gibt.«

»Ja, aber das ist das Leben der Parasiten, der schädlichen Insekten. Die *solifuga* genannte Spinne ist nur ein Beispiel dafür. In weiten Teilen der Insel herrschen

Krankheit und Tod. Und vor allem eine derart abstoßende Krankheit, dass die Menschen ihr nicht einmal einen Namen zu geben oder darüber zu reden wagen.«

Eymerich wurde ungeduldig. »Hör auf mit deiner Geheimniskrämerei. Seitdem ich hier bin, spielt immer wieder jemand auf diese geheimnisvolle Krankheit an. Nach allem, was ich gesehen habe, handelt es sich um teuflische Besessenheit, wie bei einem der Sünde verfallenen Land nicht anders zu erwarten. Darüber zu schweigen, bedeutet so viel wie das eigene Bündnis mit dem Teufel zuzugeben.«

Bruder Lorenzo seufzte. »Gleich sage ich Euch alles, aber zuvor solltet Ihr verstehen, dass diese Insel von allen Arten von Plagen heimgesucht ist. Aus diesem Grund, glaube ich, gediehen unter den alten Sarden die Fruchtbarkeits- und Gesundheitskulte. Als wir Benediktiner hier an Land gingen, stießen wir überall auf phallische Symbole oder solche in Form von Stierköpfen, Anspielungen auf die Zeugungskraft, die hierzulande als so kostbar gilt. Wir stießen auf primitive Riten zur Erlangung der Fruchtbarkeit. Es gibt Statuen, die …«

»Spar dir die Einzelheiten«, herrschte Eymerich ihn an.

»Wie Ihr wollt, aber ich glaube, Ihr habt mich schon verstanden. Sich fortpflanzen zu können und bei guter Gesundheit zu sein, das waren für die Sarden allerhöchste Werte. Das Christentum breitete sich nur langsam aus, trotz der Anstrengungen Gregors des Großen und vieler anderer, eben wegen dieser primitiven Kulte. Die letztlich auf einen einzigen zurückzuführen sind: den des *Sardus Pater* oder genauer des Sid Potente Baby, einer alten phönizischen Gottheit. ›Pater‹ und ›potent‹. Begreift Ihr langsam?«

»Ich begreife eines: Dass ihr, die ihr hierher gekommen wart, um zu bekehren, angefangen habt, heidnische Götzen zu verehren«, brüllte Eymerich.

Bruder Lorenzo wollte heftig widersprechen, doch ein erneuter Hustenanfall erstickte seine Worte in einem Gurgeln. Als er wieder sprechen konnte, tat er es mit Flüsterstimme: »Nein, die Geschichte ist eine andere. Bei den Phöniziern und den Puniern war Sid, der Herr von Sidon, ein Gott der Jagd. Hier wurde er zum Gott der Gesundheit und der Heilkunst, wie Äskulap oder Eschmun. Wir stellten fest, dass es diesen Geist gibt, der …«

»Dass es ihn gibt«, schrie Eymerich. »Verfluchter Ketzer! Du nennst dich Christ und weißt also nicht, dass es nur einen einzigen Gott gibt?«

Trotz seiner Schmerzen ließ sich Bruder Lorenzo nicht beirren. »Gewiss gibt es nur einen Gott. Aber das Christentum hat immer die Existenz von vermittelnden Geistern eingeräumt, guten und bösen. Spricht das Alte Testament nicht von Baal oder Dagon wie von real existierenden Wesen? War der Kampf der Juden gegen andere Völker nicht auch der Kampf gegen deren Götter? Das sind die, die Moses im Deuteronomium ›irdische Götter‹ nennt. Über ihre konkrete Erscheinung und ihre tatsächlich göttlichen Attribute sprechen sich Tertullian und Origines mit aller Deutlichkeit aus.«

»Du erzählst mir von Engeln und Dämonen, nicht von Göttern!«

»Nennt sie, wie Ihr wollt. Origines nannte sie ›unsichtbare Wesenheiten‹, astrale Kräfte, die das irdische Geschehen bestimmen. Die ersten Christen verboten ihnen gegenüber die *latreia,* die Gott vorbehalten war, nicht aber die *douleia,* die untergeordneten Gottheiten gegenüber zulässig war. Und zu diesen Gottheiten gehörten auch die *genii loci,* Geister, die einem bestimmten Platz zugeordnet sind. Auf Sardinien ist der *genius loci* seit jeher der *Sardus Pater.*«

»Dessen wirkliche Existenz du behauptest«, bemerkte Eymerich sarkastisch.

Bruder Lorenzos heisere Stimme wurde eindringlich.

»Um die Wirklichkeit der unsichtbaren Seelen zu leugnen, müsste man behaupten, dass das *Enchiridion* und *De Trinitate* des Heiligen Augustinus, die *Teologia* des Eusebius von Kaisareia, der *Dialogus* des Wilhelm von Paris und die *Ordinatio* des Dons Scotus blanken Unsinn enthalten. Vom Alten Testament ganz zu schweigen.«

Erschöpft schloss der Benediktiner die Augen und holte ein paarmal rasselnd Luft. Eymerich beobachtete ihn ohne Erbarmen, aber auch ohne die Feindseligkeit von kurz zuvor. Dieser Mann wusste seine Überlegungen rational zu begründen, so abwegig sie auch waren. Das wertete ihn in seinen Augen ein wenig auf. Aber sicher waren seine Reden dazu angetan, die schreckliche Wirklichkeit, die er doch mit eigenen Augen gesehen hatte, zu verschleiern. »Deine Erörterungen sind gründlich durchdacht, aber steril«, platzte er heraus. »Ihr Mönche habt euch nicht nur dem Kult einer barbarischen Gottheit unterworfen, sondern ihr habt auch der Unmoral und der Promiskuität Vorschub geleistet und alle Formen der Fleischeslust verherrlicht. Wie kannst du da behaupten, das sei keine Sünde?«

Bruder Lorenzo schlug die müden und wässrigen Augen auf. »Schon bevor wir und die Viktoriner aus Marseille kamen, hat es hier Fruchtbarkeitskulte gegeben. Das sagte ich schon. Man glaubte, die phallusförmigen Menhire wirkten befruchtend auf die Lebensenergie und würden Unfruchtbarkeit und Krankheiten vertreiben. Die Grotte, die Ihr gesehen habt, eingeschlossen von eisenhaltigem Gestein, war seit unvordenklichen Zeiten ein dem Wasser geweihtes Heiligtum, in dessen Inneren die Heilkraft des *Sardus Pater* gesammelt und an die im Inkubationsritus schlummernden Kranken weitergegeben wurde. Daran ist nichts Unmoralisches.«

»Doch, das ist es. Und die Tatsache, dass du es nicht bemerkst, zeigt, wie tief du schon gesunken bist. Ihr

Benediktiner habt euch primitiven und obszönen Bräuchen ergeben!«

»Wir haben ganz einfach festgestellt, dass im blauen Licht der Grotte viele Krankheiten tatsächlich verschwanden. Sogar Tanit konnte besiegt werden.«

»Siehst du?«, triumphierte Eymerich. »Du bist ein geständiger Götzenanbeter! Zuerst der *Sardus Pater* und jetzt Tanit! Wie vielen Dämonen hast du sonst noch gehuldigt?«

Bruder Lorenzo schloss die Augen und unterdrückte ein leichtes Zittern. Als er sie wieder aufschlug, brachte er flüsternd heraus: »Der *Sardus Pater* ist ein wohltätiges Wesen, Tanit aber ist wirklich ein Dämon. Ja, etwas viel Schlimmeres noch. Erkennt Ihr in diesem Namen nicht die Wurzel eines anderen Worts?«

»Thanatos?«, fragte Eymerich erstaunt.

»Nein, *taenia*«, antwortete der Mönch. Dann leiser: »Das ist der *morbum innominandum.*«

Dem Inquisitor lief ein Schauer des Ekels über den Rücken. Er schluckte etwas Speichel. »Warum soll das eine unnennbare Krankheit sein? Bandwürmer sind doch sehr verbreitet.«

»Aber hier in Sardinien stellen sie eine fürchterliche Plage dar. Sie schlüpfen als Larven in den Körper, nisten sich in Organen und Körpersäften ein und bilden Zysten von unerhörter Größe. Manche Menschen sterben plötzlich und erst danach stellt man fest, dass in ihren Gliedern, in ihrem Bauch oder Kopf ganze Kolonien von Larven nisteten. Viele Sarden werden langsam von den Larven aufgefressen, die in ihnen wachsen. Und es gibt kein anderes Mittel dagegen als das, welches die Punier anwandten.«

Kreidebleich und angeekelt brachte Eymerich kaum hörbar heraus: »Welches Mittel?«

»Wenn sie entdeckten, dass ein Kind befallen war, töteten sie es im Rahmen einer Opferzeremonie. Das geschah in den *tofet,* die dem Tempel angeschlossen und mit Gefäßen geschmückt waren, in denen sich Kindergebein und manchmal auch Tierknochen befanden. Auf diese Weise hofften die Punier, Tanit, die Herrin der Bandwürmer, zu besänftigen. Aber nicht nur das ist der *morbum innominandum.*«

»Da ist also noch mehr?«, fragte Eymerich, versteinert vor Grauen.

»Ja, da ist noch mehr. Wenn sie sich dem blauen Licht aussetzen, erbrechen die Kranken die Bandwürmer, die sie im Leib tragen, oder scheiden sie mit dem Stuhlgang aus. Ist die Krankheit aber weit fortgeschritten, wachsen die Würmer und die Zysten, die sie einschließen, greifen das umliegende Gewebe an. So nimmt die Besessenheit ihren Anfang. Die Glieder des Kranken werden von den Würmerknäueln geschüttelt, die sich in seinem Inneren bewegen, während der ganze Körper von Zysten durchsetzt ist. An diesem Punkt stirbt der Kranke, die Bandwürmer aber leben weiter und die Leiche verwandelt sich in eine einzige riesige, von grauenhaftem Leben durchzuckte Blase. Die Formen, die Ihr auf dem Boden des Abgrunds gesehen habt, waren nichts anderes als die Leichen der vormals Besessenen, die nun zu einer einzigen, schauerlichen Schleimmasse geworden sind.«

Eymerich schüttelte sich vor Ekel, der sich aber sofort in Empörung verwandelte. Die Augen zu schmalen Schlitzen verengt, ging er nervös um den Gefangenen herum und fragte sich, ob er diese widerwärtige Unterhaltung fortsetzen sollte. Er beschloss, weiterzumachen und sich die Enthüllungen des Benediktiners anzuhören, so ungeheuerlich sie auch sein mochten. Aber seine Stimme klang hohl, von Grauen verzerrt. »Der Vicomte d'Illa hat sich durch Speichel angesteckt, in dem sich Larven bewegten. Aber er hat nicht die Verwandlung durchgemacht, von der du sprichst. Er hat Blut erbrochen und ist gestorben.«

Bruder Lorenzo hatte die Augen geschlossen. Man sah, dass ihn das Geständnis aufs Äußerste anstrengte und dass er lang gewahrte Schweigegelübde brechen musste. Er sprach mit abgerissener Stimme. »Er war nicht in Kontakt mit dem blauen Licht. Das Licht ist es, das die groß gewordenen Bandwürmer am Leben erhält, über den Tod ihres Wirts hinaus. So glaube ich zumindest.«

»Warum besteht ihr dann darauf, die Kranken in die Grotte zu führen?«

»Weil es keinen anderen Weg gibt, diejenigen zu heilen, die noch zu retten sind. Nur dort unten kann man sehen, wie weit die Infektion fortgeschritten ist. Unter dem Einfluss von Sid erbrechen die meisten von ihnen die Larven und kehren ins normale Leben zurück.«

Am Ende seiner Geduld, schlug sich Eymerich heftig mit der linken Faust auf die rechte Handfläche. »Schon wieder Sid! Und Tanit, die wurmförmige Gottheit! Weißt du denn nicht, du gotteslästerlicher Mönch, dass es für einen Christen keine anderen Gottheiten gibt als die in der Heiligen Schrift erwähnten?«

»Aber Tanit wird in der Schrift erwähnt!« Obwohl am Ende seiner Kräfte, fand Bruder Lorenzo doch die Kraft, sich ein wenig vom Boden zu erheben, um seinem Widerspruch mehr Nachdruck zu verleihen. »Wisst Ihr, wie die Juden Tanit nannten? Astarte oder Aschtoret. Sagt Euch das nichts?«

Eymerich rief sich die vielen Bibelstellen ins Gedächtnis, an denen dieser verfluchte Name auftauchte. Ja, im zweiten Buch der Könige war die Rede von *tofet*, von geschlachteten Kindern und schauerlichen Opferriten. Finstre und blutige Szenen kamen ihm in den Sinn, wie Plutarch und Diodor sie beschreiben: Der Klang von Trommeln und Pauken, der punische Hohepriester, der ein Neugeborenes absticht und es über die Arme der Astarte-Statue herunterrollen lässt, der kleine Körper, der in ein glühendes Becken fällt, die Eltern, die sich bemühen, nicht zu weinen.

Nur mit Mühe konnte er sich von diesen schauerlichen Phantasien losreißen. »Es stimmt, in der Bibel ist die Rede von Aschtoret«, gab er leise zu.

»Und es wird ihre reale Existenz behauptet. Aber Aschtoret ist nur eine Erscheinungsform einer dreifaltigen Gottheit, die durch das Dreieck symbolisiert wird. Die zweite ist Eschmun oder Äskulap, der Gott der Heilkunst. Die dritte trägt einen Namen, der jeden, der die Bibel gelesen hat, erschauern lässt.«

»Welchen Namen?«

»Baal. Oder, um es mit den Worten der Juden zu sagen, Beelzebub. Ihr werdet zugeben, dass kein wahrer Christ die Existenz des Letzteren leugnen kann.«

Obwohl draußen die Sonne schien, hatte Eymerich den Eindruck, als ob plötzlich die Nacht hereingebrochen wäre und albtraumartige Geschöpfe aus fernster Vergangenheit sich jenseits der dünnen Stoffbahnen zusammenrotten würden. Er unterdrückte den Schauder, der ihm über den Rücken lief. »Ja, in der Bibel ist die Rede von Baal und von Astarte oder Aschtoret. Aber es heißt dort nicht, dass sie die Erscheinungsform eines Bandwurms haben.«

»Aber hier wird Tanit in dieser Form aufgefasst. Die Linie, die den Kreis vom Dreieck trennt, bedeutet genau das. Und im Übrigen, was war das 120 Fuß lange Ungeheuer, das Regulus am See Begrado bei Karthago bekämpfen musste? Kein punischer Historiker lässt diese Geschichte unerwähnt. Und vielleicht war auch der Wurm aus dem Ganges, von dem Ktesios und Alianos berichten, nur eine andere Inkarnation derselben Gottheit.«

Eymerich fühlte sich langsam erschöpft. »Selbst wenn ihr Recht hättet und Tanit-Aschtoret diese Insel in Form eines Bandwurms bedrohte, so handelt es sich doch immer um eine Höllengestalt. Der nur mit der machtvollen Waffe des Exorzismus zu begegnen ist und nicht durch Anrufung anderer, angeblich gutartiger Gottheiten oder durch Entfesselung wilder Triebe.«

Mit Entschiedenheit schüttelte Bruder Lorenzo den Kopf. »Ich glaube, dass die Fruchtbarkeitsriten nicht im Gegensatz zu den Lehren der Kirche stehen.«

Eymerich seufzte. Er setzte sich wieder auf die Pritsche, dann sah er Bruder Lorenzo mit einem glühenden, aber von Müdigkeit verhangenen Blick an. »Ich will dir sagen, wovon ich überzeugt bin. Wie Albertus Magnus glaube ich, dass die Fleischeslust der animalischen Sphäre angehört und den Menschen erniedrigt. Wie Thomas von Aquin glaube ich, dass alles Reine bei Gott ist und dass der Geist rein und das Fleisch verdorben ist. Ich glaube, dass die Vernunft im Einklang mit dem Glauben die Verderbtheiten des Leibes eisern im Griff halten muss, weil Letztere nicht dem göttlichen Gesetz unterstehen, wie Paulus sagt. Ich glaube, dass die unsterbliche Geistseele die einzig wahre Wesensform des Menschen ist.«

Der Gefangene lächelte andeutungsweise, was ihn wieder zum Husten reizte. »Der Thomismus, zu dem ihr Dominikaner euch bekennt, ist noch nicht die offizielle Lehrmeinung der Kirche.«

»Das ist nur eine Frage der Zeit.«

Tiefes Schweigen breitete sich aus, das lange währte. Dann erhob sich Eymerich und trat ein paar Schritte auf den Ausgang zu. Bruder Lorenzo reckte sich noch mehr in die Höhe. »Ich nehme an, nach dieser Unterredung werdet Ihr mich ohne weiteren Prozess dem Henker übergeben.«

Der Inquisitor blieb stehen und wandte sich langsam um, die Hände in die Seiten gestemmt. »Ganz und gar nicht. Ich bin dabei, den Befehl zu erteilen, dass du auf freien Fuß gesetzt wirst.«

Diesmal war das Staunen auf Bruder Lorenzos Seite. Er schluckte. »Auf freien Fuß? Ist das wieder eine Eurer falschen Versprechungen?«

Ernst sah Eymerich ihn an. »Nein. Ich halte deine Ansichten für gotteslästerlich, aber bei dem theologischen Durcheinander, das gegenwärtig in der Kirche herrscht, kann ich sie nicht als häretisch verurteilen. Erst wenn das Gedankengebäude des Thomas von Aquin das einzig gültige ist, kann ich dich leichten Herzens verurteilen. Sieh zu, dass du mir an diesem Tag nicht in die Hände fällst.«

Das Gesicht des Benediktiners hellte sich auf und wirkte geradezu entspannt. »Ihr seid ein interessanter Mann. Ich möchte Euch in irgendeiner Weise danken.«

Eymerich wollte das schon empört von sich weisen, doch dann überlegte er es sich anders. »Es gibt nur eine Art, das zu tun. Nämlich eine Frage – die letzte, die ich dir stelle – wahrheitsgemäß zu beantworten.«

»Sprecht.«

»Kennst du Adelige aus dem Königreich Aragòn, die den Glaubensmeinungen, die du mir auseinander gesetzt hast, anhängen?«

Trotz seiner unbequemen Lage gelang Bruder Lorenzo doch ein Schulterzucken. »Nein. Wie sollte das möglich sein? Wenn Ihr verstanden habt, was ich Euch erzählt habe, dann werdet Ihr begriffen haben, dass unser Christentum in der Geschichte und den Bräuchen dieser Insel verwurzelt ist. Ich glaube nicht, dass in Aragòn Gesundheit und Fruchtbarkeit derartige Probleme darstellen. Und ich kann mir keinen Aristokraten aus Saragossa vorstellen, der den *Sardus Pater* verehrt oder es als sein Anliegen empfindet, Tanit zu bekämpfen.«

Eymerich nickte und trat aus dem Zelt. Er ging auf den Offizier zu, der die Wachmannschaft befehligte und nachlässig auf sein Schwert gestützt dastand. »Befreit den Gefangenen. Lasst ihn im Meer baden und gebt ihm frische Kleider. Er kann gehen, wohin er will, Hauptsache weit weg von diesem Lager.«

»Wie Ihr befehlt, Pater Nikolas.«

Eymerich kehrte ihm den Rücken zu und ging zwischen den Zelten hindurch, die in der Hitze brüteten. Viele Soldaten nahmen an der Beisetzung des Galceràn de Pinòs teil; andere waren mit der Reparatur von Wurfmaschinen beschäftigt, die so abgenutzt waren, dass sie mittlerweile nach jedem Abwurf auseinander fielen. Wie bei Belagerungen üblich, ließ die Intensität der Angriffsmanöver allmählich nach. Hunger, Durst und Krankheiten hatten das Wort und begannen beide Heere zu plagen. Gewinner der Partie würde derjenige sein, der länger standhielt.

Der Inquisitor war fast bei seinem Zelt angelangt, als ihm Bernat Dezcoll begegnete, wie immer mit einem Lächeln auf dem Gesicht. »Wo habt Ihr Euch versteckt, Pater? Euer Fehlen bei der Totenmesse hat alle erstaunt.«

»Ich hatte andere Messen zu zelebrieren«, antwortete Eymerich bissig.

»Ach ja? Und welche, wenn mir die Frage gestattet ist?«

»Ich habe diesen Benediktiner verhört, Bruder Lorenzo, und habe befohlen, dass ihm die Ketten abgenommen werden.«

Dezcoll war erstaunt. »Ihr scherzt wohl? Ich erwartete, dass Ihr mich zur Durchführung des Prozesses rufen würdet.«

»Es wird keinen Prozess geben. Aber kommen wir zu wichtigeren Dingen. Ist der Zugang zur Neptunsgrotte gut bewacht?«

»Ja. Gestern ist er durch eine starke Mannschaft abgeriegelt worden. Niemand mehr kann auf diesem Weg Alghero verlassen.«

»Gestern Abend?« Eymerichs schon zuvor wenig

freundlicher Blick wurde eisig. »Wollt Ihr sagen, dass Ihr mit der Weiterleitung des Befehls eine Woche gewartet habt?«

Ohne seine verbindliche Haltung aufzugeben, ließ Dezcoll doch eine gewisse Verlegenheit erkennen. »Das sind Aufgaben, die mir als einfachem Schreiber nicht zukommen. Ich habe mich darauf beschränkt, die militärischen Befehlshaber davon in Kenntnis zu setzen, dass die Grotte geschlossen werden muss. Ich habe keinen Einfluss auf sie.«

»Aber sie haben Euch benachrichtigt, sobald sie den Befehl ausgeführt hatten?«

Dezcoll wusste nicht, was er antworten sollte. Mit einem breiten Lächeln half er sich aus der Verlegenheit. »Kommt, Pater Nikolas, seid nicht immer so misstrauisch. Die Stadt ist praktisch schon unser. Ohne Nachschub an frischen Lebensmitteln kann sie höchstens ein paar Monate durchhalten, wenn sie sich vom Meer ernährt. Und die Anwesenheit unserer Galeeren in der Bucht verringert ohnehin die Anzahl der Fische.«

»Ja, aber warum hat der König den Gang nicht schließen lassen, als er durch Ughetto und Timbors von seiner Existenz erfuhr?«

»Um sie auch weiterhin empfangen zu können. Wäre da nicht Eure denkwürdige Unternehmung gewesen, hätten wir die Namen der Verschwörer nur aus ihrem Mund erfahren können.«

Eymerich fixierte den Beamten mit einem ausdruckslosen Blick, dann deutete er einen Gruß an und wandte sich zum Gehen. Aber Dezcoll lief ihm nach und packte ihn am Ärmel. »Einen Augenblick, Pater! Ihr habt mir nichts von dem Verhör erzählt. Habt Ihr etwas über die Geheimnisse von Alghero erfahren, über die Heilungen und die Kulte, die hier praktiziert werden?«

»Nein. Etwas habe ich erfahren, aber nicht alles«, antwortete der Inquisitor, wobei er den anderen abzuschütteln versuchte. »Ich glaube aber, dass ich mir ein ziemlich vollständiges Bild machen konnte.«

»Was ist die Krankheit, die man nicht nennen darf?«

»Fauliges Gewebe, in dem sich Bandwurmlarven einnisten. Das blaue Licht, von dem ich Euch erzählt habe, befreit die Kranken von den Parasiten. Das Wasser, das in der verwunschenen Stunde in die Neptunsgrotte eindringt, nimmt sie auf und trägt sie in die Flüsse, und von dort verlieren sie sich im Meer. Erinnert Ihr Euch an die Rochen, die wir bei unserer Ankunft gesehen haben?«

»Ja.«

»Vielleicht waren das gar keine Rochen. Vielleicht waren das Klumpen von Amöben, die sich aus dem Eiter und Schleim der Kranken gebildet haben. Oder vielleicht Produkte eines noch grauenhafteren Etwas, das entsteht, wenn das blaue Licht die Würmer ihre Wirtskörper überleben lässt. Ich selbst habe mit eigenen Augen in der obszönen Grotte, die ich Euch geschildert habe, auf dem Grund einer tiefen Schlucht schauerliche Wesen sich winden und vereinen sehen. Aber das ist eine Schlussfolgerung von mir, keine Gewissheit.«

»Also dann ist der Schlüssel zu allem das blaue Licht?«

»Ja. Eine Heilkraft der Natur, die das Überleben der Menschen ermöglicht oder, wenn das Übel schon zu weit verzweigt ist, das der Würmer. Durch die Inkubation und den wiederholten Kontakt mit dem blauen Licht besitzen einige Individuen diese Energie in erhöhtem Maß, was ihnen die Fähigkeit verleiht, zu heilen und fruchtbar zu machen. Mariano d'Arborea ist ganz von einer blauen Aura umgeben, sodass man an einen Heiligenschein denken könnte.«

»Einen Heiligenschein? Also ist die taumaturgische Kraft der Heiligen …«

Eymerich unterbrach den Beamten mit einer scharfen

Geste. »Nein. Die Kraft der Heiligen wächst aus Keuschheit und Reinheit. Das blaue Licht ist teuflischen Ursprungs.«

»Wenn Ihr davon überzeugt seid, warum habt Ihr dann den Benediktiner wieder auf freien Fuß gesetzt?«

»Manchmal bedient sich Satan zu seinen Zwecken der Menschen, die guten Glaubens sind. Bruder Lorenzos Schuld ist, dass er einem primitiven und oberflächlichen Christentum anhängt, nicht, dass er dem Bösen dient.«

»Dürfte ich erfahren, welche Art von Christentum?«

Finster schaute Eymerich auf die Stadtmauern, die hinter dem Zeltlager aufragten. »Nein, das werdet Ihr nie erfahren. Von Alghero, wie es heute ist, wird kein Stein auf dem anderen bleiben und kein einziger seiner Bewohner wird überleben. So wahr ich Nikolas Eymerich heiße.«

KAPITEL XXIV

Lewisburg 1957
Christusmord

Adolphus Hohensee, der verfolgte spirituelle Leader der *Crusade of Divine Living,* hörte Geräusche auf dem Gefängnisgang und drückte das Gesicht an die Gitterstäbe seiner Zelle. »Oberaufseher Cox! Oberaufseher Cox!«, rief er mit seiner klangvollen Stimme.

Der kräftige Gefängniswärter drehte sich zu ihm um. »Geh mir nicht auf die Nerven, du Idiot«, bellte er. »Siehst du nicht, dass ich zu tun habe?«

Hohensee sah genauer hin. Zusammen mit zwei Wärtern schleppte Cox einen Körper, der sich schwach bewegte. Er erkannte ihn. »He, aber das ist ja Doktor Reich! Was macht ihr mit ihm?«

»Nichts, was dich etwas angehen würde! Kümmer dich um deine eigenen Angelegenheiten.«

»Ihr bringt ihn um, das ist es!« Hohensee klammerte sich an die Gitterstäbe. »Ihr bringt uns alle um! Ihr lasst meinen Leistenbruch nicht behandeln, und was Doktor Reich angeht ...«

Cox ließ den Körper los, den er gehalten hatte. Wütend lief er zur Zelle von Hohensee und fuhr mit dem Knüppel die Gitterstäbe entlang. »Willst du wohl still sein, du verfluchter Guru?«, schrie er. »Wenn es diesem Dreckskerl schlecht geht, dann hat er das selbst so gewollt! Niemand hat ihn gezwungen, das Versuchskaninchen für die neuen Medikamente zu spielen. Er hat darum gebeten, bescheuert wie er ist. Er selbst, verstehst du? Jetzt büßt er für seine Dummheit.«

»Und warum habt ihr ihn in den Todestrakt gesperrt?«

Aus der Nebenzelle kam die ruhige Stimme von Michael Silvert, dem Arzt, der wegen illegalen Vertriebs der Orgonakkumulatoren mitangeklagt war. »Doktor Reich hat es nicht ertragen, hier so lange eingesperrt zu sein. Er hat sich für die Experimente zu Verfügung gestellt, um seine Strafzeit zu verkürzen. Er konnte nicht ahnen, dass die amerikanische Justiz sein Leben will.«

Cox fuhr zu Silvert herum, das Gesicht hochrot vor Zorn. »Sei still, du bist ja der Komplize dieses Verrückten. Von was für einem Leben redest du? Schau hin, er erholt sich wieder!«

Tatsächlich hatte sich Reich durch einen Willensakt wieder aufgerafft. Er schob die Wachen beiseite und wischte sich mit einer mechanischen Bewegung das Erbrochene ab, das ihm aus dem Mund lief und die blaue Häftlingsuniform verschmiert hatte. Er versuchte ein paar Schritte zu gehen, aber seine Beine trugen ihn nicht. Er musste sich an den Gitterstäben der Zelle von Hohensee festhalten.

»Herr Doktor, wie geht es Ihnen?«, fragte der Geistliche und strich ihm behutsam über die Finger. »Kann ich Ihnen behilflich sein?«

»›Schöpfung‹«, murmelte Reich und sah Hohensee mit leerem Blick an. »›Schöpfung‹.«

»Was wollen Sie damit sagen?«

»Das Manuskript, das man ihm heute Morgen weggenommen hat«, sagte Silvert aus der anderen Zelle. »Es trug den Titel *Schöpfung*.«

Cox stieß einen Fluch aus. »Einen Dieb nennst du mich, du Quacksalber?« Er machte den Wärtern ein Zeichen. »Schließt mir die Zelle auf. Dieser Verkäufer von Wunderkästen hat eine gehörige Lektion nötig.«

Silvert ließ sich nicht aus der Fassung bringen. »Sie haben Angst, weil ich Zeuge des Mordes bin, der hier verübt wird. Was haben Sie mit dem Manuskript getan? Haben Sie es dem FBI übergeben?«

Überraschenderweise wurde Cox verlegen. »Das war doch wirres Zeug, geschrieben von einem Verrückten. Es handelte von Antischwerkraft, von fliegenden Untertassen und ähnlichem Schwachsinn.«

»Erzählen Sie mir nicht, Sie hätten es gelesen.« Silverts Ton wurde ironisch. »Von wem haben Sie das gehört?«

Voller Unbehagen kratzte Cox sich den Kopf. »Das steht in den Büchern dieses ...«

Silvert lachte böse auf. »Dann haben Sie *Kontakt mit dem Unendlichen* gelesen. Mein Kompliment, wir sind ein exklusiver Kreis von Lesern.« Er legte das Gesicht an die Gitterstäbe. »Sie haben das nicht zufällig von einem Regierungsbeamten erfahren?«, zischte er. »Womöglich von dem, der das Manuskript abgeholt hat?«

Cox wollte seiner Betretenheit schon durch einen erneuten Wutanfall Luft machen, als Hohensee ausrief: »Schaut doch nur! Er erbricht Blut!«

Immer noch an die Gitterstäbe geklammert, hatte Reich den vom Leiden abgemagerten, aber nach wie vor stattlichen Körper vornüber gebeugt. Roter Schaum lief ihm in einem dünnen Strahl übers Kinn. Die glasigen Augen schienen von unsäglichem Schmerz geweitet.

Cox hob den Schlagstock und hieb ihn mit Wucht auf den Rücken des Wissenschaftlers, der darunter zusammenzuckte. »Hör auf, hier Theater zu spielen, du Clown! Dir geht's prächtig! Wen willst du an der Nase herumführen?«

Hohensee streckte die Arme durch die Stäbe. Er fasste Reich unter den Schultern und hielt ihn mit einer beschützenden Geste fest. »Hören Sie auf damit, Oberaufseher«, sagte er mit drohendem Blick auf Cox. »Meine Kirche hat Tausende von Anhängern in den Vereinigten Staaten. Wollen Sie, dass jeder von diesen Sie für ein Verbrechen verantwortlich macht?«

Der Gefängniswärter machte eine wegwerfende Bewegung, aber es war klar, dass ihn die Bemerkung getroffen hatte. »Von was für einem Verbrechen redest du, Guru?« Er packte Reich am Kragen und versuchte, ihn hochzuziehen. »Los, hoch mit dir, Doktor. Wir haben schon viel zu viel Zeit mit dir vergeudet.«

Noch einmal fuhr ein Zucken durch den massigen Leib, diesmal heftiger. Nur mühsam konnte Reich die Lippen öffnen. »Ich habe keine ... Energie mehr«, flüsterte er zu Hohensee gewandt. Dann erbrach er einen Schwall Blut und sank zu Boden.

Alarmiert beugte Cox sich über den Mann, der zu seinen Füßen lag. Mit einem Ruck wandte er sich zu den Wachen um. »Schnell, bringt ihn in die Krankenstation!«

Verzweifelt presste Silvert den Kopf gegen die Gitterstäbe. »Mörder!«, schrie er heiser. »Mörder!«

Hohensee nahm den Schrei auf: »Mörder! Mörder!«

Die anderen Häftlinge mussten sie gehört haben, denn in den Zellen erhob sich ein Lärmen von gegen die Wand geschlagenen Blechtellern. In wenigen Augenblicken schwoll das rhythmische Schlagen zu einem ohrenbetäubenden Getöse an und der gesamte Todestrakt der Strafanstalt Lewisburg brüllte im Chor: »Mörder! Mörder!«

Erst als er die Bundesstrafanstalt verlassen hatte und in die klare Luft eines sonnigen Novembertags hinaustrat, fühlte Walling, wie sich der Würgegriff der Angst lockerte, der ihn seit dem Vorabend nicht losgelassen hatte.

Er ging zu seinem Wagen. Er wollte gerade die Tür öffnen, als er hinter sich ein Geräusch von Schritten vernahm. »Hallo, Mister! Einen Augenblick bitte!«

Überrascht wandte er sich um. Er sah sich zwei eher beleibten Herren gegenüber, die in völlig verknitterten Maßanzügen steckten. Einer von ihnen trug eine Fotokamera, vielleicht eine Hasselblad. Der andere ergriff zuerst das Wort. »Sie sind Arzt, stimmt's?«

»Ja, ich bin Arzt.«

»Waren Sie mit dem verrückten Wissenschaftler befreundet?«, fragte der Fotograf.

Walling fühlte, wie ihm das Blut in den Kopf schoss. Er öffnete die Wagentür und stieg ein, bevor er dem Impuls nachgeben konnte, diesem Idioten eine reinzuhauen.

Der andere Typ hielt die Tür an der Klinke fest. »Achten Sie nicht auf meinen Kollegen, er ist einfach unbedarft. Wir sind auf der Suche nach jemand, der Doktor Reich gut gekannt hat.«

»Warum? Wer zum Teufel seid ihr?«, fragte Walling aggressiv.

»Ich bin Werner Hayden, Korrespondent für *Time*. Und dieser Idiot da ist Sam Glowinski, freier Fotograf.«

»Gut, ich bin niemand. Jetzt lassen Sie gefälligst diese Tür los und mich in Ruhe.«

»Einen Augenblick, einen Augenblick!« Hayden hob die Hände. »Sehen Sie, Sie können fahren, wenn Sie wollen. Aber ich glaube, es müsste im Interesse jedes Freundes von Doktor Reich sein, dass die Wahrheit über ihn geschrieben wird. *Time* hat nie über ihn hergezogen.«

Diese Worte machten Walling Eindruck. Er fragte sich, ob es nicht geradezu seine moralische Pflicht sei, das Andenken des Verstorbenen zu wahren. Unschlüssig, was zu tun sei, fummelte er ein wenig am Zündschlüssel herum, dann sagte er: »Ich bin auf der Suche nach einem Lokal. Wenn Sie tatsächlich etwas über Reich wissen wollen, können Sie mir ja Gesellschaft leisten. Ich mache Sie jedoch darauf aufmerksam, dass ich als junger Mann ein leidlich guter Amateurboxer war, und das eine oder andere ist mir noch geläufig.«

Hayden lachte. »Oh, ich glaube nicht, dass es nötig sein wird, sich zu schlagen. Ich kenne ein Lokal hier gleich in der Nähe. Fahren Sie hinter uns her, wir würden uns freuen, wenn Sie unser Gast wären.« Er wandte sich an den Fotografen. »Komm, Sam. Dieser Herr ist womöglich der richtige Mann für uns.«

Walling sah, wie die beiden auf einen klapprigen Ford zusteuerten, dann folgte er ihnen durch die Alleen, die das Gefängnis umgaben, bis zur Bundesstraße. Das Lokal war schäbig, aber ziemlich sauber. Es musste erst vor kurzem aufgemacht haben, denn die Kellnerin, die zu ihnen an den Tisch kam, hatte noch Schlaf in den Augen. »Zum Frühstück haben wir Eier, Speck, Marmelade und ...«

»Kein Frühstück«, sagte Walling. »Ich möchte ein Bier.« »Ausgezeichnete Idee«, sagte Glowinski. »Bier auch für uns.«

Die Kellnerin musterte sie mit einem ganz und gar nicht freundlichen Gesichtsausdruck, dann entfernte sie sich ohne ein Wort.

»Es gibt nichts Besseres um diese Tageszeit als ein Bier«, bemerkte Hayden augenzwinkernd. »Sie haben uns Ihren Namen nicht genannt, Herr Doktor ...«

»Walling, William B. Walling, Psychotherapeut. Sie können auch meinen Namen nennen, wenn Sie wollen, aber ich mache Sie darauf aufmerksam, dass ich keine Berühmtheit bin.«

»Waren Sie Mitarbeiter von Wilhelm Reich?«

»Nicht eigentlich. Bis 1953 habe ich bei ihm studiert, dann bin ich einem anderen Schüler von Reich gefolgt, Alexander Lowen, der einen etwas anderen Weg eingeschlagen hat. Haben Sie je vom Institut für Bioenergetik in New York gehört?«

Hayden antwortete nicht und es war klar, dass ihm der Name neu war. Walling lächelte. »Wenn Sie von diesen Dingen nichts verstehen, dann wird dieses Interview schwierig für Sie.«

Die Kellnerin kam mit drei Biergläsern auf einem Tablett. Glowinski nahm einen großen Schluck, dann fragte er: »Wenn Sie schon lange keine Beziehungen mehr zu Reich hatten, wie kommt es dann, dass man Sie zur Identifikation der Leiche gerufen hat?«

»Ich war zufällig in der Gegend, als ich im Radio von seinem Tod hörte. Ich habe mich in der Strafanstalt gemeldet, habe erklärt, wer ich bin, und man hat mich gebeten, die Leiche zu identifizieren. Das ist alles.«

»Er ist an einem Infarkt gestorben, nicht wahr?«

Wallings Gesichtsausdruck verhärtete sich. »Infarkt, ja, aber nicht zufällig. Wussten Sie, dass in Lewisburg mit den Häftlingen pharmazeutische Experimente durchgeführt werden?«

»Und welches Medikament haben sie an Reich ausprobiert?«

»Soweit ich weiß, Methionin. Ein im Grunde ganz harmloses Mittel, das aber in hohen Dosen Halluzinationen auslöst, die dem schizophrenen Delirium ähnlich sind. Angeblich glauben die Patienten sogar, sie würden körperlosen Persönlichkeiten begegnen, die in anderen Zeiten und an anderen Orten gelebt haben.« Walling machte eine wegwerfende Handbewegung. »Reichs Sterben hat jedenfalls angefangen, als Richter Sweeney ihn zu zwei Jahren Haft verurteilt hat. Ein Mann wie er konnte nicht eingesperrt sein. Ihn in einen Käfig zu sperren, bedeutete, ihn umzubringen.«

»Aber er hatte gegen eine richterliche Anordnung verstoßen!«, protestierte Hayden. »Die Food & Drug Administration ...«

»Diese Mörderbande. Was die Nazis nicht geschafft haben – ihnen ist es gelungen.«

Hayden zog Notizheft und Bleistift aus der Tasche. »Stört es Sie, wenn ich mir Notizen mache?«

»Machen Sie nur. Wenn Sie wollen, diktiere ich Ihnen.« Walling betonte die Silben einzeln. »Die F&DA hat vorsätzlich einen genialen Geist beseitigt, und zwar im Namen einer Auffassung von Wissenschaft, die einen erschauern lässt.« Er trank einen großen Schluck Bier, dann hob er das Glas: »Und Prosit! Es wurde Gerechtigkeit geübt! Die Orgonenergie ist für immer tot!«

Glowinski sah ihn von der Seite her an. »Also glauben Sie auch an diese Art von Energie?«

Walling sah auf den Bierschaum, der in sich zusammenfiel. Er sprach in nachdenklichem Ton. »Ich habe Reich verlassen, bevor er seine Tätigkeit als Therapeut aufgab, um sich ganz der Orgonforschung zu widmen. Ich kann Ihnen nicht sagen, ob die Energie, von der er sprach, wirklich existiert oder nicht. Ich habe nicht das nötige Wissen dazu, und dann interessiert mich die Sache auch nicht so sehr. Aber gewiss ist kein dahergelaufener Gerichtsexperte in der Lage, Jahrzehnte der Arbeit, der Versuche und der Experimente zu beurteilen. Im ersten Prozess weigerte sich Reich, dem Richter Clifford den Sinn seiner Arbeit zu erklären. Er hatte Recht, was zum Teufel konnte er schon davon verstehen?«

Hayden, der nur ein paar Worte aufgeschrieben hatte, hob den Stift und blätterte eine Seite im Notizheft um. »Ist gut, kommen wir zu konkreteren Dingen. Stimmt es, dass Reich kleine Kinder miteinander kopulieren ließ?«

»Nein, das stimmt nicht. Sonst noch was?«

»Es heißt, er sei schizophren und lange im Irrenhaus gewesen.«

»Auch das ist falsch. Sonst noch was?«

Verwirrt legte Hayden das Notizheft beiseite. »Also, Herr Doktor Walling, ich kann ja verstehen, dass Sie Reich geschätzt haben, aber Sie können mir doch nicht weismachen, er sei völlig richtig im Kopf gewesen. Es ist doch bekannt, dass er behauptete, die Sterne kopulierten miteinander, und so kämen Planeten und Galaxien auf die Welt. Sie werden das doch nicht leugnen wollen.«

Walling sah ihm unverwandt in die Augen. »Mister

Hayden, bis vor kurzem habe ich Sie für einen anständigen Menschen gehalten, ungebildet, aber anständig. Doch jetzt fange ich an, meine Meinung zu ändern. Ich will Ihnen aber eine letzte Chance geben. Wollen Sie wirklich wissen, was Reich über dieses Thema dachte?«

»Nun, ja«, antwortete Hayden etwas verlegen.

»Dann werde ich es Ihnen sagen und jetzt schreiben Sie mit.« Er machte eine Pause und suchte nach den passenden Worten. »Reich war überzeugt, dass sich beim Liebesakt zwischen Mann und Frau zwei Energieströme überlagern, wie zwei Wellen, die zusammenfließen, gemeinsam ansteigen und verebben. Er war auch überzeugt, dass sich im Kosmos ein ähnliches Phänomen abspielt. Ströme von Orgonenergie fließen zusammen, berühren sich und verschmelzen und rufen so Materiepartikel ins Leben. Er sah den Beweis dafür in der Spiralform der Galaxien, in der Drehbewegung der Wirbelstürme, ja selbst in der Umlaufbahn der Gestirne. Er nannte das Phänomen ›cosmic superimposition‹.« Er trank etwas Bier und wischte sich mit dem Handrücken über die Lippen. »Ich weiß nun nicht, ob sich das alles vertreten lässt. Ich weiß aber, dass derjenige, der es vertrat, kein Verrückter war, weder unmoralisch noch ein Betrüger. Habe ich mich klar ausgedrückt?«

Hayden nickte. »Schon gut, schon gut. Aber wenn der Mann nicht verrückt war, dann war es doch die Idee. Und dann verstehe ich die Verbindung nicht. Was hat das, was zwischen Mann und Frau passiert, mit dieser anderen Sache zu tun, mit der ›kosmischen Überlagerung‹?«

»Reich dachte, zu Recht oder zu Unrecht, dass die Lebensenergie allgegenwärtig ist. Jeder Mensch, jedes Tier und jede Pflanze haben ihr eigenes Energiefeld, das je nach der Kraft, die es besitzt, Energie abgibt oder aufnimmt. In der Tat glaubte er, dass die Orgonenergie vom schwächeren zum stärkeren System fließt. Wenn der innere Energiefluss eines Menschen schwächer wird, hört er auf, sich mit Energie aus seiner Umwelt aufzuladen und altert oder stirbt. Haben Sie verstanden?«

»Nein. Ich habe nur verstanden, dass Sie meine Frage nicht beantwortet haben.«

»Also, der Mensch ist ein Konzentrat von Bioenergie. Können Sie mir bis hierher folgen? Gut. Aber diese Energie gehört nicht nur ihm, sie gehört dem gesamten Kosmos an. Man braucht sich also nicht zu wundern, wenn das gesamte Universum denselben Gesetzen gehorcht.«

»Aber welchen Gesetzen?«

»Oh, eigentlich nur einem einzigen. Spannung-Aufladung-Entladung-Entspannung, die Formel des Orgasmus. Ich fürchte jedoch, das ist zu schwierig für Sie.«

»Sie fürchten zu Recht, aber es ist auch für meine Leser zu schwierig, und für die Amerikaner im Allgemeinen. Ich glaube, sie ziehen die gute, alte Food & Drug Administration vor.«

»Das glaube ich auch«, brummte Walling. »Auf diese Weise, würde Reich sagen, sterben sie weiterhin an Krebs.«

Es war klar, dass die beiden Journalisten anfingen, diese Unterhaltung für völlig sinnlos zu halten. Glowinski warf einen Blick auf die billige Uhr, die er am Handgelenk trug. »Ich sehe, dass es spät ist. Eine letzte Sache, Herr Doktor. Hat es außer Reich je irgendjemand anderen gegeben, der zu denselben Schlüssen gekommen wäre wie er? Ich meine, der seine so genannten Entdeckungen bestätigt hätte?«

»Seine Mitarbeiter.«

»Nein, jemand Berühmter. Was weiß ich, ein Wissenschaftler, eine Koryphäe.«

»Ich glaube nicht. Reichs Art zu denken war einmalig. Er suchte das Leben überall, auch auf dem Gebiet der Chemie und der Physik. Das pulsierende Leben, die ›Bewegung‹, verstehen Sie? Heute werden leistungsfähige Mikroskope erprobt, die aber das Bild einfrieren. Nein, ich glaube nicht, dass irgendjemand noch einmal T-Bazillen sehen wird, Bionen oder die Orgonenergie. Reich war zu lebendig, im Verhältnis zu seinen Kollegen; um ihn ruhig zu halten, mussten sie ihn umbringen.«

Hayden sah Glowinski an und schüttelte dabei unmerklich den Kopf. Er stand auf, um das Bier zu bezahlen, dann kam er an den Tisch zurück. »Nun, wir danken Ihnen sehr, Herr Doktor Walling. Wir kehren ins Gefängnis zurück. Kommen Sie mit?«

»Wozu?« Walling stand auf, verließ das Lokal und ging auf seinen Wagen zu. Er hatte ihn fast erreicht, als Glowinski ihm nachrief: »Herr Doktor, eine letzte Frage noch. Sind Sie Anarchist?«

Walling machte eine paar Schritte auf ihn zu. »Warum fragen Sie mich das?«

»Es ist bekannt, dass Reich Kommunist war. Nein, sagen Sie mir nicht, das stimmt nicht. Hat er nicht das Ende der Familie gepredigt, die Promiskuität für Frauen und alles Übrige?«

Walling lächelte gezwungen. »Mister Glowinski, halten Sie doch einen Moment lang still, sind Sie so nett?«

»Warum? Ich bin doch hier der Foto ...«

Er konnte den Satz nicht beenden. Walling holte mit der Rechten aus und versetzte ihm einen gezielten Schlag unters Kinn. Der Fotograf schaute verwundert drein, dann ging er mit einer komischen Pirouette zu Boden.

Sich die Knöchel massierend, sah Walling Hayden an. »Da ist auch für Sie noch was drin, wenn Sie möchten.«

»Nein, nein«, beeilte sich der Reporter zu sagen und hob abwehrend die Hände. »Dieser Idiot hat es ja geradezu herausgefordert.«

»Genau. So hat er auch gleich eine Kostprobe dessen bekommen, was Lebensenergie ist.« Walling schlenderte zu seinem Wagen zurück, ließ den Motor an und bog in die Bundesstraße ein.

Hayden sah ihm nach, bis er hinter einer Kurve verschwunden war. »Verrückt wie ein Pferd«, murmelte er. »Wie sein Wilhelm Reich.« Er beugte sich über Glowinski, der nur mühsam wieder zu sich kam, und versetzte ihm ein paar kleine Schläge auf die Wangen.

KAPITEL XXV

Sid Potente Baby

Am 16. November 1354 ergab sich Alghero. Halb zerstört von den Wurfmaschinen, ausgezehrt vom Hunger, ohne Aussicht auf Hilfe auf dem Meer- oder Landwege, bot die Stadt ein jammervolles Bild. Es grenzte an ein Wunder, dass sie ganze vier Monate lang standgehalten hatte, nachdem sie von ihrem einzigen Versorgungskanal abgeschnitten worden war; doch der Sieger war nicht geneigt, das als Wunder anzuerkennen, und ebenso wenig, den Belagerten Heroismus zu bescheinigen.

Ohne seine strahlende Aura, die er eingebüßt hatte, war Mariano d'Arborea bei Unterzeichnung der Kapitulationserklärung nicht wiederzuerkennen. Sie enthielt extrem harte Bedingungen, die, wie es hieß, von Eymerich diktiert worden waren. Sämtliche Einwohner sollten evakuiert und in andere Gegenden Sardiniens deportiert werden, so weit weg wie möglich. Ihr bewegliches Hab und Gut – von Häusern brauchte nicht die Rede zu sein, weil sie allesamt in Schutt und Asche lagen – sollte unter den Adeligen von Aragón, Katalonien und Valencia aufgeteilt werden, die die Absicht hatten, auf der Insel ansässig zu werden, während in der Stadt selbst die Soldaten angesiedelt werden sollten, die am Feldzug teilgenommen hatten; auch Land sollte ihnen zugewiesen werden.

Gleich nach der Unterzeichnung verschwand Mariano und tauchte im Landesinneren unter. Nicht so seine Frau Timbors und sein Sohn Ughetto. Es war für alle eine Überraschung, die Familienangehörigen des Judex noch am Tag des Einmarschs der Aragonesen an der Seite von König Peter IV. zu sehen, fröhlich und heiter, als gehörten sie zu den Siegern. Für Eymerich dagegen war es keine Überraschung; er beobachtete ihre Heiterkeit, während er, unter die Zisterzienser gemischt, dem Dankgottesdienst beiwohnte.

Der Inquisitor folgte der Andacht nur widerwillig, eigentlich nur, weil es einem Skandal gleichgekommen wäre, wenn er ihr fern geblieben wäre. Der Zustand der Kathedrale, die in Trümmern lag, zwang dazu, die Messe bei eisigem Wind und fahlem Sonnenschein im Freien abzuhalten. Eymerich zog den schwarzen Umhang über der weißen Kutte fester um sich; er ertrug Kälte nicht, obwohl er ihren Biss als Mittel gegen den gefürchteten Insektenbefall bisweilen schätzte. Jetzt allerdings, während er Königin Eleonora von Sizilien beobachtete, die eben aus Perpignan eingetroffen war und nun neben ihrem Mann Platz nahm, war der wirkliche Grund für sein Unbehagen ein anderer. Er wusste, dass er eine Mission zu erfüllen hatte, und jeder Augenblick, den er auf diese Weise verlor, verstärkte seine Ungeduld.

Sobald der Gottesdienst beendet war, sprang er von seiner Bank auf und eilte auf En Ramón de Riusech zu, der ganz in der Nähe in seiner Sänfte ruhte. »Senor, könnte ich zehn Männer von Eurer Truppe haben?«

Der Adelige lächelte, soweit seine überaus wulstigen Lippen das zuließen. »Was habt Ihr vor, Pater Nikolas? Wollt Ihr allein die Verfolgung Marianos aufnehmen?«

»Ich bitte Euch, Herr, es ist wichtig.«

»Aber gewiss doch«, antwortete En Ramón mit einer freundschaftlichen Geste. »Nehmt so viele Männer, wie Ihr braucht. Sie werden Euch gehorchen wie mir selbst.«

Eymerich dankte mit einer Verbeugung, dann trat er an einen Offizier aus dem Gefolge seines Herrn heran. »Habt Ihr gehört?«

»Ja, Pater Kommandant.«

»Nehmt neun von Euren Männern. Kräftig sollen sie sein. Aber was ist?«

Der Offizier, ein zierlicher Mann mit hängendem Schnurrbart und sehr langen Haaren, lächelte schüchtern. »Ich glaube, sie kommen um vor Lust, plündern zu gehen.«

»Das können sie später tun. Ein Teil der Stadt soll ihnen gehören. Los, geht und versammelt sie.«

Wenig später marschierte Eymerich an der Spitze eines kleinen Trupps in Richtung Hafen, auf der Suche nach dem unterirdischen Tempel, in dem der Zugang zum römischen Kanalsystem lag. Die Straßen, übersät von Abfall und durchweht vom morbiden Geruch der Verwahrlosung, waren fast völlig verlassen. Von Zeit zu Zeit trafen sie jedoch auf verbittert oder verzweifelt wirkende kleine Familien, die ärmlichen Hausrat auf notdürftig zusammengebaute Karren luden. Die Kinder heulten laut, die Frauen verbargen ihre Tränen, die Männer bissen sich auf die Lippen, um Schmerz und Rührung zu unterdrücken. Eymerich bemerkte einen Alten mit dunkel gegerbter Haut, der zwei große steinerne Hörner auf einen Karren hievte und unter ihrem Gewicht schwankte. Er schüttelte den Kopf, sagte aber nichts. Bald würde niemand mehr diese Symbole der Fruchtbarkeit mit irgendeinem konkreten Kult in Verbindung bringen können und die Zeit würde sie unter einer dicken Staubschicht begraben.

Der runde Turm, in dem sich der Tempel befand, war unversehrt geblieben. Mit sicherem Schritt trat er ein, in der Gewissheit, ihn verlassen zu finden. Am Ende des Abstiegs hinter dem Altar stand der Eingang zur Kloake weit offen. Er machte dem Offizier Zeichen, näher zu kommen. »Seht Ihr diese Art Nische unter uns?«

»Wo das Rad ist? Ja.«

»Glaubt Ihr, das Rad lässt sich drehen?«

Der Offizier strich sich über die Federn, die seinen Helm zierten. »Ich weiß nicht. Es ist sehr verrostet.«

»Nehmt Eure kräftigsten Männer und macht einen Versuch.«

Die ersten drei Soldaten, die zu der Nische hinunterstiegen, stemmten sich mit dem ganzen Körpergewicht gegen die Speichen des Rads und konnten es doch nur ein winziges Stück weit bewegen. Erschöpft überließen sie weiteren dreien ihren Platz, die ebenfalls nur mageren Erfolg erzielten. So ging es fast eine Stunde lang dahin. Mehr als drei Leute hatten in der Nische nicht Platz und das Rad gab nur sehr langsam nach. Endlich, als alle Arme schon lahm waren, löste sich der Rost mit einem Schlag und das Rad drehte sich mehrmals um sich selbst, wobei es den daran Arbeitenden fast die Hände weggerissen hätte. Man hörte einen heftigen Schlag, gefolgt von einem ohrenbetäubenden Kreischen. Die Riegel an der großen Eisentür sprangen gleichzeitig aus ihren Halterungen und die Türflügel flogen auf, wie von Riesenhand aufgedrückt. Riesige Wassermengen drangen springflutartig und mit beängstigendem Dröhnen in den unterirdischen Tempel ein und füllten ihn fast bis zu halber Höhe. Das Wasser wirbelte gegen die Wände und schwemmte die Ausstattungsgegenstände davon.

Die Männer in der Nische rannten die schräge Steinplatte hinauf, von Panik gepackt. Doch es bestand kein Grund dafür. Nachdem es die Eisentür erreicht hatte, stieg das Wasser nicht weiter, es sank sogar ein wenig ab. Gefahr drohte vielmehr von den Wänden des Turms, die beängstigend bebten. Von den Füßen bis zum Gürtel nass, lief Eymerich hinaus, die anderen folgten ihm. Sie holten erleichtert Luft und spürten die eisige Kälte des Winds, als sich im Turm ein breiter Riss auftat, dann noch einer. Erschüttert von einer Gewalt, die zu beherrschen er seit Jahrhunderten nicht mehr gewohnt war, stürzte der Bau wenig später krachend ein. Wo der Tempel gestanden hatte, blieb ein großes Loch, angefüllt mit Trümmern, während das Dröhnen des Wassers zu einem unterirdischen Gurgeln wurde.

»War es das, was Ihr wolltet?«, fragte der Offizier, erstaunt über das Geschehene. »Diese Art von Krypta zu zerstören?«

Eymerich war es nicht gewohnt, für seine Handlungen Rechenschaft zu geben. Jetzt aber verspürte er einen solchen inneren Jubel, dass er mit Details nicht geizte. »Nein, Hauptmann. Was ich wollte, war, einen Abwasserkanal, der vom Tempel ausgeht, zu fluten. Der Kanal mündet in einen unterirdischen Fluss. Wenn meine Berechnungen stimmen, wird sich dieser Fluss, angeschwollen von den Wassermassen, in einen Abgrund ergießen und damit ein für allemal eine bestimmte Grotte, die sich dort auftut, unter Wasser setzen. Eine Grotte, in der Rituale stattgefunden haben, die niemand je wieder erwähnen soll.«

Der Offizier war beeindruckt. Erst nach ein paar Augenblicken fragte er: »Fürchtet Ihr nicht, Pater, dass die Trümmer des Turms die Wucht des Wassers brechen könnten?«

»Nein. Der unterirdische Fluss war sehr seicht. Auch wenn das Hochwasser aufhört, ist doch immerhin schon so viel in den Abgrund hinabgestürzt, dass die Grotte überflutet ist.«

Sie kehrten ins Zentrum der Stadt zurück, wo die aragonesischen Soldaten dabei waren, den Nachzüglern unter den Flüchtenden ihre spärliche Habe abzunehmen. Nachdem er sich eine trockene Kutte angezogen hatte, gönnte sich Eymerich am Nachmittag in einem der vielen verlassenen Häuser eine Ruhepause. Er hatte einen Albtraum; doch anschließend konnte er sich nur an einen runden Brunnen erinnern, in dem eine mit scharfen Klingen bewehrte Maschine einen Gefangenen in Stücke schnitt, der dann wie durch ein Wunder wieder zusammenwuchs.

Danach ließ er sich auf dem Meer zum Eingang der Neptunsgrotte bringen. Mit einer Hand voll Männer, die zwei leichte Boote mitführten, erreichte er den See und überquerte ihn. Der Gang, der zu dem Kiesstrand führte, war mit Steinen und Lehm verstopft, sodass nur dünne, schlammige Rinnsale durchkamen – Zeichen dafür, dass eine heftige Flutwelle ihn mit Abfällen verstopft und damit diesen Zugang zur blauen Grotte verschlossen hatte.

Er lief weiter durch die Höhle bis zur senkrechten Felswand. Was er dort sah, bestätigte seine Vorhersagen. Die Höhle musste Schauplatz einer Überschwemmung von unvorstellbaren Ausmaßen gewesen sein. Der Boden des Abgrunds, in den er ein paar brennende Fackeln hinunterwarf, war angefüllt mit trübem, schäumendem Wasser und mit Stalaktiten, die reihenweise von der Decke gefallen sein mussten. »Adieu für immer, Tanit!«, rief Eymerich sarkastisch. »Und auch du, Sid Potente Baby, *Sardus Pater* oder wie immer du genannt werden möchtest! Von nun an wirst du nur noch die Dämonen der Hölle kurieren.« Ein riesiger, schief hängender Stalaktit schwankte bedrohlich.

Bester Laune kehrte Eymerich nach Alghero zurück, versuchte aber seine Stimmung zu verbergen, um keine Neugier zu erregen. Nichts konnte jedoch das Gefühl der Unbesiegbarkeit mindern, das er in sich aufsteigen fühlte. Während er ziellos umherschlenderte und die letzten Plünderungen beobachtete, sah er Bernat Dezcoll auf sich zukommen, weniger freundlich lächelnd als gewöhnlich. »Pater Nikolas! Seit Stunden schon suche ich Euch! Der König verlangt, Euch zu sehen.«

»Wisst Ihr, was er wünscht?«

»Er wird es Euch selbst sagen.«

Eymerich hatte sich eine Einberufung erwartet, aber nicht schon wenige Stunden nach Einnahme der Stadt. Doch er folgte Dezcoll durch die Gassen der Stadt, wobei er brennenden oder vom Einsturz bedrohten Häusern auswich. Die Meerluft, die er während seiner Mission in Alghero geatmet hatte, war verschwunden, an ihre Stelle war ein drückender Verwesungsgeruch getreten. Er rührte nicht von Leichen her, von denen es nur wenige gab; die Stadt insgesamt lag im Sterben.

Der König hatte nicht im Palast des Judex Quartier bezogen, der an mehreren Stellen zerstört war, sondern im Benediktinerkloster. Auf dem Platz davor herrschte ein einziges Kommen und Gehen von Offizieren, Dienern und Adeligen im Federhut. Bernat de Cabrera spreizte sich eitel wie ein Pfau und redete auf eine Gruppe von *criados* und Personen niederen Adels ein, malte ihnen mit großen Gesten die künftigen Eroberungspläne aus. Wenn er den Inquisitor bemerkte, gab er es doch nicht zu erkennen.

Die erste Person, auf die Eymerich stieß, nachdem er den Palast betreten hatte, war Ughetto d'Arborea, der mit zwei Zofen der Königin Eleonora schäkerte. »Salve, Pater Nikolas!«, rief der Junge ausgelassen. »Wisst Ihr, dass ich nun nicht mehr Ughetto heiße, sondern Ugone? König Peter hat das entschieden.«

Eymerich deutete eine Verbeugung an, doch ohne den Blick zu senken, den er kalt auf dem jungen Mann ruhen ließ. »Glückwunsch. Ein anspruchsvoller Name. Er wird Euch verpflichten, das Niveau Eures Vaters zu erreichen, der ein großer Mann war.«

Das Lächeln des Jungen erstarb mit einem Schlag. Dezcoll wollte den Inquisitor schon beim Ärmel packen, doch dann unterließ er es, weil er wusste, wie sehr er Berührungen hasste. »Los, kommt«, beschränkte er sich zu sagen. »Der König wird schon ungeduldig sein.«

Peter IV. hatte den ganzen zweiten Stock belegt und er hielt gerade Audienz in einem Saal, in dem sich früher der Kapitelsaal befunden hatte. Als ein Diener ihm die Ankunft der beiden Besucher meldete, entließ er auf der Stelle sämtliche Hofleute, die sich um ihn scharten. Auch Eleonora von Sizilien, die auf einem kleinen Thron saß, was ihren hochmütigen Ausdruck nur noch steigerte, erhob sich und ging zum Ausgang. Eymerich und Dezcoll verneigten sich tief, als sie vorüberging, und ernteten dafür ein rätselhaftes Lächeln.

»Pater Nikolas!«, rief Peter IV. und hielt den Inquisitor davon ab niederzuknien. »An diesem Freudentag konnten Wir nicht darauf verzichten, Euch an Unserer Seite zu haben. Nie werden Wir das kühne Unternehmen vergessen, das Ihr vor vier Monaten gewagt habt. Es hat auf entscheidende Weise zum Sieg beigetragen.«

In falscher Bescheidenheit schlug Eymerich die Augen nieder. »Wenn Ihr jemandem zu danken habt, Sire, dann Gott und der Tapferkeit Eurer Männer.«

»Schmälert Eure Verdienste nicht. Im Übrigen habt Ihr Recht, Gott hat uns beschützt. Ein Zeichen dafür, dass Unsere Sache gerecht und von Grund auf christlich ist.«

»Das war sie gewiss, Sire. Ich glaube, dass der Papst jetzt aus seiner neutralen Haltung heraustreten und einräumen wird, dass Ihr es verstanden habt, wieder Ordnung auf die Insel zu bringen. Eure Herrschaft wird nie mehr angezweifelt werden.«

Eine Falte zeigte sich auf der Stirn des Königs. Er ließ sich auf den Thron fallen, den er hatte herrichten lassen, und versank in den Falten seines schwarzen, mit Silberfäden bestickten Samtmantels. »Genau darüber wollten Wir mit Euch sprechen, als Freund, der Ihr seid. Über den Papst. Habt Ihr ihm die Botschaft geschickt, wie Ihr versprochen habt? Die bezüglich …«

»Bezüglich der acht hingerichteten Adeligen?«, fragte Eymerich mit falscher Unschuldsmiene.

»Nein, bezüglich der Unterdrückung eines Falls von Häresie«, berichtigte der König und hob dabei leicht die Stimme. Doch gleich mäßigte er den Ton wieder. »Dann habt Ihr Avignon also über Euer Einverständnis in Kenntnis gesetzt?«

»Vor nicht mehr als drei Tagen habe ich eine Sendung losgeschickt.«

»Und Ihr habt das Schreiben allgemein gehalten, wie wir vereinbart hatten?«

»Diese Sendung wird das päpstliche Wohlwollen Euch gegenüber in keiner Weise schmälern, wenn es das ist, was Euch Sorgen macht.«

Einen Augenblick lang glättete sich die Stirn des Herrschers, dann umwölkte sie sich gleich wieder. »Seht Ihr, Pater Nikolas, vielleicht haltet Ihr Unsere Neugier ja für übertrieben. Ein Versprechen aus Eurem Mund ist sicher heilig. Tatsache ist …« Er suchte nach Worten. »Tatsache ist, dass der hier anwesende Herr Dezcoll Uns unterrichtet hat, dass Ihr das andere Dokument, das für Uns, noch nicht unterzeichnet habt. Worin Ihr Euch mit den Maßnahmen, die Wir gegen die Verschwörer treffen mussten und die letztlich auf Eure Anregung zurückgehen, einverstanden erklärt.«

Auf Eymerichs ernstem Gesicht erschien ein Anflug von Lächeln. »Wenn Ihr Euch recht entsinnt, Sire, bin nicht ich es gewesen, der über das Schicksal der acht, Euch feindlich gesinnten Adeligen entschieden hat. Ich habe bloß ein Mittel der Beseitigung vorgeschlagen, damit kein Aufsehen erregt wird, als Antwort auf eine präzise Frage von Euch und Herrn Dezcoll. Ich habe Euch gesagt, dass zu bestimmten Stunden und an bestimmten Tagen das Wasser in diesem Teil von Sardinien giftig ist.«

»Schweigt!« Erstmals gab Peter IV. die Nervosität zu erkennen, die sich in ihm angestaut hatte. »Wir haben verboten, dieses Ereignis zu erwähnen, jetzt und für immer!«

Eymerich senkte den Kopf. »Ich bin bereit, Euch zu gehorchen, Herr. Ich hätte diese traurigen Vorgänge nicht erwähnt, wenn Ihr nicht darauf angespielt hättet.«

Dezcoll, der seitlich vom Thron gestanden hatte, trat

vor. »Los, kommt, Pater Nikolas, lasst uns nicht noch mehr Zeit verlieren. Seid Ihr nun bereit, diese Erklärung zu unterschreiben, wie es schon alle Ratsmitglieder getan haben?«

»Oh, gewiss«, antwortete der Inquisitor mit übertriebener Unterwürfigkeit. »Es ist nur ein Übermaß an Gewissenhaftigkeit, was mich dazu treibt, Euch zuvor noch um eine Klarstellung zu bitten.«

»Klarstellung? Von was für einer Klarstellung faselst du da, Pfaffe?« Peter erhob sich mit einem solchen Ruck vom Thron, dass er ihn fast umgeworfen hätte. »Vergisst du, dass du vor deinem König stehst?«

Eymerich senkte den Kopf noch mehr. »Das vergesse ich bestimmt nicht, Sire. Verzeiht, wenn ich Euch in irgendeiner Weise beleidigt habe. Mein Gehorsam Euch gegenüber ist unbedingt.«

Teilweise besänftigt, setzte Peter sich wieder. »Wir sind es, die um Verzeihung zu bitten haben für Unser aufbrausendes Temperament, Pater. Nicht nur halten Wir Euch für einen großen Freund, sondern wir haben auch Anlass zu tiefster Dankbarkeit Euch gegenüber. Sagt also, welche Klarstellung verlangt Ihr?«

»Oh, ›Klarstellung‹ ist ein großes Wort.« Eymerich tat so, als wäre er verlegen. »Sagen wir eher, ich würde gerne Näheres über die acht Verschwörer wissen, um das Urteil klarer abfassen zu können.«

Der Blick des Königs wurde wieder feindselig. Er lehnte sich auf dem Thron nach vorn, an die Armlehnen geklammert. »Zum Beispiel?«

»Zum Beispiel die genaue Art ihrer Häresie. Ihr werdet verstehen, dass mich als Inquisitor das ganz besonders interessiert.«

Peter zuckte mit den Schultern und schüttelte seine lange, pechschwarze Mähne. »Ich verstehe nichts von Häresien. Es muss sich um denselben Kult handeln, den auch der Mönch praktiziert hat, den Ihr gefangen haltet.«

»Er ist nicht mehr gefangen, Sire«, korrigierte Dezcoll. »Pater Nikolas hat ihn auf freien Fuß setzen lassen.«

Der König war einen Augenblick lang perplex, dann warf er dem Inquisitor einen äußerst harten Blick zu. »Was? Warum habt Ihr mich nicht verständigt? Wer hat Euch die Vollmacht gegeben …«

»Der Papst, Sire, und davor noch Gott. Sie haben mir die Vollmacht gegeben.« Eymerich sprach ruhig, aber bestimmt. »Ein Verhör hat mich davon überzeugt, dass dieser Benediktiner nicht der häretischen Irrlehre schuldig ist, auch wenn er unzulässige und blasphemische Kulte geduldet hat. Sein Orden hat sich, zum Zweck der Christianisierung, den bereits zuvor auf der Insel praktizierten Riten angepasst. In etwa so, wie Raimundus Lullus es bei den Sarazenen versucht hat, mit weniger Erfolg. Das ist schimpflich, aber bei dem Pluralismus der Lehre, der heute in der Kirche herrscht, zulässig.«

Es trat eine kurze Stille ein, die von Dezcoll unterbrochen wurde. »Ich will aufrichtig zu Euch sein, Pater, und ich hoffe, Ihr seid es ebenso. Wenn ich recht verstehe, was Eure Worte anklingen lassen, wären die acht Verschwörer nicht der Häresie schuldig gewesen, da Ihr ihre Glaubensmeinungen nicht als häretisch betrachtet.«

Eymerich begriff, dass die ohnehin schon zum Zerreißen gespannte Situation eine dramatische Wendung nehmen würde. Er bereitete sich darauf vor, die scharfen rhetorischen Waffen zum Einsatz zu bringen, die er sich im Hinblick auf diese Unterredung sorgfältig zurecht gelegt hatte. »Ich glaube, unser König ist schlecht unterrichtet über die religiösen Ansichten dieser edlen Herren. Das entartete Christentum, wie es hier in Alghero praktiziert wird, konnte in keinem anderen Kontext außerhalb von Sardinien Anhänger finden.«

»Mit anderen Worten«, drängte Dezcoll, »Ihr weigert Euch, die geheime Anklageschrift zu unterzeichnen.«

Eymerichs Stimme wurde honigsüß. »Oh, ich weigere

mich ganz und gar nicht. Im Gegenteil, ich möchte es mit aller Macht, doch die Sache übersteigt meine Kompetenzen. Wenn kein Fall von Häresie vorliegt, besteht auch kein Grund für ein Einschreiten der Inquisition.«

Das gewöhnlich olivfarbene Gesicht Peters IV. lief puterrot an. »Aber diese Ruchlosen trachteten Uns nach dem Leben!«, schrie er.

»Das ist gewiss verwerflich«, flüsterte Eymerich, »betrifft aber den weltlichen Arm oder die überirdische Gerechtigkeit. Die Inquisition hat nichts damit zu tun.«

Es sah so aus, als wollte der König auf den Domenikaner losgehen und ihn schlagen, doch die Bewegung wurde im Ansatz unterbunden, da Dezcoll rasch eingriff und zwischen die beiden trat. »Also, Pater Nikolas«, drohte er. »Seid wenigstens einmal ehrlich. Warum wollt Ihr es um jeden Preis vermeiden, diese Unterschrift zu leisten?«

»Und Ihr, warum verlangt Ihr sie um jeden Preis? Die Ehrlichkeit kann nicht nur auf einer Seite sein.« Eymerich war sich bewusst, dass er sich einer tödlichen Gefahr aussetzte, aber nun musste er die Sache zu Ende bringen. Er wurde noch leiser. »Ich sehe, dass Ihr mir nicht antwortet. Dann will ich Euch sagen: Ein böswilliger Mensch an meiner Stelle könnte denken, dass Ihr diese Einwilligung braucht, um alle Schuld auf die Inquisition schieben zu können, falls der *Justicia* eines Tages herausfinden sollte, dass acht Unschuldige …«

»Was habt Ihr gesagt?«, schrie Peter IV. und sprang auf.

Eymerich schlug die Augen nieder. »Oh, verzeiht, Sire, der Ausdruck ist mir entschlüpft. Aber es ist der böswillige Mensch, der so reden würde, ich bestimmt nicht.« Mit einem Ruck richtete er sich zu seiner vollen Größe auf und warf dem Herrscher einen Blick zu, wie dieser ihn wohl sein Lebtag lang noch nicht gesehen hatte. »Falls der *Justicia,* sagte ich, eines Tages herausfinden sollte, dass acht Angehörige der angesehensten aragonesischen Aristokratie zum Tode verurteilt worden sind, weil sie im Begriff waren, sich seiner Partei anzunähern, wäre es bequem, ihm beweisen zu können, dass es die Inquisition war, die sie der Häresie bezichtigt und verurteilt hat. Und weiter sagen zu können, Ihr und Euer Rat hättet lediglich eine von der Kirche angeordnete Maßnahme ausgeführt.«

Peters Wut war so groß, dass er, von der Erregung übermannt, einen Moment lang nur stottern konnte. Beunruhigt eilte Dezcoll an seine Seite und stützte ihn, einen Kollaps befürchtend. Doch der König erholte sich rasch wieder; er gewann sogar einen Teil seiner distanzierten Kühle zurück und konnte sich mit einer gewissen Würde auf dem Thron niederlassen.

»Ihr phantasiert«, zischte er. »Andernfalls wäre Euch klar, dass hier Euer Kopf auf dem Spiel steht.«

»Oh, es steht noch viel mehr auf dem Spiel«, erwiderte Eymerich mit einem boshaften Lächeln. »In Aragón kann der *Justicia de corte* den König absetzen, wenn er ihn des Hochverrats für schuldig hält.«

Wieder schien Peter auffahren zu wollen, doch Dezcoll antwortete an seiner Stelle. »Ihr verliert jedes Maß, Pfaffe! Hochverrat? Ihr seid ja völlig verrückt.«

»Kann sein. Aber wie würdet Ihr denn einen Herrscher beurteilen, der gegenüber einer Gruppe ihm feindlich gesinnter Adeliger zu Mord greift? Und der fünfundzwanzig aragonesische Schiffe kommen lässt, getarnt unter genuesischer Flagge, um ihn im Fall des Scheiterns in Sicherheit zu bringen? Ich möchte wetten, dass diese Galeeren bald im Hafen von Barcelona vor Anker liegen.«

Peters Wut wurde sichtlich von Angst überlagert. »Auch das weiß er!«, murmelte er Dezcoll zu.

»Ich weiß noch viel mehr«, fuhr Eymerich unerbittlich fort. »Ich weiß, dass Ihr gewartet habt, bis die acht

Unschuldigen im Sterben lagen, bevor Ihr die Gänge schließen habt lassen, durch die Alghero versorgt wurde. Sollte das Attentat fehlschlagen und die fünfundzwanzig Galeeren nicht rechtzeitig eintreffen, so wart Ihr bereit, bei unseren angeblichen ›Feinden‹ Zuflucht zu suchen. Ich habe sogar den Verdacht, dass die gesamte Expedition im Grunde nur dazu da war, Euch die Beseitigung dieser Adligen zu ermöglichen, fernab von den wachsamen Augen und der eingreifenden Hand des *Justicia.* Warum sonst hättet Ihr selbst daran teilgenommen? Und auf meiner Teilnahme bestanden, die bei einer militärischen Operation doch völlig überflüssig ist?«

Peter schloss die Augen. Als er sie wieder aufschlug, war sein Blick ausdruckslos, beinah erloschen. »Nikolas Eymerich, Wir verurteilen Euch zum Tode«, sagte er leise und in seiner Stimme war nur eine kleine Spur Erschöpfung zu spüren. »Das Urteil wird sofort vollstreckt. Herr Dezcoll, ruft die Wachen und lasst den Henker kommen. Er soll sein Beil mitbringen.«

Eymerich fühlte, wie ihm das Herz zum Zerspringen im Burstkorb hämmerte. Er wollte etwas erwidern, doch Dezcoll kam ihm zuvor. »Verzeiht, Sire, doch ich würde raten, mit Bedacht vorzugehen.« Er wandte sich an den Inquisitor. »Habt Ihr Eure Phantasien in dem Schreiben an Papst Innozenz erwähnt?«

»Ich habe alles detailliert geschildert. Aber das Schreiben war nicht an den Papst gerichtet, sondern an Abt Grimoard, meinen guten Freund, das Oberhaupt der Viktoriner in Marseille. Mit dem Vermerk, es dem Papst nur im Fall meines plötzlichen Todes bekannt zu machen.«

Ein düsteres, bedrückendes Schweigen senkte sich herab. Eymerich wusste, dass eine kleine Umfrage im Lager genügen würde, um herauszufinden, dass er überhaupt kein Schreiben abgeschickt hatte. Doch er zählte auf die Angst seiner Gesprächspartner und auf ihr schlechtes Gewissen. Er stand mit angehaltenem Atem da, eine Zeit, die ihn unendlich dünkte, während es in seinen Schläfen hämmerte. Dann kam die Erlösung.

»Wir glaubten, einen Freund in Euch zu haben«, sagte König Peter. »Wir müssen feststellen, dass wir eine Schlange an unserem Busen genährt haben.«

Eymerich verneigte sich. »Ich hatte gute Lehrmeister«, versetzte er ironisch.

Peter IV. seufzte. »Sagt eher: schlechte Schüler. Eure Bosheit ist unübertroffen.« Müde erhob er sich vom Thron. »Geht jetzt, Herr Inquisitor. Verlasst Alghero. Und von nun an haltet Euch fern von Unserem Angesicht. Ihr werdet einen unerbittlichen Feind in Uns haben, der jede Eurer Bewegungen verfolgt, um Euch zu vernichten.«

»Ich habe nie erwartet, geliebt zu werden, Sire. Ich finde es bei weitem erstrebenswerter, gefürchtet zu werden.« Nach einer erneuten Verbeugung verließ Eymerich das Zelt, ohne Dezcoll eines Blickes zu würdigen.

KAPITEL XXVI

Sechste Sitzung

Nie hätte Wilhelm Reich geglaubt, dass man den eigenen Tod noch ein Weilchen überleben konnte. Und doch war das Teil der logischen Prämissen seiner Forschungen. Wenn der Körper von Energieströmen durchzogen war, und wenn das Gehirn, wie er immer wieder betont hatte, nur der zufällige Sitz von Funktionen war, die weit über die Grenzen des Gehirns hinausgingen, dann lag es auf der Hand, dass der energetische Rahmen nicht automatisch mit dem physischen Tod zerstört wurde. Sicher, es war nicht abzusehen, wie lange sein innerer Zusammenhalt noch weiter bestehen würde. Als eingefleischter Atheist bezweifelte er, dass das noch lange andauern würde. Aber jetzt war er da, auch wenn er nicht hätte angeben können, wo.

Das bisschen Ich, das ihm verblieben war, war den merkwürdigsten Sensationen ausgeliefert. Er hatte das Gefühl, auf Urflüssen dahinzugleiten, die den Kosmos durchzogen oder vielleicht aus anderen, ebenfalls frei schwebenden Individuen bestanden. Handelte es sich um Orgonenergie oder um elektrische Energie? Im Augenblick schien die Frage ohne Bedeutung. Sicher war einzig die Tatsache, dass in diesen Strömungen das Organisationsprinzip alles Bestehenden lag, von den Galaxien bis zu den einzelnen Lebewesen. So etwas Ähnliches wie Vermessungskarten des Gewesenen und des Zukünftigen.

Unter der Bedingung jedoch, dass die Energie frei fließen konnte. Einige der schwebenden Rahmen mussten defekt sein, trugen sie doch den Keim der Zerstörung in sich. Das Erinnerungsvermögen, das er noch besaß, wandte sich ohne Hass oder Groll dem Todestrieb zu, den er zu seinen Lebzeiten als Häresie betrachtet hatte. Dann wandte es sich der Person zu (Eymerich?), die ihm in seinem Delirium im Gefängnis erschienen war. Vermutlich war auch er eine der durch den Kosmos irrenden Formen; aber eine der verkehrten, die die Zerstörung des Lebens wollten. Wenn sie die Oberhand gewännen, würde alles verrotten und verkommen, wenigstens dort, wo Männer und Frauen – etwas ungeschickte Behältnisse für die großen kosmischen Strömungen – ihre Biologie im Geschlechtermodell organisiert hatten. Aber das Universum würde in seinem großen, strömenden Atem unbeirrt fortfahren.

Er malte sich das Grauen einer von den Eymerichs beherrschten Welt aus und es verband sich für ihn mit den Gräueln, die er in seinem eigenen Leben erfahren hatte: Konzentrationslager, Irrenanstalten, die grausame Folter des Elektroschocks, im Namen einer höheren Macht geführte Kriege, doktrinäre Wissenschaftsgläubigkeit. Die pure Fäulnis, am Ursprung allen Wachstums von monströsen Amöben.

Aber das war alles ziemlich weit entfernt. Die grundlegende Frage war jetzt, wie lange sein Ich noch andauern würde. Reich zog es vor, sich lieber nicht auf das Thema zu versteifen, und überließ sich den Strömungen, die ihn sanft als einen Teil von sich aufnahmen.

KAPITEL XXVII

Kosmische Überlagerung

»Ich glaube nicht, dass Tanner hierher kommt«, brummte Felix, dem der Rucksack auf den Schultern schwer wurde. »Der Wirbelsturm hat sein Lager verwüstet.«

»Ich an deiner Stelle würde mich nicht darauf verlassen. Drei gesunde junge Männer sind ein kostbares Gut für ihn«, erwiderte David leicht keuchend. »Aber wir sind fast da. Wir sollten bald auf eine Plattform stoßen, und dann auf eine Treppe, die bis zur Grotte hinunterführt.«

Sie waren schon Stunden unterwegs, unter einem bewölkten Himmel, der nur ab und zu einen schwachen Sonnenstrahl sehen ließ. Sie waren an verwüsteten Stränden entlanggelaufen, an Strandlokalen in Trümmern, rätselhaften, uralten Türmen, von der Zeit zernagt. Das Meer war jetzt ruhig, aber die abnorme Weiße seiner Oberfläche rief einem sofort die Tausenden von Hydren in Erinnerung, die darunter brodelten. An einigen Stellen bildeten Hydren, die der Sturm an den Strand gespült hatte, dort einen glitschigen, widerwärtigen Teppich, der von einem leisen Beben durchzuckt schien. Doch es war unumgänglich, darauf zu treten. Man musste sich von den grauen Ebenen des Binnenlands fern halten: Schon zweimal hatte Davids Gewehr dazu gedient, die Rudel streunender Hunde in die Flucht zu schlagen, die so widerstandsfähig geworden waren, dass sie der Strahlung bis ins Erwachsenenalter standhalten konnten. Wenn Tanner die Schüsse gehört hatte, konnte er sich eine genaue Vorstellung von der Position der Flüchtlinge machen.

»Da sind wir, da ist die Plattform«, verkündete David finster und gereizt.

Sie waren auf einer Art Terrasse hoch über dem Meer angelangt, unter einer Felsnase, auf der die Ruine eines Leuchtturms zu sehen war. Verrostete Eisengestelle und verbogene Blechschilder, in einer unverständlichen Sprache beschriftet, ließen vermuten, dass es hier einst ein Lokal gegeben hatte, ähnlich wie so viele andere längs der verwüsteten Küste. Ein atemberaubender Steilhang und das Panorama ringsum ließen erkennen, dass diese Landschaft wohl einst ganz einmalig gewesen sein musste, doch jetzt war sie in einen ungesunden Dunst gehüllt.

Seamus, der sowohl den Ausflug als auch die Gesellschaft unerträglich zu finden begann, ging bis an den Rand der Terrasse und stieß einen wütenden Schrei aus. »He, soll das die Treppe sein?«

»Ja, das ist sie«, antwortete David.

»Aber das sind ja an die tausend Stufen!«

»Sechshundertsechundfünfzig, um genau zu sein. Ich habe sie gezählt, als ich zum ersten Mal hinuntergestiegen bin. Aber die Treppe ist es nicht, was mich schreckt, sondern die Erkundung der Höhle. Zum Glück seid ihr da.«

Seamus stieß einen Fluch aus. Milton sah ihn mit verhaltenem Tadel an, dann begann er zum Meer hinunterzusteigen. »Wenn unsere einzige Hoffnung zu überleben dort unten ist, dann ist die Treppe das geringste Hindernis«, sagte er ruhig.

»Immer die Moralpredigt parat, hm?«, brüllte Seamus. Doch nach einem Moment des Zögerns zuckte er die Achseln und folgte ihm. Felix und David gingen hinter ihnen her und achteten bei den verwitterteren Stufen genau darauf, wohin sie die Füße setzten.

Es war ein sehr langsamer und überaus anstrengender Abstieg, häufig unterbrochen, weil David sich ein paar Minuten hinsetzen musste, um wieder Luft zu bekommen. Vor ihnen dehnte sich eine trotz des trüben Himmels funkelnde Bucht. Ein paar Kilometer vor der Küste lag eine kleine Insel mit einem merkwürdigen Tunnel. Keine einzige Möwe war in der Luft und die vollkommene Stille zeigte das Fehlen jeglicher Form von Leben an, außer den Hydren.

»Ein merkwürdiger Ort, um die Leichen zu bestatten«, murmelte Felix, als der Eingang zu der Höhle, zu der sie unterwegs waren, sichtbar wurde. Er war sehr unruhig. Auch nach dem Ende des Seebebens war es nicht möglich gewesen, per Radio mit dem Frauenlager Kontakt aufzunehmen. Keine Nachricht von Marjorie.

David keuchte wie ein Blasebalg. »Die Leichen werden nicht beerdigt«, stellte er richtig. »Sie werden auf einem Handwagen hierher gebracht, der dann an Seilen hinuntergelassen wird. Aber da sind wir endlich.«

Die Treppe endete an der Schwelle zu einem enormen Felsspalt, der nur knapp über dem Wasserspiegel lag. Die Flut erreichte diese Höhe bestimmt nicht, aber womöglich gab es unter dem Meer Verbindungen zwischen Höhle und Bucht, die an dieser Stelle nicht von Hydren verseucht schien.

»Ich bleibe hier«, verkündete David. »Gleich wenn ihr hineinkommt, seht ihr den See. Das wird kein schöner Anblick sein, das sage ich euch gleich. Ihr müsst um ihn herum. Linker Hand ist ein Weg, holprig aber begehbar. Weiter hinten stoßt ihr auf andere Säle und andere Seen, aber ich bin nie so weit vorgedrungen.« Er unterbrach sich. Als er weitersprach, lag ein feindseliger Ton in seiner Stimme. »Versucht nicht, irgendwelche Dummheiten zu machen. Kann sein, dass ihr nichts Sinnvolles entdeckt. Aber wenn ihr irgendwo das blaue Licht seht und es euch gelingt, dorthin zu kommen, kann sich euer Schicksal ändern. Denkt daran, und denkt daran, dass ich bewaffnet bin.«

Er machte Milton ein Zeichen, er solle ihm den Rucksack herüberreichen. Stets mit dem Gewehr im Arm, kramte er darin, bis er eine Taschenlampe gefunden hatte, und drückte sie Milton in die Hand. »Geht jetzt.« Die Jungs traten in die Höhle ein, die hier dicht bewachsen war.

Die ersten Schritte setzten sie extrem vorsichtig, doch es schien keine Gefahr zu bestehen, auch wenn ein Ekel erregender, süßlicher Gestank in der Luft hing. Nach wenigen Metern stieß Felix einen Schrei aus, der so laut war, dass sich einige kleinere Stalaktiten von der Decke lösten und am Boden zerschellten. Miltons Taschenlampe hatte das Seeufer beleuchtet, wo man einen Haufen weißer Leiber sah, zum Teil verwest, reglos und in den groteskesten Stellungen verrenkt.

»Nein, ich schaff das nicht weiterzugehen«, murmelte Seamus. »Wer zwingt uns denn dazu?«

»Wir müssen«, erwiderte Milton kalt. Aber auch er zögerte, den Lichtkegel noch einmal auf das Wasser zu richten, das zu ihren Füßen leise ans Ufer schwappte. Als er es tat, tauchte wieder die Menge toter Leiber auf, mindestens dreihundert, alle am Ufer aufgehäuft. Einige waren auf einfache Skelette reduziert; andere dagegen schienen von verheerenden eitrigen Wucherungen durchzogen, wie von Streifen verkrusteten Schlamms. Der Gestank war grausam.

Seamus fluchte, doch dann ging er los. Felix fühlte sich gelähmt vor Grauen. Als er sich in Bewegung setzte, rannte er fast, sodass Milton schnell den Lichtkegel vor seine Füße richten musste, um zu verhindern, dass er am Ufer ausglitt.

Der Weg verlief auf der linken Seite, schmal und uneben. Sie begannen ihn entlangzugehen und versuchten, nicht auf das Seeufer zu schauen. Bald stießen auf eine sehr hohe Säule, die sich oben im Dunkel des Höhlengewölbes verlor, dann auf eine Reihe von Schluchten. Oft glitten ihre Füße auf dem schlüpfrigen Boden aus oder stießen gegen kleine Felserhebungen, was sie zwang, sich aneinander festzuklammern, um nicht ins Wasser fallen, wobei sie natürlich riskierten, alle zusammen dort zu landen.

Ein dichter Säulenwald markierte das Ende des ersten Beckens und den Anfang des zweiten. Sie konnten aufatmen. Hier war das Wasser tief und klar und barg keine Leichen; der bestialische Verwesungsgeruch ließ langsam nach, vertrieben von einem leichten Lufthauch, der durch Ritzen und Spalten strömte. Problemlos erreichten sie das gegenüberliegende Ufer des Sees, das von weißen Versteinerungen, so fein wie Spitzen, abgeschlossen wurde.

Der Weg war nicht lang gewesen, aber sie fühlten sich erschöpft. Sie ließen sich an einem einladenden kleinen Strand mit winzigen, blendend weißen Kieseln niederfallen. Während Milton sich neben den anderen ausstreckte, fiel ihm die Taschenlampe aus der Hand und verlosch.

Felix schrie auf. »He, schalt sie sofort wieder ein!«

»Einen Moment, sie ist hier bei meinen Füßen. Warte, ich hab sie gleich.«

Es vergingen ein paar Momente ängstlicher Anspannung, dann bemerkte Seamus: »Ich fange an, was zu sehen. Woher zum Teufel kommt dieses Licht?«

Es stimmte. Eine schwache bläuliche Helligkeit schien von einem Punkt zu ihrer Linken auszugehen und erlaubte, die Umrisse der Felsen zu erkennen. Milton beeilte sich, die Taschenlampe anzuknipsen und damit in diese Richtung zu leuchten. »Wenn ihr genau hinschaut, dann seht ihr eine Öffnung. Aber sie ist von Steinen verschlossen.«

Seamus stand auf. »Sehen wir uns das aus der Nähe an!«

Es war ein anderthalb Meter hoher Spalt, der vielleicht früher einmal der Eingang zu einem unterirdischen Gang gewesen war. Jetzt schien er aber durch Bruchstücke von Stalaktiten, Geröll und feuchten Schlamm verstopft. Tropfenweise sickerte Wasser heraus, als ob dahinter ein Fluss oder ein Wasserbecken verborgen wäre, höher gelegen als der See.

»Man sieht überhaupt kein Licht«, bemerkte Milton. »Jetzt werde ich die Taschenlampe ausmachen.«

»Aber du bist ja völlig bescheuert!«, schrie Felix.

Milton beachtete ihn nicht. Nach ein paar Momenten der Gewöhnung konnte man im Dunkeln leicht erkennen, dass es die zwischen Schlamm und Geröll austretenden Tröpfchen waren, die schwach leuchteten. Es war schön, ihre Bewegung zu beobachten, aber auch beunruhigend.

Milton schaltete die Taschenlampe wieder ein. »Vielleicht sind es diese Tropfen, die die Energie in den See bringen, vorausgesetzt, Davids Theorien sind korrekt.«

Seamus schüttelte den Kopf. »Wenn es sich um Energie handelt, dann muss sie sehr schwach sein. Nein, wir müssen die Stelle finden, von der diese Tropfen kommen, falls sie existiert.«

»Was machen wir also?«

»Wo wir schon einmal hier sind, können wir auch weitergehen.«

»Nein, wartet!«, versuchte Felix einzuwenden, doch als er dann sah, dass die anderen losmarschierten, folgte er ihnen eilig.

Hinter dem See stieg der Weg merklich an und führte durch immer engere Gänge. Das Werk von Menschenhand erkannte man an einigen Stufen, die an den schwierigsten Stellen in den Felsen gehauen waren, oder an der Erweiterung eines besonders niedrigen Durchgangs. Das hatte etwas Beruhigendes. Diese Höhlen mussten gründlich erforscht worden sein, vor dem Krieg, wenn nicht von Touristen, so doch wenigstens von nicht sonderlich risikofreudigen Höhlenforschern.

Sie entdeckten ein paar kleinere Wasserbecken, deren flaches und klares Wasser aber nicht leuchtete, dann eine Reihe von miteinander verbundenen Höhlen mit einem Wald von Stalaktiten an der Decke. Plötzlich stieg der Weg wirklich steil an, während die Feuchtigkeit, die sie bisher gequält hatte, sich in beißende Kälte verwandelte. Aber sie waren dicht vor dem Ziel. Nachdem sie einen weiten Saal mit rötlichen Wänden durchschritten hatten, tat sich vor ihren Füßen ein senkrechter Abgrund auf, so groß wie die Grotte, die er ganz ausfüllte. Milton, der vorneweg ging, wich mit einem Schrei zurück. »Passt auf! Hier ist ein riesiger Brunnen!«

»Mein Gott!«, schrie Felix entsetzt.

Er hatte allen Grund dazu. Die Taschenlampe beleuchtete ein Gewölbe, dicht übersät mit abgebrochenen Stalaktiten rings um einen einzigen unversehrten Tropfstein, der mindestens acht Meter lang war. Aber wirklich Angst machte der Abgrund unter ihnen, von dem sie nur den oberen Rand sehen konnten, während die gegenüberliegende Seite im Dunkel verschwand. Ringsumher war ein gedämpftes Rauschen von unterirdischen Gewässern zu hören, die sich in wer weiß welchen Mäandern durch den Fels gefressen hatten.

»Ich glaube, jetzt bleibt uns nichts anderes übrig, als umzukehren«, sagte Milton. Er hatte sich in der Gewalt, aber er musste doch ein paarmal schlucken.

»Ich bin einverstanden«, hauchte Seamus, verwirrt und irritiert von der Tatsache, hier zu sein. Dann setzte er hinzu, aber mehr wie zu sich selbst: »Wer weiß, wie tief dieser Abgrund ist.«

»Oh, sehr tief!« Äußerst vorsichtig trat Milton einen Schritt nach vorn, hütete sich aber, ganz an den Rand heranzutreten. Er stellte sich etwas auf die Zehenspitzen und richtete die Taschenlampe auf die Höhlung. Ein Schrei kam ihm von den Lippen. »He!«

Man hörte ein lautes Knarren und der riesige Stalaktit, der über dem Abgrund hing, bewegte sich leicht an der Basis, wobei ein paar winzige Teilchen abbröckelten.

Seamus packte Milton am Hemd und riss ihn gewaltsam zurück. »Schrei bloß nicht, du Idiot!«, zischte er. »Oder willst du, dass das Ding da runterfällt?«

»Da unten ist alles blau«, antwortete Milton leise und versuchte, das Beben seiner Lippen zu beherrschen. »Es ist voller Wasser, aber auf dem Grund ist ein blaues Licht.«

»Was?« Seamus nahm ihm die Taschenlampe aus der Hand und tastete sich vorsichtig vor, dann richtete er seinerseits den Strahl auf das, was man aus einer einigermaßen sicheren Position sehen konnte. Was er sah, hatte etwas Unfassliches. Der Abgrund war zur Hälfte mit Wasser gefüllt, aber unter der Oberfläche strahlte ein intensives Licht, das sich in Spiralen zu bewegen schien, ohne an die Oberfläche gelangen zu können. Es schien, als wäre zwischen diesen Felswänden ein außerirdisches Meer gefangen, eingeschnürt in einen riesigen, durchsichtigen Sack.

Seamus richtete sich wieder auf, die Augenbrauen gerunzelt. Er wollte Felix die Taschenlampe hinhalten, der wich aber zurück, als ob er ihn mit etwas Ekelhaftem berührt hätte. »Wenn du nicht hinsehen willst, bist du selber Schuld, Mann«, bemerkte Seamus voller Verachtung.

»Alles, was ich will, ist hier abhauen. Wir sind schon viel zu lange hier.«

Milton nickte. »Du hast Recht. Schade, womöglich ist das hier unten die Energie, nach der David sucht. Aber es gibt keine Möglichkeit, sie freizusetzen.«

»Man müsste diesen Schacht leer machen«, sagte Seamus. »Oder Sprengstoff haben, um den Gang, der zum See führt, wieder zu öffnen. Der Abgrund liegt höher und das Wasser könnte abfließen.«

»Ich glaube nicht, dass David Sprengstoff hat.« Milton hob die Augen zur Decke. »Man könnte aber versuchen, den schief hängenden Stalaktiten zu Fall zu bringen.«

»Warum?«

»Schau doch, wie groß er ist. Wenn er hinunterfiele, würde sich der Wasserdruck vielleicht so sehr erhöhen, dass der Schlamm aus dem Gang herausgespült würde.« Milton zuckte mit den Schultern. »Aber darum soll er sich kümmern. Gehen wir zurück.«

Er wollte losgehen, als Felix ihn am Ärmel festhielt. »Warte, ich höre eine Stimme. Ob das die Toten sind?«

»Du spinnst ja«, entgegnete Milton verwirrt und erschrocken und machte sich aus dem Griff des anderen los.

»Nein, hör doch!«

Es stimmte. In der Ferne hörte man eine Stimme, die etwas rief und lauter wurde. Die drei Jungs verstummten, während die Stimme von Grotte zu Grotte widerhallte und immer näher kam. Dann schloss Seamus die Augen, stieß die ganze Luft aus, die er angehalten hatte, und kicherte. »Keine Angst«, sagte er. »Das ist der Verrückte, der nach uns ruft.«

Einen Augenblick später konnten sie klar die Worte verstehen, die David in irgendeinem entfernten Gang schrie: »Bubey! Addir! Kommt zurück! Bald kommt die Flut!«

»Dieser Idiot schreit zu laut«, sagte Seamus aufgeregt. »Das ist gefährlich.«

Wie um seine Worte zu bekräftigten, hörte man ein lautes Krachen und der große Stalaktit begann an seiner Basis zu zittern. Die drei Jungs liefen in Richtung rote Grotte, aber bevor sie sie erreicht hatten, ertönte laut, durch den Widerhall im Gewölbe noch verstärkt, Davids Stimme.

»Seed! Addir! Bubey!« Und noch einmal: »Seed! Addir! Bubey!«

Ein schauerlicher Knall erschütterte die Wände des Raums, dann flog der Stalaktit, an der Basis abgerissen, mit der Geschwindigkeit eines Geschosses in die Tiefe. Eine Wasserfontäne erhob sich und schlug bis an die Decke, dann fiel sie zurück, mit dem Rauschen eines stürmisch bewegten Meeres. In der ganzen Höhle hallte das Echo ferner Einstürze wider.

Milton war von der Welle erfasst worden und am Boden gelandet. Er stand wieder auf und lief mit den anderen auf die dunklen Gänge zu, während die Taschenlampe in Seamus' erhobener Hand gespenstische und irreale Szenarien erkennen ließ. Überall hagelte es Splitter von kleinen Stalaktiten, während ein mächtiges Dröhnen das Innere des Felsen erschütterte.

Sie stolperten endlose Male und kamen voller Schnitte und Schürfwunden wieder auf die Füße. Hinter ihnen hallte das Echo der Katastrophe nach und das spornte sie an, all ihre Kräfte zusammenzunehmen und auf die Schmerzen nicht zu achten. Sie stießen auf David, der sich, ebenfalls auf der Flucht, mühsam vorarbeitete, in einer Höhle, die von einem gewaltigen Stoß aus dem Erdinneren erschüttert wurde. Sie ließen sie hinter sich und hasteten den Weg entlang, der zum See führte, wobei sie mehrmals auf den in den Stein gehauenen Stufen ausglitten. An dem Kieselstrand mussten sie jedoch Halt machen.

Aus dem zuvor verstopften Gang drang jetzt ein Schwall Schlammwasser hervor, etwa zwei Meter breit, und prallte mit unerhörter Gewalt gegen die Säulen, die das Wasserbecken umschlossen. Der Weg, der von Wasserfontänen überschwemmt wurde, war nicht begehbar, aber ein dumpfes Dröhnen in nicht allzu großer Entfernung erinnerte sie daran, dass Umkehren unmöglich war.

Erschöpft vor Anstrengung erreichte David die Jungen; aus einer Schnittwunde an seiner Stirn lief Blut. Er wollte etwas sagen, aber der Lärm übertönte seine

Worte. Erst ein paar Augenblicke später, als das Tosen schwächer zu werden begann, konnte er brüllen: »Wir müssen den Weg finden! Sofort!«

Die Jungs zögerten einen Moment, dann stürmten sie voran. Zum Glück schien die Gewalt des Wassers nachzulassen, auch wenn es noch immer an den Wänden hochschäumte. Sie gingen langsam voran, klammerten sich verzweifelt an Stalagmiten und Felsvorsprünge fest, während es jeden Augenblick schien, als ob eine mächtige Hand sie an den Beinen packen würde. Dann wurden die Fontänen zu Spritzern, immer noch heftig, aber weniger massiv. Am letzten Becken gingen sie schon weniger mühsam entlang, auch wenn David mehrmals in Gefahr kam, weggerissen zu werden.

Der See war aufgewühlt. Im Licht der Taschenlampe, die Seamus jetzt zwischen den Zähnen hielt, zeigte sich momentweise ein Gebrodel von Leichen und verstümmelten Skeletten, die sich manchmal an der Oberfläche aufrichteten, als ob sie aufstehen wollten. Endlich wurde in einem Sprühregen das Sonnenlicht sichtbar, eingerahmt von dem breiten Spalt des Eingangs. Sie setzten ihren Fuß auf die Steinplatte des Eingangs, vorangetrieben von einem sehr heftigen Wind, der durch die im Stein verkrallten Pflanzen pfiff.

Ohne Vorwarnung änderte dieser Wind seine Natur. Er wurde weich und voller Düfte. Sie traten aus der Grotte, umflossen von einem unfasslichen blauen Leuchten, während ihre Kräfte, die kurz zuvor noch völlig am Ende gewesen waren, wunderbarerweise wiederkehrten. Sie meinten, eine innere Strömung zu verspüren, sanft und angenehm, die ihnen durch den ganzen Körper floss und ihren Muskeln nie gekannte Gefühle bescherte. Die Luft schien lauer zu werden.

Triefnass von Kopf bis Fuß, zwinkerte Felix mit den Augen, um sie wieder ans Licht zu gewöhnen, dann fragte er: »Aber was geht denn hier vor?«

Ohne ein Wort wies David auf die Stufen der Treppe, über die sie heruntergekommen waren. Zum ersten Mal lächelte er und er wirkte verjüngt, als ob es die schreckliche Erfahrung kurz zuvor nie gegeben hätte. Auch seine Züge, die bis dahin angespannt gewesen waren, wurden weicher.

Die drei Jungs folgten ihm über die ersten Stufen, erschüttert und verwundert. Sie drehten sich noch einmal um zum Eingang der Grotte. »Ist das die Energie?«, fragte Seamus mit leiser Stimme, wie in religiöser Scheu.

»Ja«, antwortete David, auch er leise. »Das ist Orgonenergie pur. Es sieht so aus, als hätten wir's geschafft.«

Aus dem Eingang der Höhle drang, gut sichtbar, eine Säule aus wirbelndem blauem Licht, so blau, dass es weder mit dem Blau des Himmels noch mit dem des Meeres zu verwechseln war. Zunächst war es ein gerader, im Inneren pulsierender Strahl, auf den Horizont gerichtet. Dann begann er sich zu kräuseln und richtete sich immer mehr nach oben.

Wie von einer unwiderstehlichen Kraft bewegt, taten sich mit einem Schlag die Wolken auf. Rund um die erste Säule bildete sich eine zweite, ebenso kolossal wie die erste. Die beiden blauen Zungen tanzten lang umeinander herum, überholten oder überschnitten sich, umschlangen sich heftig. Dann überlagerten sie sich und schwangen sich gemeinsam zur Sonne hinauf, die in diesem Moment wieder am Himmel erschienen war, während ein leises, aber deutlich vernehmbares Pochen den Äther erschütterte, wie ein im Wind flatterndes Tuch.

Überwältigt und fassungslos betrachteten die drei Jungs das Schauspiel. »Was ihr da seht, das ist die kosmische Überlagerung«, erklärte David träumerisch. »Das ist, als ob zwei Energieströme sich lieben würden.«

Die beiden gewundenen Säulen umtanzten einander weiter, in der titanischsten Umarmung, die ein menschliches Auge je gesehen hatte. Dann wurden sie nach und nach schwächer, während das Beben der Luft nachließ. Binnen weniger Sekunden waren nur noch zwei, in Auflösung begriffene Striche übrig. Als sie ganz verschwanden, behielten Himmel und Meer ihre natürlichen Farben bei, mit einem intensiv blauen Strich dort, wo sie zusammentrafen. Aus dem Eingang zur Grotte kam nichts mehr. Alles war wieder normal, aber auf eine andere Art.

Es vergingen Minuten tiefen Schweigens, voller Entrückung. Dann sagte David mit bewegter Stimme: »Ich könnte mich täuschen, aber ich glaube, es gibt keine Strahlung mehr. Und die Kranken dieser Insel werden eine frohe Überraschung erleben.« Er lächelte breit und fügte hinzu: »Und auch eure Freundinnen, wenn sie wirklich hier sind.«

Die drei Jungs waren noch ganz befangen von dem Zauber, der sie erfüllte. Vor allem Felix und Milton hatten besonders strahlende Augen. Seamus machte sich als Erster los. »Hört ihr nicht ein merkwürdiges Geräusch? Anscheinend kommt es von unter der Erde.«

Ja. Alle hörten ein merkwürdiges Geräusch.

KAPITEL XXVIII

Epilog. Tanit

Einige Stunden nach der harten Unterredung mit Peter IV. blickte Eymerich vom Kastell der Galeere aus, die ihn in die Heimat zurückbringen sollte, auf die smaragdfarbene Küste des Capo Caccia. Es war kalt und sogar die gewöhnlich schweißüberströmten Ruderer hatten schwere Tuchmäntel anlegen müssen. Aber die Sonne schien strahlend und zauberte auf dem Meer dunkelblaue Lichtreflexe hervor, die auf anderen Meeren unbekannt waren.

Graf von Osona, der das Schiff befehligte, trat zum Inquisitor. »Ein unvergesslicher Anblick, nicht wahr, Pater?«, sagte er leichthin. »Und doch hat dieses Meer für mich etwas Beunruhigendes, als ob es ein Geheimnis wahren würde.«

Eymerich wandte sich zu dem Aristokraten und kehrte damit den Gischtspritzern den Rücken zu. »Erinnert Ihr Euch an die Apokalypse? ›Und ich sah: Ein Tier stieg aus dem Meer mit zehn Hörnern und sieben Köpfen. Auf seinen Hörnern trug es zehn Diademe und auf seinen Köpfen Namen, die eine Gotteslästerung waren.‹«

Graf Osona lachte laut auf. »Zum Glück glaube ich nicht, dass wir ein solches Tier sehen werden.«

»Wir nicht. Aber kein Grab ist ewig, auch das Meer nicht.« Eymerichs Blick verfinsterte sich. Er deutete auf den Eingang zur Neptunsgrotte, der in diesem Moment sichtbar geworden war, ein grün schimmernder Spalt in einer kompakten Felswand. »Wenn es eines Tages dem Tier, das ich dort unten begraben habe, gelingt, sich zu befreien, dann werden die Bewohner dieser Insel den Tod als ihre einzige Hoffnung herbeiflehen.«

»Aber von welchem Tier redet Ihr denn?«, fragte der Graf erstaunt.

»Von etwas Abscheulichem, das sich von kranken Leibern und verfaultem Fleisch nährt. Jetzt ist es dort unten, aber ich fürchte, dass es durch die Jahrhunderte wachsen und immer weiter wachsen wird, gespeist von der Kraft, die bei den Sarden als wohltätig galt.« Eymerichs Augen wurden noch finsterer. »Das war ihr Verhängnis. Keine Kraft, die nicht von Gott kommt, ist wohltätig. Jetzt, da sie das blaue Licht nicht mehr haben, werden die Leute hier zusehen müssen, wie die Krankheit sich ausbreitet, vor der sie sich so sehr fürchten, bis sie gelernt haben, sie zu behandeln. Doch wenn sie eines Tages versuchen sollten, dieses Licht wieder freizusetzen, das aus Unmoral und Unzucht besteht, so werden sie in Wirklichkeit nur das, was sich darunter verbirgt, aus seinen Ketten befreien.«

Von den unverständlichen Worten des Inquisitors und von seinem intensiven Ausdruck beunruhigt, murmelte der Graf verwirrt: »Aber was sagt Ihr denn da, Pater? Was verbirgt sich denn darunter?«

»Tanit. Astaroth. Zwei von den tausend Namen Satans.« Gleichgültig gegenüber dem Staunen des anderen wies Eymerich noch einmal mit dem Finger auf die Grotte. »In diesen Felsen habe ich eine mörderische Falle aufgestellt. Ich hoffe, es wird nie jemand wagen, an das Andenken eines ruchlosen Kults zu rühren. Sollte es aber doch einer tun, dann wehe ihm. Habt Ihr mich gehört? Wehe ihm.«

Der Graf versuchte die beklemmende Atmosphäre, die sich breit gemacht hatte, etwas aufzuheitern, und schlug einen scherzhaften Ton an. »Die, denen Ihr droht, müssen ja eine wirklich schwere Schuld auf sich laden, wenn sie eine solche Strafe verdienen.«

»Die schwerste von allen. Sie versuchen, die Grundpfeiler der göttlichen Ordnung zu erschüttern. Vernunft, Gehorsam, Ordnung, Autorität.«

»Das sind ewige Werte.«

»Das Tier ist ewig, leider«, antwortete Eymerich und zuckte mit den Schultern. »Ich hoffe nur, ich habe es nach Gebühr gefesselt. Aber ich wiederhole: Wehe dem, der versuchen sollte, es zu befreien.«

David fiel auf den Rücken und rang nach Luft. Der Boden hatte angefangen, heftig zu vibrieren, was Erdrutsche und Steinschlag auslöste. Ein sehr schrilles Pfeifen schien aus dem Inneren der Erde zu dringen, die bebte und sich hin und her warf, wie von der Besessenheit eines gefesselten Dämons geschüttelt.

Seamus rutschte unglücklich aus und schlug mit der Stirn gegen das Geländer, an das er sich zu klammern versuchte. Er wurde sofort ohnmächtig. Felix wollte ihm zu Hilfe eilen, aber er blieb wie angewurzelt stehen und stieß einen Schrei aus. Aus dem Eingang der Grotte quoll ein mächtiger Schwall eines weißlichen Breis, der sehr schnell an der Felswand entlang dem Meer voranglitt. Es war eine eitrige und stinkende Masse, aus der formlose Pseudopoden herauswuchsen und wieder zurücktraten, während andere Ausstülpungen sich wie schwankende Finger zum Himmel reckten.

Milton schlug die Hände vors Gesicht und versuchte zu schreien. Die Treppe unter seinen Füßen brach mit einem lauten Krachen zusammen, was ihn von seinen Gefährten trennte. Ein ungeheuerlicher Riss lief im Zickzack durch die Felswand und füllte sich sofort mit der gelatineartigen Masse, die wie ein ekliger Schaum überall aus den Poren des Steins austrat. Bevor er von diesem Schleim verschlungen wurde, konnte Milton noch ein Knäuel enorm langer Würmer sehen, die sich im Inneren dieser Gelatine heftig bewegten, als hätten sie Jahrhunderte darauf gewartet, wieder ans Licht zu kommen.

Zu dem Pfeifen aus dem Erdinneren trat das Krachen der Gesteinsmassen, die nachgaben, und der Abgründe, die sich überall auftaten und ihren eitrigen Inhalt freigaben. Benommen sah David auf Seamus' leblosen Körper, der wild auf den Wirbeln des Breis dahinschaukelte, um dann in dieser durchscheinenden Masse zu verschwinden, von einem Knäuel gieriger Fasern umschlungen. Während der Wahnsinn von seinem Geist Besitz ergriff, fand er noch die Kraft, einen letzten Blick auf dieses Schauspiel des Grauens zu werfen. Die ganze Küste brodelte, als ob die Erde flüssig geworden wäre und aus tausend Öffnungen schreckliche verstümmelte Gewächse gebären würde, so hoch wie Gebirge. Als die weißliche Masse seine Beine umschloss, fühlte er unerträgliche Schmerzen, verursacht von den wilden Bissen von Tausenden von Bandwürmern. Binnen weniger Augenblicke war er selbst zu Gelatine geworden.

Blieb noch Felix, der sich an ein Stück Felsen klammerte, das wie ein Papierschiffchen auf dem schlüpfrigen Brei dahinglitt. Das gellende Pfeifen, das nach wie vor aus dem Erdinneren drang, hatte ihm das Trommelfell zerfetzt und er blutete aus allen Poren. Mittlerweile unfähig zu denken, sah er mit getrübtem Blick das blaue Licht vom Himmel verschwinden, überwältigt von einer feindlichen Macht, die alles Abscheuliche in sich trug. Während die Dunkelheit herabsank, verwandelte sich die Küste in den schauerlichen Rücken eines einzigen, gigantischen Wurms, in dem unbeschreibliches inneres Leben zuckte. Dann wurde auch der Felsbrocken von der pfeifenden Masse verschluckt und Felix musste sich der eisigen Umarmung eines Knäuels Bandwürmer überlassen.

Als der letzte Lichtschein vom Himmel gewichen war, wand sich dort, wo einst die sardische Küste gewesen war, ein gigantisches, wurmförmiges Urtier, bestrebt, sich mit den Hydren zu verbinden, von denen es in dem schleimigen, nachtschwarzen Wasser wimmelte. Das Gebilde besaß weder Intelligenz noch Erinnerungsvermögen, aber es trug einen uralten Namen. Tanit.